裴斐
《文学原理》

裴斐 ○ 著

四川文艺出版社

图书在版编目（CIP）数据

裴斐《文学原理》/裴斐著. — 成都：四川文艺出版社，2024.4
ISBN 978-7-5411-6847-5

Ⅰ. ①裴… Ⅱ. ①裴… Ⅲ. ①文学理论 Ⅳ. ①I0

中国国家版本馆 CIP 数据核字（2024）第 021248 号

裴斐《文学原理》

PEI FEI WENXUE YUANLI

裴斐 著

出 品 人	冯　静
责任编辑	邓艾黎
封面设计	琥珀视觉
内文设计	史小燕
责任校对	文　雯
责任印制	桑　蓉

出版发行	四川文艺出版社（成都市锦江区三色路 238 号）
网　　址	www.scwys.com
电　　话	028-86361802（发行部）　028-86361781（编辑部）
邮购地址	成都市锦江区三色路 238 号四川文艺出版社邮购部　610023
排　　版	四川胜翔数码印务设计有限公司
印　　刷	成都东江印务有限公司
成品尺寸	143mm×210mm
印　　张	13
版　　次	2024 年 4 月第一版
书　　号	ISBN 978-7-5411-6847-5
定　　价	60.00 元
开　　本	32 开
字　　数	310 千
印　　次	2024 年 4 月第一次印刷

版权所有，违者必究。如有印装质量问题，请与出版社联系调换。联系电话：028-86361796。

吴组缃先生给作者的信

家麟同志：

很久就想写信，一再迁延因循未果。当时是想跟您谈谈您寄我的大作小说的读后感，现在时过太久，许多感想和印象都渐模糊了。但总的意思还是不忘的：就是您的才能和生活知识很令我惊服。我觉得您不写小说是我民族我时代一大损失。倒是什么元白比较论显得成为很次要的东西了。昨日又接到您寄我的《文学原理》讲稿，这种内容的稿子，我看得腻了。但细读一过，令我拍案惊叫。我觉得满纸都是有您的血肉的真知灼见，所持论点往往入木三分，一语破的；说得那么斩截、明确、稳靠而又有分寸。而且针对性很强，与一般高头讲章形成鲜明对照。说老实话，您的许多见解我也有的，且因有自己的体会，颇为自得，但并无多少自信；又常常发觉多有偏颇，不时地暗自改正与弥补。由此我益觉您的高明。我要叮嘱您的就是一句话：快把它尽量详尽深入地写成书，多用口语少用学术腔，充分自由无拘束地说出来，对象是一般的普通人。文学知识是生活常识，并无什么神秘深奥之处，只是被一些学院派和书呆子搞得人昏头昏脑罢了。总之我很想早日读到您的著作。勿谓来日方长，可以慢慢地搞，年光是严酷的。我现在奉命主编《中国古代小说史论要》，由六七位大将执笔，我就很难自己动手——有心无力了。言不尽意，祝您成功！

吴组缃
八五年十二月十八日

序

在裴斐诸多的学术著作中，《文学原理》是其代表著作。此著于1990年由中央民族学院出版社出版，继于台湾地区出版，2013年收入《裴斐文集》第一卷，由人民文学出版社出版。我最近重读此著，时过三十余年，裴斐早已仙去，而此著的学术光芒愈令我惊喜和佩服。当我比较了几部曾经最有影响的文学理论著作之后，不得不认为这是经典的著作，展示了作者理论的成熟和学术的天才。

裴斐，原名裴家麟，1933年夏历八月二十七日出生于成都市，1947年考入成都华西协合高级中学（今成都华西中学），任《青年文艺》主编，出版了小说集《母与子》。1950年，他考入华西大学中文系，被誉为"蜀中才子"；次年由川西教育厅推荐到北京选择高校深造，遂入北京大学中文系，又被认为是北京大学才子之一；1954年毕业留校担任著名学者王瑶的助手，讲授中国现代文学史，同时发表系列的唐诗研究论文，成为知名的青年学者。1979年，裴斐重返教学岗位，由语言学家马学良推荐，调入中央民族学院（今中央民族大学）任教。《文学原理》即是他在20世纪80年代初讲授文学理论的讲稿，完稿于1985年。裴斐在高校讲授过中国现代文学史、中国古代文学史、古代汉语，为研究生开设的课程有：古汉语文选、《论语》选讲、《庄子》选读、唐诗格律、杜诗研究、李白研究、文学理论。他是卓有成就的唐诗研究专家，著述甚多，其理论著作《诗缘情辨》是对朱自清《诗言志辨》的继承和发展，而《文学原理》则是其臻于学术巅峰的杰作。裴斐于1997年不幸去世，年仅64岁，未尽其才，留下无尽遗憾。我们若以为裴斐是天才的学者，最能体现其学术天才的应是这部《文学原理》。

1949年后，以历史唯物主义为理论基础的文学社会学成为文学批评的理论依据，对文学理论和文学创作影响最深广的著作有季莫菲耶夫的《文学原理》、毕达可夫的《文艺学引论》、巴人的《文学论稿》和以群主编的《文学的基本原理》，它们皆属文学社会学体系的著作。文学社会学，或称社会历史批评方法，是20世纪世界性的重要的文学批评模式。它认为文学是社会现实生活的反映，判断作品的价值主要是看所反映的社会生活是否真实，是否具有广度和深度；反对作品是作家的自我表现，反对强调艺术性的倾向。这种批评的极端以为：仅仅说明文艺是社会基础的上层建筑和阶级社会的产物是不够的，进而强调文艺是为基础服务的，是阶级社会斗争的武器。这是将历史唯物主义理论用于文学时的教条化和庸俗化，故在新历史时期拨乱反正思潮下，文学界称之为庸俗社会学。裴斐的《文学原理》即在对庸俗社会学的历史反思的特定学术环境中，重新对文学理论进行探究。裴斐有文学创作的经验，懂得戏剧表演艺术，对中国文学史和中国文学理论深有研究，具有历史唯物主义的坚实理论基础。他认真研究过西方文艺理论和文学作品，尤在治学时主张"攻其尖端，敢于打破常规"。他深信"文学理论毕竟要根据文学本身来说话，而不是从理论到理论的推演，再则要懂得人生；一是文学知识,一是人生知识,在这两方面我都并不十分缺乏,并确有一些自信的见解"。他赞同师尊吴组缃说的"文学理论其实并无神秘深奥之处,说穿了都是些常识",故在"后记"中说:

> 文学主要是写人,并且是由人来写,写给人看,而人是因人而异的,因此无论本体论、创作论、批评(鉴赏)论,均须以承认差异,即尊重人的个性为前提——这同样是个常识。然而令人不解的是,一些显然违反常识的理论长期流行,而近年时兴的另一些理论却又高深得令人不知所云,戳穿来看无非偏执于另一隅,同样违反常识。有感于此,我才决定将平时积累的关于文学和人生的见解连缀起来开一门理论课,然后又在讲稿的基础上写成这本书。我坚信真理本身永远是朴素的,如果不能对它做出浅显的表述,多半是自己还没有认识清楚的缘故。

这段自述已透露了此著不同于学院式讲义的特色。我们常见的文学理论著作是高深晦涩的系统的抽象论述,而裴斐则做常识性的明白晓畅的演讲,是个人对文学与人生的深切感悟,在浅易的表述中含蕴着精深的个人的学理见解。在他看来,庸俗社会学是违反文学常识的,而西方现代文学流派则又将常识偏激和片面化;因而为反对这两种倾向,遂做出新的探讨,以朴素的方式研究文学的真知。

文学理论的目标是通过对客观的文学作品和文学现象的研究来概括文学发展的规律。这是社会科学属性。然而文学创作又极富主观性、偶然性及主体的差异性,因此科学的方法基本不适合文学批评。科学的任务在于揭示不以人的主观意志为转移的客观规律,任何创造发明都不过是对客观规律的发现和利用。凡是科学技术的发明创造,均是在科学技术发展到某一特定阶段的必然结果,而且愈发展愈先进,旧的发明创造为新的代替,不断地革新进步。科学发展到某一阶段,某种原理或技术,同时的科学家都可能做到。文学则不然。文学史上经典的作品的出现纯属偶然,它是不可能由别的作家代替的,也是不可重复的,而且具有永恒的价值。因此文学这种不可重复、无法代替的纯粹偶然的现象,表明它受制于创作主体的差异和主观。裴斐说:"文学作为一门艺术,其本质特征是审美,这就决定了主观性的必不可免。既曰审美,就要有主观,也要有客观。"这种对文学本质特征的界定,是裴斐重新构建文学理论体系的基本观点,也是我们理解其理论系统的关键所在。

这部著作的理论结构是很独特的,它由本体论、创作论和批评论组成为一个系统。本体论,不是探究文学的本质——固有的性质,而是考察文学现象所表现的特点,从创作主体的审美切入,将文学定义为直接诉诸心灵的语言艺术,是主观与客观的统一。文学的对象是人生;文学的社会作用是按美的原则塑造人的心灵,使人更加热爱人生。创作论,不是从文学研究的角度论述怎样分析文学作品,而是谈论文学创作的基本经验,即作家对生活采取的审美态度、创作思维的特殊性与艺术的构思,以及文学的形式和永恒的主题。批评论,不是论述文学发展的过程及文学的流派,而是谈文学批评与文学鉴赏的关系,强调批评由鉴赏开始,从作品获得感受;否定将批评家凌驾于作家之上,而以为批评家是作家的崇拜者和导师。文学批评的标准或理论的原型,不是人类的某种抽象精神,而是美与真善的统一。这是新兴的文学理论体系，有其独创性与合理性。我们且不详析此理论体系，特从中举出最富创见的、新颖的，而且是针对庸俗社会学而发的，并具建设性的若干文学观点，便可见这部《文学原理》的价值。

自从人类进入阶级社会以后，作家必然属于某一阶级，当其反映生活时必然在作品里表现出阶级的情感，因而阶级性被认为是文学的重要本质。然而在作家的作品中这种表现并不具必然性。裴斐主张强调文学的社会性，因社会性这一概念比阶级性大得多。他认为社会性即人性，若否认不同阶级之间在思想情感和伦理道德方面存在共同性，人类文明的历史继承亦将成为不可能。他说："我是坚定地主张强调文学的社会性的，但反对将社会性与阶级性等同，即反对将阶级性扩大。我们说社会性的概念比阶级性大，这既可由同一阶级的作家之间存在差异——不是指个性差异，而是指作品具有的思想倾向即社会性差异——加以论证，又可由不同阶级的作家之间存在共同性以论证。"

论及文学的阶级性，必然将文学的社会作用与政治联系起来。文学对政治的作用，是因文学可以通过传达情感表现思想，对一定的政治起舆论上的作用，把人们团结在某一政治力量的旗帜之下。每当阶级斗争、政治斗争发生急剧变化，往往在文学上反映出来。这即是文学为政治服务之说的依据。裴斐表示："真正优秀的文学作品——尤其是大作家的作品——多半都是有政治的，但是如果是为政治而写作，那就多半写不出好作品。"文学诚然与时代的政治有关系，然而作家的作品却不能只是单纯地服从政治需要，而应当从生活的实际感受出发。因此裴斐说："为政治而写作的作品也曾经有过，但很难流传下来，即使流传下来也没有人愿意去读。"这类作品在其所服务的政治背景消失之后便没有意义了。

文学的对象既然是人生，创作便与社会生活有密切的联系。如果一位作家想描写自己不熟悉的生活，或接受某种任务而必须表现某种生活，现代反映论的一个重要主张是"体验生活"。这是从外在的某种需要，从概念出发，决定写某种题材，表现某个主题，带着预先的计划到现实生活中去体验一下，不是在生活中加深体验，而是临时去体验。裴斐以自己切身的经验表明，虽然他曾当了十五年的建筑工人——砖工，熟悉工人的劳动、生活、语言，但若要写一部关于建筑工人的小说，不是不想写，而是写不出。创作与生活之间是存在极复杂而特殊的艺术规律的。裴斐认为："文学作品所反映的并非生活本身，而是作家对生活的审美认识。"他得出的结论是："'体验生活'产生不了真正的文学，首先就因为它不是真正从生活出发，而是从概念出发。"

　　文学作品的主题是批评家分析文学作品时极为重视的，并以此评论作品的意义。现代反映论认为：主题是作者在现实里所发现的真理或本质的东西，也即是从社会生活的一切现象中加以详细的阶级分析，预见新兴阶级的发展方向，从而反映出作者的思想的；要求主题思想与政策和任务相结合。这样主题先行的概念化的作品，其所表达的主题思想是显而易见的，但真正经典的文学作品的主题思想却是非常复杂的。裴斐说："某个作品的主题究竟是什么？要加以表述往往很难。我们常见的作品评价，总要介绍主题，'歌颂'什么、'批判'什么，或是'深刻地反映'了什么，一目了然。这样的讲解，对于公式化的作品确乎适用，其实许多作品不用讲，只要看题目就知道它说的是什么了。而真正的文学作品，其主题绝不是那样容易讲清楚的。"真正的文学作品不是通过说理，而是艺术形象的显现，它永远是独特的。他强调文学有自身的艺术规律，社会主义时代的作家具有先进世界观，自觉地把自己与时代以及广大人民群众的命运联系在一起，为社会主义服务，为人民服务，但问题在于："这种理想、信念和情操，不能停留在口头上，而必须融于畅流不息的血液中，成为一种感情，一种本能；到那时，虽然你是沉浸在生活的感受和印象之中，由此出发进行创作，你的作品必然会体现出社会主义的理想、信念和情操，而又具有你自己的个性标记。"

关于作家的思维方式，俄国批评家别林斯基曾说："艺术是对真理的直感的观察，或者说是寓于形象的思维。"此后，高尔基更明确地认为艺术的思维就是形象思维。中国现代文学理论遂有"形象思维"之说。什么是形象思维？我以为是作家在创作过程中所进行的艺术的思维活动。忽视了形象思维的特点，就不可能真正地了解文学形象的创造过程，以及作家的艺术劳动的艰辛，同时也不可能正确地评价文学作品。裴斐说："切勿相信'形象思维'的欺世之说。"他认为人的思维是以概念为基础的，而概念便是对事物属性的抽象，所以思维只能是抽象。因此所谓"在形象中思维"或用形象来思维皆于学理上讲不通，不但形象需用概念加以指实，形象与形象之间也只有用概念加以贯穿，并赋予某种意义。作家在创作过程的大部分时间中不是处于情感支配下，不是驰骋想象而是冥思苦索，构思与修改都是十分艰苦的，故绝不存在什么形象思维。

文学社会批评将思想性和艺术性视为两个不同的文学本质，在批评文学作品时将思想性与艺术性分离，认为高度思想性与高度艺术性相统一为上乘，思想性强、艺术性差为其次，艺术性强、思想性差又为次，而思想反动的作品之艺术性愈强则愈有害。这里所谈的艺术性是单纯的艺术技巧问题。在裴斐看来："思想与艺术在作品中是一个东西。"他认为作家的思想本身就是一种无法用理性观念表达清楚的感情；它是一种审美激动，只能借助于审美想象力呈现为意象。这不是某种观念，而是主观之情与客观之物相互渗透的产物。没有思想的艺术和没有艺术的思想，在作品中都是不可能存在的。因此，作家的思想如果不是审美想象的显现，而是一种理性观念，这样的作品即使理性观念正确也是无价值的。因此，对于真正的文学来说，脱离艺术即审美想象的思想是根本不存在的。

文学史上许多优秀的作品是否能超越民族、时代和阶级，表达某种令人深思的东西，并引起人们广泛的共鸣呢？社会批评认为这是不可能的。若认为文学家所代表的是普通的人性，以为它是生老病死的无常、爱的要求、怜悯与恐怖的情绪等，这些绝无阶级的区别，便是属于资产阶级人性论的观点。裴斐说："所谓永恒主题，就是使历代人思想感情上产生共鸣的那种东西，它在文学中不仅存在，而且是普遍存在的。"文学作品的主题可以归纳为若干类，其中超越民族、时代和阶级的并具有永恒意义的主题是什么呢？裴斐表示："我想到两种主题最具有普遍性，也最容易超越民族、时代和阶级界线：一是人生苦短，一是男女爱情。道理很简单：人都是要死的，谁也逃不了；再者，男女要相爱，'饮食男女，人之大欲存焉'。物质生活饮食最重要，精神生活男女最重要，谁也缺不了。"纵观历史上真正具有永恒价值的作品，皆离不开此两个主题，或具其一，或兼而有之。此两个主题在作品中与广泛的社会生活相联系，并必然具有历史的具体性，由此显示出作家的个性。裴斐感到这易被误解，故特别说明："我敢说，凡是优秀的作品，上述主题的表达所引起的主要是庄严感，而不是颓废感；它不会使人厌弃人生，反会使人珍惜和热爱人生；不会使人腐化堕落，反会使人的心灵受到陶冶，平庸的变得高尚，肤浅的变得深刻。"我们若认识文学的永恒主题，则有助于继承文学遗产，亦有助于创作的实践。

　　文学批评的标准是由文学的价值观念决定的，它亦是文学鉴赏的原型和依据。社会批评从文学的阶级性本质出发，认为历史上各阶级对文学的态度都不能不着眼于功利观点，评论家在评论时也不能不从政治上对文学作品进行鉴别，判明其对本阶级的利益是否有利，然后分析其艺术上的成败得失，从而给予不同的评价。这样，政治就是文学批评的唯一标准。一些批评家总以为自己的标准是客观的和公正的，然而那仅属于各时代、阶级及个人所决定的倾向或偏好，表现出批评者的主观局限。虽然各时代对经典作家作品的具体评价存在千差万别的现象，但又都认为某些作家作品是伟大的，这样又似存在某种共同的批评标准。文学作品是审美理想的产物，美必须兼具真和善的品质，因此裴斐说："如果说文学批评可以有一个普遍遵循的标准的话，那就是真、善、美的统一；这既是历代人共同的审美理想，同时文学具有的三种基本功能——认识功能、教育功能和审美功能——也包含在其中了。即使你另立标准，恐怕也超不出这个范围。"每个时代的批评都永远存在一致性和差异性，因此真善美的统一才能成为普遍遵循的批评标准。

　　裴斐以上尖锐的文学观点，显然是由学理的辨析而表明一种合于学理的常识，并不深奥，却又含蕴着精深的理论认识，突出对庸俗社会学的批判精神。现在我们若重温这些闪光的文学观点，仍有振聋发聩之感，无论对于文学理论的探讨、创作的实践和批评鉴赏都仍有启发的意义。在现在看来，此部《文学原理》的理论价值愈益显著，不愧为天才的著作。裴斐在整部著作将结束时说：

在我看来马克思主义是个开放的体系，它开辟了认识真理的道路但并没有结束真理，后继者绝非只能重复已知的结论，而是应根据新的情况作出新的结论；当然你可以把它叫作发展，但要是没有创新能有发展吗？而创新的理论，必须自圆其说，自成体系。

此著是在新历史时期学术界思想解放的背景下对社会批评的拨乱反正，对文学理论的新的发展，能自圆其说并自成体系，故是新兴文学理论的创建之作。

中国古代文学研究实为中国文学史研究，这不仅需要对古典文学的作家作品有较为深入的认识，尤需要具有文学理论的修养并具有学术个性的文学史观，因而在某种意义上是一种文学批评。当我们从事具体研究工作时，往往感到缺乏理论的引导，以致若将具体的文学现象上升到理论的层次则易流于浅薄或出现错误。这是我们从事这个专业研究工作每感困难的问题。最近我在与一位学界友人谈到，我们将某作家的全部作品视为一个整体时，怎样进行分析和评价，怎样解决思想性和艺术性的分离，这涉及文学理论未能很好解决的问题。我于是记起了裴斐赠我的《文学原理》，遂从书架中找出细读，果然获得新的启发，从而希望它重新面世。四川文艺出版社的张庆宁先生是我在西南师范学院的校友，也是学中国语言文学的。她知道四川文艺出版社曾于1986年出版过裴斐的《诗缘情辨》，故亲自阅读《文学原理》之后，与中央民族大学何春环教授及裴斐的学生蓝旭教授联系，并征得裴斐的哲嗣的同意，将此著列入重要选题出版，以使它再现新的学术意义。

在20世纪80年代之初，裴斐以研究李白诗的系列论文在唐诗研究中取得卓越的成就，甚为学术界称誉，其《诗缘情辨》则是中国文学理论研究的杰作。我虽然研究的方向是词学，但裴斐的论著是我所关注的。1987年3月，在杭州大学参加中国古典文学宏观研讨会期间，我与裴斐相识。我听了他关于中国作家应具的品格和艺术个性的发言后，极佩服他的创见，并对友人说，且不论其发言的内容，仅见其学术的自信与听其流畅而有节律的话音便极感人了。1990年10月，由《文学遗产》编辑部与广西师范大学及其他高校联合主办的"文学史观与文学史"研讨会在桂林召开。这是我参加过的诸多学术会议中最有学术价值的盛会，由此推动了新的文学史的写作高潮。裴斐是主席团成员，他在会上做了《谈文学史的主观与客观》的重要发言。他说：

> 文学创作和研究都有主观和客观两方面的问题。过去的反映论只强调客观，忽视主观。学者的个性不大敢于表露。我说的强调主观，也就是要加强主体意识，以当代意识审视文学史。强调主观意识的多元化，要承认差异。我反对集体编写文学史，那会湮没作者的个性。文学史要反映写作者的主体意识。尽管当代意识可能相差很大，但过后来看，同样的时代背景和文化背景，总会有其一致的地方。在文学史领域中没有放之四海而皆准的方法和标准，应该多元化，不需要讨论出一个统一的方法，但有一个放之四海而皆准的科学态度，即据事实说话。

他的发言富于个性而合于学理，在其《文学原理》有所阐发。晚上，裴斐和几位朋友在我的寝室内闲谈，一位新出版断代文学史巨著的作者亦在座。当他走后，我与裴斐都认为，如果其著作去掉穿凿附会的废话，仅保留一半的篇幅则应是很好的文学史。我们共同认为，文学史写作应有个性，但尤以精要为尚。1991年，他赠我初版的《文学原理》。1994年，我们参加在山东曲阜师范大学召开的儒学与文学讨论会时，我对他说尊著中的观点我非常赞同，但学术界因受庸俗社会学的影响根深蒂固，应一时难以接受。他说确有许多批评意见，又未形成专文。他坚信其理论能经受学术检验。这是我们最后一次见面。三年之后，裴斐未尽其才而仙去了。

裴斐先生年长我三岁，是早熟的天才，而我在学术上的起步则甚晚。我们都是中华人民共和国培养出来的大学生，也有相同的苦难命运。我们接受的文学理论思想相同，我们都从事中国古代文学研究工作，但他能对文学理论进行研究，敢于独立思考，并敢于在新时期以深邃的学理对文学理论的庸俗社会学进行系统的批判，这确是从事古典文学研究者难以做到的。我深信亡友的这部《文学原理》是有旺盛的学术生命的。

谢桃坊
2022年10月29日
于成都百花潭侧之爽斋

目录
CONTENTS

〈上篇〉本体论

第一章　两个世界 ········· *001*

宇宙与人——我与在我之外的世界同样神秘——我想认识世界,亦想让世界认识自己——星空与蒙娜丽莎的微笑——没有审美主体的美犹如没有审美客体的美,同样不可思议——唯物论与唯心论如何区别——美学及文学中一切重大问题均须从主客观对立统一中去认识

第二章　什么是文学 ········· *015*

庖丁解牛的启示——人类经验的两大门类——康德"审美无利害关系"是个值得重视的命题——生理快感与审美快感——美的三种形态——艺术美高于自然(生活)美的若干证据——绘画、雕塑是视觉(空间)艺术,音乐是听觉(时间)艺术,文学是直接诉诸心灵的语言艺术

第三章　表现与再现 ········· *029*

中国言志(缘情)说与西方模仿说——西方现代主义与中国现代反映论——言志说和现代主义均强调主观,模仿说和现代反映论均强调客观——文学中既没有纯粹的主观亦没有纯粹的客观——现实主义与浪漫主义永在,但大多数作家都很难以此分类——创作方法与艺术类别、文学体裁、作家个性的关系——创作方法与文学思潮及流派的区别

第四章　壮美与柔美 ································· 056

主客观的对立产生壮美，主客观的和谐产生柔美——中国的雄浑悲壮与西方的崇高均属于壮美，中国的冲淡幽雅与西方的优美均属于柔美——西方文论强调恐惧、惊奇和悲剧，即强调主客观的对立，故尚壮美；中国正统文论强调温柔敦厚，即强调主客观的和谐，故尚柔美——中国非正统文论强调抒愤懑和不平则鸣，即强调主客观的对方，故尚壮美——壮美是更重要的审美范畴——对质疑的回答

第五章　文学的对象是人生 ··························· 069

人本身就是客观存在的历史范畴——文学中的自然是人化了的自然——文学是一种补偿——庄子并没有真把人生看透——一流作家与二三流作家的主要区别在人生态度——造成伟大作家的主观因素与客观因素

第六章　个性化是必须遵循客观规律 ··················· 081

物质生产与精神生产存在相反的规律——标准化的精神产品只能是废品——佛曰"学我者死"，齐白石说"学我者生，似我者死"——关于创作程式化和计算机文学的梦呓——审美需要繁多

第七章　从社会角度看文学 ··························· 092

人是社会动物，但不同于蚂蚁和蜜蜂——文学是一种社会意识形态——社会发展阶段对文学的制约——社会性不等于阶级性——世界观的决定意义——世界观对创作的思想倾向起作用，一般说来并不对艺术方法起作用——所谓世界观与创作方法的矛盾实际上是世界观本身的矛盾——文学的民族性与全人类性

第八章　文学的目的和作用 ··························· 113

文学的功利性与创作、鉴赏中的非功利原则——曹雪芹和托尔斯泰都想写历史，都是根据自己的感受和见解写历史——孔子所谓兴、观、群、怨和贺拉斯所说寓教育于娱乐——文学与政治——文学的最大功利是按照美的原则塑造人的心灵，使人更加热爱人生——人人都当作家的局面会不会出现

〈中篇〉创作论

第九章　什么人能当作家 ·················· *126*

方的，而不是圆的——伴狂非真狂——对世俗利益的冷淡，只有歌德和雨果属例外，再加半个白居易——"穷而后工"的释解——将生活中的痛感转化为审美中的快感——文学是人生遗憾之学——真诚是作家的首要品德——特殊的感受、记忆和想象的能力——真正的天才大多否认自己是天才，而仅以勤奋自诩——读万里书，行万里路——心灵的自由感

第十章　创作与生活 ························ *143*

"体验生活"永远产生不了真正的文学——对生活采取功利态度还是采取审美态度，其结果会有极大不同——感觉、感受和印象的积累——作家自我也是可以观照的客体——从卢梭返于自然的呼唤到现代意识流——福楼拜为什么想变成一头想吃草的母牛——大自然曾经是作家和文学中主人公的第二情人——仍然是第一情人起决定作用

第十一章　想象与真实 ······················ *156*

神与物游——意象之真与物象之真有时差距极大，有时又必须严格相符——对细节真实的违反在文学中比比皆是，目的在于强化意象，而并非出于疏忽或无知——相符而不是相同（艺术真实与自然真实的关系）——亚里斯多德的名言是正确的，但只说明了问题的一方面

第十二章　作家有一种不同于常人的思维方式吗？ ······· *167*

中国的以禅喻诗与西方的直感、潜意识说均不无道理——似梦究竟非梦——类似演员与角色的关系——概念化的罪过不在概念本身，人要没有概念就会变成动物——作家思维不但需要概念，还需要判断和推理，创作绝非始终停留在认识的感性阶段——奥秘是存在的，但切勿相信"形象思维"的欺世之说

第十三章　主题思想之难于表达 ··············· *181*

没有思想便没有创作，主题就是作家想表达的思想——恩格斯主张作

家思想愈隐蔽愈好，系针对席勒一类作家而言；在多数情况下不是隐蔽的问题，而是作家自己就说不清楚，说不清楚又想说，所以必须写诗写小说——所谓主观思想与客观思想的矛盾——矛盾存在于作家意图与读者感受之间——主题先行是概念化的根源和创作的致命伤

第十四章　论永恒主题（上） ………………………… 192

文学主题的永恒性和历史具体性——主题永无雷同，但可以分别出若干种类，文学中确实存在两种最容易超越民族、时代和阶级界限的主题——谁也逃避不了的永恒苦恼——对人生的形而上的思考——生命有限，文学永存，从总体上讲作家均具有无私的品格

第十五章　论永恒主题（下） ………………………… 204

爱情主题在中西方文学中的历史考察——爱情的影响远超出两性关系的范围——在什么条件下爱情才能成为审美观照的对象——自由和忠贞的理想——"性解放"和"从一而终"都是对人性尊严的亵渎——文学中的爱情主题从来不是纯粹的——荆棘与诱惑

第十六章　把握特殊性是艺术构思的真正生命 ……… 218

激情中的宁静是构思的开端——不是依赖生活本身，而是依赖从生活中获得的印象——无巧不成书；出人意外，还须在人意中——暗示、隐喻和谶语——契诃夫为何反复强调偶然性——科学家关心普遍的东西，艺术家关心特殊的东西——从《浮士德》和《死魂灵》的整体构思看文学中特殊与普遍的关系——信念和意志在构思过程中的作用

第十七章　论小说中的人物（上） ……………………… 238

对典型论的误解及其本身的局限——具有"共名"特征的性格与复杂性格——真实的性格都不只有一面而是有两面或多面——多重性格不是多重人格——从当代小说中的反性格倾向看黑格尔人物性格论的得与失——关键在性格的强化，既用归纳法，亦用演绎法（大多数作品中都有作家自己的影子）

第十八章　论小说中的人物（下） ……………………… 263

小说中的人物永远是特殊的，并且只有偶然性情节才能鲜明地显示性

格并引人入胜——正面人物不宜写成天仙，反面人物不宜写成魔鬼——二分法对于大多数著名文学人物形象均不适用——关于写英雄和写普通人——关于写心灵和当代小说中出现的情节弱化的倾向

第十九章 语言技巧和文学的形式美 ····· 277

"文学是语言的艺术"这句话有双重含义；作为表达手段，应从千头万绪中找到两点间的直线——作家口头上多半重情轻文，实际情况远非如此——构词和造句的讲究——俏皮、放肆与繁辞重彩——对称、和谐、黄金分割线之类——大巧若拙，归真返璞

〈下篇〉 **批评论**

第二十章 文学批评的性质和任务 ····· 289

文学批评作为一门科学，其特殊性决定于文学的特性：首先要承认差异——主观与客观、审美与功利的辩证关系——困难与微妙之所在——揭示规律，但不能提供模式——创作的繁荣与批评的繁荣——纯粹客观的批评之不可能

第二十一章 鉴赏是批评的基础 ····· 302

公式化批评仅对公式化作品适用——思想与艺术在作品中是一个东西——文学作为一种特殊的社会意识形态，其特殊性不仅在于形式，更重要的还在于内容——批评由鉴赏开始，鉴赏由感受开始；作家从生活中感受，批评家从作品中感受——想象性经验与感觉经验的区别和联系——自然科学的方法基本上不适于研究文学

第二十二章 作家的个性和批评家的个性 ····· 315

力图准确传达作家的想象性经验，完全做到则不可能——各以其情自得，没有偏好就不懂得文学——作家个性愈鲜明，批评家活动的天地愈广阔——自由的局限（"空筐"理论批判）——审美直感与逻辑的力量

第二十三章 以意逆志与知人论世 ····· 327

言与意的关系——得意而忘言——以意逆志——可以超越作家，但不

能脱离作品——作家生平思想研究——现实感与历史感——艺术技巧与批评中的程式化现象

第二十四章　真善美是文学批评的普遍标准 ……………… 353
美与真善同体——真是美的前提，但真不一定美，真善方为美——真善与伪善；伪是最大的恶，亦是艺术的灾难——写真实和说真话；生活真实与艺术真实；艺术真实应从主客观的对立统一中去鉴别——真善美的统一是审美的理想，亦体现了文学的三种基本功能

第二十五章　广义的文学批评 ……………………………… 364
创作与批评是文学两大门类，史与论是文学批评的两大门类——作家作品研究、比较研究、综合研究——断代史、通史、专史——史的研究必须上升到论，才能对文学发展发生影响——没有文学史基础的理论家是可笑的，没有理论观点的史家是可怜的

第二十六章　什么人能当批评家 …………………………… 374
首先要懂文学——具有与作家大体相当的品格——敏感、洞察力、活跃的头脑以及比作家更为开阔的生活和艺术视野——纵的知识与横的知识——没有信念和激情同样是不行的——批评家应该是思想家——既是作家的崇拜者又是作家的导师

后　　记 ……………………………………………………… 386
主要参考及引用书目 ………………………………………… 389

本体论 上篇

第一章 两个世界

文学反映的不是一个世界,而是两个世界。

先从宇宙与人谈起。

宇宙很大,大得不可思议,无法形容。究竟有多大?就人类已知的而言,半径约为200亿光年。什么叫光年?光速是已知物质运动速度的极限,每秒近30万公里(可绕地球七圈半),那么1光年即约为 300000 公里 × 60 × 60 × 24 × 365 = 94608 亿公里。用这样的速度,也要走约200亿年才能达到已知宇宙的边缘(假设我们处于中心的位置)。其中包括 310^{11} 个星系,平均每个星系有 10^{11} 个相当于太阳质量的恒星……随着天文科学的进步,这个已知宇宙还在不断扩大。关于宇宙本体有两种理论,一为有限论,一为无限论。两种理论都是现代科学所无法实证,并且恐怕是永远也无法实证的。我自己是相信无限论的。你要说有限,请问极限之外的时空又是什么?从逻辑上说似乎无限论比较合理一些。

同浩渺无际的宇宙相比，人类算什么呢？俗话说"沧海之一粟"，乃言其极小，而人相对宇宙比这还小。小得不可思议，无法形容。然而，从另一个角度看，即从人类智慧所能达到的领域看，渺小的人类却又是无比伟大的。首先，认识到自己渺小，这一点就很伟大。渺小，即有限，极其有限。人类的伟大就在于能够运用自己的智慧不断突破自身的局限，从有限通向无限。人无法到200亿光年以外的天体，但人的智慧可以达到。人不会飞，但发明了飞机之后就能在天空翱翔，比鸟飞得更高更远更快；人是陆地动物，发明了轮船和潜艇就能在水面和水下生活；现在有人正研究用海水作建筑材料，一旦成功，人就真能住在海中的水晶宫里了……人类生活从茹毛饮血发展到现代文明阶段不过几千年时间，这个发展过程就是运用智慧不断突破自身局限的过程。电脑的发明和进步又是一次重大突破。人一辈子也演算不完的数学课题，用电脑演算只需要几分钟时间；它还能代替人做出选择、判断等，所以叫作"人工智能"。但人工智能终究不能代替人的智能，电脑终究不能代替人脑。

据说人的脑细胞约有10^{11}个，输入信息的突触则约有10^{15}个，平均每个突触可以接受几千个不同信息的输入。一个突触好比电脑上一个开关，一个人脑就相当于一台有10^{15}个开关的电脑。人脑之无法代替，关键还不在数量，而在质量。人脑传递信息通过化学途径，可将信息增强几千倍，并能进行超越逻辑思维的想象，产生感情等，这些都是电脑不可能有的功能。再者，人脑能自我调节和完善，电脑则不能，少一个元件就不能正常运转。在某些方面电脑的确比人脑更聪明，但既然人能制造出比自己聪明的电脑，这件事本身不就证明了人脑的聪明吗？人脑可以制造出电脑，电脑永远制造不出人脑。

现阶段人脑储存的信息远不如自己所制造的电脑，那是因为我们的脑细胞绝大部分还沉睡着，一旦觉醒，人的智慧就能超过现阶段若干倍。而且，人脑也是随着智慧的运用在不断变化。现代考古和解剖学证明，人类大脑是愈来愈重，体积愈来愈大。将来人类会不会都变成大脑袋？果尔，则人的审美观念亦将随之改变；否则就得依靠遗传工程学对大脑体积加以控制，在有限体积内增大容量，犹如集成电路一样。

迄今人类对自身的认识还远不如对外部世界的认识。巴尔扎克相信精神感应术，被视为唯心主义，而现代自然科学家钱学森却相信人的特异功能。人类自身还存在许许多多未知领域，人类对自身的认识和对外部世界的认识一样，是没有穷尽的。

人类的出现是宇宙间的奇迹，宇宙间一切生命存在只有人类可以同宇宙本身相比。

我相信人是猴子变的，但不相信现在的猴子能变成人。人类祖先是一种特殊的猴子，一种宇宙间绝无仅有的生命存在。

别的天体可能也有类似地球上的生命存在，但我不相信还有在智慧上和人相等甚至超过人的所谓外星人存在。

人能认识宇宙，宇宙不能认识人；人能征服宇宙，宇宙不能征服人。从这个意义上说，人作为宇宙间的一种特殊存在，比宇宙更伟大。

地球有朝一日要毁灭，太阳、银河系有朝一日也要毁灭。但人类不会毁灭，他们在地球、太阳、银河系毁灭之前必能迁徙到别的天体。

渺小的人类具有如此大的力量，就在于他有智慧。

宇宙无穷，人的智慧无穷。

对于人类未来我充满乐观，我的理论正是建立在这种对于人的信念的基础上的。

然而，所谓"两个世界"，还并不是指上面所说的宇宙与人。

上面所说的人，是指人类。

具体存在的人，是有差异的。第一个差异便是男女。我虽不是弗洛伊德的信徒，但我相信人的这种差异绝不像别的动物一样仅具有生理学上的意义。据载，一个始终没有结过婚的著名女演员曾对记者说："男人是非常有趣的，我感谢上帝创造了男人，否则生活将是多么枯燥啊！"同样，要是上帝不创造女人，这世界对男人来说也将是非常枯燥的，不是吗？除了男女的差异，还有许多别的差异，如年龄差异、民族差异、阶级差异等等。归根结底，最后的差异乃是个性的差异，如刘勰所说"各师成心，其异如面"，世界虽大，却找不出两张相同的脸，也找不出两个相同的心灵。

每个人的心灵都是一个独立的世界，叫作主观世界。什么叫客观世界？对我来说，在座诸位就是客观世界；社会、国家、日月、山川……宇宙间除我之外的一切存在对我来说都是客观世界。我的主观世界对别人来说可能十分渺小，对我自己来说却很大，大到足以同整个客观世界相比，是构成我整个一生的二分之一。我固然脱离不了客观世界，但难道我能脱离自己的主观世界吗？或曰：你的主观世界也是客观世界的反映呀！可是，我们生活在同一个世界上，为何彼此的欢乐、痛苦、兴趣、欲望……会有那样大的不同？18世纪的中国人那么多，为什么只有曹雪芹写出了《红楼梦》？"反映"不同，盖出自主观世界的差异，这不是显然的事吗？当然，主观世界并非与生俱来，亦非一成不变，而是主要取决于各自的社会经历，这倒是真的。这放到后面去说。

　　现在要说的是，因人而异的主观世界对每个人来说都是最真实的。这并非出于狂妄。我知道我知之不多，但我对于周围的世界仍然只能用自己的眼睛去看，用自己的心灵去感受。我无法变成另一个我，另一个我对我来说是无法想象的。即便生活充满痛苦和不幸，我也绝不愿失去自我，而变成别的什么人。一个乞丐往桥下一躺，说是"给个知县也不换"，不愿换的就是他的自我。现代医学可以给人换心脏，却无法给人换大脑。即使可以换也无人愿意换，因为一换大脑，我就不成其为我，生命也就结束。说穿了，生命不过是我的自觉，岂有他哉！

　　人活着都有两个世界，这两个世界的奥秘都是永远探求不尽的，直到生命结束。生命一旦结束，我的主观世界固然消失，但难道客观世界还存在吗？——这个世界对你还存在，对我已经不存在了。人就是这样一种奇怪的动物，明知自己生命有限，但在有限的生命中仍要不断追求；愈是懂得生命有限，对有限的生命愈是执着。正因为如此，整个人类才能不断突破自身的局限，具有永恒的生命。

　　宇宙的宏观奥妙无穷，人的微观亦奥妙无穷。人类社会的存在和发展，永远是以两个世界为前提的。

　　归纳起来，人生不外两件事：一是要了解世界，一是要让世界了解自己。这是和人的自我意识俱生的本能欲望，在刚知事的小孩身上表现得特别明显。先问"这是什么？"然后再问"为什么？"打破砂锅问到底，这就是要了解世界。长大之后发问少了，是因为有了别的求知渠道，同时自尊心也增强了的缘故。了解世界的过程是永无终极的。至于让世界了解自己，在小孩不过是出于显示自己的欲望，对成年人来说这就意味着要对世界做出贡献。拿做学问来说，读书学习是了解世界，著书立说就是让世界了解自己。再如教师讲课、外科医生给人动手术都是让世界了解自己。

愈是富于创造性的精神劳动，其所表现出的人的主观世界愈鲜明。列夫·托尔斯泰尝云："即使是从康德和斯宾诺莎的极其枯燥的科学著作中，我所看见的也仅仅是作家的性格和智慧。"是矣！

科学著作如此，文学作品尤其如此。

科学的任务在于揭示不以人的主观意志为转移的客观规律，任何创造发明都不过是对客观规律的发现和利用，都带有必然性。达尔文要不建立进化论，同时代别的人——例如他的朋友赫胥黎——也会建立。蒸汽机要不是瓦特发明，别人也会发明的。马克思主义基本原理要不是由马、恩提出，亦必由别人提出。再如汽车、火车、轮船、飞机……以至原子弹、计算机、航天飞机的发明，均无不是科学发展到一定阶段的必然结果，这一点愈到后来愈明显。文学则不然。没有屈原便不会有《离骚》，没有曹雪芹便不会有《红楼梦》，没有巴尔扎克便不会有《人间喜剧》，没有列夫·托尔斯泰便不会有《战争与和平》。《离骚》《红楼梦》《人间喜剧》《战争与和平》的出现都是不可重复、无法替代的纯粹偶然的现象。这说明文学不是"不以人的主观意志为转移"，它受制于人的主观。当然，人的主观又受制于客观。

文学作为一门艺术，其本质特征是审美，这就决定了主观性的必不可免。既曰审美，就要有主观，也要有客观，这是显而易见。问题是，美本身存在于主观，还是存在于客观？美究竟是什么？这恐怕永远是仁者见仁、智者见智的问题。

于是，可以开始谈美和审美。

歌德曾说过这样的话："那些美学家们真可笑，他们绞尽脑浆想用一些抽象的词句，把我们通常用'美'这个字来形容的那种不可言说的东西，化成一种概念。"(《歌德和爱克曼的谈话》)不过，事实上他自己对"美"也做了一些抽象的说明，如"符合本性（目的性）"云云；且不论。

美是不可言喻的，却也是不言而喻的。你要问我美是什么，我就指给你繁星满天的宁静夜空，说：这就是美！我想你会同意的。我还要指给你达·芬奇的《蒙娜丽莎》，说：这就是美！我想你也会同意的。虽然由于主观方面的种种原因，我们彼此的感受并不相同。在我心中，星空和蒙娜丽莎的微笑，一个宏观，一个微观，都是永恒的神秘，因此几乎每次见到都使我感到莫可名状的美的激动。神秘，即不可知，这要不是美的属性，也是美的一个条件。再则，从鉴赏者主观方面说，也只有暂时摈弃尘世欲望和利害观念，才可能对不可知的东西发生兴趣，从而产生美感。因为这种经验不可能给人带来任何实际的利益。当然，这个先决条件又往往正是从审美过程中获得。当我们在生活中有什么不顺心的事，突然发现头顶上是一望无际的灿烂星空，黑暗的天幕上闪烁着无数的星星（每一颗都比我们所在的地球大若干倍）……和这个寒冷、静谧而崇高的星空相比，一切世俗得失都显得多么微不足道啊！这时骚乱的心就会平静下来，而用另一种目光看这世界，产生另一种激动。你有过这种经验吗？要说没有，那是很遗憾的。同样，对蒙娜丽莎微笑的欣赏，也是以摈弃世俗欲望和观念为前提的。日常生活中经常可以看见妇女的微笑，可是只有蒙娜丽莎的微笑才显得那样莫测高深，令人神往，产生审美的激动；原因就在生活中的妇女本身就是世俗的（这个词在这里不含贬义),而我们在看她们时亦很难摈弃世俗的欲念。这当然只是相对而言。事实上生活中亦有引起我们审美激动的妇女,那也必然是以主客观均在一定程度上摈弃了世俗欲念为前提的。我想当初达·芬奇一定在生活中遇见过这样的妇女,他才能创作出《蒙娜丽莎》来。

美根源于生活(自然),而美的获得又以摈弃生活中的世俗欲念为前提。

那么,美究竟是什么呢?国内美学界曾为此争论不休。争论焦点始终集中于:美是客观的还是主观的?它是客观物本身的属性,还是人的一种观念?这使我想起儿时熟知的鸡与蛋之争:鸡是蛋孵的,蛋是鸡下的,你说先有鸡还是先有蛋?这种争论是永远不会有结果的。西方美学界也有这种争论,后来不争了。我国美学界近年也不争了。窃以为美学的任务应当是研究审美经验本身,而不是回答美是什么这种形而上的问题。

我们在海上看日出,都会情不自禁地叫道:啊,真美!如果看见一只癞蛤蟆从一个烂泥塘里跳出来,谁也不会叫美。徐悲鸿善画马,齐白石善画虾,张大千兄弟善画虎,黄胄善画驴……可还未听说谁善画蛇,画河马,画癞蛤蟆……人们在审美中的一致性非常多,然而差异性也一样多。20世纪50年代我看过一次梅兰芳的《贵妃醉酒》,当杨贵妃弯下腰去用嘴叼起酒杯时,全场热烈鼓掌,一定是觉得这个动作非常美了。我也鼓掌,看见别人鼓掌自己不好不鼓,实则心里一点不觉得美,反而感到难受,因为当时梅兰芳年事已高,做那个动作很费劲,我真担心他会摔倒。实在我不懂京戏,所谓"力巴看热闹",慕名而去。审美的差异,有时是由于时代不同,比如过去女人以包小脚为美,现代人则以其为丑;有时是由于民族不同,如汤加人以肥胖为美,欧美大多数民族则以瘦削苗条为美；有时是由于阶级不同，如封建文人多以白居易奉行的"中隐"哲学为清高，我则认为这种人生哲学既虚伪又腐朽。此外，文化程度以及人生阅历的深浅对审美也有很大影响。但是，审美中的差异最重要的还是取决于个性的差异。比如我与我老伴，时代、民族、阶级均相同，文化与阅历亦大致相当，审美观点却有很大差异，看电视的时候就经常发生争执。

人们在审美中的一致说明了美的客观性，差异则说明了美的主观性。所谓一致，只是大体一致，并非完全一致，一致中还存在差异。你我都觉得日出很美，但彼此感受的程度与内涵又存在差异。大家都爱读《红楼梦》，有人认为是历史小说，有人认为是爱情小说；都认为是爱情小说的人，彼此感受也有所不同。审美中一致是相对的，差异则是绝对的。美，人人都能感受，却谁也无法提供一种为人们普遍接受的解释，为什么？根本原因就在它依赖于因人而异的审美主体。

如果你否认这种依赖，而仅将美视为客观存在的规律，审美不过是对这种规律的认识，那你就得回答美是什么的问题。不少自称为唯物主义的美学家都曾做出过回答，但却没有一个回答是讲得通的。比如有人说：美就是生活。强调美与生活的联系是大多数人都同意的，但这个说法作为美的定义显然不合逻辑，实际上并没有回答美是什么的问题。又有人说：美是典型。别人就问：一条典型的蛔虫，即具备了蛔虫的一切本质特征的蛔虫，美不美呢？于是这位美学家又补充说：我说的是发展到高级阶段的物的典型，如典型的老虎、典型的狮子等等，蛔虫太低级，不属于我说的范围。别人又问：鳄鱼比虾高级多了，为什么人们觉得虾美——至少从齐白石作品看来如此——却不觉得鳄鱼美？再如悬崖陡壁,属于无机物,从进化论的角度看处于最低级阶段,为什么人们觉得它美?显然,美是典型或先进物的典型,都是不能自圆其说的。任何这类回答都不能自圆其说,都不免捉襟见肘。

在我看来,需要回答的问题不是"美是什么"而是"什么是美",即不是研究抽象的美而是研究具体的审美。那么,很明显,审美固然离不开客体,同样离不开主体。我们说月亮美,必须有个月亮,还必须有欣赏月亮的人。如果没有作为审美主体的人,也就没有关于月亮的审美。而若是脱离审美去谈美,那是永远也谈不清楚,并且是没有意义的。如果没有人,月亮本身无所谓美或不美。

既然美学研究的是审美,它的对象就有两个方面,在我看来主体方面是更重要的。道理很简单:审美固然依赖于客体,但审美活动毕竟不是在客体而是在主体即在人的头脑中进行的。

物质决定精神,存在决定意识,这是唯物论的基本原则。由此出发,文学理论中的现代反映论也有一个基本原则:文学艺术是社会生活的反映。这个原则从哲学上说无疑是正确的,但说明不了文学艺术本身的特征(即使在"反映"之前加上"形象"也不行)。犹如我们说人是一种动物,这无疑是正确的,但这种说法说明不了人之为人的特征。文学艺术的本质特征是审美,只有对审美规律进行研究,才可能说明文学艺术的特征。而要研究审美,就必须既研究审美客体亦研究审美主体,并且更重视审美主体,即重视人,重视人的精神世界。

强调人的主观(精神)世界,以之与客观世界并列,这是从审美角度立论。这种理论并不违背哲学上的唯物论:一、人本身就是一种社会存在,"意识是存在的反映",人的意识首先是他自己这个社会存在的反映；二、人的精神（意识）活动本身就是一种特殊物质——大脑——所具有的功能，"物质产生精神"，人的精神便是他大脑活动的产物。只要承认这两点，便很容易同唯心论划清界限。庄子所谓"先天地生"的"道"，柏拉图所谓"理念"，黑格尔所谓"绝对精神"……都是认为在人所能感知的物质世界之外还有一种独立的精神，不是物质产生精神而是精神产生物质。另有一种所谓"二元论"，认为精神与物质是两个互不相干的实体——用笛卡儿的话说即灵魂与肉体；也是认为精神独立于物质之外，同样属于唯心论。而我们这里所说的精神，本身就是物质——大脑——活动的产物，并且终始受着人类社会生活的制约，与上述唯心论毫无共同之处。从哲学上说，两个世界的理论属于唯物论，而且是属于历史唯物论。关于这点，以下各章将进一步辨别。

既然承认物质产生精神，社会意识决定于社会存在——作家的主观决定于社会的客观，岂不完全符合反映论，又何必提出两个世界的理论？曰：从哲学上看如此。现代反映论的症结就在于它主要是从哲学和社会学的角度看待文学。若从审美角度看文学，那就非提出两个世界的理论不可。

李白是盛唐诗人，杜甫也是盛唐诗人，王维还是盛唐诗人，为何彼此诗作差异那样大？巴尔扎克是19世纪法国人，左拉也是19世纪法国人，雨果、乔治·桑、福楼拜还是19世纪法国人，为何彼此小说差异那样大？徐悲鸿和齐白石都是现代中国名画家，为什么一个喜欢画马，另一个喜欢画虾？这些极简单的问题，却都是反映论所无法回答的。文学艺术区别于其他的意识形态，关键就在个性化。政治、法律、道德、哲学等等，都是只讲共性不讲个性的。文学艺术则非讲个性不行，没有个性它就没有生命。而要讲个性，就必须尊重作家的主观，尊重主体，承认差异的合理性。

我们的文学创作中长期存在公式化倾向，原因是多方面的，而在理论界，现代反映论居统治地位无疑是个关键。在这种理论支配下，作家们考虑的不是我想写什么而是我应该写什么，不是我想怎样写而是我应该怎样写。其结果，作品不但主题雷同，情节、人物大同小异，甚至连语言也逐渐标准化了。近年情况大有改观，但公式化倾向仍然是比较普遍的。比如写改革，20世纪50年代的公式是先进工人如何遇到思想保守的厂长阻挠，最后在党委书记支持下终于取得成功。到了80年代，不同样是先进人物如何遇到保守势力阻挠，最后出来个青天大老爷解决问题吗？当然，改革的内容不同了，人物的身份和面貌也变了。过去代表保守势力的当权派只能是厂长，绝不能是党委书记；现在则可以是厂长，也可以是党委书记。过去不敢写私生活，尤其不敢写男女；现在则大写特写，不但年轻的要谈恋爱，老年人也要谈恋爱。诸如此类，变化不小，说明作家思想确实解放了。但许多人并没有从公式化中解放出来。再如近年有许多写"右派"的作品，主人公无不是多才多艺而又品德高尚，受屈不改心，纯洁得像仙女。你要写一个道德文章都差劲的右派，恐怕就会遭到"不真实"的责难，甚至有人会问你"这是什么意思"，而更大的可能是根本发表不了。因为现代反映论还有个典型论，生活中当过右派的人当中固然也有坏蛋和笨伯，但那是非典型的，非典型的即非本质的，也就是不真实的。我并非提倡写这样的右派，而仅为指出公式化倾向的存在。当过右派的人，他们的思想性格和经历遭遇是因人而异的，都是很复杂并且充满矛盾的，绝非当今许多作品所描写的那样单纯。现代反映论强调真实，但在这种理论支配或影响下写出的作品却往往是不真实的。文学的真实不能建立在一致性的基础上，只能建立在差异性的基础之上。因为文学主要是写人，并且是由人来写，而人就是因人而异的。

现代反映论忽视人的主观，西方现代主义理论则又陷于另一个片面，他们仅强调人的主观；他们所强调的主观不但不受客观制约，而且是以摆脱这种制约为前提或目的的。现代主义种种流派，在艺术方法上不无借鉴的价值，问题是从什么角度去借鉴，即如何认识他们所强调的主观。意识流，流的究竟是什么？直觉、本能、潜意识，到底是社会人的直觉、本能、潜意识，还是"原始"人的直觉、本能、潜意识？无论他们的主张如何，我们都只能从社会人的角度去认识和评价他们的创作，看看有什么东西值得借鉴。即如人变成甲虫，变成犀牛，或者女人下蛋，不管多么荒诞，归根结底是出于某种社会感受，人的主观终究脱离不了社会的客观。所谓"畸形社会产生的畸形文学"，虽然可以理解，其本身值得借鉴的地方并不太多。反社会、反理性和反传统这一基本倾向正是畸形之所在。现代主义作为一种思潮已有上百年的历史，各种流派像走马灯一样从眼前晃过，迄今并没有闹出多大名堂，原因就在它的基本倾向是违背人类的文明进程的。

人从脱离动物状态的第一天起，身上就有两个"性"，一是个性，一是社会性，所谓人性其实就是个性与社会性的对立统一。请想想，难道不是么？既然承认文学是人学，那就应该尊重人身上的两个"性"。既不能以社会名义抹煞人的个性，亦不能以个人名义抹煞人的社会性（抹煞了人的社会性也就抹煞了人的个性）。人要失掉个性就成了概念，现代反映论支配下的文学实践普遍存在这种倾向；人要失掉社会理性和传统就有变成动物的危险，西方现代主义流派普遍存在这种倾向；人既不是概念，也不能变成动物,二者都是对人性的亵渎和违反。必须既重视人的个性,又重视人的社会性,这才合乎人性。只有合乎人性的文学才配称为文学,也才是真实的文学。这就是我关于文学本体的基本观点——两个世界的观点。它毫无高深之处,不过是根据人生和文学实践中的常识讲话罢了。在我看来,文学以至美学中的一切重大问题,都离不开这个基本常识,即都需要从主客观的对立统一中去认识。

第二章 什么是文学

首先,文学是一种艺术,这个命题现在至少在理论上已为大家普遍接受。

那么,什么是艺术呢?你如果查阅有关工具书,答案仍旧是"通过形象反映社会生活""一种社会意识形态"云云。

我们最好还是从对事物的具体分析开始。

《庄子·养生主》上有个著名的故事,大家还记得吗?有一天梁惠王见庖丁解牛,只见他"手之所触,肩之所倚,足之所履,膝之所踦……合于《桑林》之舞",解牛的动作就像跳舞一样;同时又听见"砉然响然,奏刀騞然,莫不中音……乃中《经首》之会",解牛发出的声音皆合乎音乐的旋律和节奏。这使梁惠王大吃一惊:"嘻,善哉!"真棒啊!因问:"技盖(盍)至此乎?"你的技术怎么达到如此高超的地步?答曰:"臣之所好者,道也,进乎技矣!"什么叫道?他解释道:"始臣之解牛之时,所见无非牛者;三年之后,未尝见全牛也;方今之时,臣以神遇而不以目视,官知止而神欲行。"解牛而不见全牛,注意力都集中在下刀的部位,说明技术的长进;现在则"以神遇而不以目视",根本毋须眼睛看即知何处下刀,如何进刀,以至"官知止而神欲行",达到这种出神入化的地步,即所谓道。这位解牛大师接着说,一般庖丁解牛,一月就要换把刀;技术好一些的庖丁，一年换把刀；而我这把刀已经用了十九年，解了数千头牛了，至今还像新开刃的一样。其原因，就在我善于寻找牛的筋骨之间的缝隙下刀和进刀，连细密的筋络也碰不着，更不用说大骨头了。

庄子讲这个故事，是为说明"以无厚入有间"的道理，教人立身处世要善于钻空子，即逃避社会矛盾以达到养生的目的。然而，故事所表明的道与技的关系，却给人以别的启迪。这里所谓的道，并非"先天地而生""无为而无不为"的宇宙本体。它与技一样，是一种实践经验，是一种只有达到高度熟练程度才可能获得的经验，一种并非人人都能获得的高级经验。一旦获得这种经验，就能产生精神上的由衷愉悦，并能使旁观者也产生同样的愉悦。那位庖丁，当劳动完毕时，眼见所解之牛"謋然已解，如土委地"，于是"提刀而立，为之四顾，为之踌躇满志"，这就是精神上的愉悦。而当他劳动的时候，则使人感到犹如欣赏音乐、舞蹈一般，可见其同样也给观者带来愉悦。

这种能使人产生精神愉悦的道，或许就是我们今天所谓的艺术吧？果尔，则艺术起源于劳动的命题亦庶乎可以成立。

诸位只要留意体察，便不难发现庄子所说道与技的关系是普遍存在的。我曾经当过十五年建筑工人，回想当年学艺，便经历了由"技"到"道"的过程。开始时，被师父说"你就是没长毛，长了毛比狗熊还笨"，经过几年实践，掌握了各种技术，成了一名熟练工人；到后来又摸索出一些诀窍，即独特的经验，干起活来就不同凡响了。拿最简单的跑大墙来说，起初只顾"认线"，注意灰浆饱满和横平竖直，累得满头大汗仍跟不上趟；到了后来，真是如有神助，"官知止而神欲行"，如高尔基小说中所说"红鸽子从手上飞"，那些砖仿佛是自动飞到墙上去的。到了那种境界,劳动就真是一种精神享受了。

拿讲课来说,亦有"技"与"道"之分。开始时照本宣科,很笨拙;几年之后掌握了一些讲课技巧,变得熟练了。但技巧的熟练不一定是"道"。有的人教了一辈子书却始终停留在"技"的阶段。教书要达到"道",即艺术的境界,除了熟练掌握知识和必要的讲课技巧,还需要灵感、激情以及某些并非人人皆有的天赋。有的教师经过努力能够达到,有的教师始终无法达到。

任何劳动均有"技"与"道"之分。"道"建立在"技"的高度熟练的基础上,是"技"的升华。任何人只要努力均可达到技术的高度熟练,但不是每个人都能达到"道"的阶段。这种升华是一种质变,除了高度熟练,还须依靠自觉、灵感一类的心理因素;庄子所谓"以神遇而不以目视","官知止而神欲行",这个"神"即直觉、灵感。一旦达到这种境界,就能产生一种超功利的精神愉悦,亦即现在人们常说的美感。当一个人在某项劳动中表现出非凡的才能时,我们会情不自禁地发出赞叹:"啊,这真是一种艺术!"这绝非仅仅意味着技术的高度熟练,更重要的在于他的技术已经升华,由炉火纯青达到出神入化,因而他的劳动除了功利目的,还能使人产生一种非功利的审美愉悦。这就是道,亦即艺术。

关于功利与超功利(或曰非功利)的关系,尚须进一步辨析。

人区别于其他动物,首先在劳动。由简单劳动到复杂劳动。在劳动中不断总结实践经验,这就是人类文明。总的看来如此。

人类经验可分为功利的(技)与超功利的(道)两大类,二者均由劳动实践中来。前者是普遍的;而后者是罕有的,比前者更高一级。功利的经验所以是普遍的，是因为人类劳动首先是为满足生存并不断改善生存条件的需要。如上所举，解牛是为了吃牛肉，盖房是为住房，教书是为培养人才，都是为了满足功利需要，其经验首先是功利的。所谓超功利经验，即除功利目的以外，还能使人产生非功利的精神愉悦的经验。如庄子讲的那个庖丁，他解牛固然是为吃牛肉（或许自己吃不成，却能领工钱），这是功利的；但他之区别于一般庖丁，乃在其解牛之时能使别人如观《桑林》之舞，如闻《经首》之会，解牛之后他自己能产生"为之四顾，为之踌躇满志"的精神愉悦，这却是与吃牛肉和领工钱无关的。

功利经验是基本的，没有这种经验人类便无法生存，更谈不到发展。但如果没有超功利的审美经验，人类生活也是很难想象的。上面谈到，在实践中获得超功利经验的只是少数人，但这种经验一旦成为观照对象，便能为多数人享有。梁惠王不掌握解牛之道，但观赏庖丁解牛之道同样能产生审美的愉悦。而且，随着人类文明的发展，这种超功利的经验必将为愈来愈多的人直接掌握。马克思曾预言，到了共产主义社会，劳动将不再仅是谋生的手段，而会成为生活的"第一需要"，即是说它本身就能给人带来愉悦；我想这就是针对超功利的审美而言的。

科学、艺术和宗教，历来被视为人类文化的三大支柱。科学是功利经验的总结，艺术即为超功利经验的总结。至于宗教，则并非起源于实践经验，而是人类处于生产力水平极低时对现实世界的一种虚幻的反映。在历史上，它曾经是一个庞大的部门，其地位远在科学和艺术之上，因此，作为一种历史现象，有认真加以研究的必要。但是，随着人类社会的进步，宗教不是不断发展，而是渐趋消亡，因此它不可能永远与科学和艺术并列。

艺术与科学一样，起源于劳动实践，与科学不同之处即在其非功利性。需要附加说明的是，所谓非功利性，系就艺术本身的特征而言。至于艺术的社会功能，那是另一个问题，我将在第八章中加以论述。

相对科学（技术）而言，艺术的特征就在其非功利性，即不是为满足某种实际需要，而是给人带来精神上的愉悦——审美的愉悦。这个结论，同近代西方美学中"审美无利害关系"的命题是一致的，但立论角度不同。从不同角度得出一致结论，正说明其可信性。

因此有必要对西方的这种观点略加评述。

"审美无利害关系"最早是由谁提出？这个问题在西方美学界是有争议的。如果追根寻底的话，可以追溯到中世纪甚至古希腊。但将其作为一个重要命题正式提出并在历史上发生了深刻影响的，无疑是德国古典美学的奠基者和整个西方美学史上的划时代人物康德。康德的原话为："美是无一切利害关系的愉快的对象。"（《判断力批判》上册）这就是他关于美的定义。康德所谓美，就是审美，他认为只有当一个人用一种无利害关系的态度去对待一个对象时，其所获得的愉快才是审美的愉快。无疑，一切艺术品都具有这种性质。如黑格尔所说："欲望所要利用的木材或是所要吃的动物，如果仅是画出来，对欲望就不会起作用。"（《美学》第一卷）我们欣赏徐悲鸿画的马，绝不会想到要去骑它；欣赏齐白石画的虾，也绝不会引起食欲。黑格尔所说的欲望，康德所说的利害，亦即我们前面所说的功利，只有在排除这些东西的前提下所产生的愉悦，才是审美的愉悦。这一原理不仅适用于对艺术品的审美，在大多数情况下亦适用于对自然和在社会生活中的审美。

普列汉诺夫在考察原始部族的艺术时说过："以功利观点对待事物先于以审美观点对待事物。"(《艺术论》)这话反过来说就是审美需要超越功利观点。在这个看法上，马克思主义者普列汉诺夫与主观唯心主义者康德、客观唯心主义者黑格尔是完全一致的。普列汉诺夫是在探究艺术和审美意识的起源时说这个话的。对于处于原始阶段的人来说，森林首先是砍伐的对象，动物首先是捕杀的对象，只有在起码的功利需要满足之后，才谈得到对森林和动物的审美。所以普列汉诺夫说功利先于审美。对于文明人类来说，功利与审美虽没有先后之分，但对立依然存在，而且情况变得很复杂。比如一件稀世珍宝，在珠宝商眼里它意味着财富，在艺术家眼里它却是审美观照的对象。当然，在人类文明发展的现阶段，艺术品也成了商品，因此即使艺术家亦很难避免私有观念的污染，审美的愉悦往往伴随着对财富的占有欲望。然而不受这种污染的人也总是有的，例如巴尔扎克笔下那个可怜的邦斯舅舅便是。尽管存在种种复杂情况，审美的非功利性质仍然是显而易见的。二者不但可以分开，而且往往是对立的。一个世俗功利欲望极强的人，其审美力必然是迟钝的，这难道不是事实吗？

康德关于审美无利害关系的命题，在西方被认为是艺术史上一次最大的变革。在这之前，艺术在人们眼里有认识价值、教育价值、娱乐价值，唯独没有艺术自身的价值。康德将审美界定为无利害即非功利的愉快，自此便开辟了人们认识艺术自身价值的道路，美学也才成为一门独立的学科。这个命题已为西方现当代美学家普遍接受，甚至一些怀疑者和反对者亦实际受其影响。最明显的例子就是19世纪末期美国最著名的美学家桑塔耶纳[①](George Santayana)，其所著《美感》专有一节题目就叫"审美快感的特征不是无利害观念"，实则他的观点非但不与康德矛盾，可以说恰恰是对康德命题的补充和发挥。他对美（即审美）所下的定义是"对象化了的快感"（Pleasure objectified）。所谓对象化，解释是模糊的，且不去管它。首先，他肯定美是一种快感，而又有别于生理快感，认为"肉体（生理）快感是离美感最远的快感"，属于"卑贱""粗劣"的快感。再则，他承认无论哪种快感，都依赖于人的某种器官。生理快感依赖于味觉、嗅觉和触觉器官，而审美快感则依赖于耳、目的活动以及大脑的记忆和意识功能。生理快感是有障碍（局限）的，为了持续获得喝酒的快感就得不断喝酒，只要停止下来，这种快感也就消失。而美感则可突破这种障碍，"直接把注意力引向外在的事物……而不是局限于感官之内的快感"。显然，桑塔耶纳将生理快感排除在审美之外，犹如康德将利害排除在审美之外，彼此是一致的。区别在于他是从人的感官立论，认为味觉、嗅觉、触觉只能传达生理快感，听觉、视觉才能传达审美快感；这种看法一般说来是正确的，当代美学家似乎没有谁对此提出异议。需要注意的是，这个命题是不能逆转的。美感固然依赖于眼、耳，但由眼、耳传达的快感并不都是审美快感。比如守财奴见到大堆金银财宝自然会产生快感，甚至是狂喜，但这绝非审美快感（也不是生理快感）。可见，还是康德的定义适用范围广泛。

康德的定义对于认识审美本质确有决定性意义，因而为后世美学家普遍接受，事实上已成为西方现代美学的奠基石。但是，

---

① 又译"桑塔亚纳""桑塔亚那"。此译名从作者当时参考的缪灵珠译本。——编者注

在我们看来，无论康德还是他的后继者都有一个根本弱点，用他们自己的话来说叫作"静观"，即在审美中要排除任何实践的欲念，很有点像中国庄子所说的"心斋"。因此，他们所举的审美经验往往停留在鉴赏——对自然和艺术品的鉴赏上，而很少涉及创作；所说鉴赏亦不涉及社会实践。在我们看来，人类社会实践原是审美产生的基础，是不能排除在审美之外的。艺术品的创作本身也是一种社会实践。

总之我的观点与西方美学既有一致之处，又有本质的区别。一致之处在于，彼此都认为审美就其本身而言是非功利的，即与生理满足、占有欲及一切实用目的无关，是一种纯粹的精神愉悦。区别在于西方美学是从"静观"出发，而我是从社会实践将人类经验分为功利与非功利两大类。"静观"是机械的观点，由实践区分功利与非功利则是辩证的观点。前者的结论是为艺术而艺术，后者则主张为人生的艺术。

美有三种形态（或曰三大范畴）：自然美、社会美和艺术美。迄今所有美学著作大抵都只承认自然美与艺术美两个范畴，所谓社会美学并非研究社会美，而是研究审美的创造（包括文艺）。忽视社会美，在唯心主义美学家看来是不足为奇的，因为他们的"静观"本来就排斥社会实践。至于反映论者，既然认为艺术是社会生活的反映，如果社会生活不存在美，艺术美又从何谈起？

再重复一遍，所谓美，亦即审美，在我讲课中二者是同义语，以后不再说明。什么叫社会美呢？自然美的客体是自然界，那么社会美的客体就是社会生活，具体说就是人的实践活动以及人与人之间的关系。比如前面举的庖丁解牛，属于生产实践，此外还有许多别的实践,均有可能成为审美观照的对象;至于人们在社会实践基础上所形成的各种关系——如君臣(封建社会)、父子、夫妻、朋友、敌我……自然也都可能成为审美观照的对象。实际上,社会美的内容更丰富,因为它是动的,而自然美是静的(就审美客体而言)。然而社会美又比较难得,原因就在人的实践活动以及彼此间的关系都首先是功利的,只有超越功利方可为美,这并不容易做到。比如写文章,是为了表达某个或某些观点,这是它的功利目的;同时还想赚稿费,获得荣誉,也是功利目的。只有当你在写作过程中产生了灵感和激情,觉得如有神助,才能产生类似庖丁解牛时的那种精神愉悦,才会觉得写作真是一种美的享受。不用说,在这种状态下写出的文章肯定比平时的好,因为你已经由"技"上升到"道"。"道"与"技"一样具有功利目的,但"道"又超越了"技",因此除功利之外还获得非功利的审美愉悦。这是很难达到的。拿我来说,写文章几乎永远是件苦差。

社会美所以难得,还由于私有制给社会带来的污染。卢梭有句名言:"谁最先在地上画个圆圈,说:'这是我的!'他就是现代文明的奠基者。"他认为人类每向文明前进一步也就是走向堕落的一步(见《人类不平等的起源和基础》)。这个观点是荒谬的,却又是很深刻的。它不仅指出现代文明是建立在私有制的基础之上,而且说明了私有制对人的毒害。人类社会不可无功利,但在私有制条件下人们的功利往往同私有观念分不开,我把它叫作世俗功利。一个满脑子世俗功利观念的人,是很难用审美的态度去看待自己和别人的活动以及彼此间的关系的。平时我们说某人具有"艺术气质",就是指他比较能够摆脱世俗功利的束缚,是不是呢?刚才谈到卢梭,现在我又想起比他早两千年的中国的庄子，二人都对人类文明采取否定态度，而庄子的否定更彻底，亦更具有所谓的艺术气质。我对庄子否定人类文明的观点不赞成，却很欣赏此人身上的艺术气质。他居于"穷闾陋巷"，靠打草鞋过活，有时穷得揭不开锅，可是人家几次请他出来做官他都断然谢绝，骄傲得很。有次他去见魏王，穿的是打补丁的粗布衣服，脚上的破草鞋还用绳系着。魏王见他这副狼狈相便问："何先生之惫耶？"答曰："贫也，非惫也。"我穷是穷，精神状态可不坏！接着便把对方教训一顿。他的老朋友惠施做了梁惠王的相，庄子跑去见他，这位老朋友以为庄子是来争夺相位，于是下令搜捕，折腾了三天三夜。临了庄子出现在他跟前，对他讲了那个"鸱得腐鼠"的故事。与魏王、惠施对照，庄子的言行便显得美。读《庄子》随时可以发现：一方面，此人很懂得审美；另一方面，其言行本身亦显得美；二者均以超脱世俗功利为前提。当然我并不赞同庄子的人生哲学，那是另一回事。

  无论自然、社会或艺术审美，均以超越功利，尤其是世俗功利为前提。人们面对一桌佳肴往往会发出赞叹："真美！"那是对美的误用。除非看见艺术家画出的一桌佳肴发出赞叹，那才叫审美。但似乎并没有这样的画。再如金银珠宝，既有审美价值，又有功利价值，对它的爱好究竟是审美的还是功利的呢？曰：因人而异。我们走进故宫博物院的珍宝馆，就能听见不同的赞叹，有人说："真美！"可也有人说："这值多少钱啊！"如果这些金银珠宝不是放在博物院（即排除了对它占有的可能），这种人一定会更激动的。这当然不是审美的激动。在邦斯舅舅弥留期间，对他收藏的艺术品的争夺是何等激烈啊！那些垂涎者都绝非出于审美的缘故。私有观念同审美是绝对对立的。要培养起高尚的审美兴致和能力，就得自觉克服基于一己私利的功利欲念。用审美的眼光看世界，就会发现周围有许多美好的事物，就会热爱人生。反之，用充满私欲的功利眼光看世界，就会觉得到处是丑恶，以致厌恶人生。随着社会的发展，用审美眼光看世界的人会愈来愈多，我们的社会生活也将因此愈来愈美好。功利永远是人类生存和发展所必需的，私有观念却是可以克服以至消除的。人类生活不但需要功利，需要科学；同时也需要审美，需要艺术。

自然美的客体是自然，社会美的客体是社会生活，艺术美的客体是艺术品。而艺术品又包含自然、社会的客体和人的主观（主体）。也就是说，对艺术品的审美包含双重主观——作者的主观和鉴赏者的主观。

机械反映论者忽视、降低甚至否认人的主观作用，因此认为自然（包括社会）美高于艺术美，用车尔尼雪夫斯基的话来说，"艺术美绝抵不上生活本身的美"，艺术品只能是生活的"可怜的再现"，同生活本身相比它永远是"拙劣、粗糙、苍白"的。果真如此，那还要艺术干什么？车尔尼雪夫斯基用比喻回答了这个问题："原画只有一幅，只有能够去参观那陈列这幅原画的绘画馆的人，才有机会欣赏它；印画却成百成千地传播于全世界，每个人都可以随意欣赏它，不必离开他的房间，不必从他的沙发上站起来，也不必脱下身上的长袍。"（《艺术与现实的美学关系》）那么，比如说，你车尔尼雪夫斯基先生不那么懒惰——你是很勤奋很坚毅的人啊！——脱下你的长袍，像乞乞科夫一样跑到乡下去一遭，难道真能看见《死魂灵》的"原画"吗？既然《死魂灵》这幅"印画"比它的"原画""低劣得多"，为什么你又说"俄国没有果戈理怎么成"呢？这实在令人费解。不过，在车尔尼雪夫斯基，似乎也可以自圆其说。因为他认为艺术的目的和作用有二：一是再现生活，充当生活的"代替品"；再是说明生活，充当生活的"教科书"。他经常是从后一方面对文学作品做出评价的。作为"教科书"，艺术亦远不如生活本身蕴蓄的教诲完全，但生活中含有的教诲毕竟不能自动显现，因此作家就能对读者有很大帮助。从车尔尼雪夫斯基到现代反映论者，均强调艺术的认识价值和教育价值，却忽视艺术自身的审美价值。

我们则认为艺术美高于自然美和社会美。自然界和社会生活成为艺术家的审美对象，经过主客观相互渗透的想象活动制造出艺术品，这个艺术品又成为我们审美的对象。这个对象，由于包含着艺术家的主观，因此在自然界和社会生活中是找不到的，它给人带来的审美愉悦总是更纯粹，更强烈，亦更能给人以启迪。当然我指的是真正的艺术品。贝多芬的音乐，你在自然界是永远听不到的。蒙娜丽莎的微笑，那种将笑未笑时所透露出的"永恒神秘"，你从任何一个活女人脸上都无法见到。李白写庐山瀑布："飞流直下三千尺，疑是银河落九天"，"海风吹不断，江月照还空"；如果不读李白的诗，你站在再壮观的瀑布下面，也不可能产生这样的美感，至少是不能产生同样的美感。听说现在每年都有许多日本人簇拥到苏州城外，坐在船上等待寒山寺的钟声，要没有张继《枫桥夜泊》那首绝句，他们是断然不会这样做的。这类例子可以举出成千上万，均可证明艺术杰作的魅力超过自然界和社会生活本身。我们形容一个地方风景很美，习惯说"如临画境"，可见画境胜于真境；反之，如果说某人画的景物像真的一样，对艺术家来说那并不是一种恭维。我们形容一只鸟叫得好听，说它就像唱歌一样；反之，如果说一个歌唱家唱得像鸟叫一样，那就是骂人了。这些难道不都是众人皆知的常识吗？

生活中有美也有丑，艺术中只有美没有丑。生活中的丑（例如一个道德败坏的人物）一旦进入艺术，也能成为审美观照的对象，引起美感。生活中的痛感（例如失恋），在艺术中却能引起审美的快感。人们在生活中总是避开悲剧，在艺术鉴赏中却偏爱悲剧；艺术中的悲剧所引起的审美愉悦更崇高，更令人陶醉。

艺术中也有丑，例如公式化作品、伪善说教的应制之作、迎合低级趣味的海盗海淫之作，便都是艺术中的丑。不过，严格讲来，这些作品都不能称为艺术品，而应该叫作别的什么东西。

从审美角度看，艺术既不能脱离自然和社会，却又可以并应该高于自然和社会，关键就在其中有艺术家的自我在。

艺术门类很多，这里为说明文学这一门类的特点，仅举绘画、雕塑和音乐与之比较。简单地讲，绘画、雕塑属于空间艺术（绘画属二维空间，雕塑属三维空间），具有广延性，诉诸人的视觉而引起美感；音乐属于时间艺术，具有顺序性，诉诸人的听觉而引起美感。文学也要诉诸人的视觉和听觉，但却不能直接由视觉或听觉引起美感。比如我们看一本小说，无论方块字还是拼音字，文字本身并不能引起美感（除非由书法家手写，那是另一回事），只有它所表达的意义（语言）才能引起美感。或者听人朗诵一篇作品，悦耳的声音固然能引起美感，但那毕竟是次要的，我们关心的主要还是声音所表达的意义（语言）。也就是说，文学的审美比别的艺术多了一个层次。绘画的材料是线条和色彩，音乐的材料是声音（乐音），而文学的材料是语言。语言无论写出来还是说出来，其形状或声音都不能直接引起美感（对文学审美来说）。形状或声音只不过是语言的物质外壳（材料），对文学来说它就是材料的材料。也可以说，文学的审美比别的艺术高了一级。造型艺术诉诸人的视觉，音乐诉诸人的听觉，而文学则是通过语言（思维）直接诉诸人的心灵。

音乐是连动物也可能欣赏的，中国《尚书》上便有"八音克谐……百兽率舞"之说，古希腊神话中亦有以音乐驯服野兽的记载。现在更有进步，据说奶牛听了音乐便增加奶产量，甚至连植物听了音乐也能加速生长……这些现象恐怕是属于科学研究的对象。但至少"百兽率舞"之类是同人的审美类似的。造型艺术是否能对动物发生某种影响，不清楚。至于文学，则因为它是通过语言（思维）诉诸心灵，肯定对于任何低等动物都不能发生任何影响，只能属于万物之灵的人类。

任何艺术，无论重再现还是重表现，总之是个"现"，即是说要被人了解，它的审美功能及由此产生的其他功能才能实现。而被人了解的最有效的媒介无疑就是语言。所以才有"音乐语言""绘画语言""舞蹈语言"……之说。但是，老实讲，这些"语言"远非人人能懂，正如马克思所说：对于不懂音乐的耳朵，再好的音乐也不起作用。只有文学的语言是真正的语言，同民族人人都能懂，不同民族的人经过翻译也能懂。从这个角度看，文学又是最无障碍、最有普遍性的一门艺术。

我们说音乐艺术，意思是指音乐这门艺术；说绘画艺术，意思是指绘画这门艺术……而要说文学艺术却有两种含义：一是文学这门艺术，一是文学与艺术。在艺术各门类中，只有文学可与整个艺术并列。总而言之，文学是最高级、最普遍（社会性最强）、最重要的一门艺术，关键就在它是通过语言（思维）直接诉诸人的心灵，是和人生关系最密切的艺术门类。

第三章　表现与再现

第一章已谈到，文学艺术反映的不是一个世界而是两个世界：主观世界和客观世界。反映主观世界可以叫作表现，反映客观世界可以叫作再现。古今中外，一切美的创造均离不开这两个方面，这是共同的规律。但如果我们考察一下历史，就会发现中西方在文学实践和理论上均存在相反的发展趋势，简单地说，中国是表现—再现，西方是再现—表现。了解这种差异不仅是有趣的，而且有助于认识文学创作的共同规律。

中西方文学均起源于诗，然而对诗的理解一开始就呈现出明显的差异。

什么叫诗？中国先秦有许多典籍都对此做了明确回答：

诗言志，歌永言，声依永，律和声。（《尚书·舜典》）

诗以言志。（《左传·襄公二十七年》）

诗以道志。（《庄子·天下》）

诗言是，其志也。（《荀子·儒效》）

诗言其志也。（《礼记·乐记》）

至于解释则可举《毛诗大序》中的一段话：

诗者，志之所之也。在心为志，发言为诗。情动于中而形于言。言之不足，故嗟叹之；嗟叹之不足，故永歌之；永歌之不足，不知手之舞之，足之蹈之也。

这段话，实为发挥《礼记·乐记》所说："诗言其志也，歌咏其声也，舞动其容也；三者本于心，然后乐器从之。"由此可见，所谓"志"，就是一个人的思想，必须伴随音乐、舞蹈才能表达的思想。诗乐舞三位一体，故荀子说"诗言是，其志也"，又说"君子以钟鼓道志"（《乐论》），诗可言志，音乐亦可道志，诗与乐表达的是同样的志。可见这种志实为一种感情，一种具有某种思想含义的感情。

从文学的起源看，恐怕任何民族最早出现的都是这种和音乐、舞蹈三位一体的抒情诗，而不会是别的什么体裁。然则为何各民族（包括我国少数民族）文学史的发端多为史诗而非抒情诗？须知，现存最早的作品，在见于文字之前都经过一个相当长的口头流传阶段。荷马史诗经过大约三百年口头流传才写成文字（若从荷马之前的神话和英雄传说算起，口头流传时间就更长），又过了三四百年才最后编订。中国少数民族有许多史诗，经过千百年流传，近年才开始做文字的记录和整理工作。而抒情诗，由于没有故事情节，很难在口头长期流传。即便写成文字，也难于长期保存。古希腊在荷马之后的二三百年，曾出现过一个抒情诗的繁荣时期，保留至今的作品却少得可怜。例如女诗人萨福（Sappho），柏拉图称之为"第十位文艺女神"（神话中文艺女神共九位），据载共写过十卷诗，传下来可信的却只有两首和一些残句。至于荷马以前的抒情诗，自然更无法见到了。

中国的《诗经》，基本上是一部抒情诗集，两千五百年前一经编订便被完整地保存下来，流传至今，这在世界文学史上实为绝无仅有的现象。这不能不归功于孔子及后世儒家。不过，儒家对《诗经》的高度重视，并非由于文学，而是由于政治的缘故。子曰："不学《诗》，无以言。"这个"言"当非泛指，而是指外交辞令。所以又说："诵《诗》三百，授之以政，不达；使于四方，不能专对；虽多，亦奚以为？"学了《诗经》要不能搞政治办外交，学得再多也没用。后世儒家把《诗》三百推尊为"经"，视之为"经夫妇、成孝敬、厚人伦、美教化"的教条，同样是出于政治上的需要。这种实用主义态度必然导致对文学的曲解自不待言，但这部产生于两三千年前的抒情诗集因此得以长期保存和流传，在历史上产生了巨大影响，这却是个积极的结果。

那么，为什么汉民族文学史上基本上没有史诗（《诗经·大雅》中有两三篇具有史诗性质）？此亦与儒家有关。须知，史诗主要是反映古代人对世界和自身历史的认识，限于当时的生产和知识水平，这种认识必然是建立在神话的基础之上，即一方面将自然力人格化，另一方面又将人神化，人神不分。汉族和别的民族一样，古代神话资料十分丰富，但由于儒家学说从孔子开始便重人世而忌言神怪，这就使得与神话有关的文学作品很难以其本来面目被记载和流传。儒家学说，可用孔子自己的话概括："务民之义，敬鬼神而远之。"有一次子路问"事鬼神"便碰了钉子，回答是："未能事人，焉能事鬼！"子路壮起胆子再问一句："敢问死？"回答仍是："未知生，焉知死！"这种回避显示出对现实人生的执着，千载之下读之亦令人肃然起敬。"子不语怪、力、乱、神"。可是这位老先生又"信而好古"，凡古时传下来的东西都不敢否认，只好加以"合理"解释。例如，将"黄帝四面"释为"取合己者四人，使治四方"，不是说黄帝有四张脸；"黄帝三百年"释为"生而民得其利百年，死而民畏其神百年，亡而民用其教百年"，不是说黄帝活了三百年；"夔一足"释为"夔一，足"，不是说夔只长了一只脚。后世儒家仿此，于是人首蛇身的伏羲和有四张脸的黄帝，鱼或是熊变的鲧和禹，等，便都成了历史人物。司马迁在写完《五帝本纪》之后很有感慨地说："百家言黄帝，其文不雅驯，缙绅先生难言之。……余并论次，择其言尤雅者，故著于本纪书首。"这就透露出神话被历史化的过程。这样做不是毫无道理，因为神话的产生原有一定的史实为基础。但反过来又将神话历史化，其结果必然是对神话本身的肢解和破坏。现在还能见到的神话记载，如女娲补天和造人，伏羲和女娲兄妹结为夫妇，鲧、禹治水（鲧窃天帝之息壤，禹化熊通山），羿射日，黄帝擒蚩尤，共工怒触不周山……均语焉不详；再如日御神羲和、月御神望舒、风神飞廉、雨神萍翳、云神丰隆、水神共工、火神祝融……大多数几乎只留下个名字，事迹殊少；这些神话当初在口头流传时的盛况，我们已无从得知了。别的民族在此基础上创造出史诗和其他文学作品，而我们除了关于三皇五帝的记载，剩下的便只有散见各书的支离破碎的神话残骸了。

用我们的观点看问题，可以说古代儒家出于坏的动机却办了件好事（使《诗经》得以保存和流传），出于好的动机却又办了件坏事（使与神话有关的文学作品无法以其本来面目保存和流传）。好事坏事合在一起，便决定了中国文学史由抒情诗发端的独特传统。

这个发端十分重要，实际决定了整个封建时代汉族文学的历史。《诗经》的传统也就是抒情诗的传统，它贯穿于整个文学史,始终处于正宗地位,并且始终是主流,作者面之广泛,作品数量之多,影响之大,在世界文学史上是绝无仅有的。叙事诗则始终不发达。有人说中国是诗的国度,确切地说应是抒情诗的国度。至于小说、戏剧,一方面出现较晚(小说出现比西方早),并且始终处于受歧视甚至是"非法"的地位。文学的实践决定文学的理论,中国的文论也主要是诗论。不过,需要说明的是,中国的诗论又有言志论与缘情论之分。

先秦两汉,诗论就是《诗经》论,属于经学范畴(虽然先秦还没有"经"的概念)。其基本特征是强调社会功利,中心命题为"诗言志";从孔子的"兴、观、群、怨"到汉儒的以比兴解《诗经》,皆如此。

"诗言志",从形式上看无可非议,从实质上看则是十分荒谬的。症结在于对"志"的规定:不是诗人自己的思想,而是某种公认正确的思想——即儒家以"圣人""先王"名义所宣扬的伦理和政教理想。言志论认为诗必须为宣传儒家伦理政教理想的政治目的服务,并认为《诗经》正是这样的作品。可是,《诗》三百所反映的社会状况多数都并不符合儒家的伦理政教理想,于是有了"变风""变雅"之说:"伤人伦之废,哀刑政之苛"以"怀其旧俗",即从反面宣传了"圣人""先王"之志,仍旧是言志。还有许多谈情说爱的作品怎么交代呢?于是有了"比兴"之说。比如"关关雎鸠"这一声鸟叫就关系到"风化天下"云云,不管在我们看来这种解释有多么荒谬,过去读《诗经》的人谁也不敢怀疑(只有杜丽娘读《关雎》竟萌发了春情,不过这种作品也只有汤显祖敢写)。

今人称道不已的"中和之美",不过是言志论的"诗教"罢了。其实质在于"以道制欲",即以圣人之志来制约自己的感情。关于这点，荀子在《乐论》和《儒效》中阐述得再清楚不过了。诗固然是个人感情的产物，但却必须表达圣人的思想，否则就是"乱"，就是"邪"，就是"奸言"。《毛诗大序》所说变风"发乎情，止乎礼义"，也就是"以道制欲"的意思。

言志论及其"温柔敦厚"的诗教，绝不代表中国抒情诗的优良传统，相反它一直是诗歌和文学发展的严重桎梏。文学史上真正有成就的作家和批评家，其成就无不是以摆弃这种桎梏为前提取得的。就文论而言，真正代表我国抒情诗优良传统的是缘情论。

缘情论既是脱胎于言志论，又是对它的否定。

诗首先是个人感情的流露和表达，言志论者并不否定这点。从《荀子·乐论》到《礼记·乐记》再到《毛诗大序》，关于这点都有十分精彩的表述。所谓"人情之所必不免""情动于中""发乎情"云云，无不是把感情视为诗（乐）产生的根据。不仅如此，他们也懂得诗（乐）不是诉诸人的理性而是诉诸人的感情，所谓"足以感动人之善心""动天地感鬼神"云云，都是说诗（乐）不是以理服人而是以情感人。

诗发乎情，但无论自觉不自觉，感情的抒发总要表达某种思想倾向，并从而发生某种社会作用，这是无疑的。问题在于，言志论所说的思想并不是作者自己的思想，而是某种公认正确的思想——假"圣人""先王"之名立言的儒家伦纪纲常——并且仅仅是这种思想，这就否定了作者的个性。再者，所说的社会作用，"上以风化下"也好，"下以风刺上"也好，均为宣传儒家伦纪纲常的政治目的服务，并且认为除此再没有别的目的，这就否定了诗的审美功能及其他社会功能。既否定作者的个性也否定作品的诸多功能，仅仅把诗视作政治服务的工具，这就是言志论的实质。

既承认诗发乎个人之情,又要求它表达"圣人""先王"之志,言志论者显然认识到二者之间的不协调,于是主张正乐。为什么要正乐?因为人世间毕竟还有在他们看来属于"淫""邪""乱"的不正之乐。自然也是"人情之所必不免",所以主张"以道制欲",主张"发乎情,止乎礼义"。经过"道"和"礼义"的"制"和"止",个人感情失去棱角,变得"乐而不淫,哀而不伤",从而也就可以发生合乎"教化"的"美刺"作用了。这就是言志论"温柔敦厚"的诗教的实质。

严格讲来,缘情论与言志论应说是孪生兄弟。先秦两汉论家在强调诗的言志作用同时,也揭示了诗的缘情特征。"情"与"志"在诗里原是一个东西。但由于言志论者赋予"志"以特定含义,并主张以之制"情",实际上否定了情。两汉以后言志论便不再发展,而同一母胎之中处于受压地位的缘情论却活跃起来,发展成为独立的诗论,并以自身的存在否定了言志论。其所否定的当然不是"志"本身,而是言志论者所赋予"志"的特定含义。甚至也不是否定这种特定含义本身,而是否定以这种特定含义的"志"来规定作者的"情"。一句话,缘情论区别于言志论的关键,就在于肯定个人感情本身的合理性。

先秦两汉并没有纯粹的诗论,论诗者都是政治家和经史家。汉魏以后,随着诗人的大量涌现,到六朝才出现诗家的诗论。政治家和经史家的诗论要在解诗,说明诗与政教的关系,重视诗的言志作用;诗家的诗论则为总结实践经验,建立理论和批评体系并用以指导实践,因此重视诗的缘情特征及其创作规律。前者是唯我独尊的,一经形成便不再发展的封闭体系;后者则是由不同流派共同形成的,并且是一直处于发展之中的开放体系。

关于缘情派诗论——从陆机《文赋》、刘勰《文心雕龙》到皎然《诗式》，司空图《二十四诗品》再到严羽《沧浪诗话》以至明清各派诗论——的发展及其与言志论错综交织的情况，我已在《诗缘情辨》一书里做了较全面的辨析，可参阅。总而言之，其与言志论的显著区别，就在不是由功利角度（儒家政教），而是由审美角度言诗。

无论"言志"还是"缘情"，均强调主观思想感情的表达，即强调表现。这是中国文论的基本特点，这一特点是由中国文学的抒情诗传统决定的。

与中国相反，西方文论由模仿说发端，发展过程中虽然经过许多阶段，出现过种种流派，但模仿即再现的观点始终居于统治地位，直到19世纪末期，情况才开始发生变化。这种理论上的特点又是由西方文学的实践决定的：古希腊罗马文学的主要体裁是史诗（神话史诗和英雄史诗）和戏剧（悲剧和喜剧），中世纪是传奇故事和叙事诗，文艺复兴以后文学的主要体裁是戏剧和小说（诗体小说和散文小说），19世纪文学高潮的主要成就是散文小说。抒情诗从不占主导地位。一些著名的抒情诗人亦往往写叙事诗和诗体小说（如中世纪末的但丁，19世纪英国的拜伦、雪莱，俄国的普希金、莱蒙托夫等）。在西方，"纯粹的"抒情诗人是不多的。史诗、戏剧、小说都必须有情节，这就决定了在这类体裁的实践基础上建立起来的理论必然更重视再现。

西方文论一开始便是模仿说，其中最伟大的代表便是亚里斯多德[①]，马克思称之为"古代最伟大的思想家"，车尔尼雪夫斯基说他的文艺观点"雄霸了二千余年"。在整个西方文论和美学

[①] 即亚里士多德。此译名从作者当时参考的罗念生译本。——编者注

史上，再找不出一个人的影响比得过他。在介绍他的观点之前，还得先说说他的老师柏拉图。

艺术模仿自然，在古希腊原是普遍流行的看法，而最初将其作为较完整的学说提出的，则是柏拉图（他的老师苏格拉底亦涉及，但苏主要从功利角度看艺术，认为利就是美，害就是丑）。柏拉图认为艺术是对现实的模仿，但他认为在现实世界之外，还另有一个理念（Idea）的世界；我们所能感知的现实世界不过是对理念世界的模仿，而艺术则是模仿的模仿，"影子的影子"，对于认识真理没有多大价值，并且认为它只能激起低劣的感情。既没认识价值并且是有害的，因此在他的由哲学家统治的理想国里根本没有诗人的地位，"除掉颂神的和赞美好人的诗歌以外，不准一切诗歌闯入国境"。（《理想国》卷十）

亚里斯多德师事柏拉图达二十年，"吾爱吾师，吾尤爱真理"，他的理论正是在批判他老师的基础上建立起来的。首先，他扬弃了柏拉图的理念论，认为事物的本质即存在于事物之中，从而肯定了现实世界的真实性，因此也就肯定了模仿现实的艺术的真实性。他把史诗、悲剧、喜剧以及音乐、绘画、雕刻等都称为模仿的艺术，认为这些艺术可以比它所模仿的事物本身更具有普遍的真实性。因为艺术不仅可以"照事物本来的样子去模仿"，还可以"照事物应该有的样子去模仿"，即描述出"按照可然律或必然律可能的事"。他还说："诗所说的多半带有普遍性，而历史所说的则是个别的事。所谓普遍性是指某一类型的人，按照可然律和必然律，在某种场合会说什么话，做什么事。"（以上引文见《诗学》各章）后世反映论和现实主义创作的基本观点（包括典型论），几乎都包含在里面了。

柏拉图和亚里斯多德虽然都肯定艺术是对现实的模仿，结论却很不一样。前者否定艺术，后者肯定艺术。

在整个中世纪，由于教会敌视文艺，文学的主要成就是流行于民间的传奇故事和叙事诗。在文论方面，以柏拉图的影响为主，出现了所谓新柏拉图主义。

亚里斯多德理论在西方文艺思想史上的巨大影响，是在他死后一千六百年，即文艺复兴时期发生的。所谓复兴，即复兴古代希腊、罗马的学术和文艺，实则是对中世纪宗教文化的反抗，要求从禁欲主义的桎梏下解放出来，宣扬人道主义和个性自由等等。这是一个出现巨人的时代，如绘画方面的达·芬奇和拉斐尔，文学方面的但丁、薄伽丘、塞万提斯、莎士比亚等。在文艺理论界虽没有出现同样的巨人，但所有艺术家无不接受亚氏模仿说的影响。如塞万提斯谈到《堂吉诃德》的创作时便强调"小说要忠实地模仿自然"；莎士比亚在《哈姆雷特》中说"要用一面镜子去照自然"；达·芬奇则说人的心灵应该像一面镜子，反对画家模仿别人的作品而主张模仿自然本身；等等。总的说来，文艺复兴时期的文艺思想均重视对自然（现实）的模仿和反映，同时亦重视虚构和理想的作用（亚氏模仿说亦不排斥这些东西）。

17、18世纪的古典主义实际是文艺复兴的发展，但是偏重于形式上的复古，口号是"模仿古人就是模仿自然"，也还是以自然为依归，不过多了古人作品的中介。如果说古典主义是从形式上继承文艺复兴，那么18世纪以"百科全书"派为代表的启蒙主义运动则是从实质上继承文艺复兴，即要求冲破宗教和封建秩序对人性的束缚，鼓吹人的价值。启蒙运动的意义和作用主要在社会方面。它所提出的自由、平等、博爱的口号直接成为随之而起的法国大革命的口号，亦是整个资产阶级革命的口号。至于文艺思想，三大领袖彼此分歧极大。卢梭根本否定文艺和整个人类文明，主张返回原始状态；伏尔泰与之相反，肯定文艺和文明的价值，但他自己的文艺观点是十分保守的，甚至连莎士比亚也看不起，基本上属于古典主义；值得注意的是狄德罗（《百科全书》主编），他对于绘画、戏剧和美学均有专著，其观点大体是既强调感情、理想、想象的作用，而又坚持必须模仿自然的原则，《画论》开宗明义便说："凡是自然所创造出的东西没有不正确的。"狄德罗在三大领袖中是唯一的唯物论者和无神论者，恩格斯和列宁对他都有极高评价。恰恰他的文艺观点是建立在模仿即再现理论的基础之上的。

启蒙运动的两大结果：政治上的资产阶级革命；文艺上，则是出现了19世纪的音乐、诗歌，尤其是小说的高潮。从文艺思想上说，浪漫主义在先，现实主义在后；从实践上看又往往是互相交错的。属于现实主义的作家和理论家均强调忠实于生活，重视细节真实和典型创造，无一例外。即使是浪漫主义作家，在强调理想、想象和热情的同时，一般亦并不反对模仿即再现的原则。浪漫主义女作家乔治·桑，曾同现实主义者福楼拜发生过一场旷日持久的争论。福楼拜称她为"亲爱的大师"，她则称福楼拜为"亲爱的小傻瓜"。感情很好，争论却十分尖锐，谁也说服不了谁。福楼拜固然是严格遵循再现原则（"现实主义"一词用在文学上，即由批评家评论《包法利夫人》开始），乔治·桑对他的指责，主要是说他"仅仅是描绘"，"不关心事物的本质"和缺乏理想，也并不是反对再现原则本身。乔治·桑对福楼拜说："你描绘现实本来的样子，而我描绘我愿看见的样子。"文论界有人以此分别现实主义与浪漫主义，其实是不妥的。亚里斯多德便说过模仿有三种：一是原来的样子，二是愿意看见的样子,三是可能的样子。乔治·桑的主张亦未超出亚里斯多德提出的模仿即再现的理论。

在西方,真正对模仿说提出正面挑战的,是由19世纪末滥觞的现代主义(Modernism)。关于这个概念的解释,在国内外理论界均有分歧,恐怕只能是个模糊概念。但既然要加以说明,就必须指出它的特征。那么我说,它的第一个特征便是混乱。在现代主义之前,西方文艺思潮的发展轮廓是相当清晰的,而现代主义则是由许多主张各异甚至是彼此对立的流派所形成的一种思潮。仅从创作流派说,即有象征主义、超现实主义、存在主义、荒诞派、表现主义、未来主义、意识流、新小说、达达主义、黑色幽默……这是从外观上说。从本质上说,则还须从它的先驱谈起。

一般认为现代主义由19世纪末开始。但在这种国际性思潮出现之前,自有其思想先驱,如美国的爱伦·坡(Edgar Allan Poe, 1809—1849)、法国的波德莱尔(Charles Baudelaire, 1821—1867)、英国的王尔德(Oscar Wilde, 1854—1900)。仅介绍一下颓废主义者波德莱尔,此人既有理论又有创作,诗集《恶之花》影响颇大。他大概是第一个对亚里斯多德模仿说公开挑战的人,认为"自然是丑的,我宁可要我所幻想的怪物",称复写自然的人是"教条主义者"(《一八五九年的沙龙》),认为"艺术家的首要责任是把人放在他应有的地位,来向自然抗议"(《一八四五年的沙龙》)。其所谓自然是包括人本身在内的;认为恶(为非犯罪)是人与生俱来的自然本能,而善是超自然的,即人为产物。这个观点与中国的荀子不谋而合。但荀子的结论是积极的——加强教育和重视法治。波德莱尔则根本否定教育和伦理,而仅把文艺视为宣泄苦闷、怨恨的工具。曾云:"我几乎不能想象——任何一种美会没有'不幸'在其中。"(《随笔》)此亦不无道理。波德莱尔有不少深刻的见解,但他的人生态度是消极悲观的,极端个人主义的。他自己则在酗酒和吸食鸦片中结束了一生,因而被视为颓废派先驱。

现代主义各种流派,虽然主张不同,但无一不是与传统模仿说根本对立的,此其一;强调个人主观,而这种主观又无不具有消极颓废的倾向,此其二。当然,比起其先驱者他们是大大进了一步,具体说来可归纳为三点:

一、反社会。人本来是社会动物,过去作家反对社会是反对现存社会秩序,目的则是寻求一个合理的社会。现代主义者则把"我"放在除"我"之外的一切人的对立面。存在主义者萨特作品中有句名言:"他人就是地狱。"认为个人存在的自我意识便是人生和宇宙的中心,人与他人以及整个社会永远无法沟通。

二、反理性。人之区别于其他动物,就在于有理性。文学的本质特征是审美,诉诸人的感情但决不排斥理性。相反,如文艺复兴和启蒙运动影响下出现的文学,究其本质均无不是反对宗教神权蒙昧,宣扬人的理性。人道主义、个性解放、自由、平等、博爱的口号均属于理性的呼声。现代主义却是以反理性为特征,主张表现自我,而这个自我则是非理性的,强调本能、下意识、无意识……最后就连"我"是什么也搞不清楚,一会儿变成机器,一会儿变成甲虫,一会儿又变成一张桌子。有人认为荒诞派文学就是"寻找自我"的文学。

三、反传统。文学发展总是有继承性的,现代主义的创作则反对继承,否定一切传统经验,甚至连人们思维和语言表达的基本规律也不遵守。如打破时间的顺序和空间的统一性,结构可任意颠倒，连文字也取消标点，总之是尽量叫人不知所云。

总的说来，现代主义在文艺思想史上是一个畸形发展的阶段。过去的看法，是将其视为资本主义发展到垄断阶段的必然产物，说明资本主义本身的腐朽和没落。而现在则又有人认为是现代化的产物，意思是我们应该像引进科学技术和机器那样去引进它。两种看法都是缺乏说服力的。

我的看法是，现代主义基本上是不可取的，即使从文艺方法上看，可资借鉴处也有限，其所宣扬的思想更无法接受。读现代派作品不如读中国的庄子。庄子的虚无主义比西方任何现代主义流派都更彻底。庄子深刻，现代主义肤浅。"天地与我并生，而万物与我为一"，多有气魄；而现代主义则显得渺小。庄子梦蝶，它给人以美感；而荒诞派的描写则使人感到猥琐。我奉劝那些崇拜现代派的人读读庄子。

然而，现代主义思潮的出现的确与现代生活有关。随着物质生产的发展，人类社会生活的每一次重大变化必然意味着对传统审美观念的侵犯。比如现代交通工具取代了马和马车，对传统审美便是一种损失。大家庭的解体又是一种损失。进入20世纪以来，西方国家生产力高度发展，社会分工愈来愈细，生产节奏也愈来愈快。家庭进一步解体，餐桌成了家庭生活的唯一地方，老人的最好去处是养老院。随着性解放，连爱情也失去了它应有的魅力；父子、夫妻、朋友似乎均成为纯功利关系。总之，物质文明的高度发展反造成精神的空虚。当然，有妓院、赌场，也有海滨休假、旅游，还有"消费文艺"，但所有这些都只能提供娱乐消遣，并不能满足精神生活尤其是审美的需要。消费文艺不是文艺，文艺就其本质而言是非功利的，是无法消费的。这种情况是违反人性的，因为——前面讲过——人除了功利需要，还有非功利的审美需要,除了物质还需要精神。但一般而言,人们很容易成为自己已形成的习惯的奴隶,能站在一个更高角度对自身处境加以观察和思索的总是少数人。西方的现代主义者正属于这种少数人。他们看出现代社会生活的荒谬性——人都成了自己所创造的物质文明的奴隶,因而产生怀疑,重新探索人生的价值。现代主义出现在西方,而不可能出现在经济不发达的国家和地区。从这个意义上说,现代主义者都是先觉者、探索者,对他们应表示一定的尊敬,此其一。再则,他们的经验,如绘画中的抽象、诗中的朦胧、小说中的意识流,以及重视人的内心世界的普遍倾向,均有可资借鉴处。但总的看来,我认为他们是在一条错误的路上,那就是前面指出的反社会、反理性、反传统的倾向。具体的社会制度可以反,整个人类社会不能反,因为人就是社会动物,反社会等于反自己,难怪有人要"寻找自我",反倒最后发现自己没了。理性也不能反,人要没有理性就只剩下动物的本能。传统要批判地继承,主要是继承,人要没有传统就会变成野蛮人。"三反"的目标只能是使人回到动物状态。

西方现代主义艺术并不能涵盖现代西方艺术,甚至也未必是其主流。

中国文艺思潮的发展与西方相反,传统是重表现的言志(缘情)说,直到20世纪初才出现重再现的反映论。反映论作为一种思潮在中国出现,时间很晚。具体讲应从20世纪20年代初文研会成立算起,经过"左联"时期、抗战时期(国统区和解放区)到1949年以后,它始终在文艺界居于统治的地位。西方古代模仿说是对希腊史诗和戏剧的经验的总结,近世现实主义理论则是对文艺复兴以后尤其是19世纪文学高潮经验的总结,先有实践,后有理论。中国现代反映论则是直接从外国移植来的,主要是从苏联移植来的。它一开始就与政治结下不解之缘,而且这种联系愈来愈紧密。首先应看到这是一个优点,它使得文学在历次社会运动中发生了积极作用,同时造就了一批有成就的作家。接着应看到它的弱点,那就是忽视文学本身的特征和规律。反映论的主要理论有这么几条:文学是社会生活的反映,是一种社会意识形态;既然是社会意识形态,在阶级社会中必然有阶级性(反对人性论);既然有阶级性,必然为一定阶级的政治服务,无产阶级文学应自觉为无产阶级政治服务(反对为艺术而艺术)。此外,还有典型论和现实主义,也同政治分不开。所谓典型,即一定社会的本质。比如在过去你要写一个道德败坏的领导人,那是绝不允许的,虽然这种人生活中有,但属于非本质。当然也不能写领导人的私生活,不能写他如何谈恋爱,因为这些东西对一个领导人来说都是非本质的。再如现实主义,要分几种,总之是有阶级性的,无产阶级是社会主义现实主义,不用说,都是要为政治服务。唯一很难同政治挂钩的是形象思维,这是1949年以后从俄国别林斯基那儿弄来的,放在后面去讲。总之现代反映论的核心是政治,将政治与文学等同,或将文学视为政治的附庸。至于它的危害性,这里不想多谈了。我不反对文学为政治服务,但认为它仅是文学的一种功能,不是唯一的功能。文学理论首先要研究文学自身的审美特征及其有关规律;只有符合文学自身特征及规律的作品,才能实现文学的各种功能——包括为政治服务的功能。

西方模仿说属于再现论,强调客观;现代主义则属于表现论,强调主观。中国言志(缘情)说属于表现论,强调主观;现代反映论则属于再现论,强调客观。西方的再现论与中国的表现论，都是建立在对文学实践经验的总结上，并且都经历了两千多年漫长历史的考验，可靠性较大。反之，西方的表现论与中国的再现论历史都不长（前者百年，后者六十年），又都缺乏实践经验的基础，可靠性较小。

一个表现，一个再现，任何文学都离不开这两个方面。表现方面应重视中国的理论和实践经验，再现方面应重视西方的理论和实践经验。这种说法是不是有复古倾向？不要怕。科学是不能复古的，文学的复古在历史上是太多了，而且所有的复古无例外都是一种革新，中国外国均如此。当然，对于西方的现代主义和中国现代的反映论也都不可忽视，因为离我们更近。前者至少提出了一些令人深思的，或许我们也将遇到的问题。后者在实践中虽然存在种种弊端，但反映论的原则从哲学上看是正确的，为政治服务只要正确地理解亦无可厚非。

以上通过对中西方文学思潮发展的回顾，论证了中外古今的文学都离不开表现与再现这两个大范畴，从而也就论证了两个世界的理论并非一种主张，而是对客观规律的揭示。现在要进一步研讨二者之间的关系，也是从实践出发，不是从理论到理论。

表现论强调主观，再现论强调客观，都是相对而言的。实际上，无论纯粹的主观或纯粹的客观，在文学乃至其他艺术中都是不存在的。先说主观，人的思想感情，喜怒哀乐，如果是"纯粹"的话，那就是"啊！我高兴，非常高兴，非常非常高兴！"或"啊！我悲哀，悲哀得很，悲哀到了极点！"这当然是一种表现，但不是诗。诗的感情的表现从来不是"纯粹"的，而必须依赖客体。一个最常见、最基本的手法就是比喻（中国传统诗论讲"比兴"，实际"兴"也是一种"比"），比喻引起联想，这就离不开客观的物。例如李煜的"问君能有几多愁？恰似一江春水向东流"，将愁比作江水东去，无尽无休。又如李白的"抽刀断水水更流，举杯消愁愁更愁"，将愁比作无法截断的江水，言其不可中止。再如李煜的"剪不断，理还乱，是离愁；别是一般滋味，在心头"，虽然比喻不明确，但总能使人联想到某种客观物。古人最喜言愁，都不是"纯粹"的。以上所举的"比"，还是极简单的。再如李清照名篇《声声慢》："寻寻觅觅，冷冷清清，凄凄惨惨戚戚。乍暖还寒时候，最难将息。三杯两盏淡酒，怎敌他、晚来风急？雁过也，正伤心，却是旧时相识。 满地黄花堆积，憔悴损，如今有谁堪摘？守着窗儿，独自怎生得黑？梧桐更兼细雨，到黄昏，点点滴滴。这次第，怎一个愁字了得。"大段描写环境和感受，最后才引出一个"愁"字来。在描写中，有大雁、黄花、淡酒、黄昏、梧桐、细雨，都是客观物，并伴随着种种细微感受，所以最后引出"愁"才显得那样真切，使人深深被诗人所说"怎一个愁字了得"感动。否则，如没有这种情景交融，你就是把"愁"字重复一千遍，加上最高的形容词，亦无法成为审美对象。

中国缘情论中还有所谓"不著一字，尽得风流"，就是说诗人的思想感情可以不直接说出，一点也不说，别人也能感觉，而且效果会更好。上面所举的"愁"，在诗词里总还可以见到，"不著一字"，就是说根本见不到，却能使人感觉到。这就更需要依赖于客观。例如杜甫的"春水船如天上坐，老年花似雾中看"（《小寒食舟中作》），悲中有喜，喜中有悲，感人至深，可字面上既没有"悲"也没有"喜"，这才真是达到炉火纯青境界的艺术。类似《诗经·小雅·采薇》末章云："昔我往矣，杨柳依依；今我来思，雨雪霏霏。"清人王夫之特赞赏，屡次引用，说是"以乐景写哀,以哀景写乐,一倍增其哀乐"。然而从字面上亦不见"乐"与"哀",但见"杨柳依依""雨雪霏霏"。诗人的感情借助于客观物象,情景交融,方可显现为意象,才能成为审美的对象。

纯粹主观亦无法显示作家的个性。如果李煜、李白、李清照、杜甫等人都是直接把感情讲出来,李白是"愁呀愁",李清照也是"愁呀愁",我们就无法将其区别。连男女也分不出,更不用说作家个性了。而没有个性就没有艺术,概念化作品的弊端正在此。我们读李煜《虞美人》,知道他的愁由于帝王生活一去不返;读李白《宣州谢朓楼饯别校书叔云》,知道他的愁是因为"欲上青天揽明月"的人生理想无法实现;读李清照《声声慢》,知道她的愁是因为"守着窗儿,独自怎生得黑"的寡居孤独和寂寞;读杜甫《小寒食舟中作》,则看出其老境悲凉以及他对人生的执着和留恋。如此,李煜、李白、李清照、杜甫才各有其面目。

同样,艺术中亦不存在纯粹的客观。王国维在《人间词话》中提出"境界"之说,说是"有有我之境,有无我之境",释曰:"有我之境,以我观物,故物皆著我之色彩;无我之境,以物观物,故不知何者为我,何者为物。"其实艺术中哪有什么"无我之境"?他所举的陶诗:"采菊东篱下,悠然见南山",那里边不是明明有个陶渊明吗?王氏境界说,现在文论界评价甚高,有人认为中国诗歌中的意境论是他完成的或"真正提出来的",这其实是无知。中国意境论是刘勰提出,经过几个发展阶段,明清完成的;到王夫之已相当"完整"了。就意境论而言,王国维的境界说除了谬误,没有给传统诗论增添任何东西。

诗中没有纯粹的客观,小说中更不会有(虽然小说按其体裁特点来说是偏重再现的)。因为小说规模比诗(指抒情诗)"大",作家主观更难隐藏。无论怎么忠实于客观,最起码,总要有选择和概括(就连纪实文学也免不了),一经选择、概括,这个客观就不纯了,就必然有作家的主观在。因此,读一读19世纪许许多多小说大师的自白,便会看出一个共同点,即都是一方面强调忠实地描写现实,同时亦不废虚构,并强调理想、热情即作家主观的重要作用。举凡狄更斯、哈代、司汤达、福楼拜、巴尔扎克、左拉、莫泊桑、果戈理、冈察洛夫、托尔斯泰、屠格涅夫……无不如此。"想象"与"真实"之间的关系是他们最爱谈的题目。这里不妨谈谈托尔斯泰。这位俄国文学的巨人,列宁称为"俄国革命的一面镜子",意谓他的作品真实反映了19世纪末期俄国的历史,因而从中可看出革命之必将发生。然而,无论从托尔斯泰的《艺术论》,还是平时许多片断言论中均可看出,他最强调主观感情的作用。他说:"人们用语言传达思想,用艺术传达感情。"他认为艺术的价值决定于三个条件,"而实际上只决定于最后一个条件,即艺术家内心有一个要求,要表达出自己的感情","艺术并不等于手艺,而是艺术家所体验过的感情的传达",又说:"所传达的感情越是独特,这种感情对感受者的影响就越大。"(以上均见《艺术论》)艺术就是感情的传达,是作家体验过的独特感情的传达——这就是托尔斯泰给艺术下的定义。托尔斯泰对屠格涅夫的主要非难是"冷淡",说他"没有一页是屏住呼吸一气写出来的",而"干我们这一行没有这种激情是不行的";同时又说他"根本不懂女人"(当时有人认为写女人为屠格涅夫擅长),可见他所强调的感情是建立在对生活的体验基础之上的。再看看他同契诃夫的关系也很有趣。他喜欢契诃夫这个人,但"不懂"他的《万尼亚舅舅》,后来读了《草原》又大加赞赏，主要是赞赏其语言的纯净与优美。契诃夫是最强调忠实于生活的："文学所以叫艺术，就是因为它按生活的本来面目描写生活"，认为这是"无条件的"；"文学家要像化学家一样客观"，"态度越是客观，所产生的印象就越有力"。有趣的是，当契诃夫见过托尔斯泰之后，在给高尔基的信里说：

  我注视着这位老人，好像注视着瀑布……这个人，真是可惊地伟大，他用自己精神活力的强度打击人，使我觉得没人能和他相比。可他又是多么残酷：故事中，他使自己的主人公饱受苦痛之后，又以神的冷酷的激怒，将他打倒在泥涂之中，我几乎伤心地哭出来了。列夫·托尔斯泰是不爱人的，他只是裁判他们，残酷得可怕！

  主张冷静客观的契诃夫完全被主张感情传达的托尔斯泰征服了！他说他"冷酷""不爱人""残酷得可怕"，这就充分证明托尔斯泰的感情传达所具有的深刻的客观性。托尔斯泰曾说："在俄国一切都是丑恶！丑恶！"他把自己的这种感受表达出来，契诃夫感到"冷酷"，而列宁却从中看出革命爆发的必然性，这就说明了托尔斯泰的主观感受是深深扎根于客观现实的土壤之中的。反过来看，契诃夫反复强调冷静客观，但他的作品——小说和戏剧——无不洋溢出朴素、幽雅而忧郁的抒情情调，不可模仿的契诃夫情调。这种情调当然不是客观生活本身具有的，而是作家个性的反映。也就是说，契诃夫亦未能摈弃自己的主观，他和托尔斯泰一样也是用自己的眼睛看，用自己的心感受，他写出的仍然是自己所看到、所感受到的世界。屠格涅夫和契诃夫都是自觉的现实主义者，又都充满诗意，就像两岸长满鲜花野草的小溪。托尔斯泰则犹如大海，波涛汹涌的愤怒的大海。契诃夫对别人说："我在读屠格涅夫，迷人得很，不过比托尔斯泰淡多了！"古今中外，凡第一流作家的基本特色都是"浓"而非"淡"。屈原、李白、杜甫都是"浓"而不是"淡"。陶渊明、孟浩然、王维是"淡"，也很好，但要同屈、李、杜比，只能是第二流。作家不可能亦用不着排斥主观，问题是你的主观是否扎根于现实社会的土壤之中，以及你是否具有艺术家所特有的感受和表达的才情。

纯粹的客观，只有照相。其实照相也未见得"纯"，你要选择场景和拍摄的角度，拍人物还得根据对象的神情变化抓住最好的一刹那按快门，这就有许多拍摄者的主观在里面了。外地人到北京，想在天安门前留影，又没带相机，只好花钱请那里的摄影师拍。那种相片往往很清楚，但也很呆板，原因就在摄影者仅为赚钱，没有兴趣或根本没有能力做选择。摄影在多大程度上能够成其为艺术，关键不在技术，而在摄影者的构思，在于主观的东西。但摄影所提供的可以表现主观的手段毕竟有限，因此它永远赶不上绘画。一般说来照片只能成为纪念品，绘画才能成为艺术品。可见艺术的要素不是逼真，而是其中所表达的作者的感情。

实际上，在上面我们已经讲清了主客观在艺术中相互依存的关系。当我们对文学艺术实践进一步考查时，还会发现这种关系并非总是半斤八两，而往往是有主次、轻重之分。凡偏重主观的——沿用世界通行的说法——我们把它叫作浪漫主义；偏重客观的我们把它叫作现实主义。

这两个术语都是到了20世纪初期才从西方引入，一经引入便被普遍接受。关于这两个术语，历来就有各种解释。归纳一下,浪漫主义,由于最初是从中世纪传奇(Romance)引申,重在"奇",具体说来它多采用幻想和历史的题材以及虚构、夸张的手法,风格上则具有倾向鲜明和热情奔放的特色。现实主义最初是相对理想主义而言,用在文学上则要求从现实出发,按照现实本来的样子去描写现实,除了细节的真实外还要写出典型环境中的典型人物等等。我们现在由主客观的辩证关系去解释两个主义,不但更明确,亦更全面。这并非新发明,王国维《人间词话》(作于宣统二年,1910)便说:

> 客观之诗人不可不多阅世,阅世愈深,则材料愈丰富,愈变化,《水浒传》《红楼梦》之作者是也。主观之诗人不必多阅世,阅世愈浅,则性情愈真,李后主是也。

又说:

> 有造境,有写境,此理想与写实二派之所由分。然二者颇难分别,因大诗人所造之境必合乎自然,所写之境亦必邻于理想故也。

观念从西方来,但用的却是中国表述方式。所谓中国方式,即言简意赅。王国维对文论的贡献主要在此,而不在意境论。但就在这方面,王氏的说法亦包含谬误,即认为主观之诗人应阅世少。即如所举李后主,固然是"生于深宫之内,长于妇人之手",但他写出真正的杰作却是在国破家亡,做了俘虏,真正品尝到人生辛酸悲苦之后。

20世纪50年代讨论过现实主义在中国起于何时。一说《诗经》,一说唐人小说,一说明清小说,一说"五四"以后。关键在于对现实主义的理解不同。我们既然是由两个世界的理论解释两个主义,则二者都属于创作本身所固有的规律,从一开始就有,古今中外无不如此。在各种"主义"当中,只有这两个"主义"永在,同文学艺术本身相始终,而其他"主义"均由此派生,而且往往是畸形的。

两个主义永在,但你又很难以此将所有作家归类。拿中国古代诗人来说,屈原、李白、苏轼、辛弃疾无疑属于浪漫主义,杜甫、白居易属于现实主义。其他大多数均难归类,而只能说某人倾向于某方面。拿现代文学来说,郭沫若属于浪漫主义,茅盾属于现实主义,其他多数人亦不好归类。现在不是提倡"两结合"的创作方法吗?这自然是对的,说明艺术本身的规律被自觉认识了。而规律本身是早就存在的,"两结合"的方法自古就有。即使是被公认属于某一主义的作家,也是相对而言罢了。若就本身而言,任何作家都是采取"两结合"的,就说公认为现实主义诗人的杜甫,浪漫主义成分亦不少,愈到后来愈多,尤其是夔州时期所写的大量七律。如:

高江急峡雷霆斗,古木苍藤日月昏。(《白帝》)
无边落木萧萧下,不尽长江滚滚来。(《登高》)
群山万壑赴荆门,生长明妃尚有村。(《咏怀古迹》其三)
安得务农息战斗,普天无吏横索钱。(《昼梦》)

多么大胆的想象,多么热烈的感情!无论写景写人,均着重表现而非再现,重在主观而非客观。

"两结合"是艺术创作的普遍方法,作家应用中又往往有侧重,这中间又存在什么规律呢?大体而言,造型艺术(绘画、雕塑)属于再现艺术,较适于现实主义;音乐属于表现艺术(模仿论者认为音乐是对人的感情的模仿),较适于浪漫主义。就文学而言,史诗(叙事诗)、小说、戏剧等以情节结构为基础的体裁较适合现实主义,抒情诗则较适合浪漫主义。就作家个性而言,热情奔放、富于幻想的人在创作上往往倾向于浪漫主义,头脑冷静、现实感强和善于观察的人在创作上往往倾向于现实主义。

以上所说只是相对而言,下面再举些相反的例子。

如绘画一般说来适于采取现实主义,但中国山水画强调"写意",人物画则强调"传神写照"(《世说新语·巧艺》载顾恺之语)和"气韵生动"(齐梁时人谢赫《古画品录》),重画家主观意图之表现,与西方传统绘画之重形似不同,是更倾向于浪漫主义的。西方19世纪初期的浪漫主义画派以及现代派画家,亦倾向于浪漫主义。

如小说适于现实主义,但拜伦《唐璜》无疑属于浪漫主义,此为诗体小说。散文小说,浪漫主义不多,如公认雨果属于浪漫主义作家,其代表作如《巴黎圣母院》《悲惨世界》《九三年》,在我看来均属于现实主义作品。倒是和他同时代的大仲马的《三剑客》《基督山恩仇记》浪漫主义特色较鲜明,主要表现在故事情节的传奇性、偶然性。另如罗曼·罗兰《约翰·克利斯朵夫》,全书热情洋溢,着重描写内心世界,刻意塑造理想人物而非现实中的人物。在写理想人物这点上,车尔尼雪夫斯基的《怎么办?》亦具有此种倾向。

再如富于热情和理想的作家适于浪漫主义,而巴尔扎克和托尔斯泰均属此类性格（前者外露，后者深沉），但却都是公认的现实主义大师。

我们所说现实主义与浪漫主义两种基本方法，是建立在两个世界的理论基础之上的，即：

客观——再现——现实主义
主观——表现——浪漫主义

两种方法反映了文学艺术本身的规律，因此它是普遍存在的。最后需要说明：必须将作为普遍方法的两个主义与作为思潮和流派的两个主义分开。在西方，18世纪末19世纪初期出现过浪漫主义思潮，随后又出现现实主义思潮。在中国，20世纪20年代同时出现以文研会为代表的现实主义流派和以创造社为代表的浪漫主义流派。这些思潮和流派的出现，说明文学创作本身的规律在当时曾被人自觉认识和提倡过，而绝不说明规律在当时才出现。也就是说，绝不可将两种基本的创作方法与其他许多"主义"等同。

再则，在两个"主义"前面加上定语，如"批判现实主义""社会主义现实主义""积极（革命）浪漫主义""消极（反动）浪漫主义"，这些都是从苏联引进的。在我看来这类提法是将作家的世界观与创作方法混为一谈了。

西方现实主义作为术语在文学批评中出现，是19世纪中期，同时出现一种与浪漫主义对立的思潮，涌现出一大批杰出的作家，由于他们的作品均具有揭露和批判现实的倾向，于是高尔基便把他们以及同时代的俄国作家均称为"批判现实主义"的作家。至于"社会主义现实主义",其异于别的现实主义之处在于:要"写出现实的革命发展",还要"用社会主义思想教育人民"。据说这是斯大林提出(1932年与作家谈话),日丹诺夫宣布(1934年代表苏共中央向第一次作代会致词),高尔基用作品证实了的(《母亲》被视为第一部)。浪漫主义有革命与反动之分,也是高尔基的发明。契诃夫很喜欢高尔基,但他就曾说过高尔基是个"发明家",认为他的小说《福玛·戈尔杰耶夫》"好像一篇论文,所有的人说起话来都是一样,他们的思想方法也一样"。(《论文学·致波塞的信》)老实说,我读高尔基的小说也有这种感觉。我还是相信托尔斯泰的说法:艺术的力量即在其感染性。要不能感人,无论你用什么主义,又在前面加多少修饰,均无济于事。这种教训实在太多了。

社会主义现实主义不仅为苏联采取,亦为我们长期采取,谁要怀疑,那简直是犯罪行为,它已经不属于艺术方法范畴,而是属于政治范畴,甚至是政策范畴。后来放弃了,而用"革命现实主义与革命浪漫主义相结合"的方法取而代之。实际上二者并没有什么区别(根据高尔基和后来苏联文论界的解释,革命浪漫主义是包含在社会主义现实主义之中的),即都是将作家的世界观与创作方法混为一谈。

任何文学都有一定的思想倾向,资产阶级所主张的无倾向本身便是一种倾向。但作品的倾向决定于作家的世界观,并不决定于作家采取什么样的艺术方法。无产阶级应提倡作家具有先进的世界观,但用不着亦不可能对作家采取的艺术方法做出统一规定。在艺术上应允许作家根据不同的艺术门类、文学体裁和各自的性格、兴趣采取不同的方法,形成不同流派和个人风格。只有这样我们的文学艺术才能繁荣,而不致以新的形式重复过去的错误。

第四章　壮美与柔美

同学们听课，请注意章节之间的内在联系。前四章重点均在论证两个世界的理论，第三章承第一章，第四章承第二章。

第二章讲过，文学作为一门艺术，其本质特征是审美。美分自然美、社会美和艺术美三大类，每类又有许多具体的形态。如将这许多形态再加以归纳，则又可析为两大类，即本章所讲的壮美与柔美。

大江大河、电闪雷鸣属于壮美，小桥流水、月白风清属于柔美；战争、死亡、悲剧属于壮美，闲逸、友情、和睦的家庭属于柔美；贝多芬的交响乐属于壮美，舒伯特的小夜曲属于柔美；列宾的《伊凡杀子》属于壮美，齐白石的虾属于柔美；屈原、李白、杜甫的主要风格属于壮美，陶渊明、孟浩然、王维的主要风格属于柔美……这种分别，是很明显，中西文论均曾涉及。但前人的论述主要是描述，说明了现象，并未作出明白的解释。我们现在根据两个世界的理论加以解释，提出这样一个命题：主客观的对立产生壮美，主客观的和谐产生柔美。

屈、李、杜作品所以呈现出壮美，就因为他们的作品总的说来都是建立在理想与现实冲突即主客观对立的基础之上的。如果屈原联齐抗秦的主张得以实现而他自己不被放逐，便写不出《离骚》；如果李白"申管晏之谈，谋帝王之术"的理想得以实现，或他安心在宫廷做个御用文人，便写不出《行路难》等一系列政治抒情诗；如果杜甫经过十年功名噩梦不是对现实深感失望，便写不出《自京赴奉先咏怀》。屈、李、杜忧愤深广，都是由主客观对立激起的感情波涛，此所谓壮美。然而生活之弦不能老是绷紧，还须松弛，因此大诗人的风格往往不是只有一面，而是有两面，除了壮美也还有柔美。如屈原《九歌》中的某些篇章，李、杜咏叹山水风物和抒发日常生活情趣的许多名篇，主要是为了表达对人生的热爱，不是主客观的对立而是体现主客观的和谐，其所显示的风格即不属壮美而属于柔美。当然，屈、李、杜的基本风格还是属于壮美。反之，陶、孟、王属于柔美，而且仅仅是柔美，这正是他们不如屈、李、杜之处。有人说陶渊明亦有"金刚怒目"式的一面，系指《咏荆轲》和《读山海经·精卫衔微木》等诗而言；但这类诗总共不过几首，似乎构不成"一面"。王维早期有的边塞诗属于壮美，但这位老兄年方四十便说"老来唯好静，万事不关心"，早期作品给人印象不深。当然，不是说陶、孟、王这些人同现实没有矛盾，但他们逃避矛盾并能自我解脱，从而在山水田园以至宗教中找到了精神寄托。陶渊明不愿"为五斗米向乡里小儿折腰"，这是主客观的矛盾，一旦归隐田园，"晨兴理荒秽，带月荷锄归"，或是"采菊东篱下，悠然见南山"，矛盾便消失了。孟浩然诗情调相类："故人具鸡黍，邀我至田家。绿树村边合，青山郭外斜。"诗人的闲情逸致与其所写的青山、绿水和田园风光和谐一致，诗歌意境即属柔美而非壮美。王维虽说一辈子做官，但却是"亦官亦隐"，诗歌情调更趋幽冷，用明人胡应麟的话说，"读之身世两忘，万念俱寂"（《诗薮》），自然更看不出主客观的冲突了。此类诗人在历史上颇多，所谓山水田园派或隐逸派是也。

需要说明的是，艺术中主客观的对立与统一，所说客观主要指的社会，而非自然界。艺术中出现什么样的自然景物，主要不是决定于作家与自然的关系，而是决定于作家与社会的关系。比如李白、杜甫诗中的黄河、长江、庐山瀑布等等呈现出壮美，固然是由于在自然审美中这些景物原属壮美；但为何陶、孟诗中未出现如此壮美的黄河、长江和瀑布，却有如彼柔美的青山绿水和田园风光？关键还在彼此人生态度和社会经历不同。

需要说明的另一点是，艺术中主客观的对立与统一，所说主观既指作家而言，亦指作品中的主人公而言。以上仅就抒情诗举例，故限于前一种情况。关于后一种情况，下面在涉及史诗、戏剧、小说时再说。

现在我们再联系中西方文艺思想史的实际，对审美中的两大范畴加以论证。

天与地、日与月、男与女，或曰乾与坤、阳与阴、刚与柔，世间万物无不存在两极，无不是两极运动演变即对立统一的结果。这种认识在中国早已有之，阐述得最完备的便是《周易》。八卦中最根本的是乾（☰）坤（☷）两卦，其余震（☳）巽（☴）坎（☵）离（☲）艮（☶）兑（☱），以至演为六十四卦，古人用以解释自然界和社会生活中的一切变化，均无不以此两卦为基础。《周易》在本体论上是唯心的，在方法论上却是符合辩证法的。《十三经注疏》编者将《易》置于众"经"之首是很有道理的，它很能体现中国人的思想方法。

文论专著中运用这种方法，从陆机《文赋》言阴阳，刘勰《文心雕龙》言刚柔即能看出。到了唐代，更十分明显。如司空图《二十四诗品》，每品即一种审美范畴（风格、艺术境界）。

二十四品首举"雄浑"与"冲淡",即我们所谓壮美与柔美。其他各品,如沉着、劲健、豪放、悲慨可概入"雄浑",典雅、绮丽、飘逸、旷达可概入"冲淡"。前者属阳刚之美即壮美,后者属阴柔之美即柔美。自然也有介乎二者之间者,如"高古""清奇"。再如严羽《沧浪诗话》云:"诗之品有九……其大概有二:曰优游不迫,曰沉着痛快。"前者属柔美(陶、孟一派),后者属壮美(李、杜一派)。又如后世论词分豪放与婉约两大派,也是将审美分为壮美与柔美两大范畴。

西方文论中也存在两大审美范畴,曰"崇高"与"滑稽",或曰"崇高"与"优美"。不过,总的说来,西方文论始终是重视前者而轻视后者,我们往往仅能从对前者的描述中窥测后者。《论崇高》(关于它的作者其说不一)一书,在西方被视为第一部研究审美范畴的专著,作者给"崇高"下的定义是"伟大心灵的回声",这是从主体说;从客体说,则是"雄奇不凡""惊心动魄"的事物。此著大约写于公元1世纪,但埋没多年,直到16世纪才被发现,对17、18世纪的西方文论界产生了巨大影响。18世纪英国人伯克(E. Burke)所著《论崇高与美两种观念的根源》,第一次明确提出审美的两大范畴,在西方审美范畴学上具有划时代的意义。"崇高"与"美"在其著作中是两个平行的、对立的范畴。从客体而言,崇高的特征是"巨大的""凹凸不平和奔放不羁的""喜欢采用直线""阴暗朦胧的""坚实笨重的";而美的特征则是"小的""柔滑、娇弱、明亮""有曲线而无突出的棱角"等等。从主体而言,崇高的心理特征为"恐怖或惊惧","凡是可怖的也就是崇高的","惊惧是崇高的最高度的效果,次要的效果是欣羡和崇敬";美的心理特征则是"爱""同情"和"愉快"等等。后来康德发挥伯克这种观点,明确指出：美是单纯的（直接的）快感，而崇高则是由痛感转化而来的快感。从伯克和康德的论述（康德除《判断力批判》一书，另有单篇论文《优美的感觉和崇高的感觉》）可以看出，所谓崇高即壮美，乃主客观对立的产物；所谓美即柔美，乃主客观和谐的产物。伯克与康德同时代。康德比伯克还大五岁，但伯克写《论崇高与美两种观念的根源》时刚二十余岁，康德是受他影响。附带说说，康德关于"审美无利害关系"的重要命题亦受到伯克启发。伯克已经很明确地论述了美只涉及"爱"而不涉及"欲念"和"性欲"，前者给人带来审美的愉悦，后者却引起占有的欲望。总之，伯克是个很了不起的年轻人。

　　西方文学史由史诗和悲剧发端，这些作品的情节无不是以主客观的对立冲突为基础。荷马史诗《伊利亚特》，一开始就是阿喀琉斯因心爱的女俘被夺而拒绝参战，竭力描写其愤怒，以至祈求宙斯降祸给希腊人，即使阿伽门农赔礼谢罪也不行。后来因为好友被特洛亚英雄赫克托耳杀死，又使他悲痛欲绝，于是出征报仇，杀死赫克托耳，将其尸体拖在战车后面以泄恨。赫克托耳更是具有悲剧性的英雄，他虽然预感到失败的命运，但不向命运屈服，终于为保卫国家贡献了生命，史诗即以他的葬礼结束。无论从阿喀琉斯或从赫克托耳角度看，都是突出描写主客观的对立——激烈的斗争和内心冲突。再如埃斯库罗斯的悲剧《被缚的普罗米修斯》，主人公盗取天火，宙斯派威力神和暴力神把他钉在高加索山，他受尽痛苦，但拒绝同宙斯讲和，终于天塌地陷，被打入无底深渊。也是以主客观的对立为基础。

　　亚里斯多德的《诗学》主要是建立在对悲剧的研究之上的。他认为"喜剧总是模仿比我们今天的人坏的人，悲剧总是模仿比我们今天的人好的人",西方文论中"崇高"(悲剧)与"滑稽"(喜剧)这两个范畴,正是由亚里斯多德肇其端。他对悲剧下的定义主要是"借引起怜悯与恐惧来使这种感情得到陶冶",并且反复强调"悲剧所模仿的行动,不但要完整,而且要能引起恐惧与怜悯之情","应模仿足以引起恐惧与怜悯之情的事情","我们不应要求悲剧给我们各种快感,只应要求它给我们一种它特别能给的快感……怜悯与恐惧之情"。怜悯与恐惧原是一种痛感,为何能转化为快感?关于这点可以用伯克的话解释:当一个对象使我们联想到危险与痛苦,但不是真正面临危险与痛苦,即"处在某种距离之外"的时候,危险与痛苦也可以变成愉快的,我们所体验到的便是崇高的感情。康德亦云"广阔的、被风景激怒的海洋不能称作崇高",因为它威胁人们的安全,"但是假使发现我们自己却是在安全地带,那么,这景象越可怕,就越对我们有吸引力","于是我们才称呼这种对象为崇高"。这个"安全地带",无论对自然审美或艺术审美,自然都是必不可少的前提。如果不是从岸上或船上眺望被风暴激怒的大海而是坠身于其中,如果不是从画上欣赏伊凡杀子而是自己成了伊凡雷帝或他的儿子,那时产生的恐怖就绝不是一种愉快。此亦可用"审美无利害关系"解释。所谓无利害,不仅指无"利",亦指无"害"。只有无利的快感方可成为审美快感,亦只有无害的痛感方可转化为审美中的快感。后一种快感既然是由痛感转化,可见其是以主客观的对立为前提。西方文论中称之为"崇高",亦即壮美,它始终是比"滑稽"和"优美"都要重要的范畴。

中国正统文论强调和谐,这正是儒家"中庸"思想的运用和发挥。孔子曰:"中庸之为德也,其至矣乎!"所谓中庸,即不偏不倚,既无"过",亦无"不及",适可而止,即强调对立面的和谐,"和为贵"。其实亚里斯多德在他的伦理学著作中亦曾提倡不偏不颇的中庸之道,但这同他的美学思想无关。最近读了一篇论文,因为亚氏亦提倡中庸之道,便认为他和孔子具有"共同的"审美理想,这是完全不顾事实的胡言乱语。如上所述,亚氏在《诗学》中所推崇的能引起恐惧、怜悯和惊奇的悲剧精神,与"中庸"显然是格格不入的。孔子主张的"乐而不淫、哀而不伤",这才是"中庸"思想在艺术审美中的运用,与亚氏是截然相反的。"不淫""不伤",就是说无论哀乐均不能过头,求其中庸平和。孔子认为"郑声淫",主张"放郑声",就因为这种通俗音乐感情过分强烈,有违"和"的原则。荀子《乐论》发挥孔子思想,云:"夫乐者,乐也,人情之所必不免也。"又说:"乐则不能无形,形而不为道,则不能无乱。先王恶其乱也,故制《雅》《颂》之声以道之,使其声足以乐而不流……足以感动人之善心。"儒家论艺术无不从伦理教化着眼,因此强调"和",违"和"就要"乱"。所以《礼记·经解》云:"孔子曰:……其为人也,温柔敦厚,《诗》教也。"从此,"温柔敦厚"便成为儒家诗论中雷打不动的神圣原则。你如果不满现实,发发牢骚无妨,但不能过火(朱熹云"怨而不怒"),过火则有违诗教。孔子云:"《诗》三百,一言以蔽之,曰'思无邪'。"其实按照儒家伦理标准衡量,《诗》三百绝非"无邪",但老祖宗已做过鉴定,于是后世解《诗经》者只好穿凿附会地加以解释。他们不仅用"诗教"解释《诗经》,亦用以衡量别的作品。屈原在汉代受到普遍谴责或被歪曲,便是证明。扬雄曰"原也过以浮",班固称他为"露才扬己"的"狂狷"之士,均言其感情过分激烈,过分突出,有违"温柔敦厚"。王逸反驳班固,却亦是依"诗教"立论,即认为"屈原之词,优游婉顺",

"其词温而雅"(《楚辞章句》序),实为曲解屈原。在整个两汉对屈原做出正确评价的仅司马迁一人。白居易对屈原也不放过,认为他的"怨思"即个人牢骚太多,仅得"风人之旨二三"。可以说,在整个封建时代,儒家诗教作为正统思想是贯穿始终的,凡感情激烈、敢于与社会公开对立的诗人,无不受到正统文论的谴责、攻击,或被曲解。汉人评屈原,宋人评李白,都说明这点。西方狄德罗说:"诗需要的是一种巨大的粗犷的野蛮的气魄!"(《论戏剧体诗》)这在中国是不可想象的。中国正统文论提倡的乐而不淫、哀而不伤、怨而不怒,均强调主客观的和谐,其审美理想不是壮美而是柔美。

然而,中国除了正统文论,还有非正统的文论。所谓非正统,即在不同程度上违背了儒家的上述诗教。这要从司马迁谈起,他是历史上第一个向儒家诗教挑战的人。这首先表现在他对屈原的评价:"屈平之作《离骚》,盖自怨生也。"所谓"怨",绝非后世朱熹所谓"怨而不怒",而是一种十分激烈的感情:

> 屈平疾王听之不聪也,谗谄之蔽明也,邪曲之害公也,方正之不容也,故忧愁幽思而作《离骚》。离骚者,犹离忧也。夫天者,人之始也;父母者,人之本也。人穷则反本,故劳苦倦极,未尝不呼天也;疾痛惨怛,未尝不呼父母也。(《史记·屈原列传》)

所谓"怨",乃是出于对最高统治者的不聪不明之痛和恨,而且是一种如同呼天喊娘的无法自已的强烈感情。司马迁不但充分肯定了这种感情的合理性,而且给予最高评价:"虽与日月争光可也!"非但如此,他甚至认为"《诗》三百,大抵贤圣发愤之所为作也",认为包括《诗经》《离骚》在内的一切杰出著作均无不是由于作者身处厄运,"意有所郁结"之故(见《史记·太史公自序》)。这也包含着他自己的亲身感受。所以有人称《史记》为"无韵之《离骚》"。却也有人指责其"是非颇谬于圣人",目之为"谤书"。司马迁这种"发愤著书"说,实开后世"不平则鸣"与"文穷而后工"说之先河。钟嵘《诗品》肯定了由不幸遭遇所生的怨诽之情,已可看出司马迁的影响。更为明显的还在唐代白居易、韩愈和柳宗元等人的言论。

白居易的文艺思想是充满矛盾的。首先,他提倡以诗歌泄导民情和补察时政,"唯歌生民病,愿得天子知",否则就是"著空文";把为政治服务视为诗歌唯一功能。这不过是汉儒以政教言诗的翻版。正是按这种主张去衡量古人,他对屈原的"怨思"持否定评价,认为屈原仅得"风人之旨二三",而李白则无一可取,杜甫可取者亦不过十三四首,其余更不必说了。但在他晚年所写《〈序洛诗〉序》中却对前人做出了几乎是截然相反的评价:

> 予历览古今歌诗,自《风》《骚》之后,苏李以还,次及鲍谢徒,迄于李杜辈,其间词人闻知者累百,诗章流传者巨万,观其所自,多因谗冤、谴逐、征戍、行旅、冻馁、病老、存殁、别离,情发于中,方形于外,故愤忧怨伤之作,通计今古,十八九焉!世所谓文士多数奇,诗人尤命薄,于斯见矣。

白氏贬低屈、李、杜等历代诗人,用的是演绎法(即由儒家诗教推论），此处却用的归纳法（即由实践得出结论）。这里不但对历代诗人做出肯定评价，并且指出他们的感情均出于社会经历的坎坷，从而论证了"文士多数奇，诗人尤命薄"的命题。不用说，"数奇""命薄"都不是主客观的和谐，而是主客观的冲突。有趣的是，所说"愤忧怨伤之作"是把《诗经》包括在内的，这简直是"亵渎神圣"了。而在我们看来，这才是白氏诗论精华所在！（当然，在白氏《〈序洛诗〉序》中亦有正统观点，比其前期更荒谬，原因是要为自己晚年消沉辩解。）

再如韩愈所谓"物不得其平则鸣"（《送孟东野序》），欧阳修所谓"殆穷者而后工"（《梅圣俞诗集序》），苏轼所谓"诗人例穷苦，天意遣奔逃"（《次韵张安道读杜诗》），陆游所谓"激于不能自已"（《澹斋居士诗序》），也都是由社会经历的坎坷即主客观的冲突去解释优秀诗歌产生的原因。从司马迁的"发愤著书"说到白居易"文士多数奇，诗人尤命薄"，韩愈"不平则鸣"，再到欧阳修"文穷而后工"……像一条红线，一直贯穿到明清以至近代，它与正统"温柔敦厚"诗歌相反，不是强调主客观的和谐而是强调主客观的对立，其审美理想不是柔美而是壮美。

认为西方文论重再现而中国文论重表现是对的；认为西方重壮美而中国重柔美则不对。中国正统文论的确重柔美，但中国另有非正统的文论在，非正统文论是更重壮美的。杜甫《戏为六绝句》其四云：

才力应难跨数公[①]，凡今谁是出群雄？或看翡翠兰苕

[①] 指上文所说王、杨、卢、骆等人。——作者注

上,未掣鲸鱼碧海中。

看翡翠于兰苕,是和谐中呈现的柔美;而掣鲸鱼于碧海,则是冲突中呈现的壮美。杜甫感叹当代没有壮美者,其实何尝没有?最大的代表便是"笔落惊风雨,诗成泣鬼神"的李白和杜甫自己。在非正统诗论中,以李、杜为代表的壮美始终是更重要的审美范畴。

艺术审美中存在壮美与柔美两大范畴,但并不是说所有作家均可由此分类。大多数作家均无法由此分类。即使可以分类的作家,例如李白、杜甫、苏轼、莎士比亚、托尔斯泰、贝多芬、徐悲鸿……总的看来属于壮美,但他们也都有柔美的作品。甚至同一部作品,例如李白《赠江夏韦太守良宰》、莎士比亚《罗密欧与朱丽叶》、托尔斯泰《战争与和平》、贝多芬《田园交响曲》……均既有壮美,亦穿插着柔美。反之,如柳永、李清照,属于婉约即柔美的词人,却也有感人肺腑的豪放之作。

再则,这两个范畴亦未必能将艺术中的审美包罗净尽。如西方针对喜剧而言的滑稽,与崇高(壮美)相对,但又显然不属于伯克、康德等人所说的优美(柔美)。或者还存在介乎两者之间的第三种范畴?这也是可以进一步思考的问题。

但无论分为两大范畴或三大范畴,壮美都无疑是最重要的范畴:从中西方的经验看均如此。不能没有李、杜亦不能没有王、孟,但李、杜比王、孟更重要;不能没有莎士比亚亦不能没有莫里哀,但莎士比亚比莫里哀更重要;不能没有托尔斯泰亦不能没有契诃夫,但托尔斯泰比契诃夫更重要。柔美(或再加上滑稽),其直接的审美效果是给人以愉悦,使人心旷神怡,或使人捧腹大笑，自然也能从中受到教益，如贺拉斯所说"寓教于乐"。壮美亦使人感到愉悦，但却往往是含泪的愉悦（与"娱乐"相去甚远），是从痛苦中品尝出的甘美，一种更无私欲、更纯净的美；它使人思索，使人奋发……总之它与人生的关系更密切。

本章所讲审美的两大范畴，基本上是重复前人的结论，仅加以归纳而已。"创新"之处在于用主客观的对立与统一的理论去解释，将其纳入"两个世界"的理论。老实说，我对自己这种观点还没有充分信心，你们也可以提出质疑。如用主客观的对立解释壮美，但有些永恒性的对象，同主体毫不相干，却能使人感到壮美，比如仰望蔚蓝的天空，谈得上什么主客观的对立？有人曾对我提出这个问题。试作如下回答。

永恒的天空，并非任何时候都能成为审美的对象，即使对审美力敏锐的人亦远非如此。我们大家每天都看见它，但我敢说在绝大多数情况下，我们对它都是漠不关心的。只有在特殊情况下才会注意到它并感觉到它的壮美。什么情况？例如《战争与和平》中，安德烈在战争中负伤，仰躺在战场上，突然看到高不可测的天空，觉得是那样新鲜，好像从未见过，这时才感觉出天空的壮美；经过昏迷之后醒来，脑中浮现的第一个思想便是："我直到现在才知道的，今天才看见的那个崇高的天，它在哪里？"再如陈子昂，在朝中不得志，随武攸宜东征契丹，献策不成又被贬为军曹，这时登上幽州台，唱道："前不见古人，后不见来者。念天地之悠悠，独怆然而涕下！"此刻才体会到天空和大地之壮美。时空的无限和永恒，与人生的渺小和短暂，这就是对立，而且这种对立是永远无法克服的（"创作论"中谈"永恒主题"时还将涉及)。但这种对立人们并不是经常意识到,而只有在类似安德烈和陈子昂那样的特殊情况,即在社会生活中体验到激烈的冲突之后,才能意识到,这时看见天空才会受到那样强烈的感动。也就是说,这种审美实为主客观的双重对立——人与自然的对立和人与社会的对立——的产物。总之,感觉到天空的崇高与壮美,绝非仅仅由于天空本身的缘故,更重要的还取决于由人的社会处境所决定的心境。

第五章　文学的对象是人生

　　总的说来，文学本体论是要回答文学是什么的问题。前四章的回答着重于文学的艺术特征，后四章的回答着重于文学的思想内容。无论谈艺术谈思想，均由两个世界的理论出发，并且都是特别强调主体的作用；强调主体的作用也就是强调人的作用。这当然是有针对性的，可以说是几十年痛苦经验的总结。

　　现代反映论的根本弱点，就在于忽视主体即人的作用。从表面上看，他们也重视人，甚至也把文学叫作人学；但那是经过抽象了的人，而不是有差异的人。从理论上看如此，从实践中看更是如此。最近读到某大学新编的《文学理论》，分若干篇若干章，每章又分若干节。有趣的是，在所有篇、章、节的标题中，只有一节出现过"人"字，那就是"文学的阶级性、人民性和党性"，这里的"人"仍然是一种抽象。该书第一章谈文学的对象，回答是社会生活。对不对呢？结论对，但认识问题的方法不对。社会是由人构成的，而人的遭际是各不相同的。文学关心的永远是某个（或某些个）个人的生活，而并非某种（或某些种）社会生活。从某种到某个是哲学和社会学的方法，从某个到某种才是文学的方法。用后一方法看问题，则文学的对象是人生，各色各样的人生；每个人都是一个独立的主体，都有自己独特的思想感情和命运。我们平常爱说社会很复杂，"树林大了什么鸟都有"，原因即在社会是由人构成，而人是因人而异的。现代反映论者只见社会不见人，即只见某种人而不见某个人，不承认每个人都是一个独立的世界。在这种理论支配下的创作和批评，只能是公式化的；这种创作和批评我们领教得实在太多了。

强调因人而异的主体，绝不意味着抹杀或贬低文学的社会性。问题是怎样理解人。西方现代派也重视人，所谓"寻找自我""回到自我"云云，乃是以反社会为前提的。在我看来那是纯粹的虚妄。人要把自己身上的社会性统统"反掉"，结果就会发现"自我"就剩下动物的本能了。人一旦脱离动物状态，便有了人类社会。今天的猴子与几万年前的猴子相比没有多大变化，而现代人与原始人相比变化多大呀！而人类的发展变化正是以社会的存在为前提的，离开社会便没有人类，自然也就没有构成人类的具体的人。人的发展变化，主要不是指人的动物本性——外貌、生理结构及其本能——的变化，而是指人的社会性的变化。马克思给人下的定义是"一切社会关系的总和"，便是针对人的社会性而言的。我们现在讲人性，我想主要不应是指人的动物性，而是指人的社会性。当然，人的社会性又存在因人而异的个性差异。总之，在我看来，人性包括人的个性和人的社会性两方面，现代反映论忽视前者，西方现代派忽视后者，同样是对人性的违反。

文学的对象是人生，所谓人生即主要指人的社会生活，各人所经历的千差万别的社会生活，各人在自己经历的生活中所产生的欢乐、痛苦、渴望、思索等等。要之，文学所关心的是具体的人，而任何人都是同他所置身的社会分不开的。

但是，我们从文学中看见的除了人和人所经历的社会生活，还有日月山川，鸟兽草木，甚至还有（科幻小说所写）看不见的太空；对此如何解释？曰：一切自然物均须与人发生关系才有资格进入文学，文学中出现的自然乃是人化了的自然。关于这一点，中国诗歌创作和理论最能说明问题。王夫之尝云：

烟云泉石，花鸟苔林，金铺锦帐，寓意则灵。（《姜斋诗话》）

所谓"意"，即作者的思想感情。任何自然物，只有融入了作者的思想感情，才可能成为鲜活生动的艺术审美对象。而作者的思想感情主要并不决定于自然景物，而是决定于他所经历的社会生活。不同作者笔下的自然景物不同，同一作者不同时期所写的自然景物也不同，原因即在此。下面举杜诗为例：

胡马大宛名，锋棱瘦骨成。竹批双耳峻，风入四蹄轻。所向无空阔，真堪托死生。骁腾有如此，万里可横行。（《房兵曹胡马》）

写的是马，然而却神气活现地抒发了作者自己的心胸抱负，所谓咏物言志是也。这是少年气盛的杜甫。再举一首晚年的杜诗：

孔明庙前有古柏，柯如青铜根如石。霜皮溜雨四十围，黛色参天二千尺。（《古柏行》摘引）

咏古柏实为咏诸葛亮，亦是自咏，即李贽所谓"夺他人之酒杯，浇自己之垒块"；自来怀古总是与咏怀分不开。从诗中可以看出历经坎坷而仍旧热爱生活的杜甫，但已不是少年气盛，而是老境悲凉了。这种变化，归根结底，只能由诗人的社会经历解释。

小说中的自然景物，用鲁迅的话说乃是一种"布景"，他的小说缺乏景物描写，所以自称为"野台子戏"。那么，很明显，布景（或曰背景）仅为造成真实的气氛，关键还在演员的表演。当然，比喻总是有缺陷的。实际上，小说中的景物并不像舞台上的布景那样仅为造成真实的气氛，其本身亦能成为重要的审美对象。在这方面，18、19世纪的西方和俄国小说积累了丰富的经验，相形之下中国传统小说和现代小说都比较逊色。但无论多么出色的景物描写，也都离不开人的活动和思想感情。如屠格涅夫的早期作品《猎人笔记》，描写山林、沼泽、湖塘、暮色、晨景……迷人极了！但这些描写都离不开猎人及其向导的活动，离不开俄国农村的生活：农奴的智慧和苦难的命运、爱情、酗酒、赛歌……正是这些人的活动与美丽的自然景色和谐相融，才使作品呈现出那么浓郁的诗意。《猎人笔记》是屠格涅夫在国外写成的，他在谈到这本书的写作时曾说：即使把我洗七次，也洗不掉我身上的俄罗斯气质！这种对故国的眷恋之情，也深深融入作品所描写的自然景色中了。屠格涅夫还曾说，如果留在俄国，他便写不出《猎人笔记》。

看来，中国诗论中所说的情景交融，也可以用来解释小说中的景物描写。不过，在小说中，作家往往不是直接用自己的眼睛看世界，而是用自己所写人物的眼睛看世界，因此情景交融中的情也往往不是作家自己的感情，而是他所写人物的感情（当然人物的感情又往往是作家自己体验过的）。关于这种情况，我想举托尔斯泰《战争与和平》中的一个细节为例。主人公安德烈在负伤康复和丧妻之后,对现实生活的许多方面均感到失望,甚至怀疑人生的意义。这时他怀着沮丧的心情借住在罗斯托夫的乡间别墅,夜晚不能入眠,便走到窗前,刚把窗打开,月光便射进房里,好像它是早就在窗外守候着。他开始观赏窗外的月色,并立刻发现楼上住着的两个少女也没有睡,其中一个和他一样,也是守在打开的窗前欣赏月色。他听到她们的歌声和谈话,甚至听见了那个守在窗前的少女——她就是娜塔莎,后来成了他的未婚妻——的衣服响动声和呼吸声;除了这些声音,月亮、月光和月中的树影都像石头一样安静,他怕泄漏自己的无心在场,连动也不敢动……这一大段关于月夜的描写,静谧的月色、少女的心声,以及主人公深受感动的心情浑然一体,此之谓意境。第二天早晨,安德烈只和老伯爵罗斯托夫告别,不等妇女们出来就回家了。路上经过桦树林时,他有意寻找一棵令他同情的古老多节的老橡树,没想到那棵树正矗立在自己面前,它完全变了,认不出了。老橡树在夕阳余晖下撑开帐幕般的暗绿的枝叶,"既没有生节瘤的手指,也没有瘢痕,又没有老年的不满与苦闷——什么都看不见了。从粗糙的、百年的树皮里,长出了一片片没有枝干的多汁的幼嫩的叶子……"接下去便是关于主人公心情的描写:

"不错,就是那棵橡树",安德烈公爵想,他突然产生了一种不知从何而来的春天独有的快乐和新的感觉。同时,他忽然想起了生活中一切最好的时光:奥斯特里兹和高高的天空,死去的妻子的谴责的面孔,在渡船上的彼埃尔,因为夜色的美而感到兴奋的姑娘,那个夜晚和月亮,——这一切他都忽然想起来了。"不,生活并不在三十一岁结束",安德烈公爵忽然最后地断然地决定了。

显然,写月夜,写橡树,都是为了写主人公安德烈精神上的复苏。并且,我相信,主人公在月夜和在橡树前受感动的心情,也是作家托尔斯泰自己经历过的。

文学中的自然景物必须同人发生关系,才能"活",否则你写得再美那也是"死"的。但不一定都像托尔斯泰那样描写人物的内心活动。仅写景物本身亦能表达人的思想感情,关于这点最好用绘画来说明——因为人的内心活动是无法直接画出来的。中国画重写意,这"意"便是属于人的,比如过去许多人爱画"岁寒三友"——松、竹、梅——即为寄寓人的节操。传统西洋画重写实,关键亦在构思,而构思即为表达某种思想——虽然艺术中的思想往往说不清楚。比如朱光潜先生十分欣赏的法国画家米勒的名作《拾穗者》:夕阳下,三个农妇正弯腰在收割后的田野捡拾剩下的麦穗,阳光、麦穗、田野,使画面呈现出十分动人的金黄色的基调,那三个拾穗的农妇更是引人遐想。朱先生青年时代曾在法国卢浮宫见过这幅画的原稿,事过五十年记忆犹新,他把自己八十岁以后所写的美学论文集命为《拾穗集》,这使我们联想到朱先生一生的辛勤劳作,再回过头去看米勒那幅名画,就觉得其中的寓意似乎更深了,也更美了。由此我又想起另一幅近代名画——题名和作者都忘了,但画面记得很清楚:春天,在长满青草和鲜花的大地上,伏卧着一个下肢瘫痪的少女,嘴上还叼着一枝黄色的野菊花;欣欣向荣的春天与残疾少女形成对照,使人感到其中含有某种意蕴,虽然各人体会不一,但我相信谁见了也不会无动于衷。

任何自然景色，如无寓意，不与人发生关系，那不过是一堆死的材料而已，在艺术中是没有它的地位的。

文学所反映的人生，乃是作家根据自己的经历、观察、感受和想象所了解的人生。无论多么"客观"的作家，也总是用自己的眼睛看，用自己的心去感受，而且无论写什么，绝不会是无缘无故的，总是为了表达自己的某种思想感情或信念。正是在这个意义上讲，再现也是一种表现。为了进一步论证这个命题，下面再对作家的创作动机加以探讨。

第二章讲过，人生有两种经验：功利经验与非功利经验。艺术属于非功利经验。两种经验，其实也是人生的两种追求。比如说，我现在想当教授，又是填表，又是计算工作量，又是上交代表著作，复杂得很！这就是功利追求。再过若干年，当我回首往事时，也许就觉得早当教授晚当教授，甚至当不当教授均无关紧要，那时如有兴趣把现在的这段经历写出来，那就属于非功利的艺术追求了。现在却很难做到。现在教员们对评学衔都很关心，如果有谁本应提升却对提升漠不关心，这位同志虽不一定就能当作家，但可以说很有些艺术气质了。功利的追求是人生的基础，其中有合理的，有不合理的，有高尚的，有卑劣的；不可一概而论。总之是很难超越。郑板桥说"难得糊涂"，实际上就包含功利难以超越之意，而作家正是需要这种超越功利的"糊涂"。中外文学史的记录均表明：作家往往是在功利追求中遭受挫折或彻底失败之后，才将主要精力转向非功利的艺术追求，从而取得成功的；艺术上的成功往往是对功利追求中的挫折或失败的一种补偿。

这种补偿，可以说是人人都需要的。在现实的功利追求中无论取得多大成功，终究是有限的。曹操一生在功利追求中取得了那样大的成功，仍不免"对酒当歌，人生几何"之叹。正因为存在这种谁也无法克服的矛盾，人生总是有遗憾的；凡是诚实的人都会承认这点，而且越是阅历丰富、智力发达的人，就越会深切地感觉到这一点。想要弥补这种遗憾，常常是文学创作的动机。许多人虽然没有创作的才能，到了晚年也想写回忆录。即使没有遗憾，一辈子都是过五关斩六将，也是为了弥补人生苦短这个大遗憾，想使有限的人生留下一点痕迹，不致随着生命的结束而烟消云散。

我敢说，一个对一切都感到心满意足的人，是不会产生真正的创作动机的。除非为了消遣和娱乐。而真正的文学都需要激情、心血和生命的浇灌，与消遣和娱乐相去甚远。

艺术的追求是非功利的，而人生的追求基本上是功利的；非功利的追求是建立在功利追求的基础之上的。对于入世派作家来说，这一点很明显。但还有所谓出世派作家，自称早已把人生看透，那么他们的艺术追求又是建立在什么基础上？除了人生，艺术追求是否还有别的基础？

要说对人生看透的话，最能看透的人莫过庄子了。他不但是出世派的老祖宗，也是入世派对抗现实时的精神支柱，就连西方现代派的思想家似乎也没有谁能超过他的。但庄子真的把人生看透了吗？未必。比如说《齐物论》中命题之一叫作"齐寿夭"（"莫寿乎殇子，而彭祖为夭"），故云"不知说（悦）生，不知恶死"（《大宗师》），老婆死了反而鼓盆而歌（见《至乐》）。可是，当有人请他出来做官时，他却说宁愿生而曳尾于涂中亦不愿死留其骨而贵（见《秋水》），又说宁为孤犊不做牺牛（见《列御寇》），再如鉴于大木以不材得终其天年，而雁以不材（不能鸣）而死，于是声称"周将处乎材与不材之间"（《山木》）；可见其还是悦生恶死，承认寿夭有别的。《齐物论》中另一重要命题是"齐是非"（"彼亦一是非，此亦一是非"云云）；可是在《天下》《胠箧》等篇中又力驳儒、墨等家之说，慷慨激昂，可见在他看来，他与儒、墨之间还是有是非之分的，这就同"齐是非"不合了。庄子这个人，生平事迹不详，据说当过漆园吏，大约也是在功利追求中碰了壁，才退而著书立说。著书立说本身就说明他并没有把人生看透，真看透的人应当一句话也不说。

客观上谁也无法离开现实人生，主观上对现实人生采取消极态度的作家却大有人在。对人生采取积极态度还是消极态度，恰恰是一流作家与二三流作家区别的关键所在。

所谓消极，并非对什么都消极。比如白居易，贬谪江州以后转向消极，奉行"中隐"，一面参禅炼丹，一面又造宅第、置家妓，"追欢""补迟"，为追求个人享乐十分积极。孟浩然、王维比白居易后期趣味高一些，也仍旧是追求个人的享乐，不过彼此要求不同罢了。白居易还多一层虚伪。

人生态度，主要是指对社会现实的态度。所有出世派，无论其"出世"原因为何，也不管信佛、信道，还是什么也不信，其所奉行的人生哲学要为"独善"，即将人生意义局限于自身。中国古代诗人属于这一派的人数很多，孟子所谓"穷则独善其身，达则兼善（济）天下"，是他们普遍依靠的精神支柱。其实，儒家思想精髓仅在"兼济"，是排斥"独善"的。孔子虽然也讲过"天下有道则见（现），无道则隐"这样的话，实则他是天下无道也要"现"，或毋宁说正因为天下无道所以要"现"。

《微子》篇中说："鸟兽不可与同群,吾非斯人之徒与而谁与?天下有道,丘不与易也!"这才是符合其生平行事的真实思想。所以说,历史上一切出世派都是对孔子思想的背叛。这类人是永远当不了第一流作家的。陶、孟、王赶不上屈、李、杜,关键不在才能,而在人生态度。

西方某些现代派作家,从人生态度上说同中国古代的出世派有一致之处,即都是把人生意义局限于自身。而且他们是更进一步:根本否定个人对社会的依存关系,"他人就是地狱"。这种人,应该流放到没有人烟的孤岛。这也不行,因为孤岛还有生还的希望,像鲁滨孙那样。现代科技发达,最好用火箭把他们送入太空,那才算彻底脱离社会,让他们在那里"寻找自我""回到自我"罢。恐怕谁也不敢做那种尝试,别的且不说,孤独就忍受不了。人毕竟无法离开社会的啊!

任何作家,都只能写自己体验过、思考过和感觉兴趣的东西,而不能写陌生的和漠不关心的东西。但是,你为什么要呕心沥血地把这些东西写出来,否则就无法平静呢?一方面你想表达自己对世界的认识,另一方面又想让世界认识自己,不外乎这两方面的目的。两方面的目的,都是要作品被读者接受才能实现的。任何作品,既然写出来,绝非仅为自己欣赏,主要是为别人欣赏。用托尔斯泰的话说,艺术乃是一种感情的传达,这种传达必须具有感染力才会被对方接受。而一件作品是否能对社会上大多数人具有感染力,除了艺术方面的因素外,主要就取决于作家的社会经历和思想感情在多大程度上能和大多数人取得一致。历史经验证明,一个真正伟大的作家,总是把人生意义同社会、时代以至整个人类的命运连在一起,中外古今无一例外。不但是关心社会，而且要和社会共命运，同呼吸。白居易也关心社会，但他是站在一旁关心，"仆志在兼济，行在独善"，志与行可以分开，又可以并存，到了后期则弃兼济而行独善，所以他永远无法达到李白和杜甫的高度。伟大与渺小的区别，关键就在人生态度：我坚定地相信这一点。

从主观方面说，对现实人生采取积极态度乃是伟大作家必具的基本条件。当然还需要许多别的主观条件，放到创作论部分去讲。至于客观方面的条件，下面简单地谈谈。

历史经验证明，伟大作家的出现从来不是孤立的，而总是在一个文学高潮中涌现出一大批优秀作家，其中有一个或几个堪称伟大作家或是杰出作家。屈原的出现也许可以说是一个例外。而文学高潮的到来，一般都具备下述一些条件：一、社会发生或正在酝酿着巨大的变动；二、社会思想的解放和活跃；三、国家、民族之间的文化大交流。例如：中国魏晋南北朝、唐代以及"五四"时期的文学高潮，西方文艺复兴、启蒙运动和19世纪的文学高潮，均无不兼备上述三方面的条件。当然，这是个复杂的问题，以上概括远不足以说明各时代文学高潮的出现。例如中国宋词、元曲、明清小说的高潮，又各有其社会条件，需要做具体分析。不过，一般说来，上述三个条件带有普遍性，如果不是必备的，至少是对文学发展极其有利的。

进入20世纪80年代以后的中国，已经具备上述三个条件。过去是没有东西可写，现在是可写的实在太多；过去是思想禁锢，在付出沉重代价以后，现在终于迎来了思想解放，差异开始得到承认，人的主动性和创造精神以及人自身的价值开始受到尊重。过去是封闭排外，现在则实行开放政策，允许广泛的交流与借鉴。凡此种种，均为文学繁荣提供了沃土。

事实上我们已经进入了一个充满希望的时代，短短几年就涌现出一大批优秀的作家，这在1949年以来的历史上是空前的。这样的作家将会愈来愈多，并且终将从中产生出一个或几个巨人。既曰巨人，必然具有非凡的个性；但绝非"回到自我"，而是积极面向现实人生，并与整个社会和时代共命运的人。

第六章 个性化是必须遵循客观规律

人是一种能够生产财富的动物。别的动物只能利用财富，不能生产财富。唯有人类能够生产财富。正因为如此，人生的第一要义就是劳动，人的价值首先要由劳动去衡量。

人类生产分为物质生产与精神生产两大门类。物质生产是人类赖以生存和发展的基础，精神生产依赖于物质生产，是第二性的；这是马克思主义的基本原理。然而马克思又认为，物质生产与精神生产的发展存在不平衡的规律（见《〈政治经济学批判〉导言》），所谓不平衡，即不是按比例发展的，物质生产的进步并不直接带来精神生产的进步。马克思举古希腊雕塑和史诗为例，认为是"一种规范和高不可及的范本"，莎士比亚的戏剧也是当代作家所望尘莫及；虽然当时欧洲的物质生产水平远高于莎士比亚时代，更高于古希腊。不仅西方存在这种现象，中国亦存在这种现象。不仅从"纵"看如此，从"横"看亦如此。18世纪欧洲物质生产最发达的是英国，但启蒙运动发生在法国，而生产落后的德国却出现了康德和黑格尔（19世纪初）、歌德和席勒（以他们为代表的"狂飙运动"席卷欧洲）。19世纪末期，俄国物质生产远比西欧各国落后，却出现了一大批文学巨人。美国现代物质生产居世界之首，在精神生产方面绝非居首。

对于这种发展不平衡现象，无论做何解释，首先必须承认这是一个事实。几年前我在一篇论文中试图对这种现象加以解释，提出物质生产与精神生产存在相反的规律。我所谓"相反"，简单说来，即物质生产强调共性，精神生产强调个性。这可以从生产过程和生产结果两方面加以考察。

物质生产需要集体协作，从原始耕作到近代大工业，随着生产力的发展，社会分工日益细密，人们在生产中彼此依赖的集体性亦愈来愈强。例如古代的交通工具——如一辆马车——那是几个人甚至一个人就能制造的；而现代交通工具——如一辆汽车、一架飞机、一列火车——是任何能工巧匠亦无法单独制造的，它不但需要许多人共同劳动，而且需要许多工种和工序的彼此配合。与物质生产相联系的自然科学亦如此。在过去，我们将力学三大定律的发现归功于牛顿，蒸汽机的发明归功于瓦特，留声机、电灯泡等的发明归功于爱迪生，相对论的建立归功于爱因斯坦；到现在，尽管科学远比牛顿、瓦特、爱迪生、爱因斯坦时代进步，但再未出现如此突出的科学巨人，如核能的发现和利用、集成电路和计算机的发明、火箭与航天技术的发展，都很难归功于某个个人。此亦说明集体协作的加强。

然而精神财富尤其是文艺作品的生产，虽然就其性质而言也是一种社会生产——即只有当它获得社会承认才能产生价值；但就其生产过程本身而言从来不需要集体协作，并且永远不需要集体协作。各民族的古代民歌和神话，最初必然各有其作者，只不过这些作者的名字没有记载和流传下来罢了。荷马史诗的作者不一定叫荷马，但必定有这么个人。《水浒传》曾依傍《宣和遗事》作者以及若干说书艺人的劳动，但终于成为现有规模的名著，主要仍是施耐庵个人创作的结果。由"柏梁体"开始的联句，只能说是一种游戏，从无成功的作品。

为什么物质财富与精神财富的生产存在上述相反的规律？原因即在前者要求认识客观规律并加以利用，这种规律是不以人的意志为转移的。比如桌椅均须四条腿（至少三条腿）而不能是两条腿，雨伞基本上都是圆的而不能是方的或是三角形的，车轮也只能是圆的而不能是方的或三角形的，便都是由客观规律决定，不会因人的主观而有所变化，因此古今中外的桌椅、雨伞、车轮都是这种样子。当初也许有人造过两条腿的桌椅、方形的雨伞、三角形轮子的罢？但后来不得不改变。正因为物质生产完全建立在对客观规律的认识和利用上，因此才可能进行协作，而且随着生产力的发展，这种协作的必要性越来越强。艺术品的生产则不然。前面说过，艺术的本质特征是审美，审美是主客观的相互渗透，而且是在主体进行和完成，因此它是因人而异的。艺术生产固然要受客体制约，但就生产过程而言起决定作用的乃是主体。人的主体即人的主观世界是千差万别的，每个人均有自己独特的先天资质和社会经历，和由此而来的思想、感情、感受、爱好等，绝不可能完全一致，这就决定了艺术生产必然是个体性的，而绝无进行协作的可能。中国人和美国人可以合造一架飞机，但即使是两口子亦不能合写一首抒情诗。所有共同署名的作品其实主要都是其中一人的作品。"合作"对艺术品只有损害而无所助益。

下面再从生产结果考察。

物质产品要求标准化。这在工业产品最明显：同一规格和型号的产品——例如螺丝钉或齿轮——必须严格符合规定的标准。现代农业亦已出现这种趋向，如为适应收割、包装和运输需要，要求作物的高矮和果实的大小标准化（听说已有人实验生产方形西瓜）。但任何时候都绝不能要求精神产品尤其是艺术品标准化。物质产品符合标准化的叫优质品、合格品，否则便是次品、废品。精神产品恰恰相反，符合"标准化"的只能是废品。其原因，就在两种产品的性质不同，社会对它们的需求亦不同。任何一种物质产品，一块面包、一件衣裳、一辆汽车、一幢楼房，都不可能同时满足整个社会的需要，同样的产品往往需要生产出许许多多。而任何一件精神产品，只要凭借必要的物质手段（如印刷），就不但可能满足整个社会的需要，并可能满足世世代代的需要。因此同样的产品不需要亦不可能再生产第二件。有了一部《红楼梦》，便不需要亦不可能再写一部《红楼梦》。

由此可见，物质生产强调共性，精神生产强调个性；无论是从生产过程或生产结果（产品）看，情况均如此。这是规律，一旦违反就要造成灾难性的后果！试想，如果一个工厂生产的零件一人一个样，那结果将是多么可怕！反之，如果作家们写出的作品都一样——同样的题材、主题、人物、情节、语言，即不是个性化而是"标准化"，情况亦同样可怕。

个性是艺术的生命，没有个性便没有艺术。据载希腊神话中，众神居于奥林匹斯山而各有职司，别的神大都只有一个，命运之神有三个，而文艺之神［缪斯（Muse）］竟有九个之多！可见在神话编造者看来，文艺的个性比人的命运更复杂！其实九个缪斯也管不过来，应该每个作家都有一个自己的缪斯！

从表面上看，现代反映论者似乎也并不抹杀作家的个性，然而他们对于作家的个性，仅由作家习惯采取的体裁、题材、艺术手法以及语言风格等方面辨别。在我看来，主要应由作家不同的先天资质和社会经历所决定的思想性格辨别。所谓艺术个性，即作家们彼此区别的各自特点，"其异如面"，有多少个作家就应有多少张脸。

我很欣赏歌德的一句名言:"只有出类拔萃的东西才对世界有益!"这当然是针对精神生产而言。每个有志于做贡献的作家,就是要力争出类拔萃,敢于标新立异,通过艰苦卓绝的劳动形成与众不同的艺术个性。

佛曰"学我者死",意谓只有经过自我修行始得觉悟。而艺术的格言应如齐白石所说:"学我者生,似我者死。"强调个性,并不排斥作家彼此之间的借鉴,但重要的仍然是不失去自我。这又可以从纵、横两方面加以考察。

从纵向看,文学的发展乃是以继承为前提的,而每个时代又必须在继承的基础上有所创新,才可能呈现出真正的繁荣。所谓创新,往往意味着对前代历史的否定。在中国文学史上,魏晋六朝的文人诗和抒情小赋是对汉赋的否定,唐诗是对六朝宫体诗的否定,古文运动是对六朝骈文的否定……在西方,文艺复兴是对中世纪宗教文艺和骑士文学的否定,而现实主义思潮又是对浪漫主义的否定……所谓否定,其实就是在继承基础上的创新。既要继承,又要创新,二者缺一不可。中间明代以李梦阳、何景明和李攀龙、王世贞为代表的"前后七子"主张"文必秦汉,诗必盛唐",风靡一时而终无建树,原因即在单纯模仿而缺乏创新,如"优孟衣冠"。明代万历以后至清代,诗人成就普遍超过"前后七子",原因即在他们普遍重性灵或神韵,有"我"在,而不重模仿。反过来说,只重创新而忽视继承亦要走上歧途,比如"五四"以后的新文学存在一个致命弱点,那就是忽视了对传统的继承,其危害性在诗歌创作方面最明显。保持清醒头脑的人也是有的,例如鲁迅。他曾劝青年少读,最好不读中国书,实则他自己读得很多,而且是不断地读。他从不写新诗,仅仿张衡《四愁诗》写过一首类似新诗的打油诗,那是开玩笑,并且正是为讽刺当时的新诗作者。"五四"以来所有成就较大的作家无不同传统保持着联系;而所有纯粹的"新派"终究是站不住的。

以上所说继承与创新,主要还是从文学史发展的宏观而言。若就具体作家而论,这种继承与创新的关系更为清楚。最典型的例子是李白,他说过"自从建安来,绮丽不足珍",于是后世有的论家认为他的诗是"凌跨八代,直承《风》《骚》",把他视为批判六朝绮丽诗风的复古派的代表;现行文学史及各种有关论著也都是这样写的。其实,这样看的人,既未熟读李白的诗,亦未熟读六朝诗。我在一篇论文中,曾通过大量比较,论证了李白与六朝诗人(包括齐梁宫廷诗人)的血缘关系。李白重自然轻雕饰,但没有六朝的雕饰便没有李白的自然;李白贵清新贱绮丽,但没有六朝的绮丽便没有李白的清新。李白的主张和实践固然都是对六朝的否定,但这种否定是建立在继承基础上的。我的上述观点是对前人观点的否定,但也曾从前人受到启发,如朱熹便认为李白"始终学《选》诗",所谓《选》诗,主要即指魏晋六朝诗。可见学术研究中的创新亦离不开继承。

杜甫与李白相反,他在口头上强调继承,对于前人几乎从无非议,而且对那些"嗤点前贤"的人颇有反感:"尔曹身与名俱灭,不废江河万古流!"这两句话实在有分量,以至我现在褒贬白居易时还经常想起,担心扮演可笑的角色。杜甫对于六朝诗人如鲍照、庾信、阴铿以至初唐四杰均有很高评价,认为自己不如前人。实则他不特大大超过前人,而且比李白更富有创新精神——至少在艺术形式方面如此。过去有见识的论家认为诗到老杜方为一大"变",而李白主要还是继承。

总的来看李、杜都是全面继承了历史成就——从先秦、两汉到魏晋六朝以至初唐；并且不限于文学，还包括历史、哲学等各个领域。但他们成为吟咏留千古的伟大诗人，关键还在"自铸伟词"（前人评屈原语），形成前无古人、后无来者的独特个性。

西方作家亦无不如此。就以歌德来说，在他之前的德国，除了一个莱辛，几乎再举不出一个重要人物。他的最重要的作品《浮士德》取材于民间传说，艺术上则主要是继承古希腊和英国、法国文学（这种跨越民族和国界的继承在欧洲是极常见的，所以我们才可能把"西方文学"作为一个传统看待）。他对古希腊三大悲剧作家、莎士比亚、莫里哀均曾悉心研究，推崇备至；对于同时代的拜伦亦给予高度评价。歌德最初是浪漫主义狂飙运动的主将，后又转向古典主义，其主要成就在后期。因此古希腊文学尤其是悲剧在他心目中仍是最高的典范，他对三大悲剧家的作品都非常熟悉，谈起来如数家珍。有次因为一个叫史雷格尔的同时代人攻击欧里庇得斯，他愤慨地说："如果一位现代人如史雷格尔，要在这样一位伟大的古人身上指摘缺点，那么他只有跪下去做才是公平的。"附带说一句：一位现代名人对杜甫无端的攻击，曾使我想起歌德上述的话。再如莎士比亚，歌德认为是同古希腊悲剧作家一样具有高尚精神和伟大心灵的诗人，他经常阅读和研究莎士比亚，曾说："我时常在莎士比亚面前感到羞愧！……自然借莎士比亚的嘴说出真理，而我的人物都是些传奇小说里的怪诞幻想所吹出的肥皂泡而已。"最引人注意的是歌德对17世纪喜剧大家莫里哀的高度评价。在学院专家史雷格尔看来，以反映世俗生活擅长的莫里哀不过是个"卑劣的丑角"，说他只从遥远的地方见过"高等社会"，编造一些滑稽戏不过是"取悦于他的主人"。而歌德却一针见血地指出，史雷格尔"忍受不住莫里哀","如果史雷格尔和莫里哀生活一起,他或许觉得自己也要被莫里哀嘲笑的"。歌德直言不讳地承认他始终爱好莫里哀,从年轻时起,一生都向他学习,每年都要读他的几出戏,"让自己经常同杰出的作品打交道",并曾亲自将《悭吝人》和《屈打成医》译成德语,称莫里哀是"一派光明正大"和具有"伟大本色"的人。歌德深受上述古希腊悲剧、莎士比亚和莫里哀影响,从《浮士德》可见。这部集毕生精力(六十年)完成的巨著,从主题的单纯、深刻和规模的宏伟气魄看,受古希腊悲剧影响;从情节结构(打破"三一律")、内心独白(推倒第四堵墙)和人物性格的强化方面看,受莎士比亚影响;从魔鬼的插科打诨等方面则不难看出莫里哀的影响。然而《浮士德》这部悲剧,无论从思想或艺术上看,都既不同于古希腊悲剧,亦不同于莎士比亚和莫里哀,它是基于歌德自己的时代感受,同时是他自己的性格、内心冲突和人生追求的一种表达。

以上举例说明继承与创新的关系,主要是从纵向看的。再从横向看,即从同时代的作家看,情况亦相似。前面讲过,文学的繁荣往往不是靠一两个作家,而是靠一群作家,这就说明作家间彼此影响的重要性。但这绝不意味着"标准化",共同的民族和时代特色绝不会淹没作家彼此之间的个性差异。就拿19世纪的法国文学和俄国文学来说,巴尔扎克与托尔斯泰无疑可以代表各自的民族和时代,但19世纪的法国和俄国作家还有许多,我们不仅极容易将巴尔扎克与托尔斯泰区别,亦不难将巴尔扎克与雨果或托尔斯泰与屠格涅夫区别。中国文学在世界文学中具有最鲜明的民族特色自不待言,历史上还出现过许多各具特色的文学繁荣时代,而每个时代都是由许多独具个性的作家形成。如对后世发生过深刻影响的建安时代,素以慷慨悲凉的"风骨"著称,而这一时代特色又是由许多不同个性形成：曹操的质朴深沉，曹丕的清丽缠绵，曹植的激越哀婉；以刘桢、王粲为代表的"七子"亦各有特色；女诗人蔡琰的《悲愤诗》更是独具异响……倘没有这许多不同的个性，建安时代便不会出现钟嵘所盛赞的彬彬之盛。李白和杜甫均具有轶群绝类的独特个性，在他们周围还有数十位各有特色的杰出诗人，盛唐诗坛才得以"众星罗秋旻"的辉煌局面焜耀后世。盛唐没有李、杜不可想象，但如当时所有诗人都同李白或杜甫一个模样那就更难想象。

上面从纵横两个方面进行考察，论证了继承的目的是创新，民族和时代的一致亦以个性的繁多为前提。任何真正的作家都必须接受文学的遗产并善于向同时代作家学习，但关键还在形成与众不同的艺术个性，"邯郸学步""东施效颦"只能贻为笑柄。说到底，个性化是文学艺术必须遵循的基本规律。

由于个性化规律的制约，文学创作永远是建立在个人劳动的基础上的。集体创作在文学史上根本不存在。前面讲过，中国历史上的文人联句，只可视为游戏。从中外文学名著中，你就举不出一部集体创作的剧本或小说，更不用说抒情诗了。不特文学创作，精神生产的其他领域，如文艺批评、历史、哲学等等也必须建立在个人劳动的基础之上。

在文学领域公开提倡集体创作的蠢人并不多。但它的变种——公式化创作——在过去一段时期相当普遍，至今尚未绝迹。为什么说公式化是集体创作的变种？因为二者都是遵循"标准化"的原则，即都是对个性化规律的违背。还可以说，公式化比集体创作危害更大！为什么？比如在座几百人合作一部作品，其结果不过是产生一部"标准化"的废品；但如果几百人各写一部公式化作品，结果就会产生几百部"标准化"的废品！

公式化即"标准化"作品的盛行，现在基本上已成为过去。为了吸取教训，对它所产生的原因有必要加以认识，这牵涉到正确认识文艺与政治的关系，牵涉"主题先行""体验生活"等一系列具体问题，以后将陆续陈述。现在想说的是，"标准化"作品虽然尚未绝迹，但随着极"左"思潮的被批判，可以说它已失去必然存在的社会基础。然而有趣的是，由于对外开放政策的实行，有的人又在西方文化的冲击下发了热病，提倡所谓"计算机文艺"，据说这是"必然趋势"。那么，首先得将人的感情定性定量，编制出程序输入计算机。可以肯定，即使由此能生产出"作品"，那也只能是程式化即"标准化"的作品。这样，文学创作再不需要作家绞尽脑汁，更毋需如曹雪芹或歌德那样以毕生精力写一部小说，而是每小时就能生产出成千上万部，读小说自然也就像吃面包那样简单省事了。然而我相信人类永远不会愚蠢到这种地步。这只不过是痴人说梦罢了。

一个物质方面，一个精神方面，人类生活总得有这两方面，而不是只有物质一个方面。马克思说："人也按照美的规律来塑造物体。"(《1844年经济学—哲学手稿》)所谓"塑造物体"，当指物质生产；就是说，人类物质生产不仅要满足功利需要，还要满足非功利的审美需要。比如造房首先为了居住，这是功利需要；但除此还要讲究造型和装修的豪华、典雅、雄伟、精致等等，这就是非功利的审美需要了；又如穿衣为了御寒和遮羞，这是功利需要；但除此还要讲究色彩、式样等等，这就是非功利的审美需要了。非功利的审美需要必然以丰富多彩为前提。如果是整齐划一，全市一样，全国一样，再好看的住房和服装也会叫人受不了。美，也就是审美。从主体说是因人而异的，偏好正是对象所以呈现为美的原因。到了生产允许的时候，人人都将按照自己的偏好来建造住房和制作服装。"按照美的规律塑造"必然意味着繁多而非一致。当然，物质生产首先是为满足实际的需要，但我相信，随着生产力的发展，将来人们的居屋衣物会越来越多地从审美角度考虑。

物质生产尚且如此，精神生产尤其是文艺作品的生产就更是如此了！它的本质就是超功利的审美。我们曾经长期住着整齐划一的房子，穿着整齐划一的服装，虽然不美，总还满足了实际的需要。而整齐划一的文学作品除了浪费纸张、时间和造成精神上的麻木外，什么好作用也起不了。我们在建筑和服装上的整齐划一是可以理解的，文学上的"标准化"则不可理解，因为即使在物质生产力水平很低的情况下也并不需要这类精神产品，这只能归结为主观上的愚蠢。

第七章　从社会角度看文学

我们反对文学研究中的庸俗社会学，但并不反对从社会学角度看文学。所谓庸俗社会学，其症结在于忽视文学的审美本质和个性化规律——否认文学的主体性，只见社会不见人。

从社会学角度看文学，首先要正确认识人与社会的关系。既然人是社会动物，那么任何个人的生存和发展都必须依赖于社会，他的行为和思想都必须受到社会的制约。不管你主观上怎么想，这种依赖和制约都是存在的。一个人活在社会又想脱离社会，正如鲁迅批判"第三种人"时所说，这就像揪住自己的头发要脱离地球一样，不过是一种妄想罢了。

然而，个人对社会的依存绝不意味着个性的丧失。相反，人类社会所以区别于动物世界，就在于它的内部存在个性差异，这种差异正是社会进步的重要动力。

如果将社会仅理解为个体间的相互依存的话，那么这种社会在动物界也是有的，禽如雁、鸟，兽如鹿、象，虫如蚁、蜂。连文明人类视为神圣的一夫一妻制在动物界也存在，例如天鹅、大雁。社会分工在动物界也是存在的，蚂蚁和蜜蜂甚至连生殖也是专职负责。蚂蚁和蜜蜂社会组织之严格恐怕超过了人类：每个成员均尽忠职守，遵守纪律，为维护群体利益决不惜死，那真是"人人为我，我为人人"，个体生存的价值完全取决于群体。比起人类社会还有什么欠缺呢？我们知道，人类社会是建立在生产物质财富的社会性劳动的基础上的；动物则只能利用自然财富，不能进行生产财富的劳动。但是，蜜蜂也许是例外，从采集花粉到酿成蜂蜜，恐怕应算是生产财富的劳动了。再如蜂房的建造，似乎也是一种劳动。蜜蜂虽然不会使用工具，但它的吃和住都不是简单地利用自然财富，而是用自己的劳动对它进行了一番改造。更值得注意的是，每只蜜蜂的劳动都不是为一己私利，而是为群体利益，群体利益中自然包含自己的一份。因此在某些人看来，蜜蜂社会真是理想的社会了！我记得赫胥黎便持有这种观点，他认为蜜蜂社会最符合"均富"原则。如有兴趣可以看看他的《进化论与伦理学》（严复译为《天演论》）。

但蜜蜂社会毕竟不是我们向往的人间秩序。人区别于蚂蚁和蜜蜂，首先就在人有"自我"的意识，而蚂蚁、蜜蜂没有这种意识。蚂蚁和蜜蜂的"忘我"劳动并非出于无私，为维护群体而拼死战斗亦非出于勇敢；这一切均无非出于与生俱来的物种本能而已。正因为没有"自我"的意识，仅受物种本能支配，蜜蜂所酿之蜜、所造之房若干万年前便是那样子，再过若干万年恐怕也不会有多大变化。可能有所进化，也可能物种消灭，无论进化或消灭均完全取决于自然条件。用哲学术语来说，蜜蜂以及整个动物界都只能生活在"必然王国"。唯有人类是不断地从"必然王国"走向"自由王国"的。按照达尔文的进化论，现有动物也都是要不断进化的吧！即使那样，那也是完全被动地实现的。唯有人类能掌握自己的命运。任何动物都得与地球偕亡，这是无疑的——除非人类把它们带到别的天体；而对于人类，地球不过是自己的摇篮而已。

有人说"我"是万恶之源，也不无道理。但毕竟不能没有

"我",没有"我",人就成了动物。可以说,"我"是人类祖先第一个伟大的发现,人脱离动物状态即自此始。有自我意识才有自由意志,人类由"必然王国"走向"自由王国"便是由自我意识开始的。这是智慧的发端,也是人性的发端。人的这个"我"是善是恶,历来争论不已。孔夫子说"性相近也,习相远也",人的自我即本性是相近的,距离乃是后天造成。至于这种本性是善还是恶,他老先生没有表态。后来孟子认为性善,根据人皆有"恻隐之心"或叫作"不忍人之心"。荀子则认为性恶,根据是人皆有"好利恶害"之心。西方也有过类似争论,进化论者多倾向于性恶说。其实,无论"善"或"恶",其本身便是一种社会评价。蜜蜂的"忘我"无所谓"善",野兽间的弱肉强食亦无所谓"恶",一切都是受着物种本能的支配。唯人类有自我意识,并且这种意识从本质上说都属于社会意识。

关于人性,理论界谈论很多。大家引经据典,文艺复兴时期某人怎么说,启蒙运动时期某人怎么说,俄国19世纪某人怎么说,马克思主义经典作家们又是怎么说。有趣的是同样论据却可以得出截然不同甚至相反的结论。其实,在我看来,道理原是很简单的,不用引经据典也能说明白。人性者,人之本性也,亦即人区别于一般动物之特殊性也。根据以上表述,其大概有二:

一、人有"自我意识"即有个性的差异,因此尊重人是以尊重人的个性为前提的。否则,如果不尊重人的个性,那就谈不上对人的尊重。现代反映论普遍存在这种倾向。

二、人的"自我意识"本身就是一种社会意识,因此人的个性既有差异而又是彼此相通的,这就是人性。人类社会不断发展,人性自然也要随之不断变化。否则,如果将其理解为某种永恒不变的东西,就只能是作为动物的物种本能,那同样是对人的不尊重。西方现代派普遍存在这种倾向。

总之,人之区别于其他动物,一在个性,二在社会性。人性就是人的个性与社会性的统一。脱离个性谈人性,或者脱离社会性谈人性,都有将人降低为一般动物的危险。

文学是一种社会意识形态,一定的文学是一定的社会存在的反映,这是毫无疑问的。问题是,文学这种特殊的社会意识形态,与别的意识形态——政治、法律、伦理、哲学等等——有何不同?别林斯基于此有句名言:"哲学家用三段论法说话,诗人则用形象和图画说话,然而他们说的都是同一件事。"(《一八四七年俄国文学一瞥》)现代反映论者多采取此说,即认为文学作为一种社会意识形态,其特殊性仅在于表达的方法:哲学用逻辑思维,文学用形象思维。关于所谓形象思维,后面要详细讲,暂且不论。这里先说,这种将文学的特殊性仅仅归结于表达方法的观点,是站不住的。它解释不了同样社会存在却会产生极不相同的作品这样一个文学史上普遍存在的现象。在这个问题上,车尔尼雪夫斯基的观点比较正确,他说:"艺术对生活的关系完全像历史对生活的关系一样,内容上唯一的不同是历史叙述人类的生活,艺术则叙述人的生活;历史叙述社会生活,艺术叙述个人生活。"(《艺术与现实的美学关系》)在车尔尼雪夫斯基看来,文学(艺术)的特殊性不仅表现在方法上,更重要的是表现在内容上。他所说的艺术与历史的区别,亦可用以说明文学(艺术)与其他社会意识形态的区别。政治、法律、伦理、哲学等等,其所关注的都是整体而非个别,一般而非特殊,共性而非个性;与之相反,文学所关注的则是个别、特殊、个性。其他意识形态所反映的是人构成的社会,文学所反映的则是构成社会的具体的人。人固然是构成社会的分子,但这个分子绝不同于蜜蜂和蚂蚁,他有自我意识,每个人都有自己的主观世界,彼此的主观世界是千差万别的。政治、法律、伦理、哲学也关心人,但对张三、李四、王二麻子是一视同仁,并不重视人与人之间的个性差异;而文学却不能将张三、李四、王二麻子混同,必须重视人与人之间的个性差异。政治、法律、伦理、哲学往往将人加以抽象(政治、哲学)或加以分割(法律、伦理);而文学必须将人作为一个整体对待,既不能加以抽象,亦不可加以分割。总而言之,社会是繁多的统一,别的意识形态均着眼于统一,而文学则着眼于繁多,即着眼各自不同的、不可抽象亦不可分割的具体的人。

文学不但是写具体的人,而且是由具体的人来写。具体的人是因人而异的。不过,话说回来,任何人,无论多么奇特,其本身便是一个社会存在。因此,无论从客体或从主体看,文学都是一定社会存在的反映。文学作为一种特殊的意识形态,其特殊就在着眼于繁多,而这繁多又必然受到统一的制约。换个说法,就是个性要受社会性的制约。具体讲来就是要受社会发展历史阶段的制约。

社会发展阶段对文学的制约,古代神话最明显,此毋须赘言。下面想举月亮为例,谈谈自然审美在文学中所占地位的变化,这是个很值得加以探究的课题。

古代各民族都有关于月亮的神话。中国有奔月的嫦娥,古希腊有月娥塞勒涅(Selene),或叫作狄安娜(Diana),均为女性。当产生神话的社会基础消失以后,月亮作为审美对象更广泛地进入了各种文学体裁——诗、戏剧和小说等。特别在中国,人们对月亮似乎有特殊的感情。有人说月亮是高悬在我们民族头上的一盏玉石般皎洁的明灯，我很同意。但是，到了电气照明已普及千家万户的现代社会，这盏明灯已失去其魅力。坐在灯火通明的大厅是很难想起窗外的月亮的。过去旅行除了步行便是骑马，或是坐车、坐轿、坐船，夜间都经常可以见到月亮。附带提醒一句，唐诗中许多有关月亮的名篇就是在船上写的。现代人旅行则无论乘火车、轮船、飞机，处处都离不开电灯，与月亮距离愈来愈远了。

现代生活的变化不限于电气化，而是包括整个生产力的发展所引起的社会秩序和社会观念的变化。比如说，不知在座诸位如何，我自己虽然读过许多有关古诗，却从未有过月下独酌或是月下会饮的雅兴——其实做到这点很容易，把桌子挪到户外去就行了。再如，自由恋爱通行以后，现代青年男女已毋须"待月西厢下"，能公开约会，既可看电影，也可跳迪斯科，亦不必非得"月上柳梢头，人约黄昏后"不可。总的说来，过去时代文学中的自然审美——包括对月的审美，是同建立在单一的、发展滞缓的农业经济基础上的社会生活和社会观念相联系的；随着工业化所引起的经济和社会结构的巨大变化，自然审美在社会生活中的重要地位已逐渐减弱。月亮的自然属性——它的形状、颜色、光度——都并没有变，但现代人望着月亮已不可能像古人那样"忧从中来"或者"喜上眉头"，赋予它那样多的感情内容。自然属性不过是自然美的形式，它的内容是审美主体即人所赋予的。随着审美主体的变化，自然美形式未变，却已丧失了原有的内容。

科学技术进步所带来的物质文明，削弱甚至是挤掉了自然审美在社会生活和文学中的重要地位，这是一个事实。那么，比如说，电灯的发明挤掉了对月的审美，汽车的发明挤掉了对马的审美,然则电灯和汽车可否替代月和马成为审美的客体?我看很难。比如电灯,别说替代月亮,就连替代蜡烛亦不易呢!杜牧有"蜡烛有心还惜别,替人垂泪到天明",你从现代诗中能举出可以相比的关于电灯的名句吗?科技进步的成果也许能部分补偿自然审美的损失,替代则不可能。于是,又有一个可以思考的问题:物质文明的发展是否必然与自然审美背道而驰?迄今为止,情况是这样的。工业和城市的建设不仅导致森林的缩小和动物的减少,以及海洋、河流和空气的污染,而且使人的日常生活与大自然疏远。因此,文学中的自然审美,从横向看19世纪西欧比俄国逊色,从纵向看20世纪比19世纪逊色。这些都是事实。至于这种趋势是否会发生逆转——有朝一日人类又重新回到大自然怀抱(当然不是卢梭主张的那样),从而文学中的自然审美又活跃起来?这只有历史才能做出回答。现在我们经常听见维护大自然生态平衡的呼声,我对发出这种呼声并将其付诸实践的人总是怀着深深的敬意。发展物质文明就要牺牲大自然,这个代价实在太大了。我相信人类的智慧,如果我们不能,我们的后代也终于会找到将二者协调起来的方法的。但这已经是题外话了。

  这里论证自然审美的衰落,要为从一个方面说明社会发展阶段对文学的制约。

  然后,再谈谈阶级性对文学制约的问题。首先想说的是,社会性不等于阶级性——这也是本节所要阐明的主要观点。社会性这一概念的内涵和外延要比阶级性大得多!人一旦脱离动物状态——甚至在此之前——便有了社会性;所谓人性其实就是个性与社会性的统一。而人的阶级性是在进入阶级社会之后才有的,只有几千年的历史,在漫长的人类史上不过是一场噩梦罢了!

（当然这又是一场壮伟的噩梦，迄今为止的人类文明正是在这场噩梦中诞生和发展的。）这是很清楚的。问题在于，在阶级社会中，不同阶级的人之间是否存在共同的社会性即人性？现代反映论的回答是：阶级社会中的人性无不打上阶级的烙印；又说：只有具体的人性，没有抽象的人性，阶级社会中具体的人性就是人的阶级性。实际上都是否认共同人性的存在。这种回答，不仅与事实相去甚远，在逻辑上也是讲不通的。既然说"打上阶级的烙印"，总得有共同人性做底子才好往上打呀！这就同后面的"只有"云云不合了。如果不是说"无不打上"而是说"往往打上"，就比较符合实际。再者，要是阶级社会中的人身上只有阶级性，那么到了全世界都已经消灭了阶级的时候，人类是否又要回到原始社会状态重新建立自己的"性"呢？否认不同阶级之间在思想感情和伦理道德方面存在共同性，人类文明的历史继承亦将成为不可能。

即便在阶级社会中，社会性的概念也要比阶级性大得多！我是坚定地主张强调文学的社会性的，但反对将社会性与阶级性等同，即反对将阶级性扩大。我们说社会性的概念比阶级性大，这既可由同一阶级的作家之间存在差异——不是指个性差异，而是指作品具有的思想倾向即社会性的差异——加以论证，又可由不同阶级的作家之间存在共同性加以论证。

在阶级社会中，作家的思想感情（包括人生态度、社会观点、生活情趣等等）固然受到阶级的制约；但更重要的还应看到同一阶级的作家彼此间又存在极大的差异，这种差异就不是阶级性所说明得了的。中国古代诗人基本上属于同一个阶级，其中既有忧国忧民的屈、李、杜，也有"万事不关心"的陶、孟、王，还有浑身散发出脂粉味的宫廷诗人；既有爱国诗人，也有卖国诗人……我们自然应根据他们作品的思想倾向对他们做出不同的评价,但这绝不是用划阶级的办法所能解决的。过去对有进步倾向的作家,就说他"背叛了自己的阶级",这其实是很牵强的。比如,范仲淹虽然说过"先天下之忧而忧,后天下之乐而乐"的话,但他不仅始终忠实于自己所属的封建统治阶级,而且是其中重要的一员(大臣)啊!封建统治阶级中既有贪赃枉法和鱼肉百姓的官僚,却也有范仲淹那样的一心为国和关心民生的官僚,这难道不是事实吗?过去还有个流行做法,就是把"人民性"作为衡量古代的作家的两个基本尺度之一(另一尺度是"现实性"),对于思想倾向进步的作家就说他有"人民性",最高的评价就是"人民诗人"了。白居易就是第一个享有这个桂冠的诗人,根据自然是他曾写过《新乐府》和《秦中吟》。其实,无论从社会地位、社会观点或是生活情趣方面看,这位老兄同人民都是离得相当远的。郭沫若则认为封建时代的"人民诗人"只有一个,那就是只留下来四首诗的苏涣。称"人民诗人"或云"背叛自己的阶级",实际上都是用划阶级的办法评价古代诗人,结果除使"人民"的概念变得模糊不清之外,并没有意义。聪明的办法是承认下述事实:古代作家固然基本上属于同一个阶级,但彼此的社会地位、社会观点、思想感情、生活情趣等等又存在极大的差异——不是阶级之间的差异,而是人与人之间的差异。阶级是由人组成,而人是因人而异的,因此任何阶级都是繁多的统一。再拿我们今天的作家来说,绝大多数应当算是无产阶级作家了吧?不大清楚,大概算吧。从逻辑上讲应当算。可是,当代作家的思想倾向——他们的人生态度、对现实和未来的看法、对生活万象的评价以及与之相联的喜怒哀乐等等——难道是完全一致的吗?显然不是。如果我们认为某人写了一部思想倾向不好的作品，当然可以批评，但难道因此就把他划为资产阶级作家吗？显然不能。应当承认无产阶级作家之间在思想倾向上也存在着差异。这种差异是永远存在的，即便到了全世界都已经消灭了阶级的时候也还是存在的。

至于不同阶级之间，则既有对立，又有联系，因为社会毕竟是个统一体，因而，不同阶级之间的相通之点也是存在的。孔子所说"君君、臣臣、父父、子子"我们当然不能接受，但他还有许多别的伦理观点，诸如"己欲立而立人，己欲达而达人""己所不欲，勿施于人"以及"躬自厚而薄责于人"等等，今天不也可以借鉴吗？再如封建官僚范仲淹所说"先天下之忧而忧，后天下之乐而乐"，如果无产阶级的公仆们能够做到，不是也很好吗？古代文学名著绝大多数出自封建统治阶级和资产阶级作家之手，我们所以爱读，绝非仅由于艺术上的缘故，主要还是因为这些作品能使我们在思想感情上产生共鸣，并从中获得宝贵的启迪和教益。当然，比如说，当我们读《红楼梦》和《战争与和平》的时候，不难觉察自己与作家及其所写贵族男女之间的阶级差异，但这种差异并不会成为我们欣赏作品的障碍。生活中的经验和文学中的经验均证明，不同阶级之间不仅存在对立，而且存在联系。这种联系就是人性，更确切的说法就是人的社会性。

文学的阶级性将随着社会的发展逐渐减弱以至消失，而文学的社会性乃是永远存在的。

我反对用简单的阶级分析方法研究文学，但主张强调世界观对作家创作的重要意义。世界观包括宇宙观、社会观和人生观，对作家来说最重要的是他的社会观和人生观。作家的世界观往往是很复杂的，绝非阶级划分所能限定。属于同一阶级的作家往往存在极大的差异，正是这种差异决定了文学作品具有的不同的思想倾向。我们评价一个作家，总是同他的作品的思想倾向有关，而不可能仅仅是根据他的艺术。没有思想的艺术，犹如没有艺术的思想，在文学中都是不存在的。而中外文学史均证明，凡经过历史考验，影响至今的杰出作家，其卓越的艺术成就总是同他所具有的先进的社会思想一致的。

当我们回忆自己所热爱的作家——无论诗人、戏剧家、小说家，亦无论中国人或外国人——便会发现他们有个共同点，那就是追求着一个什么崇高的目标——不是明白地说出来，而是像汁液一样渗透在作品中，是我们从他们感情的脉动所感觉出的。这个崇高的目标，就是我所说的先进的社会思想。它往往不是明确具体的主张。政治家、哲学家、伦理家有权明确地宣传自己的某种主张，文学家有时也有类似政治家、哲学家、伦理家的主张，但他的职责却不是直接宣传这个——当然也可以宣传，但那不是他的职责。而且，就中国古代的情况而言，文学家的这类主张往往并不高明，如果他的作品只是这类主张的图解，那是不会有读者的。屈原的政治主张是联齐抗秦，李白则幻想如先秦策士那样做一番辅弼大业，杜甫也是希望遇上个明主而自己当个贤臣，都是脱离当时的历史实际的，并且也都没有超出忠君爱国的传统，如果说屈、李、杜的作品仅仅是宣传这些，那就太渺小了。持有什么具体的政治主张，对于一个作家来说并不是最重要的。屈原《离骚》所咏叹的芳草美人、上天下地和歧路彷徨，均与联齐抗秦无关，使我们为之感动的是诗人人格的皎洁，是他那"虽九死其犹未悔"的坚贞节操和追求理想的热情。李白、杜甫与屈原的时代不同，彼此性格亦有极大差异，但他们身上也都闪烁出人格、节操和理想的光辉。他们都生活在灾难深重的历史时期，置身于腐败环境却能出污泥而不染,既不逃避现实又不同流合污。更重要的还在于,他们都不是将人生意义局限于自身,而是将其与整个民族和时代的命运紧紧联系在一起,必要时不惜身殉。屈原因国之将亡而自沉汨罗,李白则三度投军勇赴国难,杜甫虽没有类似行动,亦尝发出"济时敢爱死,寂寞壮心惊""安得广厦千万间,大庇天下寒士俱欢颜,风雨不动安如山?呜呼!何时眼前突兀见此屋,吾庐独破受冻死亦足"这种悲天悯人的心声。这种皎洁的人格和坚贞的节操,这种以天下为己任的抱负和悲天悯人的宽阔胸怀,表明了屈、李、杜的人生追求,亦其先进社会思想之所在。

李、杜作为唐代诗人最优秀的代表,其社会思想并没有超出儒家思想的范畴,却能唱出那个时代整个民族的心声。从此以后,封建时代又延续了一千余岁,出现了更多的诗人,却再也产生不出具有李、杜那样的心胸气魄,个人抒情足以体现整个时代和民族心声的诗歌巨人。宋以后的诗人,普遍存在为作诗而作诗的倾向,到了明代就更明显。如前后七子,无论从理论或实践看,都很有点"为艺术而艺术"的味道。明代后期,出现了"性灵派",诗歌又有了一线生机,其特点表现为要求摆脱社会秩序和伦理的约束。其先驱李贽公开与孔孟之道对抗,反对"咸以孔子之是非为是非",尤其反对宋明理学"存天理,灭人欲"的主张,而提倡"童心"说,很有点个性解放的味道,或可视为"资本主义萌芽"吧?但这种"萌芽"直至清末始终处于十分柔弱的地位。没有大工业,没有资本主义生产关系,没有资产阶级,也就不可能出现代表这个阶级的文化。拿李贽来说,虽然有所觉醒,却并没有出路,最后亦只能从佛教禅宗的性命之学寻找寄托,或表现出行为的放诞而已。他做官时在寺院批公文,致仕后在寺院当主持，因为懒得梳头才削发，再就是广收女弟子，如此而已。直接受其影响，公安三袁提倡"直抒性灵"，亦具有反封建性质，其出路却仍旧是禅、道，提不出任何具有社会意义的正面主张。拿袁中郎来说，其一生事迹，最动人处莫过于辞官。二十九岁做吴县县令，与友人书云："人生作吏甚苦，而作令尤苦，若作吴令则其苦万万倍，直牛马不若矣！何也？上官如云，过客如雨，簿书如山，钱谷如海。"人以为乐，他以为苦，于是先以庶祖母病为由"乞归"，旋又以己病为辞"乞改"，前后数上书，以致痛哭涕零，非辞不可，终于达到目的。因为看破官场丑态而坚决辞官，有点反抗意义。但其出发点仅为自身解脱，一旦解脱便游山玩水，所谓适其性情而已。但游山玩水还要有经济基础，所以后来又到京求职，等找到了些钱，才又告假南归，继续"自适情性"。性灵派的另一代表汤显祖亦受李贽影响，主要成就在戏曲，其人生态度和思想倾向都比袁中郎积极一些。比如《牡丹亭》中对自由爱情的大胆讴歌，认为它具有起死回生的伟大力量，这在封建社会是非常可贵的，比起袁中郎对《金瓶梅》的酷嗜与推崇来就高明多了。但汤显祖的思想归宿仍为禅、道。从袁宏道、汤显祖，大体可看出明清诗文和戏曲小说的一般情况，其特点是在不同程度表现出个性解放的思想，在这一点上超过了前人。但这种个性解放的思想是极有限的，不可能与西方相比。个性解放只有在同整个社会的变革联系起来时才能表现出伟大的力量，西方文艺复兴和启蒙运动时期的杰出人物便都是如此。中国明清时代表现出个性解放的作家均未达到这种高度，因此他们的成就远远赶不上李、杜。社会思想是否先进必须联系具体的历史阶段做出判断，但在不同历史阶段又存在一个共同的标准，那就是任何一种社会思想，都必须同整个社会联系才有意义。如上所说，如果一个作家要求个性解放仅限于自我解脱，是没有多大意义的。这种要求必须同整个社会的变革联系起来才有巨大意义，也才有力量。在中国封建时代，似乎没有，也不可能出现这种强有力的作家。

西方这样的作家却非常多，这主要是由社会发展阶段决定。从文艺复兴算起，所有划时代的杰出作家，如但丁、塞万提斯、莎士比亚、狄德罗、伏尔泰、卢梭、拜伦、雪莱、歌德、席勒、司汤达、雨果……均无不在某方面代表当时的先进社会思想，他们一方面鼓吹人文主义、人道主义、爱情自由和个性解放，同时将这种鼓吹与当时反神权和反封建的社会运动联系在一起，并且，一般说来他们对劳动人民均抱同情态度。其中许多人还是社会运动的积极参加者，如但丁因为参加市民阶级反封建的斗争被教会放逐终身，在放逐中写成《神曲》；拜伦积极鼓吹并亲身参加资产阶级革命和民族解放运动；雨果因为参加共和党人反对帝制复辟的起义而受迫害，流亡国外十九年之久……当然，这些作家的社会思想又往往是比较复杂的，如歌德、雨果等人前后期有变化，同一时期的思想又是不一致的。但总的说来他们都是站在先进的行列的。

不具有先进社会思想，逃避社会矛盾以至主张为艺术而艺术的作家也是有的，中外古今都有，而且数量不少，其中有些人还取得了很高的成就，这是事实。但历史证明，这些人中的绝大多数只能属于二三流，这也是事实。

我们强调世界观对创作的重要作用，但如果认为一个作家只要具有先进的世界观就必然写出好作品，那就是极大的误解。恕我不恭，仍以被现代反映论者奉为无产阶级文学奠基人的高尔基为例。作为一个人，我对高尔基是欣赏的，至于他的作品，除了三本自传、一些诗和剧本《底层》，均不敢恭维。我还很爱读他写的关于托尔斯泰和契诃夫的回忆录。他创作中存在的致命弱点，托尔斯泰就曾经指出：

> 所有您的那些农人讲话都太聪明了……在您的每篇小说里面都有自作聪明的人的大聚会，他们全用警句讲话。（高尔基《回忆托尔斯泰》）
>
> 您在戏剧里把您自己的话说得太多，所以在您的戏里面并没有人物，所有的人全是一样的。您大概不了解女人；您没有写成功一个女人，连一个也没有。（同上）

契诃夫很喜欢高尔基，说他是个很善良的人，有"真金子般的心"，但他同样看出高尔基创作存在的致命弱点：

> 《福玛·戈尔杰耶夫》写得单调，好像一篇论文。所有的人说起话来都一样，他们的思想方法也一样……（《论文学·致波塞的信》）

这个弱点，就是将自己的语言、思想直接赋予作品中的人物。若用马克思的话说就是"席勒化"——使人物成为"单纯号筒"，用我们今天的话说就是"概念化"。这还是在高尔基成为无产阶级作家之前。当他成为无产阶级作家之后，概念化的倾向并未克服而是加强了。《母亲》（1906）被奉为无产阶级文学的奠基之作，其时契诃夫已去世（1904），托尔斯泰虽还活着（1910去世），但大概没读过。我不但读过《母亲》，还读过他的另一部似乎是未完成的巨著《克里姆·萨木金的一生》，均难以恭维。

世界观对创作有重要作用，但即便是具有无产阶级的先进世界观，亦必须遵循艺术的普遍规律。文学必须首先是艺术。世界观对文学的思想倾向起作用，但并不直接对艺术方法起作用。

过去认为无产阶级文学在艺术上也有特殊的方法，并以此上溯，于是有了"反动浪漫主义""革命浪漫主义""批判现实主义"以及"社会主义现实主义""革命现实主义与革命浪漫主义相结合"之说，这些说法都是把作家的世界观——作品的思想倾向与艺术方法混为一谈。这种混淆对于研究和创作都是有害的。无产阶级主张自己的作家具有先进的世界观，但用不着也不可能给作家规定应采取何种艺术方法。在艺术方法上，无产阶级作家与别的作家一样，应享有无限广阔的选择和创造的天地。也就是说，先进的世界观给了无产阶级作家以思想武器，但绝不因此又在艺术上束缚作家的手脚。

与上述混淆相联系，还有世界观与创作方法相矛盾一说，根据是恩格斯对巴尔扎克的评价以及列宁对托尔斯泰的评价。恩格斯语见于给英国女作家哈克奈斯的信，大意是说巴尔扎克在政治上是个保皇党，他的同情是在注定要灭亡的贵族阶级方面；然而他的作品却最辛辣不过地嘲笑和讽刺了他所同情的贵族男女，另一方面又赞美了其政治上的死敌——共和主义的英雄。恩格斯认为这是"现实主义最伟大的胜利之一"。列宁对托尔斯泰的评价，则见于《列夫·托尔斯泰是俄国革命的一面镜子》等六篇论文，其中有这样的观点：托尔斯泰一方面对社会的欺诈和虚伪做了非常有力的抗议，并最善于表现农民的情绪；另一方面又是一个因为迷信基督教而变得傻头傻脑的地主；既是最清醒的现实主义者，撕毁所有一切假面具，同时又鼓吹世界上最混蛋的东西即宗教，主张不以暴力抗恶等等。

恩格斯和列宁所指出的情况无疑是存在的，但如何对其加以解释，是否如现代反映论者所说的那样，能从中归纳出一个世界观与创作方法相矛盾的公式呢？在我看来，世界观与创作方法之间根本不存在必然的联系，因而也就不存在矛盾的问题。恩格斯和列宁所指出的矛盾，均属于作品思想倾向，即作家世界观本身存在矛盾的一种反映。事实上，无论巴尔扎克或是托尔斯泰，世界观都极其复杂，很难归结于某一单一的政治立场或宗教信仰。拿巴尔扎克来说，他和司汤达一样是拿破仑的热烈崇拜者，案头的座右铭是："拿破仑征服世界，用剑；我用笔。"这固然主要说明其创作上的野心，但如果他在思想上是个坚定的贵族保皇党，断不会写下这样的座右铭，也不会在小说中对拿破仑及其麾下的军官表示由衷的尊崇（如《乡村医生》《夏倍上校》等）。他既赞美过共和党的英雄（如《幻灭》《农民》等），也曾对贵族男女表示赞赏和同情（如《朱安党人》《幽谷百合》等）；而在他用最尖刻、最毒辣不过的笔触所讽刺和鞭挞的人物当中，有的属于贵族阶级，更多的属于日益得势的资产阶级。《高老头》中的高老头是个投机商，《欧也妮·葛朗台》中的老葛朗台也是个投机商，对这两个人物的性格刻画都是用的夸张笔调，并且都是以同女儿的关系作为中心情节。对于前者的父爱巴尔扎克倾注了极大的同情，对于后者的吝啬和自私则充满鄙夷。这个鲜明的对比，足以说明作家对人物的评价不是因阶级而异，而是因人而异。巴尔扎克在言论中既表示过对王权和天主教的崇拜，也宣传过人道主义。他早在1831年就参加了保皇党（那是因为对1830

年七月革命后上台的资产阶级暴发户感到失望），但他在保皇党中始终是个自由派，曾公开宣称"这个政党令人厌恶"，"这是一个失败的政党"。再提一下下面这个事实也许不是多余的：1850年巴尔扎克逝世，安葬时，雨果在感情激动的悼词中讲了这样的话："在最伟大的人物中间，巴尔扎克是第一等的一个；在最优秀的人物间，巴尔扎克是最高的一个。"并认为他属于"革命作家的强大的行列"，而当时的雨果已成为坚定的共和主义者。托尔斯泰的世界观就更复杂一些，前后变化也更大，即使仅从一些表面现象也可以看出。比如说，他本身是个贵族，年轻时也有过一段荒唐的生活，结婚后就长期住在乡间领地，身穿农民罩衫，过着极其简朴的生活，晚年更成为一个禁欲主义者；他非常熟悉并且始终关怀着农民，青年时代就曾致力于改善农奴生活的工作，后来又为农民办学校，担任地主和农民的调解人和陪审员，然而他小说中的主人公却又始终是自己本阶级的男女；他痛恨俄国的落后和腐败，曾两次到欧洲考察，却又对资本主义的物质文明感到失望，声称除了历史，他什么科学也不相信；他是基督徒，却长期与教会关系不睦，认为"在俄国教会中，基督教义已荡然无存"，并终于因为在言论和作品中揭露教会而被宣布为"异教徒和叛教者"，革出教门；再者，他早在青年时代就发生过信仰危机，相信过不可知论和虚无主义，也崇拜过卢梭，到了后期又重新研究基督教教义和教规，同时又研究佛教、伊斯兰教和中国的儒家学说，目的始终是想根据自己的人生信念建立一种"新的宗教"……

显然，巴尔扎克的世界观并非一个保皇党人或贵族立场所能概括，托尔斯泰的世界观亦非迷信基督这一点所能概括，他们的思想都是既深刻而又复杂，并且是充满矛盾的，这种情况必然要在创作中反映出来。只能这样认识问题。否则，如果说他们的世界观非常落后甚至反动，而写的作品却非常进步甚至具有革命的意义，那是难以理解的。既然巴尔扎克毫不留情地讽刺和嘲弄了贵族男女，同时又对资产阶级罪恶的发家史、高利贷者的凶狠、野心家的寡廉鲜耻、金钱关系对人性的摧残，以及整个上流社会的腐败堕落都做了淋漓尽致的揭露，难道这种鲜明的思想倾向都是不自觉的，如某些论家所说仅由于作家忠于现实，是现实生活本身的逻辑迫使他不能不这样写吗？这是很难想象的。托尔斯泰的《复活》，一开始就把受害者玛丝洛娃置于被告席，而让害人者聂赫留朵夫坐在审判席上，这种构思难道也仅是"生活本身的逻辑"，而与作家的社会思想无关？小说中对法庭、监狱、各级政权机关，以及教会的虚伪、黑暗、腐败所做的揭露（其中许多细节读来令人发指），对政治犯所表示的尊敬和对农民所表示的同情，难道这一切也都与作家的社会思想不相干？这无论如何也是说不通的。诚然，小说中也有许多道德说教甚至是公开的宗教宣传，但怎能说其中表现的先进的社会思想就与作家的世界观无关？附带说说：托尔斯泰最早的小说《一个地主的早晨》与最后的长篇小说《复活》，主人公都叫聂赫留朵夫，这恐怕不是巧合而是出于有意安排，从这两个主人公身上都可以看出托尔斯泰自己所经历的思想历程。总之，我们没有理由认为作品具有的思想倾向是作家没有意识到的。当然，读者的理解与作家的本意又经常有出入，那是另一个问题，放到后面去讲。

　　巴尔扎克和托尔斯泰所以成为伟大作家，绝不仅仅因为艺术天才和采取了现实主义方法，还同世界观有关。参加保皇党或是迷信宗教，固然是他们的弱点和局限，但这并不代表他们的整个世界观，甚至也不是其中最重要的方面。这两个人的世界观都很复杂，涉及许多方面，究竟如何，只有他们的全部作品能做出完满的回答。若就两人的共同点而言，比如说，他们都具有开阔的眼界和胸怀，不是逃避现实而是始终面对现实，始终关怀并思考着整个社会以至全人类的命运，这是人生态度方面。在社会思想方面，比如说，他们对当时的社会秩序均怀着深刻不满，看透了贵族资产阶级的政治、法律和伦理道德的种种丑恶与虚伪，同时赞美人的智慧、尊严、勇敢、自我牺牲精神、纯真的爱，以及其他符合人性的美好的东西，对受压迫的人民——主要是农民——则充满同情。所有这些既是他们作品表现出来的思想倾向，也是作家发出的真实的心声。

　　作品的思想倾向主要是由作家的世界观决定，因此要强调作品的思想倾向就必须强调作家的世界观，而不是要提倡什么样的创作方法。如果认为一个思想反动的作家只要采取现实主义方法便能写出革命的作品，那是荒谬的，古今中外从没有这样的作家。而且，老实说，过去时代凡是有成就的作家——即便是二三流作家——虽然在我们看来他们的世界观都普遍存在严重的弱点和局限，其所表达的社会理想有时是平庸甚至是陈腐的，但只要不是用划阶级或分营垒的简单方法加以分析，总能从中看出某些先进的和符合人性的成分。

　　整个说来，文学事业乃是属于思想纯洁和心灵高尚的人的事业。一个思想卑鄙、心灵龌龊的人是不会对文学发生兴趣的，即使他们出于某种动机要尝试一下，写出的作品也只能是假文学，这种作品也就很难流传。因此，我的结论是，一个有志于文学事业的人，绝不能将其看成单纯的艺术追求，而应首先视之为人生的追求。要热爱人，热爱生活，关心社会、国家以至全人类的命运……总之要有先进的世界观——不是在口头上，而是将其融入整个身心,变成一种感情,一种本能。

文学固然要受时代和阶级的制约,但凡是经过历史筛选流传至今的优秀作品,都能为我们接受。"问君能有几多愁?恰似一江春水向东流。"这是一个丧国君主的悲愁,读之却能产生共鸣;因为我们也有悲愁,虽然各自的内容不同。"今宵酒醒何处?杨柳岸,晓风残月。"这是一个浪子文人的自我写照,虽然我们的生活同他距离很远,却也能欣赏他的这种情趣。"回眸一笑百媚生,六宫粉黛无颜色。"写的是一个贵妃,同样能引起我们的美感。凡是经过历史筛选流传下来的作品,事实上都已超越自己时代和阶级的局限;不是说局限已经不存在,而是说这种局限已经不会成为我们接受的障碍。至于民族的局限,其作用似乎更大一些,其实主要的障碍在语言,一旦突破这个障碍,就会发现不同民族之间原是很容易彼此了解的,相同之处比相异之处多得多。真正优秀的文学终将成为全人类的财富,而绝不仅仅属于其所产生的时代、阶级和民族。我们应是目光远大和心胸开阔的人,而不应是鼠目寸光和心胸狭窄的人。对于文学遗产,总的说来应采取比较宽容的态度。所谓批判地继承,目的还在继承,而不是为了扬弃。

上面所说超越时代、阶级和民族的局限,系针对文学遗产而言。如果一个当代作家立志要做超时代、超阶级和超民族的作家,那就是糊涂虫,当然事实上也是办不到的。相反,历史经验证明,时代感愈强,世界观愈先进,民族特色愈鲜明的作家,便愈有可能超越自己的时代、阶级和民族而进入世界作家之林。

第八章　文学的目的和作用

本章主要讨论文学有无功利的问题。

对于这个问题，应当从两方面看：一方面是作家的创作动机（目的），另一方面是作品产生的社会效果（作用）。从效果方面看，文学是有功利的；从动机方面看，则可以是有功利的，也可以是无功利的。动机与效果并非总是一致的，而是因人而异的。

过去有个误解，以为否认文学功利性乃是资产阶级文艺思想特征。其实，大多数杰出的资产阶级作家都是强调文学的功利性的。但是，历史上又确有反对功利目的而主张为艺术而艺术的人。这种人外国有，中国有；过去有，现在有，将来恐怕也还会有。

文学的功利性，就是指文学的社会功能，无论你主张还是反对，它都是客观存在的。主张为艺术而艺术的作家，写出的作品也总要产生某种社会效果，即具有某种社会功能，这是无法否认的事实。但是，若不是从效果而是从动机角度看，则为艺术而艺术的主张又是有根据的，并非纯粹的荒谬。因为，我们在第二章已经谈过，文学作为一门艺术，其本质特征是审美，而审美本身的确是非功利的。不管你喜欢不喜欢，事实上任何时代都有那么一些作家，他们的创作仅限于审美的追求，既没有功利目的，也不去考虑社会效果。我对这类作家一向评价不高，却怀有一定的尊重。为艺术而艺术，总比不把文学当艺术强。比如，就拿中国现代作家来说，徐志摩、闻一多、戴望舒、李金发等都是公开反对文学的功利目的，主张为艺术而艺术的诗人（闻一多后期思想发生变化，但也不再写诗），他们的作品尽管存在种种弱点，直到今天也仍然拥有它们的读者，而那些标语口号式的作品是早就无人愿意读了，这难道不是事实么？道理很简单：文学必须首先是艺术。再说，我们今天还愿读徐志摩、闻一多等人的诗，也不是仅由于艺术的缘故。虽然他们主张为艺术而艺术，但世间哪有没有思想的艺术呢？卞之琳在近年出版的《徐志摩诗集》的序言中肯定了诗人的爱国、反封建和人道主义的思想倾向；这自然是极其概括的说法。徐志摩尚且如此，对闻一多评价就该更高一些了。有艺术就有思想，而凡能经受住时间考验的艺术，总会有一点什么能给人以启迪的思想——但不是标语口号式的光秃秃的"思想"。

一个杰出的作家，必然是既尊重艺术本身的审美规律，同时他的创作又是出于某种人生目的，即要表达自己对于人生的某种独特的感受和信念，将艺术的追求与人生的追求融为一体，这样才可能写出真正杰出的作品。所谓人生的追求，可以是明确的功利目的，但也不必是。即使是有明确功利目的的——比如追求某种社会理想——的作家，他的创作也必须从具体的审美感受出发，而不能从功利目的出发。从功利目的出发，结果功利目的也达不到。只有从审美感受出发，功利目的才可能达到。我们说文学有教育作用，但作家并不是为了教育目的而写作。从鉴赏角度看，情况也如此：优秀文学作品总是能使我们获得教益，但我们并不是为了受教育才去读诗、读小说。

文学作为一门艺术，其特征是非功利的审美。作为一种社会意识形态，又必然反作用于社会，所以又是有功利的。大致可以这样说：就其客观性质而言是有功利的，就其创作和鉴赏过程本身而言又是非功利的。

非功利，绝不等于为艺术而艺术。关于这一点，必须联系具体的作家，考察一下他们的创作动机才能说清楚。

曹雪芹写《红楼梦》，曾"披阅十载，增删五次"，若从酝酿和起草算起，实际上是写了多半辈子，到死也没有全部完成。如此执着，恐怕不是为了艺术而艺术。是为了宣传某种社会理想吗？显然也不是。再说，当时写小说既没人发稿费，又不能以此博取功名，究竟是什么力量推动他非写不可呢？只要细读第一回"甄士隐梦幻识通灵，贾雨村风尘怀闺秀"，便不难明白。这第一回，从故事情节上看是小说的游离部分，又是全书的楔子，初读没有多大滋味，待读过全书再回头品味，便觉得其味无穷。它既道出创作的意图，而又为躲避文字狱布置了伪装；从中既可看出作家的智慧、性格，也能看出其宿命论的思想局限……一开始便以"真事隐"（甄士隐）和"假语存"（贾雨村）概括全书，这既是障眼法，也是一种幽默，真实目的是提醒读者从"假语"中寻索隐去的"真事"，所以后面又说："其间离合悲欢，兴衰际遇，俱是按迹循踪，不敢稍加穿凿，至失其真。"什么真事呢？作家将主人公比作女娲炼石补天时剩下的一块无用的顽石，"无才可去补苍天，枉入红尘若许年"，书中所写便是这块顽石"枉入红尘"的一段经历。这块顽石，既是比喻小说主人公，也是作家自喻，贾宝玉的原型就是曹雪芹自己。《红楼梦》虽非自传，却无疑是以作家自己的生活经历为基础的。以顽石自喻，既是"风尘碌碌，一事无成"的自嘲，亦寄寓着他不合流俗以至"半生潦倒"的悲愤。当他提笔写作时已身处"蓬牖茅椽，绳床瓦灶"之境，所写乃是"锦衣纨裤之时，饫甘餍肥之日"，不堪回首话当年！而其所念念不忘的，主要并非当日的荣华富贵——虽然这方面也做了淋漓尽致的描写——乃是"当日所有之女子，一一细考较去，觉其行止见识皆出我之上"，所以他要写出"我半世亲见亲闻的这几个女子"，"使闺阁昭传"；顽石之顽，于斯见矣！曹雪芹笔下的宝玉，其女性观即使在今天看来亦是很奇特的，他认为"天地灵淑之气只钟于女子，男儿们不过是些渣滓浊沫而已"，复云"女儿是水做的骨肉，男人是泥做的骨肉，我见了女儿便清爽，见了男人便觉得浊臭逼人"。对于大观园里的姐姐妹妹以及大小丫头都充满爱慕和同情，体贴备至，唯不喜婆子，尝云不明白为何好好的女孩一旦成为婆子就变得那样"腌臜"！为什么？就因为水（女子）一旦同泥（男人）结合便受到玷污，再没有"天地灵淑之气"了。女子纯洁，乃相对男人肮脏而言。男人为何脏？在宝玉看来他们都是些追求功名利禄的"须眉浊物"，认为那些高唱"文死谏""武死战"的人不过是些沽名钓誉的"国贼禄蠹"。所以说，宝玉的女性观，亦其社会观和人生观的集中表现。他生活在大观园的女儿国里如鱼得水，一听见"仕途经济"的话便觉得丧气。林妹妹从不说这种"混帐话"，所以他引为知己。宝黛爱情正是建立在这种相互知己、彼此心心相印的基础之上的。也正因为如此，宝黛爱情必然以悲剧告终。"满纸荒唐言，一把辛酸泪"，"字字看来皆是血，十年辛苦不寻常"，曹雪芹怀着那样浓烈的激情写作，他所念念不忘的首先是宝黛爱情的悲剧，然后是大观园里那许许多多纯洁的少女，以及整个贾府的兴衰；总之是把他亲历、亲见、亲闻过的一切，其中有善良亦有邪恶，有美亦有丑，有少年时代的喜悦、悲哀、遗恨……而主要的是这一切均一去不复返,而又无法忘怀,于是只好提笔写作,其目的就在将自己所经历过和感受过的生活告诉别人。任何作家的创作从本质上说都是写历史,都是根据自己的理解写历史。

关于这一点,托尔斯泰在谈到他写《战争与和平》时说得最清楚:

> 我知道永远没有人要说出我所要说的,这不是因为我要说的对于人类异常重要,而是因为生活的某些方面对于别人说来是毫无意义的,只有我一个人由于我的发展和个性的特点(每一个性所特有的特点)才认为是重要的。(1867年作《战争与和平》序言)

这段话可以一字不差地用来说明曹雪芹之写《红楼梦》。《红楼梦》固然可视为封建大家庭以至整个封建社会的缩影,但这样的缩影只可能出现在曹雪芹笔下。他所写的贾府,尤其是大观园中的女儿国和宝黛爱情,是任何别人不可能写出的,因此他非写不可。托尔斯泰写《战争与和平》,情形同样如此。他决定要写这段历史(1812年前后抵抗拿破仑的卫国战争),是因为他发现"这段历史的真相不仅是没有人知道,而且人们所知道和所记载的完全与史实相反"(1869年作《战争与和平》"跋"草稿)。他是根据自己的理解写历史。再要注意的是,这段历史已过去半个世纪,写作中他曾查阅大量有关资料,但除了重要的历史人物和历史事件,书中主人公、人物群像以及关于战争与和平生活的大量的、多角度的、具体而生动的描写,都是以作家自己的生活经验作基础的。托尔斯泰参过军,打过仗,对于贵族阶级的政治、法律、宗教及其日常生活,诸如社交、舞会、赛马、打猎、决斗、私奔、酗酒、赌博等,他都十分熟悉,并且往往持有独自的见解。比如,他屡次表述一个和当时研究法俄战争的历史家对立的看法:战争无法则可言,即并非取决于任何天才统帅的意志、战略和计划,而是取决于许许多多无法预见的偶然因素。然而归根结底它又是有法则的,库图佐夫所以在1812年法俄战争中拯救了俄国,就因为在当时只有他一个人懂得并且顺应了这个法则。在托尔斯泰笔下,库图佐夫是个由于肥胖而肌肉松弛、瞎了一只眼(这当然是事实)、坐在马上摇摇晃晃的衰弱的老人,既无威仪,也看不出有何雄才大略。身为总司令,他几乎从不提出什么计划或主动发布命令,而只是对别人的建议说"好"或"不",或者含糊其辞。他在重要的军事会议上打瞌睡,当一个军官对他提出一项作战计划时他心不在焉,却对旁边一个正准备向他献面包和盐的美妇人发生了兴趣。他喜欢漂亮女人,战争中仍在读让理夫人的流行小说,讲话时引用末流诗人的作品。他对皇帝撒谎,命令出尔反尔。波罗金诺会战之后下令放弃莫斯科,其后又抗拒来自皇帝、顾问甚至是自己参谋长的压力,尽力避免向法军进攻,被上层集团视为"国贼"和奸佞的、无用的老人。然而正是这人,具有所有人都无法具有的崇高智慧和美德。他只相信两个勇士——忍耐和时间,并终于依靠其打败了拿破仑并把法军赶出了俄国。托尔斯泰反复强调库图佐夫出任总司令是违反亚历山大一世和整个宫廷权势集团意志的,是出于人民的选择。他能领导俄军战胜法军就因为他最能理解人民的感情并代表人民的意志和利益,这场卫国战争是一场人民战争。当然托尔斯泰这里所说的人民是包括贵族在内的,如安德烈、罗斯托夫、彼恰,甚至彼埃尔、阿拉托尔和道洛霍夫都参加了战争,三个品格迥异的贵族家庭均有人在战争中付出牺牲。三个下层军官——步兵上尉齐摩亨、炮兵上尉屠升、骑兵上尉皆尼索夫——的性格刻画尤其值得注意,从中可看出托尔斯泰同农民的深刻联系及其世界观中的进步因素。所有这些,都是他认为当时的有关著作家所不了解的,只有他自己了解,因此非写出不可。至于小说中关于和平生活的描写,通过爱仑与娜塔莎的对比、保尔康斯基公爵与法西利公爵的对比、三个家庭的对比,以及男女主人公之间错综复杂的纠葛,更是鲜明表现了托尔斯泰关于女性美、爱情、道德、伦理以及人生意义的独特理解,而这一切无疑又都是以他自己的生活感受和信念为基础的。

  曹雪芹、托尔斯泰都有志于写历史,当然,他们所写的历史同历史学家写的历史是很不一样的。可以说,这是文学写作的普遍动机。什么叫历史?对于今天来说昨天就是历史,而今天正在经历的一切到了明天也会成为历史。历史就是往日的回忆,如托尔斯泰所说:"人所体验到的一切留在他心中成为回忆,我们永远是以回忆为生的。"(高尔登维塞《在托尔斯泰身边》)作家以回忆为生,就是说作家永远只能写历史,并且是自己体验过的历史。为什么非得把自己体验过的历史写出来,否则便不能平静?就是因为他们以为自己的体验是独特的,其中包括他的爱与恨、欢乐与痛苦、遗憾与愿望……他希望自己体验过的一切能被人理解,希望自己的感情能在别人的心灵引起强烈共鸣,希望大家同他一起流泪,并向往他所憧憬的美德和美好的人生……对于一个诚实的作家来说,这就够了,这就足以推动他去进行呕心沥血的惨淡经营了。

  文学的目的与作用,是一个问题的两个方面。上面侧重于作家创作谈目的，下面则侧重于读者鉴赏谈作用。当然，二者有分别，又是密切联系的，不可能截然分开。

文学的作用即功能，既有功利性的，也有非功利性的。功利性的功能包括政治、教育、认识等诸多方面，非功利性的功能即审美功能。中国的正统文论，历来就是仅重功利的。孔夫子云：

> 诗可以兴，可以观，可以群，可以怨；迩之事父，远之事君；多识于鸟兽草木之名。(《论语·阳货》)

这段话，现代论家经常引用，说是全面概括了诗的各种功能。其实，按照前人的解释，兴是"感发志意"（朱熹），观是"考见得失"（朱熹），群是"群居相切磋"（孔安国），怨是"怨刺上政"（孔安国）。按照我们今天的说法，则观与怨属于政治功能，兴与群属于教育功能。事父、事君，自然也是政治功能。多识鸟兽草木之名则属于认识功能。就是没有审美功能。不是说孔子不懂得审美，而是说他是站在政治家的立场言诗，因此他的观点总是存在这种片面性。偏重实用价值而忽视其本身的审美价值，历来政治家论文学均如此，并不限于孔子。而且他们的观点总是具有极大的权威性，这是无可奈何的事。

关于文学的功能，在西方影响最大的是古罗马诗人贺拉斯的"寓教于乐"说，他的原话如下：

> 诗人的愿望应该是给人益处和乐趣，他写的东西应该给人以快感，同时对生活有帮助……寓教于乐。既劝谕读者，又使他喜爱，才能符合众望。(《诗艺》)

这种说法，就显得比孔夫子开明一些，因此为人们所乐意采取。可是，我对它总是持怀疑态度。文学的功能固然应从两方面看，却并不是教育和娱乐所概括得了的。文学既有教育作用，也有娱乐作用。但将文学功能仅归结于这两点，我总疑心那是对文学的贬低和亵渎。我看戏、看电影和读闲书是为了娱乐和消遣（有时从中也能得到意外的收获），可是当我阅读自己喜爱的文学作品时，总是怀着严肃认真的心情，远非为了娱乐，也不是为了受教育。真正优秀的文学作品，其价值均不在说教，更不是提供娱乐。文学属于"名山事业"，自有其崇高的使命。于是，可以再听听托尔斯泰的意见：

  艺术家的目的不在于无可争辩地解决问题，而在于通过无数的永不穷竭的一切生活现象使人热爱生活。如果有人告诉我，我可以写一部长篇小说，用它来毫无问题地断定一种我认为是正确的对一切社会问题的看法，那么，这样的小说我还用不了两小时的劳动。但如果告诉我，现在的孩子们二十年后还要读我所写的东西，他们还要为它哭，为它笑而且热爱生活，那么，我就要为这样的小说献出我整个一生和全部力量。（《致彼·德·波波雷金的信》）

这封信写于1865年7月，其时《战争与和平》尚未完成。托尔斯泰愿意为之献出整个一生和全部力量的事业，既不是"无可争辩地解决问题"或"断定一种……对一切社会问题的看法"，当然更不是为了娱乐，而是要引起读者感情上的共鸣（"为它哭，为它笑"），使他们更加热爱生活。这其实也就是托尔斯泰对文学功能的理解，虽然表述得比较简单，但却是抓住了要领的。现在一些作品质量低劣的作家，其症结往往就在"解决问题"和"断定看法"，更糟的是他们的见解又都是尽人皆知的。于是，为引起兴趣就再加些爱情噱头做调料。这种"寓教于乐"的作品，距离真正的文学实在太远了。

　　过去讲文学为政治服务或曰服从于政治，现在不这么提了。那么，究竟应如何认识文学与政治的关系呢？对此我想坦率地表达一个看法：真正优秀的文学作品——尤其是大作家的作品——多半都是有政治的，但如果是为政治而写作，那就多半写不出好作品。我谈不出什么高深的道理，主要是从历史事实得出结论。屈原、李白、杜甫、曹雪芹、但丁、塞万提斯、莎士比亚、歌德、雨果、巴尔扎克、托尔斯泰……这些举世公认的第一流作家，他们哪一部作品中没有政治呢？然而他们谁也不是为政治而写作。曾经有人责备契诃夫创作没有倾向即没有政治，契诃夫很不以为然地问道：难道要我像跳蚤一样地去咬人吗？其实契诃夫作品中也是有政治的，例如曾经使青年列宁深受感动的《第六病室》，政治性还很强呢！既然政治是"经济的集中表现"，社会生活各个领域均受其制约和影响，那么一个积极面对现实人生和关心社会的作家，他的作品就必然会出现某种政治倾向。这在很大程度上是不期其然而然的事，并不是作家为政治而写作。为政治而写作的作品也曾经有过，但很难流传下来，即使流传下来也没有人愿意去读。你们翻翻郭茂倩编的《乐府诗集》，放在最前面的"郊庙歌辞"和"燕射歌辞"，一共占了十五卷，其中绝大多数便都是为政治服务的作品，读起来味同嚼蜡，严格说来根本不是文学作品——要算文学作品那也属于最拙劣的一类。真正优秀的文学作品，即便是政治性很强的作品——例如屈、李、杜所写的许多政治抒情诗——那也是从生活中的实际感受出发，为了表达郁积胸中的强烈感情，而并非出于某种政治上的实际需要。曹操的诗政治性也很强（附带说一句，我对这位"横槊赋诗"的诗人是十分钦佩的），但情况就有所不同，因为他毕竟是个成功的政治家。曹操的诗，流传下来的极少，包括残句总共不过二十来首，其中既有杰出的名篇，可也有失败之作。例如："天地间，人为贵。立君牧民，为之轨则。车辙马迹，经纬四极。黜陟幽明，黎庶繁息。……"（《度关山》）又如："对酒歌，太平时。吏不呼门，王者贤且明。宰相股肱皆忠良，咸礼让。民无所争讼，三年耕有九年储。……"（《对酒》）整首均如此，这难道还叫诗吗？这类作品就不是从生活中的实际感受出发，不是为了抒情，而是出于政治上的需要。

过去长时期内，我们是把政治神圣化了。从"政治第一"发展到"一切为了政治"。教育为政治服务，生产为政治服务，连生活也是为政治服务，文学就更不在话下了。那么，政治又为什么服务呢？什么也不为，它本身就是终极目的！尤其是在"文革"中，这不过是对人的愚弄罢了。你还不敢不受愚弄，不受愚弄就把你打翻在地，再踏上一万只脚。且不说这种曾经造成可怕灾难的愚弄人的政治，即便是正常情况下的合理的政治，无论多重要——我从不怀疑它的重要性——归根结底也是为人民服务的，其本身并没有神圣可言。既不神圣，也并没有什么可怕。把政治视为阶级斗争的同义语，把政治说成是"镇压之权"，把政治家当成救世主，统统是对人的愚弄。在社会主义国家，政治的基本对内职能是管理好国家，为人民造福，政治家则应当是人民选派的公仆。文学家关心政治，主要就是要关心人和人的命运。

前面讲过,文学要受时代、阶级和民族的制约,而优秀的文学又总是要超越时代、阶级和民族的局限。正是从文学所具有的这种普遍和永恒的性质出发,如果一定要用一种简单说法来概括它的功能的话,那就是按照正义与美的原则从感情上影响人的心灵,使人更加珍视自身的价值并更加热爱人生,从而有助于建立起更富有人性的人间秩序。这,古今中外的优秀文学均可为证。

在人类文明的各个门类中,文学大概是影响最广和最具永恒性的了。然而从生产的角度看,它又始终是属于少数人的事业。把文学作为一种职业即谋生的手段,在西方已有很长的历史,在中国却还是近代的事。随着社会生产力的发展,当物质财富极大丰富以后,人们对非功利的精神需要就会大大增强,那时将会有更多的人投身文学和艺术事业中来。按照马克思对未来的设想,到了共产主义社会,劳动不再是谋生的手段,它将成为"生活的第一需要",人人都可以根据自己的兴趣选择和改变职业。到那时,我想选择作家和艺术家职业的人大概是最多的吧。恐怕更大的可能是创作的业余化。中国封建时代的诗人便都是业余诗人,魏晋以后,读书人——包括做官和不做官的——都写诗,皇帝、后妃以至和尚、道士也写,十分普遍。当然,基本上局限于统治阶级。劳动人民一无文化,二无闲暇,他们只有口头文学。将来的社会,自然不会再存在这种局限,到那时人人都有很高的文化、很多的闲暇,不但可以写诗,还可以写剧本、小说。不过,如果人人都成了李白、杜甫、曹雪芹、托尔斯泰……又会变成一场灾难!哪有那样多的时间去读?但不用担心,这种局面是根本不可能出现的。中国封建时代有那么多人写诗,真正称得上诗人的究竟是少数,属于第一流的诗人那就更少了。

我相信将来喜爱文学和从事业余创作的人势必愈来愈多，但真能成为作家的永远是少数人。什么样的专门人才都可以在学校培养，唯独作家无法在学校培养。这是因为文学需要远非人人都有的特殊才能和罕见的品质，从下章开始我们就要讨论这方面的问题。

中篇 / 创作论

第九章 什么人能当作家

作家都应该是方的,而不能是圆的。

中国历史上第一个大作家屈原便说:"何方圜(圆)之能周兮,夫孰异道而相安!"又说:"不量凿而正枘兮,固前修以菹醢。"整篇《离骚》,均无非反复申明他是方的,不是圆的。嵇康思想性格与屈原相去甚远,可是你看他那篇《与山巨源绝交书》,为拒绝做官竟列出七不堪二不可,所谓"非汤武而薄周孔",所谓"刚肠疾恶,轻肆直言"云云,亦无一不说明他是方的,不是圆的,"直木必不可以为轮"。苏轼虽然一辈子做官,就因为"受性刚褊,黑白太明,难于处众"(《论边将隐匿败亡宪司体量不实札子》),所以积毁垒城,屡遭流贬,可见其也是方的,不是圆的。一一考察,历来作家几无例外都是方的。不过,即便大家,一生当中也难免有圆的时候,那往往意味着创作走下坡路,甚或从此一蹶不振,后期白居易即其一例。就拿杜甫来说,在已经写出一系列个性鲜明并具有浓厚时代气息的杰作之后,到长安皇帝身边当左拾遗,半年多时间了无佳篇,原因就在多年来厕身官廷的愿望一旦实现，他变圆了。但终于还是得罪遭贬，随后才又写出新的名篇，说明他毕竟还是方的。

方，即方正，固然指人品的正直，其反面便是圆滑世故，随波逐流。当然也有这样的解释：圆即灵活通达，切于事理；方则固执拘泥，不识时务。无论褒贬如何，作家都只能是方的，不能是圆的，也不能是扁的或流线型的。

"矫矫亢亢，恶圆喜方"（韩愈《送穷文》），历史上中国人都喜欢方的品格，至少从文学作品中看来情况是这样。但须注意的是，一经统治者提倡，"贤良方正""方领矩步"成为选拔和培养人才的标准，性质就变了，变成阿曲求同，外边方里边圆了。相反，方的品格对于作家所以特别重要，关键就在它意味着与众不同，说得具体些，"方"必然表现为"狂"。"狂"者何谓？先听听孔夫子怎么讲的："不得中行而与之，必也狂狷乎！狂者进取，狷者有所不为也。"中行，行为合乎中庸，无过亦无不及，在孔子心中这是最高的道德规范。他说：要实在找不到行为合乎中庸的人，就去和那些狂狷之士打交道罢！狂与狷，均违背中庸，有趣的是在这里他用了"进取"和"有所不为"解释，虽是取其次，却非但不含贬义，明明还带有几分敬意，这或许也是现实中有所感触罢？且不论。事实上，中国历代优秀作家均莫非狂狷，非狂即狷，或亦狂亦狷，狂狷难分，总之都不是中行通达之士。屈原、李白皆志高而行不掩，故曰狂；陶渊明以不愿折腰而归隐田园，则为狷。狷者未必进取，狂者必有所不为。屈之高冠长佩怒斥群小，李之斗酒百篇笑傲王侯，狂则狂矣；然屈曰"何离心之可同兮，吾将远逝以自疏"，李曰"安能摧眉折腰事权贵，使我不得开心颜"，此其狷矣。班固称屈原为"露才扬己"的"狂狷景行"之士，李白亦以此受到宋代一些中行之士的非难。综观历代诗人词客以及小说戏曲作家,性格千差万别,棱角分明如屈、李者固然不是很多,但不同程度地也都有一种不肯苟合于世的狂狷精神。

中西方文学,由于民族性格和社会发展阶段不同而有很大差异,但属于文学自身的规律总还是你有我也有。上述中国文学中的狂狷,在西方叫作"迷狂",或曰"酒神精神"云云,表述方式不同,基本涵义则一。可是有人认为这种精神只存在于西方,中国则只有僵硬的理性和中庸(或曰"中和之美"),那真是太缺乏调查研究了。即如柏拉图所说,"昂首向高处凝望,把下界一切置之度外,因此被人指为迷狂"(《斐德若篇》),难道中国作家当中这种人还少吗?就拿被讥为"爱国主义模式"的杜甫来说,你看他那首《狂夫》,在"厚禄故人书断绝,恒饥稚子色凄凉"时仍旧是"欲填沟壑惟疏放,自笑狂夫老更狂",饿肚子尚且不顾,这还不是"把下界一切置之度外"吗?中国作家不但被人指为狂,而且许多人正是以狂自诩。至于尼采鼓吹的"酒神的陶醉"(《悲剧的诞生》),无论从字面还是从精神上讲,中国人的体验都是更深的。阮籍可以连醉六十日,李白则曰"但愿长醉不用醒",吴敬梓、曹雪芹亦豪饮之徒,就连李清照不是也有"三杯两盏淡酒"么?在中国,历来诗酒不分,李白是诗仙又是酒仙,原因即如老杜所说"嗜酒见天真",只醉中才能摆脱名教礼法和世俗功利的束缚,从而显现真实的自我。不失自我固然是诗人的前提,用礼教和功利眼光看即为"狂",嵇、阮、李、杜、苏、辛……以至汤显祖、曹雪芹,无不"狂",即便女流李清照亦有"狂"名(见《词苑萃编》卷九)。和西方不同的是,中国诗人之狂并非"神的依附",也不是什么"野性"和"原始情欲冲动",而是一种不合流俗的人生态度,无论狂狷,均与社会感受有关。所以老杜称白"佯狂真可哀",不是真狂而是佯狂,这种人不但怀有极深的痛苦和激愤,而且往往比一般人更敏感更清醒。历来以狂著称的作家,在不同程度上都是自己时代的先觉者。

至于中庸的观念,其实西方也是有的,孔子所说"中庸之为德也,其至矣乎!"不也是亚里斯多德的伦理理想吗?在文艺复兴之后出现的古典主义者,他们崇尚的理性不是也处处表现出中庸的倾向吗?只不过它不是像在中国那样长期处于统治地位罢了。中国儒家言志派所主张的"温柔敦厚"的诗教("乐而不淫,哀而不伤"和"怨而不怒"云云),正是中庸观念的鲜明体现,两千多年始终被视若神圣,很少有人敢于公开提出非议;但怎能由此说明中国文学的实际?事实上,从屈原到龚自珍,历代优秀作家(包括诗人和小说戏曲作家)都是不同程度地背离了正统诗教才取得自己的成就的。创作如此,由创作实践出发的理论批评也是如此。我曾经说,言志论是政治家和经史家的诗论,缘情论才是诗家的诗论;中国诗论的主流不是正统言志论,而是属于非正统的缘情论(见拙著《诗缘情辨》)。道理很简单:言志论所说的"志"乃是永恒不变的圣人思想,缘情论所说的"情"才是因人而异的真实感情。人的真实感情不可能都符合圣人思想,这一点言志论者不是不懂,所以才提出"温柔敦厚"的诗教,才主张"发乎情,止乎礼义"以至"存天理,灭人欲",其结果必然是对个人感情即真实人性的束缚和扼杀。所以汤显祖才说"情有者,理必无;理有者,情必无"(《与达观和尚书》),并公然主张"宁为狂狷,毋为乡愿"(《合奇》序);谢榛的话更为斩截,"人不敢道我则道之,人不肯为我则为之,厉鬼不能夺其正,利剑不能折其刚"(《四溟诗话》卷四)。历史上敢于说出这种"一刀两断语"的作家不是很多,但事实上任何作家出自心曲的歌哭无不是对"理"的违反。

上述方的品格和狂狷精神,是同对世俗功利的冷漠分不开的。很难想象一个热衷功利的人能成为作家,更不用说对蝇头小利斤斤计较的市侩了。这种人即便进入作家之林,若用历史眼光看,其艺术生命绝不比火柴头燃烧的时间更长。真正的作家都不是工于心计的人,他们在功利追求中几乎永远是弱者,而不是强者。李白以一介寒士得入翰林固然了不起,但不到两年就被逐出宫廷,一生热衷政治却临死仍旧是个布衣。杜甫为功名前程惨淡经营十载才谋得个管理兵甲器仗的官职,后半生则沦落为靠朋友周济为生的难民。中国封建时代文人唯一出路便是做官,可是绝大多数作家在这方面都是坎坷不遇,或屡遭贬谪、流放以至丧身,或终生处于布衣地位。所谓"文士多数奇,诗人尤命薄",甚至对帝王将相亦适用的。历史上那么多帝王写诗,称得上诗(词)人的却只有一个李煜,其脍炙人口的佳篇均作于当了俘虏之后;相反,乾隆皇帝功业显赫,一生写了四万多首诗却当不了诗人。张说、张九龄都既是著名宰相又是著名诗人,其佳作也多半是贬谪期间所写。"文穷而后工",中国文人的这句口头禅,大体上亦适用于西方,只不过中国偏重仕途,近代西方偏重金钱罢了。最突出的例子是巴尔扎克,当初从事各种商业活动无不以失败告终,这才坐下来认真写作,成名之后仍旧是债台高筑。在著名的西方作家(包括俄国作家)当中,穷愁潦倒如巴尔扎克者不是很多,但多半也都是些不善营生,或至少是对世俗利益和金钱淡漠的人。歌德是个例外,他长期为魏玛宫廷服务,一生处于顺境,恩格斯称他"有时是……鄙视世界的天才,有时则是谨小慎微、事事知足、胸襟狭隘的庸人",说他身上有"庸俗的市民气"(《诗歌和散文中的德国社会主义》)。雨果也是个例外,他虽然经历过坎坷却是极善营生的人,和同时代的巴尔扎克形成鲜明对照:二人均以写作为生,巴尔扎克著作等身却一生困窘,几乎打了一辈子光棍,也未能进入法兰西学院;雨果却始终生活优裕,既有老婆又有情人,并且很早就当上法兰西学院院士,临死还留下大笔遗产,拉法格说他"既善于处理生活,又善于经营家产"(《雨果的传说》)。在中国大作家中要找出个例外,那就是后期的白居易:口口声声"思退",官却越做越大,修宅第,置家妓,对官品俸禄津津乐道,不但热衷世俗利益,比起别的人来更多了一层虚伪。世俗的品格,即使对属于"例外"的作家也是有害的,白居易后期创作不如前期便是证明。反过来再拿雨果来说,其《悲惨世界》《海上劳工》《笑面人》等杰出的作品,恰恰写于一生中相对坎坷——因反对帝制失败而流亡国外——的十九年间。清人赵翼尝自嘲云:"诗解穷人我未空,想因诗尚不曾工。熊鱼自笑贪心甚,既要工诗又怕穷。"(《论诗》其五)要想工诗就别怕受穷,诗与世俗功利不可兼得,看来确乎是个普遍规律。

然则究竟诗能穷人还是穷而后工?曰:两种情形都有!作家不合流俗的品格既注定他在功利追求中不是个强者,而功利追求的失败又恰恰造成他审美追求中的成功。屈原、李白、杜甫在功利追求中都不是强者,而他们成为伟大诗人又正是从遭疏、被放和沦落开始。所以白居易于李、杜有云"天意君须会,人间要好诗",苏轼于杜亦云"诗人例穷苦,天意遣奔逃"。所谓"天意",实即上文所说的普遍规律——诗与世俗功利不可兼得,既然你要做诗人,那就必须备尝人生艰苦,付出巨大牺牲。我想,其原因,首先就在审美固然离不开功利,而又是以超越功利为前提的。人间万事,一旦用超功利的审美眼光去看,灾难与不幸往往带来令人陶醉的愉悦和有益的思想启迪,幸福美满反而显得平淡无味。法国诗人波德莱尔(《恶之花》作者)说过一句很深刻的话:"我几乎不能想象……任何一种美会没有'不幸'在其中。"(《随笔》)在中国则韩愈有个说法,叫作"欢愉之辞难工,而穷苦之言易好"(《荆潭唱和诗序》),也是这个意思。《安娜·卡列尼娜》卷头语或可做出部分解释:"幸福的家庭都是一样的,不幸的家庭各有各的不幸。"在生活当中我们总是祝愿新婚男女白头偕老,在文学中却谁也不去描写这样的婚姻,就因为它是彼此一样的,相反爱情的悲剧却是文学中万古常青的主题,就因为它总是怪怪奇奇,绝无雷同的。这是就文学中主人公的命运而言。若就作家自身命运而言,则我又想到许多中国古人说过的话,从中均可得到启发。即如被视为格调派代表的沈德潜,当他谈到韩愈和苏轼时,也曾说过这样的话:"大抵遭放逐,处逆境,有足以激发其性情,而使之怪伟特绝,纵欲自掩其芒角而不能者也。"(《姜自芸太史诗序》)信哉斯言!只有身处逆境才能显示出怪伟特绝、纵欲自掩其芒角而不能得的鲜明个性,这也许就是穷而后工,诗与世俗功利不可兼善的奥秘所在罢。文学是写人,并且是由人来写,而人是有差异的;要没有差异,人就成了概念,文学是永远无法在概念中繁荣起来的。而人的差异即人的真实个性,往往都不是身处顺境,而是身处逆境,即在遭遇困难、挫折、失败、忧患,感到悲哀以至绝望的痛苦时才充分显现出来。人们在现实生活中总是追求幸福美满,在文学审美中却普遍偏爱悲剧,原因也就在这里。

即使对最幸运的人来说，人生也总是有缺陷的。作家之异于常人，就在他对此特别敏感，并能站在一个更高的角度，用审美的眼光重新认识自己所经历和感受过的人生，将现实中的痛感转变为审美中的快感。司马迁所说"发愤著书"，韩愈所说"不平则鸣"，曹雪芹所说"满纸荒唐言，一把辛酸泪"，以及屈原之作《离骚》，但丁之作《神曲》，歌德之作《少年维特之烦恼》……均无不是将现实中的痛感转化为审美中的快感。一位美国美学家说过这样的话："世间无论多么可怕的境遇，都没有不能暂时放开怀抱在审美的观照中求得慰藉的。"他又说："最悲惨的情景在审美中也可以失其苦味。"（桑塔耶纳《美感》）不独失其苦味，且能从中品尝出人生的甘美。或不妨进一步说，人生正因为存在着可怕的境遇和悲惨的情景所以才显得美，人的个性和人性的崇高正是在这种境遇和情景中才充分呈现出来。反之，幸福的处境和情景无论以什么形式出现，永远是单调乏味的，一般说来它很难进入文学。即便属于滑稽范畴的喜剧，如果不是博人一笑的消遣品的话，无论讽刺幽默，也总是针对着人生的不幸或缺陷的。莫里哀认为喜剧的根本规律就是使人发笑，但如果这种笑仅止于交感神经的反应，对于文学来说那就毫无价值了。真正优秀的作品比如鲁迅的《阿Q正传》、果戈理的《钦差大臣》和《死魂灵》、契诃夫的短篇小说等等，未尝不使人发笑，但在笑的背后是隐藏着深沉的悲哀的，如伏尔泰所说，是为掩泪而笑。纯粹为娱乐固然产生不了真正的文学，即如"寓教于乐"那也是不懂文学的人说的外行话。文学有娱乐作用，也有教育作用，但从历史上你就举不出一个优秀作家是为了娱乐和教育的目的去写作的。真正的文学既非说教，也不是提供消遣品，而是由于内心有所郁积，激于情不自已所发出的心声，是作家对人生的审美认识，唯其如此它才能使读者得到美的享受并在思想上受到某种启迪。人的一生要没有任何遗憾，无不幸亦无不平，既没有不可挽回的痛苦也从不感到内疚，无论追怀往事还是着眼现实都是诸事如意，欢天喜地，那也就不会有审美的追求了。然而这样的人生是根本不存在的，但说明其人利欲熏心，因而无法了解真实的人生，这种人是永远无法成为真正的作家的。真实的人生总是有遗憾的，人生的美主要是在遗憾中呈现的。说到底，文学就是遗憾之学，人生要没有遗憾也就不会有文学。

文学作品无论写什么，归根到底均无非作家所经历和感受过的人生，无不是作家心灵世界的呈现。抒情诗不必说，戏剧、小说亦何尝不如此。托尔斯泰一贯强调忠实于生活（反对"发明家"），但同时又毫无含糊地将艺术归结于感情的传达；巴尔扎克也非常重视生活的真实，但同时又说他永远生活在自己的思想世界里，艺术就是思想的结晶。对于真正的作家来说，生活之真与感情之真并不存在矛盾。但既然艺术是一种创造，允许夸张和虚构，对生活之真的违反有时无法避免；感情之真却是任何时候都违反不得。莫里哀叫观众笑，托尔斯泰想叫读者流泪，无论赢得笑或泪，都必须自己先笑先流泪。连自己都不爱的东西要叫读者爱，自己都不相信的东西要叫读者相信，怎么可能？读者可以接受事实上的虚构，但绝不接受感情上的虚构。"白发三千丈"是事实上的虚构而非感情上的虚构。什么是感情上的虚构？慷慨激昂地说些言不由衷的话，这就叫感情上的虚构，在生活和文学中我们都领教得太多了。这在生活中令人觉得可悲，但并不可怕，有时甚至可以谅解；在文学中却叫人无法忍受，绝不可以谅解。借用托尔斯泰的话说，谎言只是涂污生活，并不能毁掉生活。即使在谎言盛行的年月，谎言背后仍然有生活的真实在，谎言盛行本身就是一种生活的真实。但如果作家在作品中说谎，那就把一切都毁掉，什么也剩不下了。公式化作品的症结就在说谎。作家感情的表达可以曲折委婉，也可以有意隐蔽，但绝不能伪装，非但不能伪装，带点勉强也不行，无论歌哭均须发自衷曲，才不失自我，对于任何作家来说这都是必要的前提。王国维认为客观诗人须多阅世，主观诗人则不必多阅世，理由是"阅世愈浅，则性情愈真"。实则客观诗人、主观诗人均须多阅世，而诗人（作家）之贵即在阅世既深仍不失其性情之真。在我看来历来作家都是些老天真（中国如此，外国也如此），你很难从中举出个老谋深算和工于心计的人。文学创作本来就是属于心地纯洁的人的事业。

作家的品格，除以上所说人品和性格，还包括相应的才能，否则个性的实现亦将成为不可能。关于作家才能，因为涉及审美的规律，我们最多只能做出粗浅的描述。下面仅谈谈特殊的感受、记忆和想象的能力。亦不过言其大概，主要强调"特殊"二字。

文学固然离不开生活，但仅将其说为生活的反映，无论如何是叫人想不通的。如果仅是一种反映的话，难道没有鲁迅也会由别的人写出来一个阿Q么？和科学上的发现发明不一样的是，文学作品的出现都带有偶然的和不可重复的性质，这种偶然性并不取决于生活而是取决于作家的出现。没有曹雪芹便没有《红楼梦》，没有托尔斯泰便没有《战争与和平》，没有巴尔扎克便没有《人间喜剧》，这是很明白的事。《红楼梦》《战争与和平》《人间喜剧》都不是反映而是作家创造的产物。作家的创造固然依赖于生活，但远非任何生活都可以进入文学，文学中的生活与实际的生活区别非常大，可以说完全是两回事。文学创作的关键并不在有没有生活——谁也不是生活在真空之中——而在于有没有对生活的特殊感受，要没有感受，生活再多也是白搭。一个作家为了写部农村题材的小说，于是跑到农村去住段时间，叫作深入生活，可是你要对生活没有特殊的感受，即便在农村生活一辈子也还是写不出作品来的。所谓特殊的感受，自然是审美感受，它是心灵世界对外部世界的感应，是狂喜，是梦想，是由痛感转化的快感，是对人生的新发现……它莫可名状，可又那样真实生动，叫人忘形。果戈理在《死魂灵》第七章中有这样一段自白："凭着神秘的命运之力，我还要和我的主角携着手……在全世界由分明的笑和谁也不知道的不分明的泪来历览一切壮大活动的人生。"人世间既有分明的笑，更有不分明的泪，别的人无法觉察，唯独作家凭借"神秘的命运之力"即特殊的审美直感能以觉察，并由此去认识整个人生。所谓作家才能，首先就是指这种特殊的感受力。

一般说来，作家并不是为了创作才去感受，而是有了感受必须创作。不过，既然感受是创作的前提，即使没有明确的创作目的，作家平时也是极重视感受积累的。近世创作理论（包括作家经验谈）普遍强调对生活的观察，视为作家职业习惯，或曰第二天性。其实观察与感受是无法分开的，可以说是一回事的两个方面。在生活中人人都有观察的习惯，但范围和角度不同，对作家来说则只有引起审美感受的东西才会留心加以观察，并且也只有这样的观察才会在记忆中留下深刻的印记，对某事物的记忆永远是同当时对它的特殊感受连在一起的。反言之，对感受的记忆，亦总是同引起感受的事物分不开。初恋给人的感受到老不忘，当这种美好感受在记忆中重现时,必然伴随着她(他)的音容笑貌和当初交往的情景。感受愈强,则观察愈细,在记忆中留下的印记亦愈深。托尔斯泰说作家"永远是以回忆为生",这回忆正是依靠平时感受和观察的积累。再则,作家的记忆恐怕也是一种特殊的才能。别的且不提,就说《红楼梦》中关于衣、食方面的大量而详尽的描述,《人间喜剧》中对人物外貌特征以及对住宅环境、街道、城市的细致刻画和介绍,已足使人惊叹不已,以至对写小说望而却步。这还都是些外部细节,至于作家内在感受的丰富,对创作是更为重要的,那同样需要很强的记忆力。所以古希腊人称文艺女神为"记忆的女儿"(见赫希俄德《神谱》),不无道理。

当记忆中积累的审美感受(包括观察)愈来愈多,终于在某方面形成一个"焦点"时,便会产生无法抑制的创作冲动。所谓焦点,是借用托尔斯泰的说法,即"所有的光集中在这一点上,或者从这一点放射出去"(高登维奇《与托尔斯泰谈话》),这在作家便是创作意图,在作品便是主题。托尔斯泰对契诃夫的主要责备就是他的作品缺乏"焦点",而契诃夫自己却说:"要是有个作家向我夸耀说,他写小说没有预先想好的意图,而只是凭一时的兴会,那我就说他是疯子。"(《致苏沃林》)其实契诃夫的每篇作品也都是有"焦点"的,只不过由于风格迥异,托尔斯泰对他有些隔膜罢了。再如法国作家福楼拜,他是坚决主张作家隐蔽自己的,可是当乔治·桑责备他缺乏信心时,他却动了感情:"哎呀!信心把我活活噎死!我郁积了满腔的愤怒,就欠爆炸!"(《致乔治·桑》)这种愤怒我们完全可以从他作品中觉察,可见其也是有"焦点"的。这个"焦点"——作家的创作意图亦即作品的主题——并非抽象的观念,而是如古罗马诗人卡图卢斯所说："我憎恨，我也热爱！为什么？——你若要问，我不知道，但我深深感到这点，并因此痛苦万分！"它是一种激情，很难用明白的话语表达，而又非表达不可！用中国人的话说就叫"情不自已"，创作构思的过程即由此开始。

创作构思也就是审美想象。其实任何创造性活动都离不开想象，我们现在习以为常的许多事，就连鲁迅所举吃螃蟹，当初人类祖先第一次尝试也都是凭想象的。没有想象就没有人类的文明。伏尔泰便认为："实用数学里也有令人惊奇的想象，阿基米德的想象至少与荷马的相等。"(《哲学辞典·想象》)但是，话说回来，艺术想象与科学想象又是大不一样的。科学想象不过是为解决实际问题提出的假设，并且只有经验证符合客观规律才有价值，从吃螃蟹到杠杆原理莫不如此。而作家凭借艺术想象编造出故事情节，创造出他的人物，赋予他们个性和激情，都并不是要解决什么实际问题，而是为了表达感情并唤起感情，满足精神上的审美需要，因而绝不像吃螃蟹一样可以仅由客观规律加以验证。这当然不是说，艺术想象是凭空虚拟而不受制约。亚里斯多德虽然贬低想象的价值，但他认为"一切可以想象的东西本质上都是记忆里的东西"(《记忆与回忆》)，却无疑是对的。作家想象尽管千变万化，归根到底，均无非是在激情驱使下将记忆中的东西重新加以组合罢了。我想强调的是，记忆中的任何东西都是同当初对它的感受分不开的，而且事实上感受本身往往就包含"神与物游"的想象；无论想象还是想象所依赖的记忆，都永远包含着主客观两个方面，因此作家通过想象再现客观世界的同时，必然要表现出自己的主观世界。我想强调的另一点是，想象本身固然属于感情和认识的感性领域，但它绝非某些现代西方论家所描述，是和理性以至任何清醒的意识都不相容的。仅凭着

"来不可遏，去不可止"的灵感（或曰潜意识），写一首抒情诗当然是可能的，但如果是写一部小说，那就需要长时期的经营，要没有清醒的判断力，仅凭灵感和想象力的狂热摆布，则是根本不可能的事。判断力当然不能代替想象力，而只是从旁加以监督和引导。有没有这种监督和引导差别是很大的，也许作家与疯子、醉汉、梦游者的区别就在这里。

　　上述感受、记忆和想象的能力是否属于天赋？我是相信天赋的。但却不相信曹雪芹呱呱落地就宣告了一个大作家的诞生。天赋究竟是什么虽然说不清楚，在中国两三千年封建社会中出生过那么多婴儿，天赋如曹雪芹者总该有数百上千吧？然而终于成为曹雪芹的却只有一个，这就说明作家才能除了天赋，还需要若干后天的因素。但是，老实讲，关于这些后天因素也是同样说不清楚，同样无法选择的。因此人们才都把这种才能叫作天才。值得注意的是，从来真正的天才都不认为自己是天才，但其中许多人都是颇以勤奋自诩的。事实上，对于作家天才唯一可能的解释，便是勤奋。狄德罗就曾经直截了当地将天才释为"心灵的勤奋"（《天才》）；它不是无缘无故，也不是为着别的目的，而是出于不可抑制的表达的激情，如黑格尔所说"完全沉浸在主题里，不到把它表现为完满的艺术形象绝不肯罢休"（《美学》第一卷）；而这种激情又总是同作家的独特感受和发现分不开的。任何一个诚实的作家，都只有当自己心中有了某种新的、重要的，只有自己明白而世人尚不了解的东西时，才会产生欲罢不能的表达的激情，并从而在创作中表现出"语不惊人死不休"的顽强精神。可见勤奋要不是天才本身，也是天才的一个重要的、基本的特征。事实上你就举不出哪个大作家不是勤奋的。

作家的勤奋不仅表现在创作实践上，同时也表现在生活和知识的积累上，所谓"读万卷书，行万里路"，这也是古今中外无一例外的。作家创作个性的形成，主要就取决于社会生活的经历，但人的一生究竟要经历什么样的生活，在很大程度上是不由自主的；历史经验说明经历的坎坷对于创作反而有利，但谁也不是为了当作家而有意选择那种经历的。就作家自身而言，关键还在人生态度如何，和是否善于在生活中学习。人生态度且不论，至于学习，除了各种知识的积累，更重要的还是用自己的眼睛去看，用自己的心灵去感受，关于这些上文已经谈到。这里想着重谈一下书本知识即历史遗产对于作家个性形成的重要意义。在中国作家当中，以天才著称者无过于李白了，但我敢说在他之前要没有庄子、屈原，以及嵇、阮、鲍、谢诸人，他的个性肯定就是另一个样子。过去有个普遍误解，说是杜成于学力，李则纯出于天才，其实只要熟读二人作品就不难发现，李白受前人影响是更全面的，他差不多读遍了在他之前的属于经、史、子、集的全部著作，并且读得极熟，这些著作对于他的才能和个性形成都发生过影响。整个人类文明就是一个不断发展的历史过程，只有充分掌握历史遗产才可能达到自己时代的高峰。我们平时褒贬人说"眼高手低"，其实眼高是个好东西，眼要不高手是高不上去的，而眼高必以渊博的知识修养为前提。这绝不限于艺术技巧方面的借鉴，更重要的意义还在于开阔人生和艺术的视野，使你的人生信念、审美鉴别力、才情以至性格都在潜移默化中受到陶冶，总的说来就是有助于自我个性的形成。人的自我并非如某些人所说仿佛与生俱来。在我看来，与生俱来的只是自我的一个因素，其形成还取决于范围广泛的社会实践，人的个性内涵主要属于社会性而非自然本能。所谓作家个性当然也是如此，只不过它更多地依赖于艺术实践，并且是由艺术实践显现的罢了。

　　以上所说作家品格涉及许多方面，然而总的说来又可以归结于一点，那就是心灵的自由感。对于自由从来就有不同的解释，从哲学上说是对必然的认识，在社会生活中又是相对纪律而言。但这里所说自由感主要是一种心理状态，它出自经过深思熟虑产生的信念，即令外在环境很不自由也仍然可以保持。据载当年伽利略在罗马教廷受审时曾跪在地上对宗教法官说："大人，它（地球）是转的！"外在不自由（跪下受审），心灵仍然是自由的。作家心灵的自由则出于某种人生信念和对审美追求的执着，主要是从创作中表现出来。现实中的屈原是不自由的，《离骚》中的屈原却是自由的。苏轼深受文字狱之苦，可是他的大量作品或淡泊而容与，或沧海横流，都显得多么地自由！曹雪芹时代文字狱更为严酷，他虽然有所顾忌，"实不敢以写儿女之笔墨唐突朝廷之上"，但《红楼梦》究非违心之谈，而是充分显示出了心灵的自由。须知文学永远以独创性为前提，因此无论外在环境如何，作家都既不可屈从于权势，亦不可赶浪头或迎合时尚，而只能由衷地说出自己的感受和发现；这就是所谓心灵的自由感，前面所说方的品格、狂狷精神以及对世俗利益的冷漠云云，其大要亦不外乎此；唯其如此，作家才能"身不由己地怀着痛苦去燃烧自己并点燃别人"（托尔斯泰语），即将生活中的痛感转化为审美中的快感，他的真诚、特殊的感受、记忆和想象的能力，以及在生活和艺术实践中的勤奋执着也才有可能，而所有这些品格正是作家个性实现的前提。否则，作家要是个圆形人物和中庸之士，对世俗利益不是冷漠而是热衷，固然不会有心灵的自由感，也就不会有真实的审美追求，才情和勤奋均为迎合时尚或追名逐利，结果必然是个性的丧失，没有个性便不会有真正的文学。

　　心灵的自由感并非遗世独立。这样的作家当然也是有的（虽然事实上做不到），中国叫作出世派或曰隐逸派，西方叫作为艺术而艺术，还有鼓吹"他人就是地狱"的现代派，在我看来这类作家没有谁是成了大气候的。真正杰出的作家是关心社会和面对现实人生的，无论经过多少曲折坎坷，胸中郁积多少悲痛和激愤，都熄灭不了热爱生活的美好激情，而这激情又总是同某种独特的人生感受、发现和信念不可分的。有一己之功利，有天下之功利，对前者可以超脱，对于后者却无法忘却，正因为如此，他们的创作才既有鲜明的个性同时又能引起普遍的共鸣，也只有这样的作家能成为自己时代的良心。遗世独立者固不足为大器，一味迎合社会的人终将遭社会鄙弃，只有和社会共命运而又是用自己心灵歌唱的作家，他们发出的光和热才能照亮生活并温暖人心，才能真正对社会有益。因此不妨说，作家心灵的自由感也就是作家的社会责任感。

第十章　创作与生活

现代反映论有个重要主张，叫作体验生活。不是说在生活中加深体验，而是叫你带着任务到别处去体验。比如要写劳动模范，于是组织作家到工厂去体验。我的一位老师吴组缃先生在20世纪50年代就到工厂"体验"过生活，任务是写著名劳动模范孟泰，费了很大劲也没写出来，事后深有感触地说："孟泰在工厂怎么说怎么做我都了解了，可是一回到家里，我连他怎么称呼老婆都不知道，怎么写！"吴先生是30年代即已成名的老作家，对生活对文学都有真知灼见，也有丰富的阅历，50年代正值盛年，如不是"体验生活"而是写自己熟悉和感兴趣的东西，肯定能写出优秀作品来的。可是自从那次尝试失败之后，只好安心当教授。如今搞创作已不再有过去的框框，可是他已年近八旬了。吴先生当初"体验"之后没写出作品，其实比那些写出了作品的人高明。那些"体验"的产品，包括小说、诗歌、剧本，数量之多实在惊人，曾几何时，现在有些早已作为废纸化为纸浆，有些还躺在图书馆的库里与尘埃为伍，在读者的书架上是绝对找不到的。历史老人最能识别真假，对于假的东西向来是无情的。在座诸位如果有谁想当作家，最好多想想历史老人那张铁面无私的面孔。

"体验生活"产生不了真正的文学，首先就因为它不是真正从生活出发，而是从概念出发。我要写什么题材、什么人物和表达一个什么主题——作家是带着预先的设想或设计到生活中去的。那么，如果预先不作任何设想和设计，而是全心全意并且是长期地"到生活中去"，是否就一定能写出好作品来呢？也不见得。我曾经当过十五年建筑工人，那可不是"体验生活"，而是靠它谋生，拜过师，带过徒，对于建筑工人的劳动、生活、语言都了如指掌，不仅和他们完全"打成一片"，我自己早就成了其中一分子，可是要我写一部关于建筑工人的小说，却仍然写不出。不是不想写，而是写不出，写不出的原因显然不是缺乏生活，而是主观上缺乏点什么东西。

迄今各种文艺理论教科书总是教导说"生活是创作的唯一源泉"，这命题自然是对的，但问题是如何在生活的源泉中产生出文学来。"文学作品是社会生活在作家头脑中反映的产物"，为什么同样的生活有人"反映"得出，有人"反映"不出？"反映"出的彼此间又存在极大差异？如果我们承认文学是一门艺术，而艺术的本质是审美的话，那么，很明显，文学作品所反映的并非生活本身，而是作家对生活的审美认识。没有审美客体（生活）便没有审美，这道理是极简单的；文学理论——尤其是创作论——的任务不是要反复说明这个简单的道理，而是要研究审美主体（作家），从而揭示审美的规律。

上一章讲作家品格时已经谈到，创作的关键不在有没有生活，而在能否对生活采取超功利的审美态度。

回想一下我们平时所说，所做，所想——包括深思熟虑和"一闪念"，几无不与功利有关。别一提功利就想到坏事或庸俗的事，其中也有好事或高尚的事。比如我现在一心想把这门课讲好,就是一种功利的追求,算不上高尚,总是一件好事吧!有些事无所谓好坏,比如眼前许多教员想晋升学衔,申请住房;有人为买一件称心的商品从海淀跑到王府井;家庭妇女和小商贩讨价还价……这些事都很难说是好是坏,只能说是合理的。且不提此外还有不合理的追求,便是这些合理的追求,数量一多,对于审美也是有害的。而要超脱又很难。小事情上比较容易超脱,大事情极难超脱。前面讲过,有一己之功利,有天下之功利(二者有联系,又有区别);对于真正杰出的作家来说,前者可以超脱,后者则永远不能超脱——虽不能超脱,也必须用审美的眼光去看待。

中国古代的作家,有很多都是在功利追求中遭到失败,然后才在审美追求中取得成功的。曹操大概是例外(至少在我所钦佩的作家当中他是例外),他在功利追求中无疑是个成功者,同时他的诗又写得多好啊!谢灵运称曹子建独得八斗才,照我看曹氏兄弟之才加在一起亦不如其父之多。"对酒当歌,人生几何?""老骥伏枥,志在千里!"皆质朴如口语,读之则既令人唏嘘,亦令人振奋。此之谓纯情,亦可称纯美。生命苦短而壮志难酬:无论你有多大才智、多大抱负,到头来都会像露珠般消失,这是谁也无法避免的悲剧;明知其如此,仍然要积极追求,实在有点傻,但人类的生存发展正是靠的这种傻劲啊!唯其如此,"烈士暮年,壮心不已"就更加深了悲剧的深刻性,沉结含蕴,难以穷尽。曹操在日理万机和戎马倥偬的功利追求中可能是个"巨奸大猾",但当他于鞍马间"横槊赋诗"时却是用审美眼光看待人生功利,至少在这种时候并非"巨奸大猾",否则那些慷慨悲凉的咏叹将是不可能的。再说,在曹操仅存二十来诗首中,既有上述气概非凡的杰作,亦有整篇政治说教的劣品(例如第八章所举

《度关山》《对酒》)。两相对照,优劣自见,说明只有用审美态度看待人生才能产生真正的文学,这一普通规律即使对曹操这样的作家也仍然适用。

确切地说,创作并非直接依赖于生活,而是依赖于作家从生活中所获得的特殊感觉、感受和印象。先把我所使用的这三个概念解释一下:感觉是因感官、神经和大脑受到客观事物刺激而造成的具体的、意识(审美意识)的体验;感受则灌注了更多的主观因素,是作家根据已有经验对感觉进行了加工(如联想、对比)的结果,大抵相当于心理学上所说的知觉;印象则是由于感觉和感受的积累而对某人某事或某段生活所形成的判断(审美判断)。三者当中,感受(知觉)是关键。感觉若不上升为感受(知觉)往往一瞬即逝,很难在记忆中停留;而感受(知觉)的积累却并不一定产生明确的印象。再说,无论感觉、感受、印象,都必须是特殊的。所谓特殊,不仅指审美,而且必须是独特的。听见一支优美的曲子感到由衷愉悦,这种感觉或感受谁没有呢?倘若有人听见优美的音乐竟然号啕大哭,那才是特殊的,他一定因此想起了什么不寻常的事,由此发端也许可以写篇短篇小说。站在一落千丈的瀑布面前,谁都会产生美感,可是只有李白才能写出"飞流直下三千尺,疑是银河落九天""海风吹不断,江月照还空"来;要叫我写,就是"多么雄伟,多么壮观呀"。这也是美感的表达,但成不了诗。还是那句话:只有特殊的东西才有资格进入文学。

特殊的感觉、感受和印象,总是同作家的特殊经历相联系的。为说明这点,不妨谈点切身经验。即便是凡夫俗子,在生活中也会有一些特殊感受,虽然成不了作家,偶尔写首诗则是可能的。我便有这种业余爱好，下面举十几年前写的一首七律：

  五月翻疑雪满天，京华柳老正吹绵。招摇过市因风起，零落傍街随遇安。邂逅羞夸身洁白，分张应解共婵娟。似花还似非花好，不恋故枝恋尘寰。(《咏杨花》)

  结句中"尘"字应为仄声，无可替换，姑仍其旧。杨花茫茫，一年一度，这景象早引起我注意，但除了联想起古典诗词中若干名句外，并没有特殊的感受。待到流落风尘，在街道当临时工，骑车到工地，十里长街，但见杨花随风飞舞，悠悠扬扬，沿途两边则堆满一团团雪白的绒球；突然间联想起自己的遭际，便情不自禁地吟出两句："招摇过市因风起，零落傍街随遇安。"既是如实写眼前杨花，亦为自己经历的真实写照，怜杨花亦是自怜。由此敷衍开去，连缀成篇，通篇咏杨花，亦通篇自咏。首联因陆游"沈园柳老不吹绵"，改"不"为"正"，情调大异。尾联全用苏轼"似花还似非花"句，但加一"好"，亦推陈出新矣。为什么"好"？结句便是回答：花皆恋枝，似花还似非花的杨花却不恋枝；知识分子皆留恋高等学府，像知识分子又不像知识分子的我却不留恋你那个高等学府。似乎有点阿Q精神在作怪？人要没有一点阿Q精神也是很难活下去的。当时正在搞"文化大革命"，我确实没想到有朝一日还能回来当知识分子，而且当时已经爱上建筑行业。诗虽写得不好但确有特殊感受，并非鹦鹉学舌，而这种感受是同那段特殊经历分不开的，要始终坐在书斋里便写不出来。

  有非常之人方有非常之文，而非常之人又往往取决于非常之环境，因缘际会，谁也无法选择。不过，话说回来，非常与寻常亦相对而言，虽然并非任何时代都能出现历史上的第一流作家，但毕竟都有自己时代的佼佼者。对作家本人来说，尽管时代以至个人命运都不是自己能决定，但无论处境如何都对人生采取积极的态度，并从审美角度加以观照，这却是自己能够决定的；这正是创作所依赖的特殊感受产生的前提。

再三强调感受的重要，原因是只有当生活在作家内心引起某种热情时，创作才有可能。但如果不是写一首抒情诗而是写一部小说，则除了热情灌注的感受，还需要冷静的观察。比如你在生活中发现一个很有意思的人物，想把他写进小说，固然是因为这个人使你产生了某种强烈的感受和印象，但你要表现自己对他的感受和印象，就必须再现他的外貌特征、音容举止、习惯嗜好等，包括许多细末微节，这就需要冷静细致的观察。所以上一章已经谈到，感受与观察是一回事的两面，两个方面均不可忽略。当年巴尔扎克混迹于巴黎沙龙，和各阶层的人物——没落贵族、冒险家、商人、政客、交际花……接触，在积累起大量感受和印象的同时也获得了与之有关的各种知识，否则《人间喜剧》中那许多详尽而逼真的细节描写将是不可能的。奔放的激情与层出不穷的细节描写浑然相融，从而形成一种痛快淋漓的气势，这正是巴尔扎克迷人之处。没有激情不行，没有细节同样不行。激情来源于感受，细节来源于观察。对于真正的作家来说，二者永远分不开，所谓审美观照即包含着观察和感受两个方面。

作家在生活和创作中都处于双重地位，即既是审美观照的主体，又是可以从旁加以观照的客体。关于后一点——自己观照自己——似乎不大好理解，其实这是常见的情况，比如杜甫说"杜陵野老吞声哭，春日潜行曲江曲"，不就是诗人的自我观照吗？在小说中这种情况就更普遍了。曹雪芹的贾宝玉，狄更斯的大卫·科波菲尔，夏洛蒂·勃朗特的简·爱……人物的原型都主要是作家自己。至于作家将自己身上某种特征或某种经历赋予自己的人物，这种情况就更是俯拾皆是了！举其要者，如托尔斯泰的安德烈，拜伦的唐璜，莱蒙托夫的毕巧林，歌德的浮士德……作家与人物的关系都十分明显。就连鲁迅笔下那个可笑的雇夫阿Q，其实也是有作家自己在内的。鲁迅先生那么爱争论，得理不让人，总要占个上风，这里边难道就没有一点精神胜利法的因素吗？当他怀着沉痛心情嘲笑阿Q身上的这种弱点时，恐怕也是把自己摆进去了的。

　　文学主要是写人。对某人的观照可能只用得着一次，对自己的观照却是永远用得着的。但是，作家对自己虽然最熟悉，未必最了解；相反，一般来说都是了解自己比了解别人更难，所以说人贵有自知之明，要自知就得把自己当作一个客体从旁加之观照，仿佛是两个"我"，一个"我"站在高处俯视另一个"我"，有时冷眼旁观，有时又充满感情，赞赏或是嘲笑。这种自我观照不仅能获得美感，加深对自己的了解，既有趣又有益，并且还可以提高自己做人的自尊和道德感。人生在世要没有一点自尊和道德感就不成其为人，更不用说当作家了。

　　大自然作为人类社会活动的广阔场景，在文学中曾占有十分重要的地位，这在中国古代诗歌中尤为明显。可是，随着现代文明的进程，它在社会生活和文学中的地位都愈益减弱，在我看来这是很可悲的。

　　早在18世纪中期，启蒙主义者卢梭就曾愤怒地谴责过现代文明所造成的社会道德的腐败与虚伪，并因此发出"返于自然"的呼唤。他认为人类每向文明前进一步都是走向堕落的一步，只有大森林中处于原始状态的野蛮人才是最善良,也是最幸福的;他的这种观点,同他反对社会不平等和关于"人权天赋""人是为自由而生""感情高于一切"等主张密切联系,曾在许多著作中反复阐明,对后世作家(尤其是浪漫主义作家)产生过极大影响。在我们今天看来,"返于自然"的口号本身固不可取,但它所针对的社会弊端确实存在,文明的进程破坏了人的"自然状态"(包括人与大自然的联系)也是事实。人的"自然状态"并不如卢梭形容的那样美好,然而同大自然的疏远却是人类社会生活的巨大损失,这对于文学以及人性本身的发展都是不利的,近百年来西方艺术和文学中出现的现代派潮流便可以证明。现代派流派名目繁多,各有揭橥,而反理性、反社会和反传统的异化倾向则一,其出现自有深刻的社会历史根源,姑置不论。至少从现象上可以说人的异化正是与大自然隔绝的都市文明的产物,是摩天大楼代替山岳,高速公路代替河流,霓虹灯代替日月星辰,喧嚣的市声和汽油味代替鸟语花香的结果。大地都被沥青和水泥覆盖着,连天空也被建筑物割裂成一条条、一块块,长期生活在这种令人窒息的环境,难怪画家眼里都是些僵硬的线条和几何图形,作家心中就只有混乱的意识之流了。现代派作家所写人与人之间的疏远以及人的自我疏远,撇开其社会历史原因不谈,可以说正是人与大自然疏远的结果。卢梭"返于自然"的主张既不可取也不可能,而人与自然的疏远则是可悲的。难道文明的进程必定以牺牲自然审美以至人自身的异化为代价么?我相信这种二律背反终于是可以超越的。从长计较,还是传统作家的经验更有价值。

人对自然的审美,并不需要"返于自然"。事实上,当人类还处于原始的自然状态时,面对大自然只有恐怖和膜拜,或者对它采取功利态度。我们现在发现许多史前洞穴壁画,以为那是艺术品,其实它总是同巫术即某种实用目的有关;关于这点我们在后面还要详细讲。至于具有审美含义的神话,那是在口头流传阶段经过世世代代不断加工的结果,当它最后写成文字时,早和最初的面貌不同了。人类只有摆脱自身的"自然状态"开始了文明的进程,对大自然采取审美态度才有可能,前者恰恰是后者的条件。上述二律背反的情况主要是在20世纪才出现的。

在西方,直到19世纪,大自然仍然是作家创作灵感的重要源泉。请看法国作家福楼拜是怎么写的:

> 我望着天、树木和青草,心头涌起一种从来没有过的快感。我恨不得变成母牛,好去吃草。(《包法利夫人》)

> 万一我在草上躺久了,我相信我会觉得我的身子长出了树来。(同上)

虽然是小说主人公的话,其所表达的却是作家自己有过的感受。他为什么想变成一头吃草的母牛,或者觉得在草地上躺久了身上就会长出树?表面上同现代派作家笔下的人的异化有些相似,其实彼此间有着本质的区别。比如卡夫卡所写人变甲虫(《变形记》),要为表现社会(包括家庭生活)压抑所造成的人性扭曲,充满失落和绝望感。福楼拜小说中的世态描绘和心理刻画也具有批判的性质,然而上述想象却毫无失落和绝望感,相反它是表现人与大自然和谐时所产生的快感。无论社会生活如何,当人回到大自然的怀抱,感觉到自己也是大自然的一份子时,总

是产生由衷的愉悦。这种人与自然浑然一体的境界,中国古典诗词中最多。姑举一首李白的绝句:

众鸟高飞尽,孤云独去闲。相看两不厌,只有敬亭山。(《独坐敬亭山》)

诗眼在第三句,"不厌"即不满足,"相看两不厌",你欣赏我,我欣赏你,彼此欣赏个没够。众鸟飞尽,孤云亦悠然离去,它们也曾与诗人"相看",可是都已经看够。相看个不够的,只有敬亭山。山是不会动的嘛!你坐多久它就陪你坐多久。有人以"拟人化"解此诗,意谓将敬亭山比作人,当然讲得通,但尚未得诗三昧。应是将人比作山:任你鸟飞云散,我仍旧像敬亭山一样安坐在那里,屹然不动。意境幽冷孤寂,这在李白诗中不多见。再举一首柳宗元的绝句,意境相类:

千山飞鸟绝,万径人踪灭。孤舟蓑笠翁,独钓寒江雪。(《江雪》)

远望静悄悄,近望亦静悄悄。前联"千""万"继之以"绝""灭",留下的只是一片静谧;后联纵有活动,亦不过孤舟独钓,不仅未破坏反而增强了意境的幽冷。这两首诗,人与自然均浑然一体,真达到了庄子所谓"齐物我"的境界。福楼拜说"我恨不得"或"我相信我会觉得"如何如何,李白和柳宗元全不用这些废话,而是用情景浑融的意境表达自己的审美感受,这正是中国古典诗词不可企及之处。

美国著名美学家桑塔耶纳在《美感》中提出自然界是人的"第二情人"的命题，原话如下："当爱情尚未有它的具体对象，当爱情尚未觉醒，或者已经为别的利益而牺牲，我们便见到那被压抑的欲火向各方面爆发出来。或者是献身宗教，或者是热衷于慈善，或者是溺爱于犬马，但是最幸运的选择是热爱自然和热爱艺术；因为自然往往是我们的第二情人，她对我们的第一次失恋发出安慰。"又说："我们可以说，对于人，整个大自然是性欲的第二对象，自然的美大部分都是出于这种情况。"这种观点，酷似弗洛伊德所说"里比多转移"（Libido displacements）。有趣的是，桑塔耶纳虽然和弗洛伊德同时代，当他写《美感》（1896）时弗洛伊德的主要著作都还没有问世，不可能受其影响，而且一般说来他的哲学和美学观点并不具有弗洛伊德那种非理性主义特征，可是二人上述观点何其相似啊。这种观点固然是对两性关系作用的夸大，却并非纯粹的荒谬。至少，大自然是"第二情人"的观点在文学中是可以得到证实的。比如，在《安娜·卡列尼娜》中，列文在莫斯科情场失意，于是回到乡下经营农庄，终于在淳朴的庄园生活和大自然怀抱中治愈了感情的创伤，就是一个例子。这部小说有两条平行发展的故事线索：一是安娜与渥伦斯基的爱情纠葛，活动背景主要是舞会、赛马、社交场合等；一是吉弗蒂与列文的爱情纠葛，活动背景主要是庄园生活和迷人的自然景色。前者的结局是主人公的自杀和绝望，后者的结局则是美满和谐的婚姻。如果不是从总体构思而是从局部着眼，这类例子更是唾手可得，例如从狄更斯、哈代、夏洛蒂·勃朗特、普希金、莱蒙托夫、屠格涅夫、左拉甚至巴尔扎克作品中，便都可以找出主人公因爱情或社会生活中其他方面的失意而从大自然怀抱得到慰藉的例子。

在抒情诗为主体的中国古代文学中,两性关系不占重要地位,而人与自然景物的关系却占有极重要的地位。中国诗人都不是在男女方面,而是在仕途方面遭遇不幸时转向大自然,从而获得慰藉的。陶、孟出世一派固然如此,李、杜入世一派亦何尝不如此。既然作家和他的人物往往在爱情或事业追求中遭遇不幸时返回大自然怀抱,只要对"情人"的内涵不做那样具体的限定,根据文学史的经验,大自然是"第二情人"的命题是可以成立的。或者不妨说社会生活是第一情人,大自然是第二情人。总之,当我们研究创作与生活这个课题时,除了社会生活,还应想到自然界,它在文学中曾经占据差不多一半的地位。

自然界一如人类的社会生活,只有引起作家特殊的审美感受的东西,对创作才是有意义的。天下女人很多,绝非任何女人都能成为情人,而是只有自己感兴趣的特定女人才能成为情人。某种自然景观,即使普遍认为是美的,我也可以点头同意,但如果我对它没有特殊感受,它对于我就毫无意义。如果硬着头皮去写,花红柳绿,海在咆哮,如此这般地描写和形容一番,就只能是人云亦云。这种人云亦云的自然美其实引不起任何人的美感。相反,即使别人不注意的自然景观,如果我对它产生了特殊感受,我把对它的感受写出来就能引起普遍的共鸣。19世纪英国作家王尔德有个说法给人印象很深:"人们如未见到事物之美,就不曾见到事物。多少世纪以来,伦敦就有雾,但是谁也没有见到雾,对它一无所知。直到艺术创造了雾,雾方始存在。"(《意图集》)有人认为这一说法很荒谬,"颠倒了现实和艺术的关系",可是我想这位作家不至于愚蠢到这种地步。他不是讲了"多少世纪以来,伦敦就有雾"吗?但因为没有发现它的美,所以视而不见；直到艺术作品——例如狄更斯的小说——中写了伦敦的雾，"雾方始存在"，人们这才发现它的美。王尔德的唯美主义文学观点颇多荒谬，但这一具体表述似无可厚非。中国清代《静居绪言》作者（佚名）的下述说法与王尔德如出一辙，"有灵运然后有山水"，当然不是说在谢灵运之前山水本身不存在，而是说"山水之奇不能自发，而灵运发之"，山水之奇即山水之美，是由诗人谢灵运先发现后才被人发现的。

王尔德说"艺术创造了雾"，《静居绪言》作者说"有灵运然后有山水"，这就是说，经过作家独特感受而被写入作品的雾和山水已经不是原来的雾和山水，那里面已经融入了作家主观的东西，所以才呈现出美。关于作家主观的融入，在西方叫移情，用费肖尔（F. Vischer）的话说便是"人把自己外射到或感入到自然界事物里去"（《批评论丛》）；在中国就叫情景交融，用徐师曾的话说便是"或因情以寓景，或因景以见情"（《诗体明辨》），用王夫之的话说便是"情景虽有在心在物之分，而景生情，情生景，哀乐之触，荣悴之迎，互藏其宅"（《姜斋诗话》）。情景交融，关键在情，关于这点谢榛的话说得最清楚："景乃诗之媒，情乃诗之胚，合而为诗。"（《四溟诗话》）而作家的思想感情，主要还是取决于他在社会生活中的经历；这在本体论中已有详细分析，兹不赘。

自然审美在文学中应占重要地位。但毕竟是从属的地位。文学是人学，文学中的一切都必须同人发生关系才有意义；而人是社会的人，人性主要就是人的社会性，任何人的思想感情都主要是由他的社会地位和社会经历决定。

第十一章 想象与真实

创作构思过程主要是创造性的审美想象过程。它既不是模仿，也不是推理。但又并不排斥模仿和推理，所以我在它们前面用了"主要"这个限定词。

"想象"（imagination）作为文论中的通行术语，是由西方引进，但最早把它视为文学构思规律予以重视的却是中国古代文论（虽然当时没有用"想象"这个词）。在西方，由于模仿说长期在文论中占统治地位，"想象"一直是被忽视或受歧视的，这种情况直至19世纪初浪漫主义潮流兴起才发生根本变化（当然在这之前已有若干论家予以重视了）。亚里斯多德在《诗学》中就根本没提到"想象"，在别处提到但不承认它的价值，如《心灵论》中说："知识或理智是永远正确的，想象不能和它相比，是可能错误的。……动物就会按照想象采取行动，像有些畜类，那是由于它们缺乏智力，还像有些人，那是由于他们受了感情、疾病或睡眠的影响。"再如《修辞学》中所说"想象就是萎褪了的感觉"，也是贬义。后世古典主义者基本上继承模仿说，虽然他们认识到想象在文学创作中的作用，但却将其归入错觉、疯狂一类加以贬斥。到了18世纪，在艾迪生（J. Addison）、维柯（G. Vico）、伏尔泰、狄德罗、康德诸人的著作中，想象作为文学艺术创作的基本特征才得到充分重视和肯定评价，到了19世纪它的地位更得到普遍承认，即使是现实主义作家也很少有人否认或贬低它的作用了。需要说明的是，在上述18世纪论家以至19世纪黑格尔等人的著作中，所说的想象都是建立在感觉和记忆的基础之上的（维柯也是这样看的），此其一。再则，他们一方面阐明了想象与理性的判断、推理的区别，但并不把二者对立起来。维柯是例外，他所说的想象是排斥理性的，认为"推理力愈弱，想象力就愈强"（《新科学》卷一）。20世纪初期克罗齐（B. Croce）的"直觉即表现"说正是发展了维柯的观点（参阅朱光潜《西方美学史》第十九章），它不但排斥理性，而且根本否定对感觉、记忆的依赖，于是艺术活动成为纯主观的，和我们这里所说的想象就是两回事了。

一般来说，西方文论和美学著作是把想象作为一种有别于理性推理的心理功能加以分析并做出评价，而对于作家艺术想象过程本身是缺乏研究的。例如狄德罗有句言简意赅的名言："诗人善于想象，哲学家长于推理。"二者的区别何在？回答是："把必要的一系列的形象按照它们在自然中前后相连的顺序加以追忆，这就叫作根据事实进行推理。如已知某现象，把一系列形象按照它们在自然中必然前后相连的顺序加以追忆，这就叫作根据假设进行推理，或者叫作想象。"（《论戏剧艺术》）这段话实在有些学究气，主要意思是说推理与想象都是"追忆"，均须符合自然的逻辑次序，区别在于前者根据事实，而后者根据假设。但究竟艺术想象是怎么回事（如何"追忆"），是并没有讲清楚的。

中国文论一旦脱离经学而独立，在对创作规律进行探讨时首先接触的就是艺术想象。兹引陆机《文赋》中的一段话：

其始也，皆收视反听，耽思傍讯，精骛八极，心游万仞。其致也,情瞳昽而弥鲜,物昭晰而互进,倾群言之沥液,漱六艺之芳润,浮天渊以安流,濯下泉而潜浸。于是沈辞怫悦,若游鱼衔钩而出重渊之深;浮藻联翩,若翰鸟缨缴而坠曾云之峻。收百世之阙文,采千载之遗韵,谢朝华于已披,启夕秀于未振,观古今于须臾,抚四海于一瞬。

"收视反听,耽思傍讯",指凝神沉思,构思的开始。"收视反听",即不视不听;接着说"耽思傍讯",其所思所讯自然是平时视听之所获,构思即想象毕竟要依赖感觉经验的积累。"精骛"二句,用现代话说就是长上想象的翅膀,飞得极高极远。"其致也"以后两句,是说经过一番想象活动之后,情与物均逐渐鲜明清晰,"互进",彼此渗透、促进。"倾群言"以下八句,都是讲语言,谈到借鉴于前人和推敲的艰辛。值得注意的是,从"沈辞怫悦"到"浮藻联翩",亦始终不离上天下地的想象,此实为前面所说情以物称的具体化,也就是说想象是要落实到语言的。"收百世"以下四句,要为强调独创性。最后两句是说艺术构思可以突破身观局限。

可见,陆机所阐明的艺术构思,既不是理性观念的活动,也不是对客观物的模拟,而是自始至终在充沛感情支持下进行的想象活动。这种想象既依赖于客观之物,但又并非对物的直接反映即模拟;既要依赖于主观之情,但又并非情的直接表达即发议论,而是情、物相称互进的创造性活动。据我所知,这不仅在中国文论史上,即在世界文论史上也是最早的关于艺术创作的比较完备的想象论。它不像西方文论那样着重分析,而是着重描述,唯其如此才更切合创作实际。

刘勰正是根据陆机的上述观点，对艺术想象作出了进一步的阐明。《文心雕龙》共五十篇，内容庞杂，精华在创作论（从《神思》到《总术》而将《物色》提前，共二十篇——用周振甫说），而《神思》篇居创作论之首，具有纲领性质。什么叫神思？

> 古人云："形在江海之上，心存魏阙之下"，神思之谓也。文之思也，其神远矣！故寂然凝虑，思接千载；悄焉动容，视通万里。

形在此而心在彼，可以思接千载，可以视通万里，这就是艺术创作中的想象了。作者视之为"驭文之首术，谋篇之大端"，可见在他看来创作之关键就在艺术想象。这个基本观点即沿袭陆机而来。刘勰超过陆机之处，在于他明确阐述了艺术想象中情与物的关系，提出了"神与物游"。

"神与物游"，先从物的角度说，那就是"登山则情满于山，观海则意溢于海"，艺术想象中的物已非自然存在之物，而是灌注了作家所赋予的情，用现代术语说就是"自然的人化"；再从情的角度说，那就是"神用象通，情变所孕"，情亦非赤裸之情，而是需要借助于（物）象显现，用现代术语说就是"感情的对象具化"。艺术想象既要有充沛的感情作动力，又必须依赖于客观物提供的知觉材料，想象的过程也就是情与物互相渗透的过程。所以说，"独照之匠，窥意象而运斤"，这意象，既非赤裸之情，亦非自然之物（象），而是艺术想象中情与物相渗透的产物，也就是作家的创造。关于这点，刘勰还用了个通俗的比喻：

159

视布于麻,虽云未费(贵),杼轴献功,焕然乃珍。

所说布与麻的关系,即喻意象与物象的关系,杼轴则指艺术想象。意象(布)与物象(麻)相比,"虽云未费",即都是"象",材料相同,但它经过了艺术想象(杼轴)加工,具有了作家赋予的"意",成了意象(布),于是"焕然乃珍",与物象(麻)不可同日语矣。

要之"神与物游"产生意象,意象依赖于物象而又高于物象:这就是刘勰想象论的基本观点。即便从近代西方文论中,也很难找出如此恰切而又简明的表述,只不过刘勰没有用"想象"而是用的"神思"一词。现在既然"想象"作为文论术语已为世界普遍采取,我们自然应继续沿用,不必再搬出刘勰的"神思"来。但我们的老祖宗似乎比西方人更早地就认识清楚这一规律,这却是不可不知的。

刘勰所说意象与物象之别,用现代术语来说就是艺术真实与自然真实之别。下面我们再联系创作实际,来考查二者之间的关系。

意象(艺术真实)与物象(自然真实)不是一回事,刘勰上面的话已经讲得很清楚,近代西方论家普遍也是这样认识的。问题在于,意象之真是否必须符合物象之真?这是个比较复杂的问题,我们最好还是从具体分析入手。

有两种情况,一是刘勰所说"神用象通,情变所孕",即立足于情,这就不存在符合与否的问题。比如李白说"一水牵愁万里长","愁"究竟最多有多长?这是说不清楚的,这种意象就无法与物象比较。可是李白又说"白发三千丈",这就引起后世的争议,因为这是立足于物(发),属于刘勰所说"登山则情满于山,观海则意溢于海"之类;再如杜甫名句"霜皮溜雨四十围,黛色参天二千尺",亦曾受宋人讥议。这种意象显然与物象不符,人的头发不可能长到三千丈,松柏亦不可能高达二千尺。但在我们看来却是合理的,宋人的挑剔是以物象之真绳意象之真,这就叫不懂艺术,不懂文学。

宋人写诗不如唐人,可是他们很爱挑毛病。我又想起欧阳修挑张继《枫桥夜泊》的毛病,说是"句则佳矣,奈半夜非鸣钟时"。后来有人反驳他,说是姑苏一带寺院就是有半夜敲钟的习惯,你自己没去过那里,不了解情况。到了明清又出现另一种反驳,认为不管实际上有没有夜半钟声,"夜半钟声到客船"都是好诗,宋人的争议说明他们都不懂诗。欧阳修挑毛病确实挑得不对,但我同意前一种反驳,不同意后一种反驳。当我们读张继诗时,要是想到姑苏寒山寺当时从不在半夜敲钟,就会感到煞风景,这种对于自然真实的违反就是不合理的。理由放到后面去说。宋代诗人不仅挑前人的毛病,他们彼此间也挑毛病。据载苏东坡就挑过王安石"残菊飘零满地金"的毛病,云"秋英不比春花落,为报诗人仔细看",秋菊枯萎仍旧留在枝上的。王安石答云:"苏子瞻读《楚辞》不熟耳!"因《离骚》中有"餐秋菊之落英"句。其实,苏轼挑剔得对(一说挑剔者为欧阳修),王安石的反驳是强词夺理。《离骚》所谓"落英"要言衰谢之菊花(注家有解"落"为"始"的,无据)。退一步讲,即便偶有菊花落地,亦断无"飘零满地"之理,这种对自然真实的违反就是不合理的。至于明清诗话由于苏轼海南诗中有"漫绕东篱嗅落英"句,说是苏轼发现当初挑王安石毛病挑错了,这种杜撰就太没见识了。苏轼诗明明由陶诗及屈骚脱出,与"残菊飘零满地金"本无相干。

西方也有类似的讨论。比如说，在《歌德谈话录》中，歌德为论证"艺术可以违反自然"，他拿出17世纪荷兰著名画家鲁本斯的一幅风景画给爱克曼①看，问他看见了什么。爱克曼说看见了傍晚时农村生活的场景，有羊群，载着干草的大车、马匹，归去的农人，等等。歌德说：对，大致就是这些，可是你没有看出主要的。他又问：你看出光线是从什么方向投射的吗？爱克曼若有所悟，说是从正面，画面上的羊群、车、马，尤其是人物都在明朗的光线里，产生了非常好的效果。歌德又问：鲁本斯是用什么方法产生这种效果的呢？爱克曼说：他让明朗的人物显现在阴暗的背景上。歌德又问：这种阴暗的背景是怎么产生的呢？爱克曼答道：那是因为树丛向人物方面投来了浓重阴影……这时他才恍然大悟：原来光线是从两个相反方向投向画面的。"这是违反自然的呀！"他叫起来。可是歌德回答说："鲁本斯正是用这种方法显出他的伟大，显出他用自由的心灵超越自然，使自然符合他的更高的目的。"艺术家为了"更高的目的"竟让太阳从两个相反方向投向同一个地方，这种对自然的"超越"是合理的吗？我们别被歌德盛名吓倒，应当用自己的脑子想一想。

为论证同样的观点，歌德又举出莎士比亚《麦克白》为例。第一幕麦克白夫人怂恿其夫杀死国王时有句台词"我曾经哺乳过婴孩"，意谓只要是为了履行誓言她甚至可以对自己正在吃奶的孩子下毒手（麦克白曾发誓要杀死国王邓肯）。可是，到了第四幕，已经弑君篡位的麦克白派刺客杀了贵旅起义领袖麦克德夫全家，当麦克德夫听见这个消息又说了这样一句话"他自己没有

---

① 即德国文学理论家、诗人埃克曼。此译名从作者当时参考的朱光潜译本。——编者注

儿女",意谓他无法对他报杀子之仇。到底麦克白有没有儿女？歌德认为这无关紧要，不应在细节上斤斤计较，"对于一件本来是用大胆而自由的气魄创造出来的艺术作品，我们也应该尽量用大胆而自由的气魄去看它，欣赏它"。

歌德举的两个例子，说明他欣赏绘画和阅读文学作品都极精细，但他所表达的观点我却难以苟同。在我看来，歌德指出的是作者的失误。前者的失误还比较严重；后者的失误虽然属于细节上的疏忽，也是不应有的。作家不应有这样的违反自然的自由。

上面说明了意象之真（艺术真实）与物象之真（自然真实）有时差距很大，如李白"白发三千丈"、杜甫"黛色参天二千尺"；有时又必须严格相符，如王安石"残菊飘零满地金"便属于失误。那么，在什么条件下二者必须相符，什么条件下又可以违反呢？老实说，这很难解释清楚，多半是凭直感，而各人的直感亦不尽相同，因此往往出现争议。比如宋代一些论家认为李白、杜甫的上述违反不合理，我就觉得合理；歌德认为鲁本斯、莎士比亚的上述违反合理，我却觉得不合理。如果一定要从中归纳出一条规律，那么我说：对自然真实的违反只能是为了强化意象，而不能是出于疏忽或无知。"白发三千丈"，是李白在明亮如镜的秋浦水上照见自己的苍颜，感慨万千，因用这种夸张手法来表达他对国家前途和个人命运的无限忧愁，虽有违物象之真，却合乎意象之真；"霜皮溜雨四十围，黛色参天二千尺"是老杜寓情于景，一方面表达了他对诸葛亮人格的崇敬，同时亦是自己老境悲凉而心犹不甘的悲壮胸怀的抒发，违背物象之真正是为了强化意象。反之王安石、鲁本斯和莎士比亚作品中存在的矛盾显然是出于疏忽，便没有道理。

歌德所说"艺术可以违反自然",举的例子不对头,这话并没错。孙悟空大闹天宫,埃及的狮身人面像,都是艺术,那还不是违反自然吗?我们既可以说艺术可以违反自然,也可以说艺术必须忠实于自然,两种说法相反却都是可以成立的。一个真正的艺术家,既要有大胆而自由的气魄,敢于违反自然,同时又要懂得在什么情况下必须严格地忠实于自然。李白的"白发三千丈"固然是极度夸张,"杨花落尽子规啼"却又是多么准确啊!我就是因为李白这首诗,才注意到每年都是在杨花迷茫中子规(布谷)开始啼鸣的,这时总有一种万象复苏、生意盎然之感。

除了神怪题材和荒诞手法的作品,一般来说艺术真实与自然真实是相符的。在绝大多数情况下应该是相符的。但相符并不等于相同,艺术与自然永远是两回事,艺术品不是反映而是想象的产物。比如李白写酒"玉碗盛来琥珀光",岑参写雪"千树万树梨花开",杜牧写枫"霜叶红于二月花",均符合自然真实,但又不同于自然真实,因为都经过了作家的联想,即不是反映而是想象的产物。

没有想象,即没有人的感情的参与,仅凭对自然的如实摹写,是无法成为艺术的。晏殊的"无可奈何花落去,似曾相识燕归来"所以好,就在它写出了暮春时节那种莫可名状的惆怅,要是没有人的这种感情,只剩下"花落去,燕归来",那还有什么味道?当然,作家的感情并不是那么明显,有时是隐藏着的。比如冯延巳的"风乍起,吹皱一池春水",仅告诉你一个事实,这里边似乎并没有感情,可是我们读的时候却感受到一种初春的喜悦,这也就是作家写作时的感情了。没有感情,即没有想象,是连一首诗一首词也写不出的,更不用说小说剧本了。

"按照生活本来的面貌描写生活",这个现实主义艺术最基本的原则,曾经影响和帮助过许许多多优秀的作家,但事实上没有一个作家是真正做到的。这是一个好的原则,作家应当对自己提出这个要求,但完全做到既不可能,也不需要。把生活中的事实按照原来的样子写出来,只会叫人不知所云。事实上任何作家都只能写自己感受过、思考过和深切关怀的东西,并且在写作中必然要表达——虽然往往是不明确的——某种理想、信念和热情,也就是说他写出的东西必然要打上自己的印记,而并非生活中原来的样子。艺术真实与自然真实的关系只能是相符,而不能是相同。

亚里斯多德的名言"一切可以想象的东西本质上都是记忆里的东西"(《记忆与回忆》),我是同意的。无论多么奇特的想象,都离不开记忆,即离不开平时积累的知觉经验,也就是说离不开自然真实。任何民族的神和妖魔鬼怪,均无不是按照人或动物的模样想象出的。当代传奇中的外星人,也是按照人的模样想象出的。没有自然真实作依据,任何想象都将是不可能的;这个依据愈坚实,想象的天地就愈广阔。

就因为这个缘故,所以我在前面说"按照生活本来的面貌"云云虽然事实上做不到,但它不失为一个好原则,对作家有帮助。没有坚实的生活经验作基础,就产生不出创作的想象。比如我从没有参加过战争,若要我凭想象写部战争题材小说,怎么可能?别说一部小说,就连一个场面也写不出来。写农村题材的作品也不可能。我虽然到过农村,也参加过劳动,但时间很短,积累的感受和知识都很少。作家需要的生活经验,包括主观感受和客观知识,两方面都是不可缺少的。如果没有坚实的生活经验作基础而硬要去想象,那就非失败不可。我读过一篇叫《保姆》的小说,宣传自学成才,说是一个女孩在一个教授家里当保姆,暗自写了篇研究白居易的论文被教授发现(正巧那位教授就是研究白居易的专家),大为推崇,认为超过了自己云云。作者既不了解学术界情况,也不了解中国的教授是什么样子,连人们对教授怎么称呼都不知道。这种建立在无知基础上的"想象",只能是胡编乱造,一文不值。

但是,亚里斯多德的名言并不能视为艺术想象的定义,它只是正确地解释了问题的一面。"本质上都是记忆里的东西",固然不错,但它已不是按照原来次序,而是经过了重新组合的记忆。那么,作家根据什么规则把记忆中的东西重新组合起来呢?这种规则并不是什么客观规律,而是因人而异的主观激情。有了这种激情,作家才能把记忆中互不相干的东西联系在一起,或是把混在一起的东西分开,按照激情所指示的方向将它们加以组合,加以修改,从而创造出新的东西,它与记忆里的东西相符,却并不相同,这就是想象。如果没有激情,记忆要不是按其原来面貌在脑中浮现,便只能是无次序、无目的的胡思乱想,或者叫作消极想象。艺术构思是积极想象。

总之,想象固然依赖于记忆,但并非记忆的简单再现,更不是自然真实简单的再现。记忆本身便包含着主观因素(记忆是有选择的并带有主观的印记),而当作家把记忆中的东西重新加以组合时,则是受着激情(理想、信念、爱与恨等)的驱使。唯其如此,艺术想象才必然带有个性的标记,才是一种创造。作家的劳动并不是将原已存在的东西告诉世人。而是要给人世间增加点什么东西,并且这种东西只有他一个人能创造出来,别的任何人都无法代替。

第十二章　作家有一种不同于常人的思维方式吗？

中国古代文论主要是诗论，两汉以前基本上属于经学，论者都是经史家，其基本观点便是"诗言志"，即主张文学为儒家人伦教化服务。他们在论述中亦涉及"诗缘情"的特征，但主张"乐而不淫，哀而不伤"（孔子）、"温柔敦厚"（《礼记》）、"以道制欲"（荀子）、"发乎情，止乎礼义"（《毛诗大序》），总之因人而异的"情"必须受统一的"志"的制约。这样的文论，固然适合统治阶级的政治需要，却无法解释文学创作本身的规律，因此一经形成便不再发展，始终是个封闭的体系。

反之，魏晋以后自成体系的缘情论，不是政治家和经史家的诗论，而是诗家的诗论，它一开始就致力于创作规律本身的探讨，因此始终是个开放的体系。前面一章我们已经介绍了陆机《文赋》和刘勰《文心雕龙》中的想象论。这两位敢于冲破言志论藩篱的先行者，在披荆斩棘的开拓中不但发挥了高度智慧和大无畏精神，同时还表现出实事求是的科学态度。他们对创作规律进行了认真探索，道前人所未道，但并不认为自己把什么都讲得清楚了。陆机在《文赋》序中先就申明创作规律"良难以辞逮"，"盖所能言者，俱于此云尔"，我所能讲的就是这些了；在正文中讲灵感（"应感之会，通塞之纪"），在发了一通议论之后,结论仍旧是"吾未识夫开塞之所由也"。这是多么老实的态度!与言志论者的傲慢形成了鲜明对比。刘勰《神思》篇最后也有这样一段话:

> 至于思表纤旨,文外曲致,言所不追,笔固知止。至精而后阐其妙,至变而后通其数。伊挚不能言鼎,轮扁不能语斤,其微矣乎!

创作规律只能言其大概(那就是他所阐述的想象论),至于其中微妙之处和复杂变化,可以在实践中去把握,却谁也无法说清楚。

陆机和刘勰讲的都是老实话。创作的规律的确很难说清楚,难就难在它是属于人的感情领域的审美活动。有趣的是,凡承认这种规律难于认识的人,倒是都有些能给人启发的真知灼见。对创作规律的认识原是一个永远不会结束的过程。陆、刘的想象论已经勾勒出一个大致的轮廓,唐僧皎然《诗式》和司空图《二十四诗品》在某些方面又有进一步的阐述。南宋严羽《沧浪诗话》则承前启后,他对明清诗论影响之大超过了在它之前的任何著作。这里着重介绍其以禅喻诗的妙悟之说:

> 大抵禅道惟在妙悟,诗道亦在妙悟。且孟襄阳学力下韩退之远甚,而其诗独出退之上者,一味妙悟而已。惟妙悟乃为当行,乃为本色。

以禅喻诗,是因为禅与诗有着共同规律,那就是妙悟。所谓妙悟,首先是针对学力而言:孟浩然学问远不如韩愈,诗作得比韩愈好，原因即在他作诗不是靠学力，而是靠妙悟；比之佛教禅宗，即觉悟不假外求，不读经，不立文字云云。

可是，如何"悟"法，严羽主张先须多读古人作品，从《楚辞》、汉、魏、晋到盛唐名家都要熟读，尤其李、杜作品须"枕藉观之"。于是有人诘问：禅宗主张"觉悟不假外求"，"得无师之智"，你既以禅喻诗，为何又主张向前人学习？先说，禅宗顿悟并不排斥平时的修养，"先因渐修功成，而豁然顿悟"（《禅源诸诠集都序》），顿悟正是平时渐修的结果。中唐以后禅宗分南北，南宗重顿悟，北宗重渐修。严羽采取"妙悟"一词，我想他可能是有意回避"渐""顿"之争。再者，禅宗的渐修，所谓"慧念以息想，极力以摄心"，完全属于内心修养，是向内的，只有吴可所说与之相符："学诗浑似学参禅，竹榻蒲团不计年。直待自家都了得，等闲拈出便超然。"（《学诗诗》，见《诗人玉屑》卷一）而严羽所主张的渐修却是向古人学习，是向外的，此与禅宗不符，然而这正是他的高明之处。严羽自己讲得很清楚，他是"以禅喻诗"，"借禅以为喻"，并不是说作诗等于参禅。可是明清以迄当代都有人以禅道衡量严羽诗论，讥其为"野狐禅"，其实说者自己倒是可笑的。正因为严羽以禅喻诗而又不拘泥于禅，才能发挥如下精辟的议论：

夫诗有别裁，非关书也；诗有别趣，非关理也。而古人未尝不读书，不穷理。所谓不涉理路，不落言筌者，上也。诗者，吟咏情性也。盛唐诸人惟在兴趣，羚羊挂角，无迹可求。故其妙处，莹彻玲珑，不可凑泊，如空中之音、相中之色、水中之月、镜中之象，言有尽而意无穷。

平时须读书穷理，写诗时则要"不涉理路，不落言筌"，达到"羚羊挂角，无迹可求"的境界，这样才能创造出水月镜花那样可望而不可即的意境，产生"言有尽而意无穷"的效果。作者把学与才、理与情、实与虚、言与意的辩证关系讲得十分精到，而整个表述却又并未解开，反而增添了"别裁""别趣"即诗的神秘；正因如此，它才是符合实际的，才有助于我们了解艺术创作本身固有的奥秘。

若将严羽的以禅喻诗与西方的类似理论比较，其合理性就更显著一些。西方的类似理论，在古代文论中找不到，却能从现代美学理论中找到。我想到的是 19 世纪末到 20 世纪颇为流行的直觉说和无意识说，前者以克罗齐（B. Croce）和柏格森（H. Bergson）为代表，后者以弗洛伊德（S. Freud）和荣格（C. G. Jung）为代表。请注意，我说的是类似，并非相同。相差远矣！从方法上讲，严羽虽是以禅喻诗，却是从文学创作实践出发，即根据唐、宋诗所提供的正反两方面的经验提出其妙悟说的；而西方上述论家却是从哲学、心理学或精神病理学出发研究文学艺术，提出直觉或无意识说的。再从观点本身看，妙悟说主张"不涉理路"即反对"以议论为诗"，系就创作本身而言，但作为创作的准备却又主张读书穷理，并认为创作的结果自有理在其中（"唐人尚意兴，而理在其中"）；其所反对的是"理"的直露和径达，而非"理"本身。而西方的直觉说和无意识说，则是与理性根本对立的，用柏格森的话说，人类理性均受利害（功利）支配，而艺术所揭示的恰恰是被理性掩盖起来的"最内在"的实在，即"生命的冲动"（《笑的研究》）；至于弗洛伊德的"无意识"，更是与理性不相容了。再者，他们都把艺术释为纯主观的表现，而无视客观对主观的制约。严羽妙悟之说似乎也存在这个弱点,但严羽阐述的是创作过程,而不是像西方论家那样对艺术本质做解释。《沧浪诗话·诗评》中还有这样的话:"唐人好诗,多是征戍、迁谪、行旅、离别之作,往往能感动激发人意。"可见他是承认社会生活对创作的决定作用的,但这不是他讨论的重点。他所感兴趣的是创作本身的规律。简单来说,严羽妙悟说与西方直觉、无意识说均强调感性,强调主观,但严羽并不否认理性与感性的统一及客观对主观的制约(虽然这不是他讨论的重点),而西方论家否定这种统一和制约。比较起来还是严羽之说合理性多。

上述理论尽管存在弱点,但在文论史上却具有不可忽视的重要意义。严羽妙悟说是对儒家正统言志的背叛(这当然不是从他才开始的),西方直觉和无意识说则是对传统模仿说的背叛。如严羽所说:"虽获罪于世之君子,不辞也!"(《答吴景仙书》)这是需要很大勇气的。他们至少说明了创作不是说教(议论),不是模仿,而是另有其特殊规律。这种规律究竟为何?严羽曰"羚羊挂角,无迹可求",《传灯录》卷十七:"如好猎狗,只解寻得有踪迹底,忽遇羚羊挂角,莫道迹,气亦不识。"描述而不加解释。西方美学重在分析,对此是做出了解释的。如荣格在《心理学与文学》中就明确提出有"真实的思想"(reality thinking),有"幻想的思想"(fantasy thinking)或者叫作"前意识的思想"(fore conscious thinking),认为艺术乃是后一种思想的产物。这就涉及文艺创作存在一种特殊的思维规律的问题。我们不妨循此加以探索。

荣格提出"幻想的思想",实际是受了弗洛伊德《释梦》(1900)一书的影响。他认为梦和艺术创作都属于"幻想的思想",一件伟大的艺术品就像一个梦。弗洛伊德则说梦就像一件对生活加以"选择"和"精练化"的艺术品,其所呈现的不是一种思想,而是变幻成了一种能知觉的形象。他还说,如果我们把梦如实记录下来需用半张纸的话,对它做出解释和分析就要扩大六倍、八倍以至十二倍的篇幅。撇开他们的其他观点——如弗洛伊德用性欲释梦,荣格认为梦体现"集体的无意识"——不谈,如上所说梦与艺术创作的相似性是不无道理的。

根据我们自身的经验,梦境有别于现实,首先就在它的朦胧性,其所呈现的是画面和做梦人的情感。在梦中我们也思考,但总是同此时此地有关,而很难有系统的理性思考。梦境绝不会向人解释"这是为什么"或"这是什么意思";如果它真有什么原因和意义的话,那也要做梦人醒来之后加以思索才能了解。梦境虽属虚幻,有时却能从中看出比现实生活中更加真实的自己,所谓"赤裸裸的灵魂",往往在梦中暴露得更清楚,喜怒哀乐也似乎比现实生活中更加强烈或更微妙。非但如此,有许多在现实中根本不可能发生的事,如在天上飞,与古人或死去的亲友见面,等等,在梦中却可能发生,而且十分真切。再者,梦里的情节永远是"必要的",即总是省略了不必要的过程和细节;梦比现实精练(从时间上说),这是临床实验证实了的。以上所说,梦境相对现实实境所具有的朦胧性、形象性、(情感的)真实性、夸张性、虚构性和精练性,与文艺创作确有相似之处。谢灵运"梦得池塘生春草",李白"梦笔生花",后来更有许多写梦的小说和戏曲,现代诗人何其芳也写过《画梦录》——看来作家们也确曾从梦境受到过启发。

然而,文艺创作究竟不是做梦。二者之间的本质区别,首先就在于前者是积极的思维活动,而后者才真是无意识的、消极被动的思维活动。虽然说"日有所思,夜有所梦",但谁也无法决定自己今晚要做什么梦,梦中出现的人和发生的事也都是不由自主的,而且往往是不合逻辑的。将文艺创作视若做梦那样消极被动的思维活动显然与实际不符。不仅创作不是做梦,就连创作出来的梦亦与真正的梦不同。文学中写梦的作品很多,无不是经过作家精心结撰,用以表达某种意图。你看《红楼梦》第五回"贾宝玉神游太虚境,警幻仙曲演红楼梦"别的不讲,就说金陵十二钗,将大观园里的重要女子包括进去,各有诗曲歌咏,都是对主人公命运的暗示和评论,无一不是出自作家的精心安排。十二钗分正册、副册、又副册,贾宝玉先不看正册,却打开又副册,为什么?因为又副册上二人,先晴雯,后袭人,犹如正册上黛玉第一,宝钗第二;作者有意让读者产生这样的联想,以了解他对人物的评价,可谓用心良苦。再如车尔尼雪夫斯基《怎么办?》中女主人公前后做了四个梦,都是大段描写,虽然写得迷离恍惚,却又都有深刻寓意,作者通过梦境是要表现主人公思想觉醒的四个阶段,并借以表达自己的社会思想,绝非"无意识"或"前意识的思想"所能办。

关键在于,创作是无法排斥理性的。梦受无意识支配,作家创作却要受理性的支配。黑格尔说得好:"艺术家一方面要求助于常醒的理解力,另一方面也要求助于深厚的心胸和灌注生气的情感。"(《美学》一卷)两方面不可或缺。二者之间的关系,很有点像演员与角色的关系。演员有句行话,叫作"忘掉(演员的)自我",就是说要深入角色,这自然是对的。但有经验的演员都懂得,演员的自我其实是忘不掉的,也不能忘掉,如果真忘掉,那将造成可怕的后果。试想一下扮演奥赛罗的演员,难道真会在舞台上把苔丝狄蒙娜掐死吗？无论演员如何沉浸在角色的情绪里，演得多么逼真，演员的自我都是同时在起作用的，否则表演便无法进行。同样，作家在激情支持下驰骋想象时，亦始终需要黑格尔所说的"常醒的理解力"，否则创作将是不可能的事。

人之区别于其他动物，就在于有理性。其他动物有感情，没有理性。人的感情有别于其他动物的感情，就在于人的感情受理性的支配，因而它更高级、更深刻，也更复杂，绝非西方现代派普遍认为的那样仅是一种原始本能。直觉说和无意识说的谬误，其症结就在对理性的敌视。奇怪的是，长期以来，许多自命为唯物主义的理论家也在创作论中宣传反理性。我指的是形象思维论者。

形象思维之说由俄国别林斯基提出①，在世界文论中始终没有什么影响，然而在中国却特别走运，20世纪50年代以来经过三次广泛讨论，似乎已为理论界普遍接受（虽然对它的解释又存在很大分歧）。其实，无论从理论上还是从实践中看，这一说法都无法成立。

我们知道，人的思维是以概念（词）为基础的，而概念便是对事物属性的抽象，所以思维只能是抽象的。所谓形象思维（think in image），有人释为"在形象中思维"固然讲不通，朱光潜先生所说"用形象来思维"，也着实令人不解。形象，用中国传统说法就叫物象：日、月、山、川、花、草、鸟、兽、人、桌子、椅子……用这些东西来思维，这是什么意思？当作家开始构

---

① 朱光潜先生说形象思维的概念系18世纪（应为19世纪）中期德国人弗列德里希·费肖尔在《批评论丛》的一篇文章中最先提出（见《西方美学史》678页）。按弗列德里希·费肖尔（1807—1887）与别林斯基（1811—1848）同时代，而《批评论丛》系费氏晚年之作，当时别林斯基已过世，故知别氏提出此概念当在费氏之前。这是朱先生的偶然疏忽。——作者注

思时,脑子里浮现的可能是一幅画、一个场景,但你如何加以描绘呢?不用概念,难道你能把实物搬到作品里来吗?不但形象需用概念加以指实,形象与形象之间也只有用概念加以贯穿,并赋予某种意义。

谈到形象与概念,需要把形象化与形象思维分开,还要把概念与概念化分开。主张形象化,这自然是对的,意思是说作家思想感情要通过塑造艺术形象表达;主张形象思维则不对,因为形象本身是无法用来思维的。再者,我们反对概念化,即反对在文学作品中直接发议论和进行说教,这是对的;但不能反对概念,因为概念(词)是语言的基础,没有语言便没有思维,也就没有文学。反对概念化,正面的意思不外两点,一是主张形象化,一是强调感情的作用,都是对的;但必须懂得,无论形象的塑造或感情的表达都离不开概念。概念化的罪过并不在概念本身。

有人把所谓形象思维吹得神乎其神,说是作家的思维始终离不开形象,一旦离开就成了概念化(或曰抽象思维)。始终离不开具体形象,不能进行抽象,这种情况有没有呢?有的,但它不存在于人类世界,只存在于其他动物界。其他动物对世界的感知便是始终离不开具体形象,因此也就没有思维。人类脱离低等动物状态便是从对事物进行抽象获得概念开始的。概念是人类理性的开始,反概念的实质就是反理性。

创作不但需要概念,还需要判断和推理。李商隐《无题》的"春蚕到死丝方尽,蜡炬成灰泪始干",这不是判断吗?接下去,"晓镜但愁云鬓改,夜吟应觉月光寒",这不是推理吗?别林斯基的名言"哲学家以三段论法说话,诗人则以形象和图画说话"(《一八四七年俄国文学一瞥》),或云哲学家用逻辑思维,作家用形象思维。实际上，无论哲学家、诗人，还是别的什么人，说话（思维）都离不开三段论法，离不开逻辑，而形象和图画是无法用来说话的。作家情景交融的想象也都是合乎思维逻辑的。

在人们对形象思维做出的各种解释中，有一种说它属于认识的感性阶段，这也是似是而非的。不错，作家创作灵感主要来自在生活中获得的感觉、感知和印象，这些都属于认识的感性阶段。但一旦进行构思便离不开概念、判断的推理，而绝非仅是一些形象和图画在脑子里翻来覆去，要那样你连一首诗也写不出来，更不用说小说和剧本了。再说，文学作品固然以艺术形象取胜，理性思考即发议论亦在所难免。《安娜·卡列尼娜》一开始便说："幸福的家庭都是相似的，不幸的家庭各有各的不幸。"不是议论是什么？《战争与和平》中的大段议论，有人视为作品的赘疣，我初读时亦往往跳过，那是因为年轻时缺乏耐性，到后来重读时才发现它是作品有机构成部分，并且愈咀嚼愈觉得有味。再如拜伦《唐璜》，里边的议论更多。回想一下，似乎举不出哪部小说是没有议论的。鲁迅《祝福》开始便说"旧历的年底毕竟最像年底"，也是议论。莎士比亚和莫里哀的戏剧中也是有许许多多关于人性哲理、世态人情以至艺术理论方面的议论的。诗歌中也是如此。严羽说宋人"以议论为诗"，这顶帽子至今摘不掉，今人据此认定他们不懂"形象思维"。其实，唐诗中又何尝没有议论？就拿严羽特别推崇的李白和杜甫来说，他们诗中的议论就不少啊！李白说"天生我材必有用，千金散尽还复来"，又说"大道如青天，我独不得出"，难道不是议论吗？"锦城虽云乐，不如早还家"，也是议论啊！杜诗中的议论亦俯拾可得，如"世人皆欲杀，吾意独怜才"，"何时眼前突兀见此屋，吾庐独破受冻死亦足","安得务农息战斗,普天无吏横索钱",不胜枚举,皆出自名篇。再如普希金云:"假如生活欺骗了你,不要悲伤,不要心急,忧郁的日子里须要镇静。相信吧,快乐的日子将会来临。心永远向往着未来;现在却常常是忧郁。一切都是瞬息,一切都将会过去,而那过去了的,就会成为亲切的怀念。"整首诗均为议论,但却是好诗。文学作品中的议论不但存在,而且是普遍大量地存在。可见,问题不在议论能否发,而在你发什么和怎样发。无论发什么和怎样发,议论总是属于认识的理性阶段。

同哲学家和科学家相比,作家最需要的是激情、灵感和情景交融的想象。但正如哲学家和科学家往往也需要激情、灵感和想象一样,作家也是需要冷静的理性思考的。写一首抒情诗也许可以即兴一挥而成,要写一部小说或一个剧本一般都须经过反复推敲和惨淡经营,在这过程中要始终沉浸在激情、灵感和想象里,而没有理性思考的提示和监督,是根本不可能的事。形象思维论者有种近乎神话的理论,说是作家一旦造出形象,那形象就会推动作家不由自主地往前走,"形象自身的逻辑迫使你不能不那样写",不知发此高论的人自己可曾有过这种鬼使神差的经验?我虽不是作家,过去却也写过小说,根据我的经验,主人公的一言一行都出自我的精心设计,并经过反复修改,真是煞费苦心,哪有什么形象在背后推动?我的经验固不足为凭,那么我们就来分析一下论者所爱举的托尔斯泰写《安娜·卡列尼娜》的例子。有人给托尔斯泰写信,说他对安娜太残忍,最后竟让她卧轨自杀!托尔斯泰回答说:"你的话使我想起普希金的话:'达吉雅娜令我多么惊异,她竟出嫁了!'"意思是安娜的卧轨正如达吉雅娜的出嫁,原非作家本意。这个例子牵涉两个大作家,其实两个作家的话均不可信以为真。在我看来，达吉雅娜是普希金要她出嫁的，安娜·卡列尼娜则是托尔斯泰要她卧轨的，并且都是早有预谋的。《欧根·奥涅金》中一个重要的情节安排是，当达吉雅娜还是个纯洁的乡村少女时，曾主动向奥涅金求爱，却遭到奥涅金的拒绝和一番训斥；后来，达吉雅娜在绝望中嫁给了一个有病的老头，成了贵妇人，一次在社交场中与奥涅金邂逅，他又反过去向她求爱，又遭到她的拒绝和训斥。正是在这种反复中才显示出男女主人公的各自性格，可见达吉雅娜的命运是早有安排的，她非出嫁不可。《安娜·卡列尼娜》中的预谋就更明显，不知你们注意到没有：安娜与渥伦斯基初次见面即在火车站，当时就有个人卧轨自杀，当她坐上马车时便产生了一种不祥的预感，这预感既由渥伦斯基引起，又是由刚才那个卧轨自杀的人引起。这是一种暗示，是作家留下的伏笔。可见安娜的最后卧轨是作家早就安排好了的。须知作家有时是很狡狯的，你如果把他们的话当真，自己写小说也不去安排人物的命运而等待人物自行选择，那是很荒唐的。

人物命运的安排、情节的构成、语言的推敲以及作品整体的谋篇布局，都不经过冥思苦索，没有理性的参与，将是不可能的。西方有人用恋爱、疯狂、醉酒或梦幻来说明作家的创作经验。我没发过疯，但确曾醉过酒，做过梦，也恋爱过，你们大约也都有过这类经验。那样的兴奋、沉迷、飘飘然，而欲罢不能！类似情形在创作中也确实存在，那是当你在激情和灵感支持下"长上了想象的翅膀"的时候。没有这种经验的人是当不了作家的。但我敢说，在整个创作过程中这种时候是并不多的。作家创作的大部分时间不是处于感情支配下而是处于理性支配下，不是驰骋想象而是冥思苦索；尤其是提笔前的构思和写作中途又决定

做重大修改的时候,那是十分艰苦的,有时会达到痛苦的程度。没有这种经验的人同样是当不了作家的。托尔斯泰有次给朋友写信说:

> 我感到悲哀,什么也没写,痛苦地工作着。您简直想象不到,我在这不得不播种的田野上进行深耕的准备是多么困难。考虑,反复地考虑我目前这部篇幅巨大的作品的未来人物可能遭遇到的一切。为了选择其中的百万分之一,要考虑数百万个可能的遭遇,是极困难的!我现在做的正是这个。(1870.11.17《致阿·阿·费特》)

托尔斯泰在给家人和友人信中谈起创作时,总是诉苦的时候多。不了解这种情形,没有勇气承受构思中的反复和艰苦,而仅将创作视同恋爱或做梦一样轻松愉快和不自主的事,那是多大的误解啊!

本章内容大致分为两部分:前面着重讲创作活动本身具有的难以言喻的神秘性质,后面又反过来强调这种活动毕竟要受理性的制约。从横向加以归纳,则基本观点有二:

一、文学创作主要是感情的传达,它通常需要经过情景交融的想象,即塑造艺术形象来实现。但作家在创作中的思维活动,同样离不开概念、判断和推理。形象是无法用来思维的(除非动物),"形象思维"之说与创作实际不符,在理论上则是反理性的。

二、文学创作主要是感情的传达,而非议论或说教。但须注意的是,作家所传达的感情并非生物性的本能,相反真正优秀的作家所传达的感情均无不具有深刻的理性,此其一;文学主要不是发议论,但议论亦在所不免,作家除了感情活动外,他的理性思考有时也很难避免要在创作中表现出来,此其二;即使是处于最激动的审美想象中,旁边仍然有冷静的思考在起作用,否则构思将无法进行,此其三。这三点,说明了创作始终要受理性的制约,无视或否认这点,文学的思想性便无从谈起,而且在理论上是属于唯心主义的神秘论的。无论形象思维论者主观意愿如何,他们的主张的确具有这种性质。

不过,老实说,我虽然自认是个唯物主义者,也觉得文学创作的规律确乎有些神秘。认为事物本身存在某些难于认识的神秘性,与对事物做出神秘论的解释,是两回事。

第十三章　主题思想之难于表达

上章提到严羽《沧浪诗话》中的一句话："唐人尚意兴，而理在其中。"说得对，而且十分精辟，一句话便讲清楚了文学中感情与思想的关系。严羽反对以议论为诗，却并不反对"理"本身，而是主张"理"须寓于意兴即情感的表现之中。清代有个叫李重华的解释严羽这个意思有云："夫诗言情不言理者，情惬则理在其中。"（《贞一斋诗说》）"情惬"即严羽所谓意兴，感情表达得满意，"理"也就包含在其中了。不是先有个"理"再把它转化为感情，而是说作家所表达的感情本身便具有某种"理"即思想的含义。从这个角度说，思想与感情是一个东西。

人类感情之所以丰富多彩，奥妙无穷，就因为它永远是同深刻的思想分不开的。没有思想内涵的感情，就只能是对外界刺激的本能反应。挨一记耳光就叫，多挨几下就哭，给点吃的就摇尾巴，再多给些就欢蹦乱跳：这种"纯粹"的感情是动物的感情。西方现代主义鼓吹文艺无思想，是与人类文明的进程背驰的。没有思想就没有文艺。当然是指真正的文艺。如果蜗牛也能作画，计算机也能作诗写小说，那样的"作品"又当别论了。

文学总是有思想的，因此总是有主题的；主题就是作家通过作品所表达的（中心）思想。但是，某个作品的主题究竟是什么？要加以表述往往很难。我们常见的作品评价，总要介绍主题,"歌颂"什么、"批判"什么或是"深刻地反映"了什么,一目了然。这样的讲解,对于公式化的作品确乎适用,其实许多作品不用讲,只要看题目就知道它说的是什么了。而真正的文学作品,其主题绝不是那样容易讲清楚的。这是因为:一、它主要不是通过说理,而是通过严羽所谓"意兴"即艺术形象呈现的;二、它永远是特殊的,独一无二的。

恩格斯主张文学作品中作家的观点愈隐蔽愈好,它不应直接地说出来,而应从作家描写的场面和情节发展中自然地流露出来。这是个屡经引用的著名观点。原话如下:

> 我决不挑剔你没有写出一部纯粹社会主义的小说,一部像我们德国人所说的倾向小说,在它里面一定要表明作者的社会思想和政治思想。我完全不是这样的意思。作者的观点愈隐蔽,对于艺术作品就愈好些。(《给哈克奈斯的信》,约写于1888年)
>
> 但是我认为倾向应当是不要特别地说出,而要让它自己从场面和情节中流露出来,同时作家不必把他所描写的社会冲突的将来历史上的解决硬塞给读者。(《给敏娜·考茨基的信》,写于1885年)

所说观点和倾向,即作品的主题,恩格斯主张"隐蔽","不要特别地说出"云云,今天读来仍觉得新鲜,好像是针对我们的时代说的。我们的许多作家正如恩格斯所反对的那样,恨不能把一切都讲清楚,唯恐读者不明白,其实他的观点是读者早已知道的,所以更没有人愿意读了。哪怕是直接说教,你说出点新名堂也好啊！连说教也是千篇一律。近年情况大有好转，但过去长期留下的影响并未完全消失，恐怕相当长时间内还会继续存在，因而恩格斯的上述见解仍值得深思。

那么，是不是如恩格斯所说，作家只要把观点隐蔽在场面和情节之中就行了呢？当我们联系历史上许多杰出作家的创作实践加以思考时，就会发现问题并不那么简单，对于恩格斯的见解尚须做进一步的探讨。我觉得，恩格斯的话并非泛指所有的作家，而是针对一部分作家讲的。关于这点，再读读马克思和恩格斯于1859年分别写给德国剧作家拉萨尔的信，就更清楚。马克思对拉萨尔说："无论如何你必须更加莎士比亚化，可是现在你的主要缺点我认为是把个人作为时代精神的单纯号筒的席勒主义。"恩格斯也说："依据我对戏剧的看法，我们不应该为了理想而忘掉现实，为了席勒而忘掉莎士比亚。"所说席勒主义或曰席勒化，就是因为强调理想而忘掉现实，以至将作品中的人物当成传声筒。恩格斯认为席勒有这种倾向，拉萨尔的戏剧和"我们德国人所说的倾向小说"也有这种倾向，他奉劝这类作家"观点愈隐蔽愈好"。

然而，在多数情况下，不是"隐蔽"的问题，而是作家对于想要表达的观点自己就并不清楚。这就涉及上文所说主题的特殊性问题了。这里重复一下托尔斯泰的话：

> 须知任何一种文学著作的意义仅仅在于：它不像说教那样直接地教诲，而是向人们揭示某种新的、人们所不知晓的，而且多半是与广大读者所认为无可置疑的道理相反的东西。而这里正是没有的东西恰好成为必须的条件了。（1908年《致列·尼·安德烈耶夫》）

这个意思，托尔斯泰在晚年写给向他求教的青年的信中曾反复讲过，它把文学创作的动机、目的和意义都讲清楚了。所谓"新的、人们所不知晓的，而且多半是与广大读者所认为无可置疑的道理相反的东西"，正是作品的主题。托尔斯泰的构词是经过斟酌的："相反"前面有个限制词"多半"，而"新的、人们所不知晓的"则没有限制词，必须如此的。如果不是这样，如果文学作品的主题不过是重复人所共知的东西，这样的作品有谁愿读，作家又何苦要去写呢！须知作家只有当他内心产生某种新东西，才会激发起不可遏制的表达热望，才会有创作，他的作品也才可能有价值。岂止文学作品，理论著作又何尝不是如此？区别在于，文学作品的主题并非理论著作中的观点那样可以用推理方式表达清楚。否则，如果用推理方式就能说清楚，那又何必写诗、写小说？说不清楚，而又不能不说，所以才要写诗、写小说。

文学作品的主题不但写作之前说不清楚，写成之后也很难解释清楚。忘了是哪一位作家，当别人问他的作品是什么意思时，他说要回答这个问题是不可能的，除非再把整个作品重复一遍。虽然并非不可能，那也是极难的。20世纪50年代批评家们分析曹禺的《雷雨》，认为是"暴露大家庭的罪恶"，曹禺听了就很不以为然，他说他写剧本的时候从未想到这点。而我们的批评家却经常是这样分析作品的，曹禺的《雷雨》是暴露大家庭的罪恶，巴金的《家》更是如此，曹雪芹的《红楼梦》又何尝不可这样说？我奉劝同学们将来无论从事批评或教学，千万别对文学作品做这种简单化的主题分析，它除了败坏读者的口味，再没有别的作用了。

真正的文学作品，其主题思想正如作品本身一样，必是独一无二的，而且如前面所说，它不是通过直接说理，而是通过塑造艺术形象呈现的，因此只有对作品进行深入的审美探讨，才有可能加以阐明。这不是轻而易举的事，绝非一两句话能办到。清代桐城派作家姚鼐说学问分义理、辞章和考据，三者不可或缺，但各人治学路数不同，各有偏重。所谓义理，就是作品主题研究，谈何容易！它在整个研究工作中至少占三分之一的地位，而且又是同辞章即作品的艺术分析分不开的。关于这点，在批评论还将详细辨析。

过去文论中有所谓主观思想与客观思想之分，即认为古代作家创作的主观意图与作品表现出的客观思想往往存在分歧，后者高于前者；说是作家只要忠实于现实，生活本身的逻辑就能帮助他克服世界观的缺陷，作品的客观意义也就会超过他创作的主观意图。经常举巴尔扎克、左拉和托尔斯泰的创作为例。这种理论，实际是从前面讲过的"世界观与现实主义的矛盾"说引申的。这种理论对不对呢？首先，它是建立在对作家思想和文学主题的简单化理解之上的。比如，根据《安娜·卡列尼娜》的扉页题词"申冤在我，我必报应"，便得出结论——托尔斯泰创作这一小说的意图是要从宗教的观点谴责安娜；而认为小说的客观思想则是"指责资产阶级贵族集团的虚假和伪善"，对安娜却表示了同情。又如举左拉《卢贡家族的家运》，说作者的意图是要解释遗传性对人的影响，而作品的客观思想却"充满了强烈的政治热情"，等等。这种理论，乍一看似乎有理，实则似是而非。这是不懂文学的人说的话。它存在两个简单化。一是对作家思想的认识简单化。拿托尔斯泰来说，他的思想是极其深刻而复杂的，他一生都在对人生意义和社会前途进行思索，绝非基督教的观点所能囊括。他不但对"资产阶级贵族集团的虚假和伪善"

看得很清楚，对当时俄国教会的虚假和伪善也看得很清楚——这从《安娜·卡列尼娜》和《复活》中均可看出——有什么理由认为这些都是作品的"客观思想"，而不是作家的主观思想呢？有什么理由认为作家所写的与他所想的不一样呢？再如左拉，他所主张的自然主义，主要是从遗传学角度看待人的命运，这是事实；但同时他又是个坚定的共和主义者和民主派，曾为伸张正义和维护司法尊严而不顾个人安危写出《我控诉》，这难道不是事实吗？有什么理由认为只有遗传学观点才是他的主观思想，而"强烈的政治热情"则仅是作品呈现的客观思想？事实上，托尔斯泰的宗教观点和左拉的遗传学观点，在这两位大作家的思想中都不是占主导地位的，占主导地位的乃是他们各自以人道主义为核心的先进社会思想。恕不详析。

这种理论的另一弊端，是对作品主题的简单化理解。上面已经讲过，托尔斯泰对贵族虚假和伪善的不满，以及左拉强烈的政治热情，都不是什么作品的客观思想，而正是作家的主观思想。再者，将托尔斯泰《安娜·卡列尼娜》的主题归结为对"贵族的虚假和伪善"的揭露，将左拉《卢贡家族的家运》归结为"强烈的政治热情"之类，也是一种庸俗社会学的简单化理解。事实上，真正的文学作品，都并非抽象观念的图解，因为作家创作并非从抽象观念出发，而是从具体生动的感受和印象出发，他所想表达的思想是从感受和印象中生发出的，往往连自己也说不清楚。为了强调这点，下面再引歌德讲的一段话：

……他们于是来问我在《浮士德》里想体现的是什么观念，就好像我自己是知道而能够告诉他们似的。从天界起，经过世界到地狱，总算有些意义；但这不是观念，而是行动的一个历程。再者，恶魔打赌失败；一个人从重大的错误中不断挣扎出来，走向较美好的东西，是应当得救的。这思想是动人的，而对许多人来说，也是富于启发性的。但它并不是全部作品的基础观念，以及每一个别场景的基本观念。如果我能够把《浮士德》里所描写出来的那种丰富多样、极端复杂的生活，统统串连在一个贯穿一切的思想所组成的那根细弱的线索上，这倒是一桩妙事啊！（《歌德谈话录》）

在这段话里，歌德首先申明《浮士德》的主题（观念）是什么他自己并不知道。然后，他认为《浮士德》应该是有主题（意义、思想）的，并且做了一点分析——魔鬼打赌失败，人却从重大错误中挣扎出来走向美好的东西，因而得救云云——但接着又说这并非作品的基本主题（基础观念）。于是最后感叹自己无法找到那根贯穿全部作品的"细弱的线"，意思是说无法将整个作品所表达的思想归结为某个简单的观念。原因就在于作家创作既不是从观念出发——即不是为了表达某种观念才去写作，而且他们通常对于纯粹观念性的东西并不感兴趣。所以接着上面那段话，歌德还有一段表白：

> 总的来说，作为一个诗人，努力去体现一些抽象的东西，这不是我的做法。我在内心接受印象，并且是那类感官的、活生生的、媚人的、丰富多彩的印象，正如同一种活泼的想象力所呈现的那样。我作为一个诗人，是要把这些景象和印象艺术地展露出来，使别人倾听或阅读之后，能得到同样的印象。除此之外，我不该再做

旁的事了。(《歌德谈话录》)

歌德的经验是带着普遍性的,许多作家的创作谈中都有类似的话。作家创作总是有意图的,作品也必然具有某种思想意义(歌德是承认这点的),但它不是一种抽象的观念。当然,你要把它说出来——如果不是重复作品本身的话——便只能用抽象的观念加以表述。这是极难的。有的作家做过这种表述,有的作家如歌德便拒绝做这种表述。

所谓主客观思想的矛盾,无论对主观、客观的理解,都是简单化的,既不符作家亦不符作品的实际。正如不同意所谓世界观与创作方法之间存在矛盾一样,我也不同意主观思想与客观思想存在矛盾的说法。那些论家所指出的矛盾,既存在于作家的主观思想,亦反映在他们的作品之中。托尔斯泰既有宗教观念亦有对贵族生活虚伪的不满,左拉既有以遗传学论人的观点亦有强烈的政治热情;同时这些思想感情也都可以从他们的作品中看出,主客观之间并不存在矛盾。认为托尔斯泰的主观意图是要谴责安娜,仅仅由于忠实于生活,他的作品的客观思想——请注意并非作家情愿——才同情安娜;这种说法在我看来是十分荒谬的。而且,把托尔斯泰和左拉的创作意图分别归结为宗教观念和遗传学观点,将他们作品的思想归结为对贵族虚伪的揭露和强烈的政治热情云云,亦未免简单得近乎儿戏了。遗憾的是这种苏式分析法至今仍然十分流行。

在我看来,所谓作品的客观思想,实际上是根本不存在的。就拿李白和杜甫的诗来说,宋人有宋人的看法,明清人有明清人的看法,我们今天又有新的看法,并且同时代人彼此间也有分歧，各人都以为自己的看法符合作品实际，请问作品的客观思想究竟应以谁的看法为准？你认为作家主观思想与作品客观思想有矛盾，所谓客观思想不过是你自己对作品的看法罢了！我们怎能那样傲慢，竟将自己的看法视为最后标准？焉知后世不会反驳我们，正如我们反驳前人一样？须知文学作为一门艺术，其本质特征是审美，而审美必然包含主客观两方面的因素，从创作角度说如此，从鉴赏角度说也是如此。因此，对同一作品，每个时代、每个人都有权做出自己的判断，但谁也无权将自己的判断视为最后的标准。人们对优秀作品的认识乃是一个永无穷尽的过程。

所谓主客观的矛盾，如果不是指作家与作品之间，而是指作家意图与读者感受之间，那么这种矛盾（或不一致）显然是存在的。李商隐名句"春蚕到死丝方尽，蜡炬成灰泪始干"，原是表白恋情的执着，今天我们用来形容鞠躬尽瘁为人民服务的精神，与诗人原意不符，但却是合理的；再如白居易名句"野火烧不尽，春风吹又生"，原是以春草起兴，抒发与友人离别之情，今天我们用来形容压不倒、扑不灭的革命意志，亦与原意不符但也合理。这类例子多得很，均说明读者对作品的感受可以与作家原意不符。但我们绝不能将自己的感受说成作品的"客观思想"。我又想起肖洛霍夫的《静静的顿河》，内容是描写十月革命后在顿河沿岸建立苏维埃政权的艰巨历程，主人公却是个白匪军官，因此围绕作品主题与主人公的评价在苏联评论界争论了几十年。肖洛霍夫自己在临死前不久却说，"我只想写出人的魅力"，此与批评家们所说"历史复杂性"啦，"富裕中农的动摇性"啦，都显然不合。我们有什么理由认为只有批评家所说才是作品的客观思想？这种分歧不但存在于作家与读者之间，同时还存在于读者彼此之间，因此所谓客观思想就更无从判断了。

正如作家对于生活的审美是因人而异一样，读者对于作品的审美也是因人而异的。审美感受不同，认识也就不同，所以我在去年举行的一次李白研讨会上讲过一句话："人人心中都有一个自己的李白。"但差异性不等于任意性，我心中的李白与你心中的李白可能不一样，但毕竟都应该是李白。如果李白在你心中成了杜甫，到我心中又变成王维，那就不行。也就是说，审美主体毕竟要受审美客体的制约。西方有所谓接受美学，说审美不是由作家，而是由读者完成的，不无道理。但我总疑心他们是把两个东西混同了。一个是以生活为客体的审美，这显然是由作家完成的。作家的审美一旦完成，即写出了作品，这作品又成为审美的客体，对这客体的审美自然是由读者完成的。二者之间肯定存在差异，但后者毕竟要受前者制约；关于这点在批评论部分还要详细地讲。

无论作家与读者的分歧还是读者彼此间的分歧，归根结底是因为人是因人而异的。"文学是人学"早已成为我们的一句口头禅，遗憾的是说这种话的人往往未透彻理解其中的含义。

本章反复强调主题之难以表达，系针对创作中的"主题先行"而发。主题先行，即先将主题确定，要歌颂什么或揭露什么，然后再去"体验生活"，找素材，造人物，编情节……这才是概念化的真正根源，亦是创作的致命伤。主题先行作为一种主张已受到批判，在实践中却远未绝迹，有朝一日是否还会重新盛行亦未可知。说穿了，这是一种不诚实的行为。对于一个诚实的作家来说，只有当他在生活感受中发现了某种别人所不知道的新东西，强烈地感动着他，不表达出来便不得安宁，而又无法用说理方式表达，这时才会产生创作的激情；这个新东西便是创作的主题。它不但不是先验的，而且在作品写成之后也很难讲清楚。

或曰：你讲的都是根据过去时代作家的经验，对于我们今天的作家未必适用。我说：在艺术规律面前任何人也不享有特权。社会主义时代的作家，其优越处在于具有先进的世界观，在于他是自觉地把自己与时代以及广大群众的命运紧紧联系在一起，具体讲就是要为社会主义服务，要为人民服务，这是毫无疑问的。问题在于，这种理想、信念和情操，不能停留在口头上，而必须融于畅流不息的血液中，成为一种感情，一种本能；到那时，虽然你是沉浸在生活的感受和印象之中，由此出发进行创作，你的作品必然会体现出社会主义的理想、信念和情操，而又具有你自己的个性标记。只有这样的作品对于读者才不是说教，才能被读者接受，从而起到为社会主义和为人民服务的作用。反之，如果只是在口头上玩弄革命的词句，不是从真实感受出发而是从先验的主题出发，那就只能写出彼此雷同的作品，这种作品不仅在艺术上一文不值，在思想上也不会发生任何积极的作用。

当代中国文学已进入充满希望的时期，在今后的发展中必然面临两方面的斗争，即既要彻底摆脱公式化的束缚，又要抗拒反社会反理性的现代派思潮的引诱。前者是根深蒂固，后者则是随着开放政策的实行由西方传入。二者似乎是相互依存，交替消长：反对公式化，于是一些效颦于西方现代派的格调低下的作品纷纷出笼；反对盲目模仿西方，于是又有人出来指点应该写什么和怎样写，势必又要回到主题先行的公式化老路。而真正的大勇者，是有理想、有信念和具有高尚情操的人，对生活和艺术都持有独立见解的人，他们既毋须窥测风向，亦不屑于赶浪头，而是脚踏实地地走自己的路。这样的大勇者一定会愈来愈多，中国文学的未来属于他们。

第十四章　论永恒主题（上）

文学中是否存在永恒主题？这曾是引起争论的问题，涉及对历史上优秀作品均能超越民族、时代、阶级的局限而引起普遍共鸣这一事实如何认识。持否定回答的人认为，优秀作品所以能引起普遍共鸣，仅仅是或主要是由于艺术上的原因。这显然不符合事实。事实上，思想和艺术在作品中是一个东西，离开思想的艺术，犹如离开艺术的思想，在文学中都是不存在的。苏联纺织女工读《安娜·卡列尼娜》而流泪，是因为同情主人公安娜的命运，而安娜命运的安排不仅取决于作家托尔斯泰的艺术，同时也取决于他的思想；甚至更重要的是取决于他的思想，至少从读者角度看问题是这样。一般说来读者关心的不是如何表达，而是表达的什么。李煜词"问君能有几多愁，恰似一江春水向东流"，深深打动我们的是作家表达的思想（感情），至于他是采取什么艺术手段，一般读者是连想也不去想的。文学作品以情动人，也就是给人以某种思想启迪。可是有的人很虚伪，他读李煜词明明产生了思想感情上的共鸣，却不敢承认或羞于承认，偏要说他仅仅欣赏李煜的艺术。

所谓永恒主题，就是使历代人思想感情上产生共鸣的那种东西，它在文学中不仅存在，而且是普遍存在的。认识这点对于继承文学遗产固然重要，对于创作实践同样重要。现当代许多作品所以缺乏生命力，如昙花一现，固然有艺术上的原因，在我看来更重要的还是思想上的原因。谌容的《人到中年》名噪一时，在当代小说中的确是一篇优秀作品，女主人公的形象很感人，将那个"马列主义老太太"和两个出国的中年知识分子作为陪衬，构思也很精巧。它赢得许多人的眼泪，是由于真实地表达了当代知识分子的悲哀。悲哀何在？关键在物质待遇太低，生活太艰苦。老实说，我虽然比较喜欢这篇作品，但却怀疑它的生命力，随着物质待遇的逐渐改善，人们对它的兴趣也就会逐渐淡薄以至消失。《人到中年》是个极好的题目，问题在于作者未能从她所写的题材中发掘更加引人深思的具有永恒意义的东西。古代许多作品离我们数百上千年，读起来仍觉得新鲜，而一些现当代作品刚问世几十年甚至只有几年便显得陈旧，再没有人读，这和作品主题的生命力是大有关系的。

然而，所谓永恒主题，不是抽象的，而是具体的。李白的诗歌、莎士比亚的戏剧、托尔斯泰的小说，其所表达的主题均具有永恒性，同时又具有各自民族、时代、阶级和个性的鲜明特征。文学就是这样一种奇怪的东西：愈是独特，也就愈有普遍性。正因为李白、莎士比亚、托尔斯泰都具有不可重复的独特个性，他们的作品才受到属于不同民族、时代、阶级的读者的普遍喜爱。总之，文学中的永恒主题不能离开历史具体性，真正优秀的作品所表达的主题必然是二者的统一，它既能使人看出特定的民族、时代、阶级和个性特征，而又能引起属于不同民族、时代和阶级的人的普遍共鸣。

历来优秀文学作品，其主题无不具有永恒性与历史具体性统一的特征。这种主题范围极广，可以说无处不在，而又是绝无雷同的。每一部作品都有它自己的主题，彼此是不会重复的，除非抄袭。文学作品的个性和价值主要就取决于其所表达的主题。

但是，如果我们把文学主题归纳为若干种类，则是可能的。这里，我想到两种主题最具有普遍性，也最容易超越民族、时代和阶级界线，一是人生苦短，一是男女爱情。道理很简单：人都是要死的，谁也逃不了；再者，男女要相爱，"饮食男女，人之大欲存焉"。物质生活饮食最重要，精神生活男女最重要，谁也缺不了。

需要说明的是，文学中的这两类主题，从来不是纯粹的。人生苦短，往往和社会生活中的特殊感受有关，并且是受作家的人生态度和信念支配的；而爱情主题除了和社会生活的联系，其本身又总是同伦理观念交织在一起。历史经验证明，真正具有永恒价值的大作品（对于抒情诗人则需要把他一生的作品视为一个整体），总离不开这两类主题，或含有其一，或兼而有之，完全与这两类主题不沾边的作品是很难举出的。当然，再强调一遍，两类主题的表达都必然具有历史具体性，并且要显示出作家的个性。主旋律基本相同，但毕竟各有各的调子。否则，如果大家都是弹同一个调子，不断重复，彼此雷同，那还有什么价值？而真诚地用自己心灵歌唱的作家，是根本不用担心和别人雷同的。

过去一提人生苦短，就斥之为颓废情绪，认为只有剥削阶级饱食终日无所用心才会产生这种情绪，劳动人民则终日劳动，哪有工夫去想这些！说这种话的人自己固然不是劳动人民，并且也不了解劳动人民。就拿封建时代来说，劳动人民不掌握文化，绝大多数作家都属于统治阶级，这是事实。但这并不证明劳动人民就没有人生苦短的感叹。下面举一首汉代的乐府：

青青园中葵，朝露待日晞……百川东到海，何时复西归？少壮不努力，老大徒伤悲！（《相和歌辞·长歌行》）

　　最后两句叫人及时努力，免得老大伤悲。"努力"做什么？是努力学习，努力工作吗？当然你可以这样去理解，但原意并非如此。《乐府解题》曰："古辞云'青青园中葵，朝露待日晞'，言芳华不久，当努力为乐，无至老大乃伤悲也。"可见"少壮努力"乃及时行乐之意也！思想境界并不高，可仍不失其为好诗。文学原不是为了唱高调，只有真情实感才能打动人，这首诗就曾经打动并且影响过后世许多人。比如曹操《短歌行》："对酒当歌，人生几何。譬如朝露，去日苦多。"再如李白《将进酒》："君不见，黄河之水天上来，奔流到海不复回。君不见，高堂明镜悲白发，朝如青丝暮成雪。人生得意须尽欢，莫使金樽空对月。"其主旨均与乐府《长歌行》无异，但感情更为浓烈。感情浓烈，是由于对人生感受得深，故感人也深，千载之下读之仍不禁为之唏嘘。这样的作品怎能斥之为颓废，怎能说只有剥削阶级才会有这种感情？再过一千年，当世界上已不存在剥削阶级时，这样的诗也照样有人读，读了之后也照样要受感动的。

　　宇宙的永恒与人生的短暂，乃是任何人都必然面临而又始终无法克服的矛盾。如果有谁说他在这种矛盾面前从不感到苦恼，要不是虚伪，那就是感觉迟钝了。宗教徒也许没有这种苦恼，因为还有天堂或来世在等待他们。唯物主义者不能没有苦恼。我们中国人都是天生的唯物主义者，这是由孔夫子开始的传统。孔子"敬鬼神而远之"，就因为他并不相信鬼神；不相信又不敢公开讲——当时没有宣传无神论的自由，所以才采取"不语"和

"敬而远之"的手段对付。照我看孔夫子就是无神论者，他一生言行以及由他开始的儒家文化均可为证。后世文人当中虽然许多人信道信佛，但真正虔诚的教徒并不多，绝大部分人骨子里主要还是信儒。和别的民族相比，我们是个宗教观念十分淡薄的民族，应该说这是个优点。因此，我们对现实人生的感受也比别人更真切，文学中关于生命苦短的咏叹也比别人更多，这是最合乎人性也最具有永恒价值的咏叹。当然，不是说所有这类咏叹都具有同等价值。

《古诗十九首》有云："人生不满百，常怀千岁忧！"似乎很愚蠢，所以曹丕《善哉行》说："人生如寄，多忧何为？"这是一种无可奈何的情绪，其实仍然是忧。对于这种矛盾谁也无可奈何，所以这类咏叹才成为永恒主题。但是，最能打动人的咏叹，总是出自那些热爱生活并对人生采取积极态度的人。上面已谈到的曹操和李白便是这样的人。曹操是个大政治家，他的一生都奉献给了治国平天下的事业；李白虽没有实际的政治才能，却也是始终以天下为己任的。这两个人，都是胸怀大志并且不断地去追求，也许正因为如此，他们对人生的悲哀感受也最深，诗中生命苦短的咏叹亦最多。下面对他们的这类作品略加分析。

曹操《短歌行》，一开始便由衷地唱出生命苦短这个永恒的悲哀，紧接着便说："慨当以慷，忧思难忘。何以解忧？唯有杜康。"忧思，指现实功利追求中的种种困扰。人生本来短促，何况又有许多无法摆弃的困扰！此即"人生不满百，常怀千岁忧"之意。然而曹操是用"慨当以慷"的高亢调子唱出的，他的忧思也就显得比别人更深沉了。这类歌咏，总是归结到及时行乐，以酒解愁，为什么？因为矛盾解决不了，只好忘却。说是忘却，实则忘却不了。鲁迅先生写《为了忘却的记念》，实际上就因为他没有忘却,想忘却但无法忘却。有的事也许可以忘却的罢!生命短促并且充满困扰,这个悲哀却永远无法忘却,直到生命结束。正视人生的这种悲剧性,敢于向它挑战,曹操正是这样的大勇者,所以诗的最后说:"山不厌高,水不厌深。周公吐哺,天下归心。"明知生命有限,在有限的生命中仍要积极追求,不停地追求!再如《步出夏门行·龟虽寿》:"神龟虽寿,犹有竟时。腾蛇乘雾,终为土灰。"神龟比人之寿,腾蛇比人之才。一个人无论活多久,才干有多大,到头来一切都将化为乌有,这是多么严酷的现实啊!可是接着便说:"老骥伏枥,志在千里。烈士暮年,壮心不已。"人并不因为生命有限便停止追求,相反正因为认识到这点更要积极追求。曹操追求的目的很明确——统一天下;他基本上达到了这个目的,并且履行了自己不称帝的诺言(他那个帝号是由儿子追认)。我很同意鲁迅先生所说,曹操"至少是个英雄"。曹操的悲调是英雄的悲调,只有英雄才能唱出他那样的悲调。

在人生舞台上李白扮演的是另一类角色。曹操是胜利者,他是失败者。然而他唱出的悲调却比曹操更加昂扬,这真是艺术中的奇迹,亦是人生的奇迹。究其所以,关键在于他的人生态度始终是积极的,而他对当时的现实又是十分悲观的,正是理想与现实冲突所激起感情波涛,使他的作品普遍呈现出忧郁而愤怒的情调,具有比曹诗更大的悲剧力量。我在20世纪50年代发表的论文中便指出:李白诗中有两个最常见的基本主题,一是怀才不遇,一是人生若梦;后者是前者的升华。当然,李白人生若梦的抒情,并不永远是和政治上的怀才不遇联系在一起的。比如那篇《春夜宴桃花园序》,文章写得清新流利,关于浮生若梦和及时行乐的吟咏,不过是《古诗十九首》中"人生天地间,忽如远行客"及"昼短苦夜长,何不秉烛游"云云的发挥,并没有多少现实人生的感受,因而感人的力量也是不大的。这类吟咏在前期诗中也能举出几首,都显得比较肤浅。可是,当诗人离开长安宫廷之后,由于高昂的济世理想已经在现实面前碰得粉碎,而他又仍然无法放弃这种理想,并且仍然是那样自命不凡,因此这时发出的人生若梦和及时行乐的歌咏,便以排山倒海之势震撼人心。诸如"五花马,千金裘,呼儿将出换美酒,与尔同销万古愁"(《将进酒》),"人生达命岂暇愁,且饮美酒登高楼"(《梁园吟》),"人生飘忽百年内,且须酣畅万古情"(《答王十二寒夜独酌有怀》),"蓄积万古愤,向谁得开豁"(《赠别从甥高五》),以至"处世若大梦,胡为劳其生?所以终日醉,颓然卧前楹"(《春日醉起言志》),均使人感到一种到了绝望地步的悲哀,却又并不使人觉得消沉颓废,反使人振奋,使人更加热爱人生。悲中有豪,豪中有悲,悲豪交织,悲感至极而以豪语出之。这一独特个性,即使从一些以歌咏自然景观为主的作品中也很容易觉察,归根结底它是由诗人的人生态度和社会经历所决定。可是,即使是对李白生平思想毫无了解的人,也能从他作品中深深感觉到人生的悲哀,一种既令人同情又令人陶醉的悲哀。

以上举曹操和李白为例,要为辨明悲哀不等于悲观,更不等于颓废沉沦。我真的怀疑,如果人生没有悲哀,大家万事如意,到处莺歌燕舞,还会不会有文学。苏联战后到20世纪50年代初期,文学界流行"无冲突论",但文学中是不可能没有冲突的,于是就出现了"好的"与"更好的"之间的冲突。比如有个剧本叫《曙光照耀着莫斯科》,便是写生产花布与生产更好的花布之间的冲突。再如当时苏联农村许多农民在饿肚子,可是文学中的农村却充满鲜花和歌声,"冲突"亦不过插科打诨。这类粉饰现实的作品都是虚伪的，其所反映的并非真实的人生，因此也不是真正的文学。人生有悲哀，即便到了共产主义社会也不会变的。而在人生的各种各样悲哀之中，最大莫过于生命短促了，并且别的悲哀都离不开这个大悲哀。试想：如果生命就像头上的太阳和月亮一样，今天陨落明天还会重新升起，周而复始，永不消亡，失去的东西还能重新获得，人生还会有什么悲哀呢？没有悲哀，也就不会有欢乐，那时人类将变得像石头一样麻木不仁，自然也就不会有文学了。因此，生命苦短不仅是文学中一个常见的主题，而且是其他许多主题的母体，或不妨把它叫作母体主题，下面将就此再做进一步辨析。

生命苦短，即表达宇宙永恒而人生短促所必然产生的悲哀，如果仅将其视作普通的文学主题，那么这样的作品是并不很多的——诗歌中多，小说和戏剧中却很少。但如果将其视作母体主题，那么这样的作品无论诗歌、小说或戏剧中都是非常之多的了。原因就在人生免不了悲哀，而各种悲哀都离不开生命短促这个大悲哀。有的作家意识到这点，有的没有意识到或有意回避，因此这个母体主题在不同作品中或隐或现。无论隐现，它总是存在的。

《红楼梦》中这一母体主题便很显著，从第一回所说《石头记》这个题目，以及第四回所透露的整体构思，均可清楚看出。再如，第五回中贾宝玉神游太虚境，见到一匾："幽微灵秀地，无可奈何天"，进了此屋，警幻仙子为之曲演《红楼梦》；共十二曲，每曲暗合一钗，结尾又有一曲题为《飞鸟各投林》，其词云：

为官的家业雕零，富贵的金银散尽，有恩的死里逃生，无情的分明报应，欠命的命已还，欠泪的泪已尽……好一似食尽鸟投林，落了片白茫茫大地真干净！

人间的贵贱、恩怨、悲欢……终将消散，"落了片白茫茫大地真干净！"这就是曹雪芹回首往事时的心情，是他对于人生的总的审美感受和认识。联想起贾府往日的繁华，大观园中那些鲜艳妩媚、袅娜风流的少女，以及人们之间千丝万缕的联系和纠葛，这句话包含着多么深沉的感伤啊！但由于作家是用审美眼光看待已逝的一切，因此从他的感伤中又能品味出某种使人感到慰藉的甘美。《红楼梦》中写了许多人的悲剧命运，许多"美的毁灭"，许多小悲哀；而所有这些小悲哀又汇合成一个大悲哀，那就是"落了个白茫茫大地真干净！"须知曹雪芹本是个痴情种子——这种性格当然是从贾宝玉身上看出来——最怕听"天下没有不散的筵席"这类话，可是"飞鸟各投林"终成事实，其悲哀可见，所以非写小说不可。有人说《红楼梦》是历史小说，有人说它是爱情小说，均无不可。可是别忘了作家对于人生的形而上思考，别忘了压在他心上并唤起他创作激情的大悲哀。这从作品题目、总体构思、人物命运处理以至具体的描写、人物对话、诗词曲内容，都可以看出来。

这种母体主题，即对于人生的形而上思考，在歌德《浮士德》中也是很明显的。主人公浮士德性格的基本特征就是永不知足，即便在同魔鬼订立契约，到"小世界"（爱情）和"大世界"（政治、事业）中享受了种种欢乐和经历过种种曲折之后，仍不知足。当他在"最高的一刹那享受"中唤了声"你真美呀，请停留一下"，生命也就此结束。人生需要不断追求，这固然是积极的。但生命毕竟有限，这种追求也就注定只不过是个过程而已。浮士德虽然活到一百岁，又得魔鬼之助，但终于并未达到什么目的（虽然作品最后加了个光明的尾巴）。他的性格和命运都带有浓厚的悲剧色彩。关于这点，歌德在1826年第二部第三幕（《海伦幕》）单独发表时有段自白，他说他的作品"是表达这样一个人物，他在一般人世间的限制中感到焦躁和不适……哪怕是最低限度地满足他的渴望，都是难以达到的；是为表达这样一个精神，他向各方面追求，却越来越不幸地退转回来"。主要强调浮士德性格和精神的悲剧性。话说回来，这种自强不息、永不知足的性格和精神，又是积极的和值得赞美的，在任何时代这种人都是推动历史前进的动力。浮士德的悲哀属于谁也无法逃避的永恒悲哀，而不是由于他本身的弱点和过错所致；《浮士德》这部作品的深刻性和永恒魅力也正在这里。

此外，如托尔斯泰《战争与和平》、屠格涅夫《父与子》、巴尔扎克《欧也妮·葛朗台》以至罗曼·罗兰《约翰·克利斯朵夫》、海明威《老人与海》、马尔克斯《百年孤独》……从中都可以找出上述主题的有力证据。可以说，凡是具有深刻思想，能够超过时空局限的优秀作品，或多或少，总是同上述永恒主题有关联的。虽然每部作品各有各的主题，并且各有其历史具体性，《红楼梦》与《浮士德》、《战争与和平》与《百年孤独》，彼此民族、时代和作家个性都距离得非常之远，但各自作品的主题都离不开上述母体主题。凡是思想深刻的作家，当他在纷纭复杂的现实生活中有所感受和进行反思时，不能不对人生做形而上的思考，并且由这个角度去理解他所写的人物的命运。《易·系辞》有云："形而上者谓之道，形而下者谓之器。"应用于人生，那么我们可以说，现实中的种种具体现象，包括各人的活动以及彼此间的关系等等,都是"器";而这些现象所由产生的原因及其发展变化的规律性,便是"道"。在我看来,我们现当代作家就是形而下的东西太多,而缺乏对人生的形而上的思考。如果对人生做形而上的思考,虽然各人想法和态度不同,都不能不涉及生命短促这个永恒的苦恼。

本章所阐明的观点,很可能招来感情颓废和宣扬悲观主义的恶名,这在我自己是无所谓的。俗话说得好:要听蜥蜥蛄叫,就别种庄稼了。

可是,为避免观点本身被误解,还需要进一步加以说明。我敢说,凡是优秀的作品,上述主题的表达所引起的主要是庄严感,而不是颓废感;它不会使人厌弃人生,反会使人珍惜和热爱人生;不会使人腐化堕落,反会使人的心灵受到陶冶,平庸的变得高尚,肤浅的变得深刻。比如前面所举曹操和李白的诗、曹雪芹的小说和歌德的诗剧,便都有这样的积极作用。认识到人生的悲剧性,并不排斥对人生的积极追求。不但不相排斥,而且事实上愈是对人生有积极追求的人,对人生的悲剧性感受就愈深。这种感受不会使追求停顿,却能起到净化心灵的作用,使人比较容易看透人世浮华和世俗利益,去追求更高尚的目的。如浮士德死前所说:

> 我在地上的日子会有痕迹遗留,它将不致永远成为乌有!

实际上这也是作家歌德的心声,而且他是实现了这个愿望的。虽然这位伟大作家已死去一百多年,他的思想性格和智慧却随着他的作品遗留下来，并将永远流传下去。历史上许多伟大作家，都是深深感到生命短促的悲哀，为了使有限的生命留下永久的痕迹，要把他自己，把他所经历和感受过的人生告知后世，才发愤写作的。我们中国古人，把"立言"看得比什么都重要，就因为这是延续生命的唯一可能的方式。任何创造性劳动都能在人类历史上留下痕迹，但文学留下的痕迹最容易从中看出创造者的个性。

文学具有的这种永恒价值，对于创造这种价值的作家本身是毫无意义的。"屈平辞赋悬日月，楚王台榭空山丘"，那是李白感觉到的，屈原自己已经感觉不到了。"李杜文章在，光焰万丈长"，那又是韩愈感觉到的，李白和杜甫自己已经感觉不到了。作家所追求的正是这种对自己并没有意义的永恒价值。曹雪芹最可佩服，穷愁潦倒中写《红楼梦》，既无名可图，更无利可得，而且作品注定只能在身后流传，他却"披阅十载，增删五次"，终于留下这部传世之作。后世多少人凭借这部作品成名，发财，拉帮结派，说昧心话以至弄虚作假啊！同这些人相比，曹雪芹高尚多了。近代西方和俄国作家虽然有稿费又有现实名声，但其中的杰出人物所追求的主要并不是这些东西，而是自己作品的永恒价值。比如托尔斯泰，他的愿望便是若干年后的青年还会对自己的作品感兴趣，并因为读了自己的作品更加热爱生活。总之，关心自己作品的永恒价值正说明作家的无私品格，真正的作家都具有这种品格。

第十五章　论永恒主题（下）

　　人生悲欢，最大的悲哀是生命短促，最大的欢乐便是男女相爱了。你若不同意这个命题，认为理想和事业的追求更重要，尽可保留自己的意见，并且我要真诚地对你表示尊敬。不过，就一般情况而言，两性关系乃是"人与人之间最天然的关系"，这是马克思的话；作家歌德则认为男女相悦是"我们人性中至圣至神"的感情，这大概不会有人提出异议的罢。当然，这种最天然的关系和至圣至神的感情无论在生活中还是文学中，也都是既有永恒性又有历史具体性的。

　　还是先从我们的老祖宗谈起。

　　饮食男女，人之大欲。中国儒家很懂得这个道理。可是他们在两性关系上只承认婚姻，不承认爱情。男女结为夫妇属于人之"大伦"，男女相悦却是可羞可恶的，"羞恶之心人皆有之"，你要把这种感情说出来那你就不是人。

　　儒家视爱情为邪恶，造成文人诗中爱情主题的贫乏。但在包括《诗经》在内的民间乐府诗中，男女相悦却始终是最活跃的主题；紧接六朝乐府之后，由唐传奇开始兴盛的小说、戏曲，又为爱情主题开辟了新天地，作家作品层出不穷，如王实甫、汤显祖、曹雪芹便都是爱情文学的大师。当然，以上所说这些作品，除《诗经》经过曲解被奉为儒家经典外，其余的均属有伤"大雅"的非正统文学,历来受到歧视。其实,就在文人诗中,虽然爱情主题始终是个"禁区",敢于涉足者也还是有的。例如中晚唐元稹、杜牧、李商隐便都写过这类作品,其中李商隐成就尤为突出;后世袁枚则公开声称"余最喜情诗","情所最先,莫如男女",虽然他自己的这类作品写得并不好,格调不高。至于唐五代以后的文人词,爱情主题更是相当普遍的了。尽管儒家伦理对人性的桎梏十分严酷,但男女相爱这种"最天然"的感情终究还是会从文学中表现出来。

有的人因为缺乏历史知识,竟认为中国爱情文学远不如西方是由于民族的原因,照他们的说法中国人在男女方面天生就比西方人迟钝。然而,从流传下来的作品看,中国爱情文学的兴旺比西方早得多,大约早两千年。远在公元前10世纪,当欧洲文学还处在英雄史诗和神话悲剧的时代,取材于现实人生的爱情主题便已成为中国文学中最常见的主题。我指的是《诗经》中的大量情诗。此后,在历代民间乐府和小说、戏曲中,爱情主题连绵不断,始终占有重要地位。在西欧各国,取材于现实人生的爱情文学,实由公元十二三世纪盛行的骑士文学开始,那里面写的骑士对贵族妇人的爱情,恩格斯称之为"历史上出现的第一次的个人之爱"(《家庭、私有制和国家的起源》);在文艺复兴以前和整个中世纪,也只有这种骑士之爱引人注意。再如印度古代的梵语文学,在其早期的史诗、神话和佛教文学中,虽都不免有关两性关系和婚姻的纠葛,但正如古希腊史诗和戏剧中的这类情况一样,作品主题并非爱情,爱情主题出现于时代较晚的"艳情诗"和反映都市生活的不多几部戏剧中。无论东方西方,均难再找出和中国一样源远流长的爱情文学传统。

西方文学中爱情主题的真正兴旺,始于15、16世纪的文艺复兴，又经过18世纪启蒙运动才普遍流行，到19世纪则达到高潮。这是同资本主义的发生发展联系的。相形之下，中国近代在这方面是大大落后了。其原因，就在于中国资本主义没有发展起来，文化思想上缺少了类似西方文艺复兴和启蒙运动那样的彻底变革阶段。进入20世纪以后发生了五四运动，当时提出婚姻自由和男女平等的口号，文学中的爱情主题亦获得"合法"地位。但是，由于中国以儒家伦理为代表的封建意识形态特别顽固，五四运动在反封建和鼓吹个性解放方面远未取得类似西方启蒙运动那样具有决定意义的成就，在此之后两性关系上的封建意识仍然普遍而严重地存在着，文学领域中这方面的落后也就无法改变。

可见，和西方相比我们不是一贯落后，而是到了近现代才落后。这种落后不是由于民族性，而主要是由社会发展的历史阶段决定。

还有一种观点更加有害，那就是不承认自己落后，反把落后视为优良传统。现在不是有人一见文学中两性关系描写多了点就摇头叹气，甚至伤心落泪，说是有悖中国国情吗？说这种话的人，其实并不真的了解中国国情，或者了解但不敢说出真相。从文学中看，在正统诗文中两性关系固然是个禁区，可是你读读"三言""二拍"，《金瓶梅》《肉蒲团》以及明清大量笔记小说，其中关于两性关系描写之露骨和淫秽，乃是任何西方文学作品所望尘莫及的！这不也是中国国情吗？物极必反，正因为儒家伦理在两性关系方面对人的束缚特别严酷，反使这种"最天然的关系"失却其人性光辉，而变成一种单纯的动物本能。口头上"男女授受不亲"的正人君子，往往都是摧残女性的淫棍，所谓衣冠禽兽，这种人在中国历史上实在太多了！这不也是中国国情吗？这种在长期封建社会中所形成的特殊国情，不仅对人——尤其是女性——十分残酷，而且是极其虚伪的，实在没有可取之处。总的说来西方在这方面是比我们先进的。当然，我是就西方自文艺复兴和启蒙运动以来的优良传统而言。至于他们现代的"性解放"思潮及其文艺，那又当别论了。

爱情在生活和文学中都处于重要地位，还因为它的影响并不局限于两性关系本身。

说到这里，自不免联想到弗洛伊德的"泛性欲主义"（Pansexualism），他自己有个专门术语叫作"里比多转移"（Libido displacements），即认为人的一切活动和精神需求——包括审美——均主要导源于性本能的冲动。弗洛伊德是个了不起的医生，但毕竟是个医生。在我看来，他的理论有个显然荒谬之处，那就是仅从生物学角度看人，其所强调的本能仅为生理本能，而无视人的社会性，无视历史文化对人的决定影响，无视文明人与原始人类的区别。所谓无视，当然不是说没有看见。比如，他在晚年所写的《自我与伊德》中，将人的心理结构分为伊德（本我）、自我和超我三个层次，所谓自我和超我便涉及人的理性、社会性以及历史文化对人的影响。但他认为自我和超我都不过是对伊德（本我）的压抑，起着"看门人"的作用；超我与本我存在尖锐冲突，自我则从中调停。而所谓本我，即属于无意识的生存本能（以性欲为主），这才是人的本质，人的一切精神活动和社会行为都是这个本我受到压抑时的"转移"或"升华"。实际上，从生物本能出发解释人的一切活动固然不行，仅用它解释文明人类的两性关系也不行。男女相爱自然是以生理上的相互吸引为基础，但在此基础上建立起来的爱情，却是人类脱离了原始阶段之后才有的，并且是由文化教养和社会伦理观念不同因人而异，属于不同民族、时代和阶层的人往往有很大差别,这难道不是事实吗?总之,爱情既脱离不了生理基础(性欲),又必须有社会历史文化的滋养,这种人与人之间"最天然的关系"才可能成为一种"至圣至神的感情"。唯其如此,人们才能因为它忍受最大痛苦和做出最大牺牲,也能在它的支持或激发之下在精神和社会活动的领域创造奇迹。就拿文学创作来说,但丁之写《神曲》,歌德之写《少年维特之烦恼》,李商隐之写《无题》,以至曹雪芹之写《红楼梦》,都是明显的例子;他们创作的激情均与爱情有关,而创作给人的美感和启迪又远超出两性关系的范围。

爱情在文学中占有重要地位,是因为它在生活中占有重要地位。

然而文学中的爱情与生活中的爱情又是很不一样的。比如我和我老伴,当初也经过初恋、热恋,然后组成家庭,养活孩子,现在已开始抱孙子……这当然是爱情,但如果我把这个过程写出来,肯定没人愿意读,太乏味了!这种所谓幸福婚姻在生活中何止千万,没人对它感兴趣。一般来说,生活中已经完满实现的东西,便没有资格再进入文学。爱情也是如此。文学中的爱情,永远是无法实现的或得而复失的,例外极少。"愿天下有情人终成眷属"固然是美好愿望,一旦实现也就索然无味了。过去有关才子佳人的戏曲小说,总喜欢以"大团圆"结束,到这时也非结束不可,再往下演往下写便没人看没人读了。而真正优秀的作品,如莎士比亚《罗密欧与朱丽叶》、曹雪芹《红楼梦》、歌德《少年维特之烦恼》、小仲马《茶花女》、屠格涅夫《贵族之家》、托尔斯泰《安娜·卡列尼娜》……所写爱情不是无法实现,便是得而复失,总之都不是幸福美满的。

歌德《少年维特之烦恼》中有句名言："年轻的少男哪一个不钟情？妙龄少女哪一个不怀春？"但如果文学作品仅描写少男如何钟情，少女如何怀春，那是不会有人去读的。《少年维特之烦恼》所以风靡一时，以致许多青年人竞相模仿主人公维特，固然是因为作家充满诗意地抒发了维特对夏绿蒂的热烈而纯洁的爱情，但根本原因还在于这种爱情是注定无法实现的，而主人公却不惜为之付出生命的代价。爱情只有在这种悲剧冲突中才充分显示出它的魅力和价值。

前面讲过文学是人生遗憾之学，文学中的爱情主题亦离不开遗憾。

两性关系连低等动物也有，而爱情却是人类特有的感情。后者区别于前者，至少有两个前提，一是要求不受任何外力干预的自由，一是要求彼此的忠贞。自由与忠贞，既是爱情的前提，亦是古往今来痴男怨女追求的爱情理想。关于这点，中国古代文学最具有说服力。

《诗经·国风》中那许多充满风趣的调情，约会中欢快的歌唱，以及关于幽会、私奔的大胆描写，便都是对爱情自由的热烈赞颂。而一旦当这种自由受到干涉就会引起深深的痛苦和强烈反抗，如：

> 泛彼柏舟，在彼中河。髧彼两髦，实维我仪。之死矢靡它！母也天只，不谅人只！（《鄘风·柏舟》）

除了我心中的意中人谁也不爱，虽至于死，誓无他心！呼天唤母，反复咏唱，便是对父母干涉的反抗。其实，相对后世而言,《诗经》时代两性关系是比较自由的,《周礼·地官》有载:"仲春之月,令会男女,于是时也,奔者不禁。"《诗序》则云,其时"礼义消亡,淫风大行,男女无别,遂相奔诱"。均说明当时两性关系比较自由,许多欢快、泼辣的情诗正是这种社会情况的反映,说明在儒家伦理形成之前,我们老祖宗在这方面还是比较开明的。到了汉魏六朝乐府,由于儒家伦理与封建婚姻制度的巩固,要求自由的呼声也愈来愈高。《孔雀东南飞》所写婚姻悲剧,便是对家长干涉的控诉。六朝《西曲歌》中许多篇什,如"欢相怜,题心共饮血,梳头入黄泉,分作两死计!"(《吴声歌曲·读曲歌》),再如"华山畿,君既为侬死,独生为谁施?欢若见怜时,棺木为侬开!"(《吴声歌曲·华山畿》),同样表现出不惜身殉的坚决性。在唐宋以后的小说戏曲中,凡以爱情为主题的名篇无不贯穿自由的理想,许多女主人公都为追求这种理想付出了生命的代价。

正如没有自由便没有爱情一样,没有忠贞也不会有真正的爱情。封建帝王的六宫粉黛,达官贵人的三妻四妾,绝无爱情可言,原因即在这种关系只有单方面的自由而没有彼此的忠贞。在历代帝王后妃中唯独唐明皇和杨贵妃的关系使人感兴趣,就因为据说唐明皇到头来只爱杨贵妃一人,《长恨歌》《梧桐雨》及《长生殿》都是表同情于他们至死不渝的忠贞爱情。"天下人何限?慊慊只为汝!"(《吴声歌曲·华山畿》)天下异性很多,爱情的对象只能有一个,正是这种专一的感情使热烈追求具有严肃的性质。既热烈又严肃,从《诗经》到《红楼梦》,一切爱情文学中的正面主人公均如此。反之,那些"朝三暮四"和"始乱终弃"的人则总是遭到谴责和唾弃。这类作品也很不少,例如《诗经》中的《卫风·氓》、唐传奇中的《霍小玉传》、明人拟话本中的《杜十娘怒沉百宝箱》等，无不是用辛辣笔触勾勒出负心男子的丑恶形象，同时又用血泪表达出被弃女子要求爱情忠贞不渝的理想。

爱情本是人类独有的感情，而不受外力干涉的自由和彼此的忠贞，则应说是爱情本身的属性。低等动物中的两性关系既不需要自由也不需要忠贞。因此，中国古代文学中所普遍表达的自由和忠贞的理想，可以作为检验爱情文学的标准。比如说，梁陈宫体诗和《花间集》中的艳词、《金瓶梅》以及明清拟话本和笔记小说中的淫秽之作，都不能视为爱情文学，主要原因还不在色情猥亵的描写，而在缺乏理想，其所描写的两性关系是既不自由也不忠贞的。反之，许多民间情诗中也有关于男女私情的十分大胆的描写，仍不失为健康的爱情文学，就因为其所抒发的感情是自由而忠贞的。兹举一首冯梦龙搜集的明代民歌：

结识私情弗要慌，捉着子奸情奴自去当！拼得到官双膝馒头跪子从实说，咬钉嚼铁我偷郎！（《山歌·偷》）

如此泼辣！不但热烈地表达出对爱情的渴望，而且充满对伦理道德和统治秩序的轻蔑，写的虽是偷情，使人感动的却是不顾一切争取爱情自由的坚决精神。由此又联想起汉乐府中的名篇：

上邪！我欲与君相知，长命无绝衰！山无陵，江水为竭，冬雷震震，夏雨雪，天地合，乃敢与君绝。（《鼓吹曲辞·上邪》）

热烈的爱情，总是与自由忠贞的理想分不开的。文人诗中亦如此，比如李商隐所说"身无彩凤双飞翼，心有灵犀一点通"，不同样表达出对自由而忠贞的爱情的渴望么？只不过文人诗一般都写得缠绵悱恻，不如乐府民歌那样泼辣罢了。

自由与忠贞，从中国古代文学中总结出的这两条经验，是有普遍意义的。

封建时代爱情文学中普遍贯穿着要求自由的理想，是因为当时的社会伦理和秩序压制着这种自由，这是用不着解释的。然而，这绝不是说，从此以后的爱情便都是自由的了。相反，我倒认为外力对爱情的干涉是长期甚至是永远存在的，因而爱情自由也就成为世世代代痴男怨女的永恒理想。资本主义社会金钱万能对爱情的束缚显而易见，只有摆脱这种束缚才可能获得真正的爱情，这不用多说。即便在我们今天的社会中，难道爱情就都是自由的吗？且不说在农村还存在封建式包办婚姻，就拿城市里的婚姻介绍来说，介绍些什么？年龄多大，身材多高，相貌如何，文化程度如何，工资多少，父母怎样，等等。然而，真正的爱情对于这一切都是不予考虑的，爱情的力量足以冲破一切障碍，消除一切差别。在古罗马神话中，爱神丘比特（Cupid）是盲目的，身生双翼，手执弓箭，射中谁便是谁，他为人撮合可不讲什么条件。其实爱情也有个条件，唯一的条件，那就是爱情本身，这可是任何第三者所无法"介绍"的，当你爱上一个人时这个条件自然地就具备了。除此之外的条件便都是外加，都是对爱情的束缚。这种看法是否有点爱情至上的味道？无论怎么说，我们这辈人普遍都是这样看的，也许我们是理想主义者。当代的年轻人则讲"实际"，虽然多数人并不上婚姻介绍所，找对象也总要考虑各种条件，清醒得很。恕我直言，这是一种市侩倾向，同封建伦理一样是对爱情自由的侵犯。当代文学中的爱情主题应当反对这种市侩倾向，维护爱情自身的神圣和纯洁。

总的来说，在两性关系上中国文学受封建桎梏时间太长，当代文学要从这种桎梏下解放出来是理所当然的事。否则，如果无视这点，甚或将自己的弱点当优点，那就是自欺欺人。但是，我所说的解放与西方的"性解放"又是两回事，不是程度上，而是性质上有差别。简而言之，爱情自由与忠贞分不开，而"性解放"所缺乏的正是彼此的忠贞。爱情所以是一种宝贵的感情，就因为它只能对特定的对象产生。"天下人何限，慊慊只为汝！"这是一个女子的话；就男人而言，你也不能见女子就爱，而只能爱一个特定的女子，这才叫爱情。只有这样，爱情才能在生理基础上产生美妙的精神因素，从而表现出能使人出死入生以至起死回生的超凡力量。如汤显祖所说："情不知所起，一往而深！生者可以死，死可以生；生而不可与死，死而不可复生者，皆非情之至也。"这是《牡丹亭》的题词，"生者可以死，死可以生"正是剧本的中心情节。反之，如性解放者主张的那样，两性关系简单得就像喝杯白开水，是绝不会使人产生这种精神力量的。

主张专一和忠贞，与封建伦理所遵循的"从一而终"可是两回事。我想先举几个文学上的著名例子。在托尔斯泰笔下，安娜·卡列尼娜背弃丈夫而与渥伦斯基结合（《安娜·卡列尼娜》）；彼埃尔开始迷上爱仑娶了她后来又厌弃她，而暗自爱上朋友的未婚妻娜塔莎并终于娶了她（《战争与和平》）。我想，任何人也不会因此谴责安娜或彼埃尔，而只会同情他们的爱情。再如肖洛霍夫所写葛利高里与阿克西妮亚的爱情，问题更大，女的一开始便是有夫之妇，男的到后来也娶了老婆并且养了孩子，然而他们却始终保持着那种不合法的关系，我想谁也不会怀疑那是真正的爱情；没有这条爱情线索贯穿始终，《静静的顿河》便站不住，作者所说主人公的"人的魅力"有一半是通过他对阿克西妮亚的爱情显现的。最后再举车尔尼雪夫斯基《怎么办？》为例，其中所写罗普霍夫、吉尔沙诺夫和薇拉·巴夫诺芙娜的三角关系，也是一般伦理观念所无法接受的，然而又无疑是合理的；其所涉及的三个人都是作者热情赞美的正面人物，因而他们解决问题的方式亦与众不同。无论在生活中还是在文学中，我们都不提倡三角关系，但既然这种关系在生活和在文学中都是客观存在，就要进行具体分析，而不能采取一概否定的假道学态度。即如以上所举安娜·卡列尼娜、彼埃尔、阿克西妮亚、葛利高里、薇拉·巴夫洛芙娜，他们原来都有丈夫或妻子，但却都没有爱情，他们做出的选择正是为了真正的爱情，而且都是那么严肃而真诚，与巴尔扎克、左拉、莫泊桑等人笔下的情妇情夫之间的偷情判然有别，实无可非议。忠贞固然是爱情的理想，但要没有爱情也就不会有这种理想。离开爱情谈忠贞便是封建意识。

以上所说两种倾向——提倡"性解放"和坚持"从一而终"——均与爱情忠贞不符。后者固然有违人性，前者亦是对人性尊严的亵渎。

文学中的爱情主题，从来不是纯粹的，它总还包含着一些别的意义，总是同特定的伦理观念紧密相连的。就拿自由和忠贞的理想来说，其本身便是同封建伦理观念冲突的，因此对这种理想的追求永远伴随着反封建的主题，这在过去时代——尤其是中国封建时代——的文学中是最明显的，而且至今具有反对属于封建残余的世俗偏见的意义。再者，在爱情与两性关系上，也最容易看出一个人的思想性格和道德情操，这只要将《红楼梦》中贾宝玉与贾琏、林黛玉与薛宝钗比较一下，或是将《战争与和平》

中安德烈、彼埃尔与阿那托尔、保理斯比较一下，就十分清楚了。凡是在爱情中一往情深和执着追求的人，往往是具有高尚品格，能代表那个时代的进步倾向的人；而那些道貌岸然，或是逢场作戏以至利用两性关系向上攀附的人，则总是代表时代的腐败势力；至于连真诚爱情亦无法将其唤醒的软弱性格——如屠格涅夫笔下的罗亭、冈察洛夫笔下的奥勃洛摩夫——恐怕在任何时代也是无可救药的废物了。

总之，无论就整个社会还是就个人而言，两性关系都属于最敏感的领域，从中不但可以看出一个人的真实性格和品格，同时也能看出一个民族在特定历史阶段的精神面貌。因此，不但文学中的爱情主题从来不是纯粹的，在正常情况下任何文学都或多或少要涉及这个主题。契诃夫曾诙谐地把文学中的爱情比作润滑油，离了它机器便没法转动。这是正常情况。像我们老祖宗那样视爱情为邪恶，是不正常的。

当代中国文学，爱情主题也曾是个禁区，既有历史原因，亦有现实原因。真正突破禁区还是近年的事，这是文学繁荣的重要标志之一。但是现在一般都还写得很肤浅，在有的作品中，爱情真成了"润滑油"（契诃夫此说包含严肃的意思，比喻本身却带有玩笑性质），或不如说是"调料"；有的则写得矫揉造作，说起话来装腔作势，仿佛都是些从火星上来的人。好作品自然也是有的，管见所及，比如古华《芙蓉镇》关于爱情着墨不多，但却朴实感人；再如张贤亮的几篇小说，包括那篇颇有争议的小说在内，在我看来都是比较优秀的作品。至于震撼心灵的杰作，尚未之见，现阶段也还不能提出这种不切合实际的要求。

在这个领域，并没有可以继承的传统，就连可资借鉴的东西也很少，有的只是荆棘，还有引人误入歧途的诱惑。当代文学中的这个领域，期待着敢于披荆斩棘而又不致误入歧途的大勇者来开拓。我说没有可以继承的传统，你们一定会想到前面对古代乐府民歌以及戏曲小说的高度评价，这并不矛盾。古代爱情文学所以宝贵，就因为它是在封建主义严酷统治下产生的，其所表达的爱情理想将永远闪烁出人性的光辉。可是，也正因为它是产生于那样一个时代，必然带有那个时代的根本弱点和局限，它的经验对我们已经没有或很少有借鉴的价值。比如说，那个时候青年男女没有交往的自由，自由爱情只能是一见钟情，例如《西厢记》《牡丹亭》便都是写的这种爱情。一见钟情对于封建包办婚姻具有反叛性，其基础则不过是郎才女貌，实属于爱情的低级形态。《红楼梦》是例外，宝、黛爱情的基础已不是两性间单纯的外貌吸引，而是由长期耳鬓厮磨所产生的心灵默契，属于爱情的高级形态。然而，能像宝玉那样长期在女儿国里厮混的男子毕竟罕见，而且这是一个多么软弱的性格啊！从《诗经》到《红楼梦》，古代爱情文学始终没有提供一个性格坚强的男性形象，就连殉情也永远是女性的事！《孔雀东南飞》中的焦仲卿算是给男人争了口气，但比起对方的"揽裙脱丝履，举身赴清池"来，他的"徘徊庭树下，自挂东南枝"也还是略逊一筹。女强男弱，这一反常现象本身便是中国封建伦理种种弊端所造成的恶果。当代文学绝不能继承这样的传统，而必须同它决裂。

在这方面，同那种强调特殊国情的主张相反，我倒觉得相对而言西方（包括俄国）的经验更值得借鉴。我们当前面临的任务是解放思想，即冲破传统观念和世俗偏见的束缚，使爱情在生活和文学中获得应有的地位。对爱情的尊重也是对人的尊重，正是在这方面西方文学积累了丰富的经验，值得我们借鉴。我所指的主要是文艺复兴至 19 世纪的经验。至于 20 世纪的西方文学，总的看来已失去理想的光辉，尤其是在"性解放"和现代派思潮支配下的理论和作品，从根本上说是有悖于人性的。自然也可以加以研究，从中发现合理因素或受到某种启发，但如果把一些畸形的东西拣来当时髦，则分明是可笑的。

　　无论借鉴什么和如何借鉴，关键还在自己肚子里要有东西。所谓解放思想，总得先有思想然后才谈得上解放，而不能是仅仅重复别人的思想，更不用说踵讹袭谬了。自己的东西只能从自己的时代和个性中来。当代文学中爱情主题的兴盛，正需要一批既能披荆斩棘，又富于时代精神，在思想和艺术上都勇于探索的作家，只有这样的作家能在这方面造出个新局面，并从而引起整个文学乃至整个文化思想领域的变化。

第十六章　把握特殊性是艺术构思的真正生命

本章讲构思。

构思的关键在于把握特殊性。

我们常说创作应从生活出发，其实这是一种不准确的说法。准确的说法应是从生活感受出发。生活天地无限广阔，作家只能写自己感受过的生活，并且只有当自己的感受与众不同，即具有某种新的、世人所不知晓的意义时，才会产生表达的激情。其所表达的东西便是作品的主题，它必须是特殊的。不但主题本身必须是特殊的，主题的表达即艺术构思亦必须是特殊的。

表达的激情不等于激情的表达，这中间还须经过一个相当艰苦的劳动过程，便是艺术构思。当一个作家有了表达的激情，即在生活感受中获得一个主题时，通常并不是立即动笔。像李白那样斗酒百篇，或是像巴尔扎克那样一夜工夫便写成一篇小说的作家，毕竟不多；而且他们的敏捷恐怕也是依靠平时的酝酿和大量积累的。一般说来，即兴赋诗往往写不出好诗（许多所谓即兴赋诗其实是早做准备的），对于小说和戏剧来说情况更是这样。歌德《浮士德》从酝酿到完成经过六十年；曹雪芹写《红楼梦》曾经"披阅十载"，这不包括最初的酝酿构思。

所谓激情，即无法自已的强烈感情，无论欢乐还是痛苦，是爱还是恨，都会使头脑发热，这种状态是不宜于构思的。构思需要凝神沉思。因此我认为激情还不是构思的开端，激情中的宁静才是构思的开端。从这个角度看，西方文论所强调的"静观"，以及中国庄子所谓"心斋"，又都是有道理的（本体论中做过批判）。"静观"与"心斋"，都是说要排除现实的欲念和思虑，艺术构思是需要进入这种境界的。歌德《少年维特之烦恼》写出了自己的爱情欢乐和失恋的痛苦，然而当他仍然沉浸在这种欢乐和痛苦之中时，是无法进行构思的；只有当这些感情已失去现实意义而成为审美观照的对象时，才可能进行构思。雪莱说"悲愁中的快乐比快乐中的快乐更甜蜜些"（《为诗辩护》），固然不错，然而悲愁中的快乐往往是从回味中才品尝出的。比如说，我现在很希望能把过去那段苦难的经历写出来，不是因为苦难本身，而是因为苦难曾经显示出人生的庄严和美；这是在事过境迁之后才发现的，是当一切人和事对我已毫无现实意义之后才发现的。如果不是这样，老实说，当时体验最深的主要是痛苦和丑恶……只有当那段生活已成为过去，才可能用一种超越功利的审美态度去看待它，因而也才能从当时的感受中看出新的意义。我想这是普遍的规律。契诃夫便承认："我不能描写当前我经历的事，我得离印象远一点才能描写它。"（《契诃夫论文学》）当他在意大利旅行时，有人约他写篇外国题材的小说，他回答说这样的作品只有回到俄国之后才能写，"我只会凭记忆写东西，从来也没有直接从外界取材而写出东西来"（《给某杂志主编的信》）。反映某一历史时期的重要作品，往往都是间隔了一段时间才出现，原因就在这里。

歌德在《诗与真》中说过一句精辟的话："每一种艺术的最

高任务,即在于通过幻觉产生一个更高真实的假象。"析而言之,这句话包含三个意思:一、艺术里所呈现的不是真相而是假象;二、这个假象比真相更真实;三、这个比真相更真实的假象是由作家的幻觉产生。听来有点刺耳,实际上就是那么回事!巴尔扎克在论证"艺术的任务不在于摹写自然"时举了个例子,简直可以视为歌德上述观点的注解,他说:

> 嗯,你试试看,从你爱人的那只手脱下一个石膏模型,你把它放在面前,那你看到的只是一只可怕的没有生命的东西,而且毫不相像。你必须找寻雕刻刀和艺术家,用不着一模一样的模仿,却传达出生命的活跃。我们应当抓住事物与人的灵魂、思想和外貌。印象!印象!还要知道它们只是生活中的偶然事物,而不是生活本身!
> (《无名的杰作》)

艺术家雕刻出来的手,当然不如直接从女人手上脱下的模型那样逼真,用歌德的话来说,它只是手的假象,然而它却比那只逼真的模型更美也更真实。不是说女人的手本身不美不真实,但是自然的美和真实不可能直接进入艺术,只有经过艺术家的创造才能进入艺术,在艺术中呈现出美和真实,用歌德的话来说便是通过幻觉。这种印象或曰幻觉,既包含自然的客观,亦包含艺术家的主观,是主客观相互渗透的结果。艺术家雕刻一只女人的手尚且如此,作家创作一首诗、一部小说或一部剧本,更是如此。

就连一贯强调客观性的屠格涅夫也说:"每一个作家,都是首先力求忠实而且生动地再现他从自己和别人的生活中获得的印象的。"(《六部长篇小说总序》)不是再现生活本身,而是再现自己从生活中获得的印象。印象当然离不开引起印象的原因，即生活本身。但无论人与事、自然景物、生活场景、风土人情、语言习惯……当这些东西在回忆中重新浮现时，既不可能完全是原来的样子，也不可能是纯粹的，里边必然渗透着主观的感受和感情；唯其如此，它才能成为难以忘怀的印象长久储存在作家心里。托尔斯泰说作家永远以回忆为生，创作构思就是要在回忆中唤起平时储存的各种印象。这些印象固然是从生活中来，同时又和作家的特殊感受分不开。比如林黛玉，生活中恐怕是有这个原型，即一个曹雪芹深深爱过却未能结成眷属的少女。这个少女，弱不禁风，又爱哭，心眼又小，并且说话总带刺，实在不招人疼，可是曹雪芹把她写得那么可爱。再如，封建时代一般人欣赏女性美，主要在外貌，她们的性格和内心生活是不受注意的，而大观园中那么多性格各异的少女，包括丫头在内，各有各的精神世界，这也是作家曹雪芹根据自己的女性观所获得的特殊感受、特殊印象。一旦塑造出艺术形象，引起普遍共鸣，特殊的东西也就成了普遍的东西。艺术的规律就是这样，愈是特殊的东西愈能得到普遍的承认。反之，如果不去写只有自己知道的东西，而去写人所共知的东西，那是注定要失败的。

有人说第一个用花比美女的是天才，第二个用花比美女的便是蠢材；这话未免夸大，但值得深思。柏格森在《笑的研究》中说："艺术家所看到的东西，我们绝不会再看到了，至少绝不会以同样的方式看到了。"只有这种唯独自己看到的东西才能成为作家的本钱。经历丰富固然是个基础，但有人在这基础上可能积累起独特的感受，有人可能一无所获。独特感受，即柏格森所说不可重复的东西。年轻时读左拉的《崩溃》，里边写一群被囚在孤岛上的人，因为饥饿竟冒死偷吃染了瘟疫的马肉，觉得很恐怖。但如果我将来要写饥饿的话，就不会写吃马肉，而要写吃蝲蝲蛄和活青蛙，特别是青蛙放进嘴里仍在挣扎所引起的感受和联想，我能把它写得很精彩，为什么有这个把握？因为现代人吃活青蛙本身就很特殊，即便有人吃过亦未必有过和我一样的感受和联想。我想，文学创作就是要有表达独特感受的勇气，而不必担心特殊的东西不会被人接受。歌德说得好："不必担心特殊的东西或许不能吸引别人的注意。一切性格，不论是多么特殊的，凡被描写的东西，从小石子及至人，总是具有类性的。"(《歌德谈话录》)所谓类性即事物的普遍性。关于特殊与普遍的关系，放到后面去讨论。作家所关心的永远是特殊的东西，不是普遍的东西。

在回忆中唤起平时积累的特殊印象，要写成作品，除了对这些印象做更深的发掘，思索它的含义，对它做出评价外，还要进行选择、重新组合和加工，这样才能使分散于不同时空的印象集中到一个焦点——作家企图表达的思想即作品的主题。拿写小说来说，不仅人物性格的塑造需要对生活中给自己留下特殊印象的原型进行选择、组合并加以夸张和虚构，而且还得编造出故事情节，才能把分散的人物连在一起。编造故事情节，对写小说来说如果不是最重要的功夫，那也是最基本的功夫。当代小说出现的情节弱化倾向又当别论。就传统小说而言，故事情节乃是构成的基础，而故事情节构成的普遍规律，则可归纳为一个"奇"字。

中国小说，起于六朝"志怪"，成熟于唐人"传奇"，名称即表明内容，都是讲的怪异或新奇的事；与六朝志怪同时还有刘义庆《世说新语》，记文人逸事，标举名士风度，虽然所写都是真人，其事迹则重在新奇，以此有别于史传。后世宋元话本、明人拟话本以至明清章回小说，虽然总体而言真实性愈来愈强，故事情节仍然是以奇取胜。《西游记》《聊斋志异》之类则继承志怪传统。西方小说，最早称"Romance"，其起源一说为古代希腊和罗马的散文作品，一说为中世纪的骑士故事，二者内容均以传奇性故事为主。西方小说还有个名称叫"Novel"（一般指长篇小说），亦新奇、异常之意。总之，追溯渊源，无论中西，小说均重故事情节，而且必以新奇为前提。至于发展趋向，则是从重情节转向重人物性格刻画，在西方主要是从启蒙运动以后才明显表现出来，此与个性解放的思潮有关；中国近代的落后（《红楼梦》例外）亦自此始。这并不意味着故事情节与人物性格存在矛盾，相反，迄今为止的不朽杰作均表明，栩栩如生的人物形象正是通过引人入胜的故事情节呈现的；二者都必须是特殊的，即都要突出个"奇"字。

关于故事情节之"奇"，中国有个说法叫作"无巧不成书"，这其实是个普遍规律。没有"巧"，作家就无法将无限的生活浓缩为有限的艺术，而且"巧"本身就是美的一个重要因素。不但中国小说、戏剧是无巧不成书，西方小说、戏剧同样是无巧不成书。从莫泊桑和欧·亨利的短篇小说中都能举出最明显的例子。就拿《战争与和平》来说，如安德烈第一次负伤之后，拿破仑巡视战场正巧看见他；彼埃尔被俘后，审讯他的正巧是牟拉，而牟拉又正巧处在饭后的好心情，所以才没有下令枪毙他；彼埃尔在囚禁中得救，救他的正巧是和他决斗过的道洛号夫；安德烈第二次负伤，在手术棚里听见一个年轻军官因为被锯掉一条腿而号啕大哭，仔细一看此人正巧是他到处寻找的仇人阿那托尔；而他在伤势垂危被留给老百姓护理时，又正巧遇上罗斯托夫一家，得与娜塔莎相逢……戏剧如索福克勒斯《俄狄浦斯王》

所写母子成婚，曹禺《雷雨》所写兄妹通奸，巧极了：而且都是作品的中心情节。这种"巧"，固然是作家为达到某种意图而有意安排，同时也是生活中可能发生的事，读者不但相信，并且能由此想到人生的复杂和奇妙，想到命运。

所谓命运，其实不过是人们对于无法解释的偶然性的一种称谓罢了！而偶然性在生活中是普遍存在的。我站在十字路口，可以往左走，也可以往右走，都有足够的理由，结果我选择了左边这条路，因此便永远失去在右边那条路上可能发生的一切。事后我觉得走左边的路是必然的，其实是因为我已经选择了它的缘故；人总是对亲身经历才会感到亲切，因此很容易将已经实现的东西误为必然。如果当初选择了另一条路，也会产生同样的错觉。生活阅历愈丰富，面临过的选择机会就愈多，权衡轻重，决定去取，是根据当时的主观和客观条件，而这些条件的出现往往是偶然的，有时是毫无道理的，条件本身也可能是无足轻重的。我用右手举起这只杯子，其实我也完全可以用左手举起这只杯子。这种没有法则的偶然性每日每时都在发生，但只有当它对人生发生重要影响时才会引起注意；这时蓦然回过头去，因为对它无法解释，便会想起"命运"这个神秘的字眼来，说是"命中注定"或"命运对我如何如何"。无论幸运厄运，这种想法总是充满情感的，总能使人对复杂人生产生一种超功利的审美愉悦。作家们根据无巧不成书的原则安排人物的命运，正是要给读者带来这样的愉悦。

但还必须补充一句："出人意外者，仍须在人意中。"这话是清代一位诗人——忘了是谁——讲的，用于小说、戏剧亦颇中肯綮。"出人意外"，即前面所说无巧不成书；"还须在人意中"，即人人都能理解，都能接受。优秀的作品无不如此。但也有这样的作品：人物的出现、事件的发生均招之即来，挥之即去，读了令人觉得虚假。这样的"巧"，既不"在人意中"，实在也并不"出人意外"，但见其作者黔驴技穷而已。这也是不可不知的。

上面讲到，"命运"本身便包含着对人生的审美，一般而言只有生活发生重大转折时才会想起。当你的生活仍沿着习惯的轨道运转时是不会想到它的，有的人一辈子也不会想到，是幸运还是不幸这就很难说清楚了。作家对此则特别敏感，他们总是根据自己的感受和想象安排各种人物的命运，扮演着命运之神的角色。

作家的这种审美敏感，不仅表现在"无巧不成书"的"巧"，有时还表现在对"巧"的预言。比如前面提到的《俄狄浦斯王》，一开始便以神的旨意预言主人公无法逃脱弑父娶母的悲剧命运，他拼命挣扎而终于没有逃脱，于是便刺瞎了自己的双眼，这是对命运的诅咒和对人性的颂歌。相似的例子，如莎士比亚四大悲剧之一《麦克白》，主人公原是个品格高尚、为国建立了功勋的英雄，在一次班师回国途中遇上三个女巫，预言他将做苏格兰国王，这就决定了他日后的弑君篡位。此二例，神或女巫的预言均应验，但无神论者读了照样受感动，不是因为相信神或女巫，而是因为预言关系人的命运，能给人以审美的满足。在许多现实主义的小说杰作中，则更多地采用暗示、隐喻以至谶语的手段预示人物的命运，同样使人产生神秘感并从中得到审美的满足。例如《红楼梦》，第一回以石头隐喻主人公宝玉，并暗示其命运；第五回的诗和曲，则无异为小说中主要女性的命运的谶语；这种以不同方式表现的神秘性，在小说所写现实情节中还不断出现，如宝玉初见黛玉，便一口咬定说"这个妹妹我曾见过的"；等等。再如《安娜·卡列尼娜》中安娜与渥伦斯基的初次邂逅，《简·爱》中简与罗切斯特的初次见面以及后来分隔千里还能听见对方呼唤，也都带有这种暗示性和神秘性。这类例子举不胜举。

现在有人对未卜先知和心灵感应做出科学的解释，说是属于人的特异功能，就连有些自然科学家也表示相信，说者纷纭。吾未亲见，不敢妄断。不过，一般而言，上述文学中存在的神秘性——预言、暗示、隐喻、谶语等等，并不牵涉人的生理结构，而是牵涉由社会生活决定的心理结构，是作家对于充满偶然性的复杂人生的一种审美认识。

以上所说构思，主要是关于故事情节方面。现在再说细节描写，这方面同样是取决于特殊性。

巴尔扎克和曹雪芹都是细节描写的巨匠，彼此又极不相同。巴尔扎克擅长于环境描写和人物外貌特征的刻画，比如介绍一个城镇、一条街或一幢房屋，往往都要从它的历史演变谈起，兼及风土人情和时尚；刻画一个人，则从头写到脚，以及习惯动作所显示的职业和性格特征等等。曹雪芹的细节擅长则在衣着、饮食和人物语言方面，古今中外无与伦比。各有擅长，系由各自性格、经历和审美兴趣决定，这便是特殊性。这是就作家主观方面而言。

就描写对象而言，则无论侧重哪方面，都不可能将全部细节写出来，而必然有所省略，有所突出，并要加以夸张或浓缩。无论巴尔扎克写人物外貌或曹雪芹写人物语言，均如此，目的都是要显示人物性格和心理的某个方面。如果你再仔细些还会发现：作家无论写人物还是写环境，精彩处都不是人所共知的普遍的东西,而是鲜为人知的特殊的东西,这样的东西反而更能引起对事物整体的真实感。说到这里,便想起一度使我着迷的契诃夫来。我们知道,契诃夫最重视简洁,尝云"简洁是才华的姊妹",同时他又十分重视细节描写。既要简短又要细,二者如何统一?关键就在善于捕捉能引起整体真实感的偶然性细节。下面是他为说明这个意思所举的例子:

比如说吧,你要这么写月夜肯定成功:在磨房的水坝上,一个打破的瓶子口熠熠发光,像个明亮的小星星,一条狗或是狼的黑影球似的滚过来,等等。(1889年《致 A. П. 契诃夫》)

请注意契诃夫说的是月夜。对月夜来说,月亮、月色、树木或人的投影等等才是必然的东西;一只破玻璃瓶、一条狗或狼则是偶然的东西。契诃夫主张撇开必然的东西而去写偶然的东西。当然,这种偶然又必须是和必然有关的。一只打破了的玻璃瓶,在白昼是绝对引不起注意的,在漆黑的夜里则根本看不见。狗或狼的出现可能引起注意,却不能引起美感。可是,在月夜,情形就大不一样了!破玻璃瓶能像星星一样熠熠发光;平时令人生畏的狗或是狼,看起来则像球一样滚动着的黑影……正是这种变异的形象使人如临梦境,从而觉察出月夜特有的朦胧、静谧与神奇的美。附带说说,后来契诃夫果然把对他兄弟讲的这个细节写进了自己的小说。他是这样写的:

在洒满月光的拦河坝上,光秃秃的没有一丝阴影,坝子当中有一个破玻璃瓶的瓶口星星似的闪闪发光。……河水和河岸都睡着了,连鱼儿也不再戏水……但尼洛夫突然感到,对岸离柳树丛稍远的地方,仿佛有个影子像黑球似的滚动。他眯起眼睛再看,影子不见了,可是马上又出现了,并且左弯右拐地朝拦河坝奔来。(《狼》)

可见契诃夫很珍视这特殊的印象,把它写进作品的确比一般化的描写出色。一般化描写亦在所难免,即如以上所写河岸睡着了,鱼儿不再戏水了云云便属于一般化;作品出色处不在这里,而在那只破玻璃瓶,和那个像球一样滚动的黑影。即便是大作家的作品,其中的细节描写也还是属于一般化的多,别出心裁的特殊的东西少。但如果只有一般没有特殊,那就只能是平庸的作品。

关于人物外貌描写,契诃夫亦善于捕捉不被一般人注意的细节,以突出人物性格。比如名作《脖子上的安娜》,情节很简单:一个穷教员为了摆脱贫困,把女儿安娜嫁给一个五十多岁的官员;殊不知此人虽然有钱却很吝啬,奉行着"节省戈比就能攒成卢布"的格言。他为打扮安娜却舍得花钱,目的则是博取上司的欢心,并终于因此得到了渴望的安娜勋章。三个人物,父女俩虽有缺点——一个是酒鬼,一个慕虚荣——但都十分单纯,那个官员可是高深莫测,满口仁义道德,实际则利用妻子的美色往上爬,而且这是娶她时就预谋好的。关于这个人物的外貌,契诃夫是这样写的:

他是一个中等身材的官员,相当胖,圆鼓鼓的,一副保养得很好的样子,蓄着长长的络腮胡子,但没有留唇髭，他那刮得光光的、轮廓分明的下巴活像脚后跟。他脸上最大的特征就是没有胡髭，这片新刮过的光洁部分逐渐延伸到肥胖的、颤颤悠悠的、像果子冻似的腮帮子。

写人的脸，一般总是眼睛怎样，鼻子怎样，整个轮廓怎样。在契诃夫刻画的这张脸上，却看不见眼睛、鼻子和整个轮廓，只看见那刮得光光的、就像脚后跟一样的下巴和果子冻一样的腮帮子。正是由于抓住这个细节，才活脱出一个养尊处优、城府很深而本质又是十分愚蠢的官僚形象。

正由于契诃夫善于通过偶然性细节引起总体真实感，所以他的描写能以少胜多，收到事半功倍的效果，这个经验是很值得借鉴的。但要强调的是，这种细节并非凭空杜撰，而是要依赖平时积累的特殊印象，它既包含对事物的细致观察，亦包含观察时产生的独特感受。即如以上所举刮得光光的下巴和腮帮子，固然是观察所得；由此联想到脚后跟和果子冻，却又是基于主观的感受。没有观察不行，但关键还在能否产生独特的感受，并从而形成特殊的印象。

上面已从情节结构和细节描写两方面，论证了把握事物的特殊性乃是艺术构思所应遵循的基本法则。

科学家关心的永远是普遍的东西，艺术家关心的永远是特殊的东西；这个看法，过去的理论家，例如唯心主义者黑格尔和唯物主义者车尔尼雪夫斯基，都是同意的。问题是，如何理解艺术中特殊与普遍即一般之间的关系？关于这个问题，我认为歌德下面这段话讲得最透辟：

诗人究竟是为一般而找特殊，还是为在特殊中显出一般，这中间有一个很大的区别。由第一种程序产生出寓意诗，其中特殊只作为例证或典范才有价值，但在第二种程序才特别适宜于诗的本质，它表现出一种特殊，并不想到或明指到一般。谁若是生动地把握住这特殊，谁就会同时获得一般；而当时却意识不到，或只是到事后才意识到。(《关于艺术的格言和感想》)

席勒自觉遵循的方法，便是"为一般而找特殊"，这是不正确的，因此"席勒化"早成为创作概念化的代称，从一般出发也就是从概念出发。歌德的方法则是"在特殊中显出一般"，关于这点我们的理论家们也都是同意的。但歌德主张的要点还在于：特殊中所显出的"一般"，当作家创作时"并不想到或明指"，甚至根本"意识不到，或只是到事后才意识到"，这才是问题的关键！否则，如果这个"一般"在创作时便想到或明指出来，"在特殊中显出一般"与"为一般而找特殊"就很难区别，就很容易落入"为一般而找特殊"的窠臼。我们许多作家主观上并不喜欢概念化，结果却总是落入概念化，其症结即在于此。

我还想进一步指出的是，这个"一般"，作家所以并不想到和明白指出，是不能也，非不为也！如果曹雪芹能够把胸中郁结的感情和想要表现的人和事的"一般"意义想明白并且说清楚的话，发发议论也就行了，何必呕心沥血地去写小说？事物的一般性即普遍性，固然是艺术作品所必然要显示的，但却并不是作家事先所能想到的。柏格森说得好："普遍性来自作品所产生的效果，而不是来自产生这一效果的原因。"(《笑的研究》)完全正确。对于作家来说，需要关心的主要是事物的特殊性，至于它具有什么样的普遍意义，意识到或意识不到，实无关紧要。

为了结合作品来论证特殊与普遍的关系，下面再分析一下《浮士德》和《死魂灵》的整体构思。整体构思既包括人物性格、情节结构和细节描写等各方面，当然只能极粗略地谈一谈。

若用一般原则衡量，则无论从什么角度看，《浮士德》的构思都是很奇特的，甚至是怪异的。为了方便，我们主要还是分析人物。一般而言，人都很容易成为已形成的习惯的俘虏，可是浮士德搞了几十年学问，成为博学之士，年过半百却突然对学术活动发生怀疑，以致陷于不能自拔的苦闷和绝望之中，这就很不同寻常了！为了品尝人生的快乐，不惜以灵魂为赌注与魔鬼订立契约，这就意味着"知识悲剧"的结束；从此在魔鬼帮助下，经历了"爱情悲剧""政治悲剧""美的悲剧"和"事业悲剧"，在每个阶段都得到强烈的快乐和享受，却又都是以绝望或死告终，原因即在他那种永不知足的特殊性格。

浮士德的性格固然特殊，他的经历更是现实中不可能发生的。可是，这部构思奇特的作品，同时又是一部引起普遍共鸣的作品，用作家海涅的话来说，"从最大的思想家一直到最小的酒店侍者……每一个人都要对这本书发表他的高见"，"它的确是和《圣经》一样浩如烟海，和它一样地包括天和地，以及人和关于人的解释"(《论浪漫派》)。且不讲这部作品所包含的极其丰富的内容，仅就主人公那种永不满足的性格而言，不正合乎十八九世纪西方资产阶级普遍具有的积极进取精神么？而且，它所具有的普遍意义并不局限于自己所属的时代和阶级。浮士德五个阶段的悲剧，归纳起来不外事业与爱情两方面，事实上任何人生亦不外乎这两个方面。作品的具体情节和描写虽然多半是非现实的，然而主人公从中感到的悲欢和关于人生意义的思索，却是人人都曾经感受过思索过而未能说出的。大约人都兼有安于现状又不满现状这样两种倾向，没有前者便无法生存，没有后者便不能发展。过去文学所塑造的人物性格，多突出前者，即多属于环境和自己既成习惯的俘虏。而歌德笔下的浮士德，看起来很特殊，实则突出了人性中要求突破现状、自强不息和永不知足的一面，因此无论再过多少年，仍不会失去其普遍性和诱人的魅力。

歌德的《浮士德》诚然富于浪漫色彩，果戈理的《死魂灵》却是公认的现实主义杰作，而这部小说的总体构思也同样是建立在特殊性的基础之上的。小说基本情节，就是写主人公乞乞科夫到某地去收买死魂灵的经过。死魂灵，即已死去而尚未注销户口的农奴，乞乞科夫将他们买来是想作为活的农奴抵押出去，骗取大笔押金。这种事在现实生活中如果有的话，也是十分罕见的。这个题材是由普希金发现或构想出来，赠给果戈理的。然而，果戈理却把它作为一条中心线索，塑造出形形色色的地主形象：玛尼洛夫、诺兹德廖夫、普柳什金、柯罗博奇卡……正如购买死魂灵这件事一样，由此串连起来的这些人物亦无一不是奇特的，你从别的俄国作家——例如屠格涅夫和托尔斯泰——的作品中绝对找不到；可是整部作品却展现出农奴制俄国社会的愚昧、腐败、黑暗及其必然衰亡的命运，从这个角度说其所具有的真实性和深刻性在整个俄国文学中又是无与伦比的。

普希金曾说，他从未见过一位作家有果戈理那样的才华，"善于把生活中的庸俗那样鲜明地描绘出来"和"使得所有容易滑过的琐事，一览无余地呈现在大家眼前"（见《果戈理全集》第八卷）。庸俗和琐事，正是构成《死魂灵》的基础，也可以说是它的精髓；这些不起眼的、一般作家所不感兴趣的东西，一旦出现在果戈理笔下便显得多有分量啊！且不提乞乞科夫同地主们围绕买卖死魂灵所展开的冲突和纠葛（也都是庸俗和琐事），这里仅举乞乞科夫与诺兹德廖夫在酒店邂逅时的一个细节：诺兹德廖夫一定要对方摸摸他的狗的耳朵，乞乞科夫很不情愿："这又何必呢？我不摸也看得出，是良种！""不行！你硬是得抱它起来，摸摸这对耳朵！"乞乞科夫只好摸了摸，并夸奖了他的小狗。可是，这还不够，摸了耳朵还得捏鼻子！"冰凉冰凉的，你觉得吗？你用手来捏一下。"乞乞科夫于是又捏捏狗鼻子。这件庸俗的琐事，不仅十分鲜明地刻画出诺兹德廖夫性格的专横与愚昧，而且充分显示出了作为"生活的主人"的俄国地主阶级生活的无聊与空虚，实在很可悲甚至是很可怕的，当年鲁迅先生谈起这个细节便深有感触。再如，对守财奴普柳什金的性格刻画，也是通过一系列不起眼的琐碎细节完成的。这个六十开外、有一千多个农奴的大地主，家里的粮食、布匹、呢料、木材以及各种器皿堆积如山，可是仍然每日在村里满街转，作者写道：

> 凡是落进他眼里的东西：一只旧鞋跟、一片娘儿们用过的脏布、一枚铁钉、一块陶瓷片，他都捡回自己的家，放进乞乞科夫在墙犄角发现的那堆破烂里。……的确，他走过之后，街巷已经不用再打扫了。曾有一回，一位过路军官失落了一根马刺，一眨眼这马刺就进入了那堆破烂里。

读到这里已叫人忍俊不禁。至于此人的尊容，作家根本不写长相如何，而是着力描写他那身奇特的装束：

（乞乞科夫）很久识别不出这是一个男人还是个女人。她身上的那件衣服实在不伦不类，很像是女人的睡袍，头上戴一顶乡下女仆戴的小圆帽……凭她腰里挂的那串钥匙和她刚才骂庄稼汉时用的那番相当粗野的话，乞乞科夫断定，这准是一个管家婆。

当乞乞科夫知道了这不是管家婆而是男主人，再次对他打量时，作家是这样描写的：

> 随便你用什么法子，花多大力气，也研究不出他的这件睡袍是用什么料子做成的，袖管和衣襟乌黑发亮，简直像是做靴筒的上等鞣皮，背后原是两片下摆的地方飘挂着四片下摆，棉絮成团地从那儿直往外钻。系在他脖子上的也是件莫名其妙的玩意儿：不知是袜子，还是吊袜带，还是肚兜，反正说什么也不是领带。总之一句话，要是乞乞科夫在随便什么地方的教堂门口碰上了他，凭他这副打扮准会布施给他一个铜板的。

然而，这却是当地最有钱的地主！为突出其吝啬，作者还两次提到他对纸张的利用。一次是乞乞科夫向他要死去农奴的花名册，于是他解开成捆的纸片，"后来他终于抽出一张上下四周都写满了字的小纸片，农奴的名字像蚊子那样密密麻麻地占满了纸片……总共一百二十多个"。另一次，是写字据时发现原有小半张白纸不见了，大吵大闹，一口咬定是女仆偷走。后来找到了这半张白纸，作家写道：

玛芙拉走了，普柳什金往圈手椅里坐定，拿起一支鹅毛笔，把小半张纸翻来转去琢磨了半天，看看能不能从它上面再裁下小半张来，可是他最后断定，那是万万办不到的了。他把笔伸进里面装着一种起了霉花的液体、底上还积了许多苍蝇的墨水壶，蘸了蘸开始写了。他把字母一个个描绘得跟乐谱上的音符一样，每分每秒钟都稳住他的大有满纸挥洒之势的手腕，让一行一行字贴得挺紧挺紧，一边还不无遗憾地想：无论如何还会留下很多完全空白的地方。

人物外貌和人物行为的描写均极琐细，不无夸张，近乎漫画，但读过除令人发笑之外，更令人不寒而栗，令人深思……

这部构思十分特殊的作品，却引起了普遍的关注，如赫尔岑所说，它"震动了整个俄国！"（《赫尔岑论文学》）在此之前，当普希金听了作者朗读小说前几章的初稿后就曾忧郁地说："老天爷，我们的俄罗斯是多么令人忧伤啊！"（见《果戈理全集》第八卷）时至今日，我们读来仍能感到震惊：由于社会制度的种种弊端，竟使人性堕落到如此猥琐、腐败、丑恶和可怕的地步！别林斯基有云："《死魂灵》这部作品所以伟大，正因为在它里面揭露并解剖生活到了琐屑之处，并且赋予这些琐屑之处以普遍意义。"（《别林斯基全集》第三卷）琐屑之处，也是特殊之处。使特殊的东西呈现出普遍意义，果戈理堪称这方面的大师。不过，必须强调，对于所谓普遍意义，作家果戈理绝不是像批评家别林斯基那样明确。这里不妨借用柏格森的话来说：它不是动机，而是效果。

大抵而言，特殊与普遍的关系，也就是个别与一般、偶然与必然、具体与抽象的关系。对作家来说最重要的是紧紧把握住特殊、个别、偶然、具体的东西；至于这些东西具有什么样的普遍、一般、必然、抽象的意义，当然也可以思考，应当思考，但这属于平时的修养，在艺术构思当中这种思考则应退避，或至少是隐藏到幕后，而绝不能由这种思考出发去进行艺术构思。

再者，特殊的东西，除了具有偶然、不常见、琐细这样一些特点外，还必须是新的、生动有趣和引人入胜的。如上举例，无论属于中心情节还是属于具体的细节描写，莫不如此。把握这种东西，既靠观察，又靠感受，即要依靠主客观相互渗透所产生的印象。印象不是生活本身。生活本身有时可能重复，印象则不可能重复，原因就在印象包含着作家主观的东西。

总之一句话：作家不是根据生活原来的样子进行构思，而是根据自己在对生活的观察和感受中所获得的印象进行构思。我们说把握特殊性是艺术构思的生命，主要根据即在于此。说到底，特殊性也就是作家个性的表现。

最后要说的是，艺术构思是个相当艰苦的劳动过程。创造的喜悦，通常是作品完成并确信其价值时才会产生，此前总是苦多乐少，因此很需要信念和意志的支持，否则就会草率从事或出现半途而废的情况。信念和意志从何而来？来自"非表达不可"的激情和对创作才能的自信。真正杰出的作家都是依靠这两样东西，才忍受住了那种苦多乐少的长期折磨。问题是初学者，要对自己做出正确判断是很难的。自己有没有由衷表达的激情容易判断，有没有才能则很难判断，并且很容易做出错误的判断。关于这个问题，契诃夫的主张是比较积极的，他总是劝告初学者多写，第一篇没发表就写第二篇，第二篇没发表就写第三篇；这自然是有道理的，因为才能只有在实践中发现。相反托尔斯泰曾不止一次给青年作家泼冷水，劝告他们趁早改行；这同样是有道理的，缺乏自知之明而浪费青春的人实在太多了，包括许多有了"作家"头衔的人。我主张凡自我感觉良好的人都不妨一试，但切勿无休止地尝试下去。如果实践证明你确有创作才能，而人生经历又使你产生了非表达不可的激情的话，那你就继续往下写吧！但激情和自信必须转化为持久的信念和坚定的意志，才能在艰苦的艺术构思中坚持到底，不达满意地步不止。

第十七章 论小说中的人物（上）

许多文学理论著作和教科书，都是把典型问题视为人物塑造以至整个文学创作的中心问题。老实说，我并不把这问题看得那么重要，但既然引起普遍重视，就不能不谈谈自己的认识。

什么叫典型呢？为了了解清楚，不妨先由语义学角度，从字源上稍加辨析。据朱光潜先生讲，"典型"这个词源出希腊文"typos"，原义是铸造用的模子；英、法、德、俄语中的这个词的形、音、义均由此演化。近代中国文论将这个词引入，意译成"典型"，与这个词的原义完全吻合，"典型"一词在中国早已有之，不过没有用在文论中罢了。《说文解字》解"型"："铸器之法也"，段玉裁注云："以木为之曰模，以竹曰范，以土曰型，引申之为典型"，可见其义与"typos"完全相同。从同一模子脱出的东西是一模一样的，因此用它比喻人或事，就是指同类中最标准、最有代表性的人和事，宋人苏舜钦《代人上申公祝寿》诗中有"天为移文象，人思奉典型"，便是这个意思。我们现在常说某人"很典型"、某人"不典型"，或某事"很典型"、某事"不典型"，也是这个意思。好人好事有好典型，坏人坏事有坏典型，典型不典型，就看他（它）有没有代表性。

然而，文学中的"典型"概念，与日常生活中的"典型"概念，有很大区别，不了解这种区别就会产生误解，从而在实践中造成极大危害。过去在苏联和我国文艺界都存在过这种误解。具体讲，就是把典型视为"某种统计的平均数"，即把它看成最普遍、最常见的东西。在科学工作中可以这样选择典型，在文学创作中则肯定不行，从来文学中的人物形象都不是生活中常见的和普遍存在的。苏联理论界在20世纪50年代批评把典型视作"某种统计的平均数"时，总是举车尔尼雪夫斯基《怎么办?》为例，小说中的主人公罗普霍夫、吉尔沙诺夫、薇拉·巴夫诺芙娜，尤其是拉赫美托夫，在当时俄国并非普遍存在——据作者说前三人有几百，拉赫美托夫则只有八个——然而他们属于刚萌芽的新生事物，尤其是拉赫美托夫，作者称他为"世上的盐中之盐""原动力的原动力"，虽不代表社会中的多数，却代表着社会的未来，因而也是一种典型，叫作新生事物的典型。这种看法，当然不是近世论家的发明。亚里斯多德《诗学》便明确地说"历史家描述已发生的事，而诗人则描述可能发生的事"。又说最好的模仿是"照事物应当有的样子去模仿"。所说"可能发生的"和"应当的"，虽不是现实中已出现的，但按照必然律或可然律是将会出现的，用现代人的话说就是代表新生事物的典型。可见，文学中的典型，不一定代表多数，不能将其视为"某种统计的平均数"。然而，认识仅仅停留在此，也仍然是很不够的。比较充分的认识，必须建立在对个别与一般的正确理解的基础上。文学中的典型既代表一般，而又必须显现为鲜明生动的个性，是一般与个性的统一。否则，如果缺乏鲜明的个性，那就只能视作"类型"。要是把典型理解为类型，仍然是对典型的误解。这种理论上的误解现在已经不多了，但在实践中，人物性格类型化还是相当普遍的。

从理论上看，对于典型的比较充分的认识，还是近一二百年的事。在西方,从亚里斯多德(《修辞学》)、贺拉斯(《论诗艺》)直到18世纪启蒙主义者狄德罗,他们在论述一般与个别的关系时,都存在重视一般忽视个别的倾向。例如狄德罗《谈演员》中举莫里哀《伪君子》为例,说明理想的人物形象应是显示出同一类型人物的"最普遍最显著的特点,而不是某个人的精确画像"。为了"典型"可以牺牲个性,这样的"典型"就只能是类型,而不是真正的典型。真正的典型,即我们现在所理解的典型,必须以鲜明生动、有血有肉的个性为前提。首先把这个问题明确提出来的是歌德,他在1824年写的《关于艺术的格言和感想》中提出"在特殊中显出一般"的天才命题,并反复强调关键在"生动地把握住特殊",那么,这种能够显出一般的特殊,就是文学中的典型了。我们现在把歌德的话视为典型的定义,也仍然是可以的。一般即共性,特殊即个性;典型是共性与个性的统一,而以生动的个性为前提。不过,歌德毕竟不是理论家。在理论上对后世典型论产生最大影响的是黑格尔,他的《美学》有个基本命题:"美是理念的感性显现",这其实也是他关于典型的定义。黑格尔的"理念"是唯心的,但在具体论述中他又称之为"一般世界情况"或"普遍的力量",因而上述命题所说实为共性与个性的关系,虽然他把共性(理念)看得更为重要,然而却是以个性即"感性的显现"为前提的。再者,十分可贵的是,黑格尔始终是把人(而不是自然)视为艺术表现的中心,尝云:"(人物)性格就是理想艺术表现的真正中心。"人物性格在他的美学里占着首要地位。而当他论述理想(即典型)人物性格时,经常强调的并不是感性形象必须显现理念,而是理念必须通过感性的形象显现。他认为理想(典型)的人物性格须有三个条件,其中第一个便是:

每人都是一个整体，本身就是一个世界，每个人都是一个完满的有生气的人，而不是某种孤立的性格特征的寓言式的抽象品。(《美学》第一卷)

他推崇莎士比亚而贬低莫里哀，原因就在前者作品中的人物（如哈姆雷特、奥赛罗）是"完满的有生气的人"，而后者作品中的主人公（如《悭吝人》和《伪君子》中的主人公）则是"某种孤立的性格特征"（如吝啬、虚伪）的"寓言式的抽象品"。后来的典型论者——包括恩格斯——无一不受黑格尔的影响。先说俄国的别林斯基和车尔尼雪夫斯基，他们都十分重视典型，尤其别林斯基；而他们所理解的典型，总的说来是同黑格尔一致的，即一般与特殊、共性与个性的统一，用别林斯基的话来说，便是"熟识的陌生人"（《论俄国中篇小说》）。二人的区别在于，车尔尼雪夫斯基认为典型存在于生活之中，别林斯基则认为必须经过作家对生活的概括和提炼；车尔尼雪夫斯基认为生活真实高于艺术，别林斯基则认为艺术真实高于生活。别林斯基有句名言："在一位大画家所作的画里，一个人比起在照相里还更像他自己"，在这点上我是同意别林斯基的。无论别林斯基还是车尔尼雪夫斯基，都是把鲜明生动的个性视作文学典型的前提，在这方面有许多论述，见于他们对普希金、莱蒙托夫、果戈理以及其他作家的评论中。和这两位作家同时代的恩格斯，关于文学典型也有很多论述，最重要的是"典型环境中的典型人物"（据朱光潜译文）这一论断。这放到下面去说。先说，恩格斯肯定了典型与个性统一的原则，而且每次都是把个性的真实、鲜明、生动作为前提来强调的，可见他的典型论明显受歌德和黑格尔影响，并且是同别林斯基、车尔尼雪夫斯基一致的。在给明娜·考茨基的信中，恩格斯称赞她的小说《旧人和新人》：

> 对于这两种环境的人物（按指矿工和上层社会人物），你都用你平素的鲜明的个性描写给刻画出来了；每个人都是典型，而又有鲜明的个性，正如黑格尔老人所说的"这一个"，而且应当是这个样子。

"这一个"系黑格尔《精神现象学》中用语，原指个别、具体的感性认识，亦完全可以表明他的美学思想，即认为艺术典型本身必须是具体的、感性的，而不能是抽象的、概念的东西。在这点上恩格斯是完全同意黑格尔的。在上述信中，同时他又批评明娜·考茨基没有把小说主人公阿尔诺德写好，认为人物性格"消融到原则里去了"，原因就在作家要公开表明"自己的立场"或"倾向"。恩格斯申明，他绝不是反对倾向本身，相反他认为古今许多伟大作家都是有倾向的，但接着又说：

> 我认为倾向应由情境和情节本身产生出来，而不应特别把它指点出来，作者没有必要把他所写的那种社会冲突在将来历史上会如何解决预告读者。

他在给英国女作家哈克奈斯的信中提出"作者愈让自己的观点隐蔽起来，对艺术作品就愈好"，也是这个意思。马克思和恩格斯在分别给拉萨尔的信中，批评他的"革命悲剧"《济金根》缺乏"莎士比亚化"而错误地采取了"席勒方式"，即把人物变成了"时代精神的单纯的传声筒"，也同样是这个意思。须知所谓"倾向""观点""时代精神"，均指作家的理想或理性认识，亦即作家所理解的"一定社会的本质"及其规律性。马、恩当然不反对这些东西本身，但却坚决反对把这些东西直接写进文学作品，把人物变成"传声筒"。总而言之，文学中的典型是以个性化为前提的，从歌德、黑格尔到别林斯基、车尔尼雪夫斯基再到马克思、恩格斯，所有真正懂得文学的论家无不强调这一点。如果忘掉这一点，为了典型而牺牲个性，那就是对文学典型的最大误解。如果不是从理论上而是从实践中看，具有这种误解的人真是太多了。所有概念化作品都是基于这种误解，不管主观上是否意识到。

恩格斯在典型论上的贡献，是把"典型人物"与"典型环境"联系起来，在我看来这是对作家的更高要求。关键在"典型环境"。恩格斯的意见，是在批评哈克奈斯《城市姑娘》中提出的。这部小说是写一个贫困少女被富人诱奸又被遗弃的故事，反映了工人阶级贫困落后，靠慈善机构赈济为生的状况，表达了作者对工人的同情。恩格斯信中说：

> 照我看来，现实主义不仅要细节真实，而且还要真实地再现典型环境中的典型人物。你所写的那些人物性格，在他们的限度之内，是够典型的，但是环绕他们而且促使他们行动的那种环境却不够典型。

为什么说环境不够典型呢？因为《城市姑娘》写于19世纪晚期，当时英国工人阶级已经觉醒，已经过了"五十年光景的战斗的无产阶级斗争"，而小说所写工人仍如19世纪初期那样，只是些在苦难中无所作为的消极群众。可见，所谓典型环境，乃是指特定历史时期社会生活的本质方面。《城市姑娘》中的人物也是典型，但不是典型环境中的典型。可见，写出典型环境中的典型人物，乃是对作家的更高要求，即要求作家写出能反映特定历史时期社会生活的本质方面的典型人物。其实，黑格尔和别林斯基的典型论也已接触到这方面（将典型与"历史环境""时代精神"联系起来），但作为一个明确要求向作家提出来，却是自恩格斯始。不言而喻，典型环境中的典型人物，亦必须以鲜明生动的个性为前提。同一典型环境中的典型人物绝不止一个，而是有多个。如果不承认这点，那又是一种误解，"文革"中鼓吹的"三突出"正是这种误解的标本。

只要不发生上述三种误解——将典型理解为"某种统计的平均数"，理解为"类型"，或是认为代表某种社会本质的典型只有一种——那么典型论在理论上就是正确的。从歌德的"在特殊中显现一般"、黑格尔的"理念的感性显现"，到别林斯基的"熟识的陌生人"，再到恩格斯的"典型环境中的典型人物"，都是正确的，他们的说法均可视为文学典型的定义（恩格斯的定义属于更高的要求）。

可是，这种正确的理论对于作家创作实践究竟有什么意义呢？这是可以怀疑一下的。对于批评实践有意义，对于创作实践有无意义则值得怀疑。试问：古今中外文学名著所提供的人物形象，有哪一个是非典型的呢？还是歌德说得好：

> 不必担心特殊的东西或许不能吸引别人的注意。一切性格，无论是多么特殊的，凡被描写的东西，从小石子及至人，总是具有类性的。因为万物都屡次重复，只有一次那样的东西，在世上是不存在的。（《歌德谈话录》）

这里所说"类性"即典型性。作家塑造人物形象时，他关心的永远是特殊的东西即人物的个性，至于其所具有的典型性，那是不期其然而自然的事，根本用不着去担心。当然，塑造人物必须进行概括，即便有原型亦须概括。但概括乃是为突出人物性格某方面，以表达自己某种审美感受、兴趣和理想，而并非为了"扩大"或"提高"人物典型性——即考虑是否体现了"一定的社会本质"等等。也许有的作家要考虑，但大多数作家恐怕是不会考虑的。古典作家且不论，就拿苏联作家肖洛霍夫来说，他的名著《静静的顿河》，写的是顿河地区建立和巩固苏维埃政权的斗争，正面主人公却是个中农出身的白匪军官。如果作家当初考虑到"一定的社会本质"，肯定就不会选择这样一个人做正面主人公，至少不会把他写成现在这种样子。实际上，正如作家自己所说，当他塑造葛利高里的形象时，他感兴趣的仅仅是"人的魅力"：外貌、身体素质、习惯、勇敢、桀骜不驯、强烈的自尊、对故乡土地的眷恋、正直、机智，以及他对阿克西妮亚的热烈爱情等等。作家不是从"社会本质"，而是从自己独特的审美感受、兴趣和理想出发塑造人物的。一旦人物塑造成功，其所提供的就不仅是个性，而且也是典型。葛利高里究竟算什么典型，白匪军官的典型还是富裕中农的典型？如果都不是，是什么呢？苏联评论界争论了几十年。无论如何，既然这个人物引起了人们的广泛同情和感情上的强烈共鸣，你就不能不承认他的个性体现了某些共性——阶级的、时代的，以及超越了阶级和时代的共性，不能不承认他是个典型。至于这个典型如何解释，那是批评家的事，不是作家的事。愈是成功的典型，愈难加以解释。真正杰出的作家总是给批评家出难题，我们现在正是需要这样的作家。

别林斯基认为典型就是"熟识的陌生人"，这话说得极好

（中国文论中所谓"出人意外，还须在人意中"，意思相同），然而作家的任务仅仅是提供陌生人，至于读者能否对他感到熟识，作家可以考虑，也可以根本不加考虑。人物的典型性，并不是你考虑了它就有，不考虑就没有，而是考不考虑它都有。说到这里，我便又想起严羽的话来："本朝人尚理而病于意兴，唐人尚意兴而理在其中。"作家不应采取宋人写诗的方法，而应采取唐人写诗的方法塑造小说中的人物。

当然不是说任何典型都具有同样重要的意义。歌德说即便路边的小石子也有它的类性即典型性，但作家最好还是别去写小石子，而去写高楼大厦，如恩格斯所说写出"典型环境中的典型人物"。一个作家写出什么样的典型，不是由他的世界观、人生理想、思想境界以及社会经历等诸多因素决定的，而不是属于创作方法的问题。我主张作家具有先进的世界观、为祖国以至全世界大多数人服务的人生理想、高尚的情操和丰富的阅历，只有这样才可能写出足以反映时代精神和历史发展趋向的人物形象。但是，当作家开始了人物形象的塑造时，其所遵循的只能是个性化原则，而不能是典型化原则。在我看来，典型化原则不仅对创作没有好处，弄不好反会成为一种干扰。长期以来我们理论界存在的弊端，就是过分强调典型化而忽视个性化，很有点像严羽所说的宋人写诗"尚理而病于意兴"，结果必然给创作带来有害影响。没有个性的"典型"比比皆是，没有典型的个性则未之见也。

然后，再谈人物性格，即个性的塑造。

文学中的人物性格，就是指人物的个性，二者是同义语。恩格斯关于典型的名言，过去译为"典型环境中的典型性格"，朱光潜先生改译为"典型环境中的典型人物",这是个很重要的更正。所谓典型性格,如果真正存在的话,那也只存在于文学发展的初级阶段,是根本不应该加以提倡的。在生活中,我们说某人"性格急躁"、某人"性格开朗"云云,系就其性格中某一方面而言,就某一方面而言人们彼此间是存在共性的。但文学中的人物性格应是就整个人而言,因此必须是因人而异的,如刘勰所说"其异如面",所谓典型性格是根本不存在的(或者说是不应存在的)。性格的"共名"不能代表整个性格(下面要讲)。认识这点十分重要,这就意味着写人不能只写一方面,而应写多方面,写出个性本身的丰富性。

一般而言,人物性格应既有鲜明性,又有丰富性,应是二者的统一。具体说来,在过去时代优秀作品所提供的人物画廊当中,性格即个性大体又可分为两类。一类是在某方面具有特别鲜明的特征,例如堂吉诃德、奥赛罗、哈姆雷特、维特、浮士德、老葛朗台、高老头、普柳什金、罗亭、奥勃洛摩夫、阿Q等。这些人物性格均以某种鲜明特征给人以突出印象,而成为"共名"。比如堂吉诃德成为善良勇敢而行为无益的共名,奥赛罗成为爱情中怀疑与忌妒的共名,哈姆雷特成为内心冲突和在行动上犹豫不决的共名,维特成为狂热和多愁善感的共名,浮士德成为永不知足的共名,高老头成为变态父爱的共名,罗亭成为"言论巨人,行动侏儒"的共名,奥勃洛摩夫成为惰性与无所作为的共名,阿Q成为失败者精神胜利的共名。有两点需要说明:一是成为共名的性格特征亦各有特色,例如巴尔扎克的老葛朗台和果戈理的普柳什金都成为吝啬与贪婪的共名,普希金的欧根·奥涅金和莱蒙托夫的毕巧林都成为"多余的人"的共名,但彼此的这种性格特征又是迥然有别的。另一点更为重要,那就是成为共名的性格特征并非人物的全部性格。哈姆雷特的性格并不仅仅是内心冲突和犹豫不决，阿Q的性格亦不仅仅是失败者的精神胜利。鲜明的性格特征必须建立在性格的丰富性的基础上面，才能塑造出令人信服的人物形象。否则，如果性格没有丰富性，只有某种特征，这样的人物就只能成为一种性格类型，看起来似乎很鲜明，其实不过是某种概念的化身，并不是真实的个性。性格类型出现在文学发展的初级阶段，例如各民族神话中的神和半人半神。其实《伊里亚特》中的主人公阿喀琉斯也是一种性格类型，勇猛和暴躁的类型。作家从始至终描写他的愤怒：开始由于女俘被夺受辱而愤怒，拒绝参战，甚至祈祷宙斯降祸给希腊人，以致希腊联军连吃败仗；后来由于好友阵亡，为了替友报仇又一次愤怒，上阵参战，于是使战局转败为胜。是他的愤怒决定了整个战争的胜败。性格固然突出，然而也仅仅如此，这样的人物性格就只是一种类型。老实说，我认为中国古代小说中的许多人物性格亦属于这种性格类型，包括《水浒》《三国》中的许多人物。金圣叹批《水浒》，说是几个具有粗鲁性格的人物各有不同，例如鲁智深的粗鲁是性急，李逵的粗鲁是蛮干云云，不无道理。但无论鲁智深还是李逵的性格，都缺乏丰富性的基础，因而他们之间虽有差异，大体却都未超出性格类型的模式。我无意贬低这些影响广泛的文学类型在历史上的地位，但认为当代作家已不再需要塑造这种类型。

另一类性格，可以叫作复杂性格，这类性格同样是鲜明的，但这种鲜明性表现在多方面，很难从中举出某一个可以成为"共名"的特征。例如贾宝玉的性格有个重要特征是善良而软弱，但贾宝玉绝不会成为善良或软弱的共名，他的性格还有许许多多同样重要的其他方面。再如安德烈（《战争与和平》）的性格有个重要特征是骄傲而正直，但安德烈也绝不会成为骄傲和正直的共名，因为他的性格还有许许多多同样重要的其他方面。又如葛利高里（《静静的顿河》）性格有个重要的特征，那就是在危急中总是显得既勇敢又沉着冷静（这是他区别于其他哥萨克的显著特点），但你也不能把葛利高里视为勇敢或沉着冷静的共名。可以说，文学中绝大多数著名人物都属于这种复杂性格，他们的鲜明个性不是由某方面，而是由诸多方面显现出来的。

上述具有"共名"特征的性格与复杂性格，哪类更好呢？这问题是很难回答的，因为二者在文学史上都有极其成功的经验。不过从数量上看，复杂性格更多，更普遍，从这个角度可以说它是更重要的。由此想起有些讲创作的论著，总强调人物性格要分主次。其实这种方法只适用于第一类性格。后一类性格，作家所注意的乃是性格的整体性——既丰富而又统一（关于这点下面要着重讲），是用不着刻意分主次的，当然实际上总会显出主次来。至于前一类，诚然是要分主次，但也不能因为突出"主"而忽视"次"；要没有"次"，成为"共名"的特征便会失掉个性，人物就成了类型。无论哪一类，都必须是"熟悉的陌生人"。对作家来说关键是要写出"陌生人"，即特殊的个性，只有这样他的人物才会被接受，即成为"熟悉"的人，成为典型。

真实的性格都不是只有一面，而是有两面或多面。这主要是针对上述复杂性格讲的。这里所谓两面或多面，不是指性格的丰富，而是指性格的矛盾和冲突，是为更有说服力地提示人的性格的复杂性。比如说，勇敢的人并非一味勇敢，也有胆怯的时候；诚实的人并非一味诚实，也有说谎的时候；精明的人并非一味精明，也有失算的时候；伟大的人并非一味伟大，也有平凡甚至是渺小的时候；邪恶的人并非一味邪恶，也有善良的时候。生活真实如此，文学可以隐恶扬善，有取有舍，却不可违背总的真实。有"常"必有"反常"，唯有"反常"，"常"才真实，并更引起注意。真正杰出的作家，往往就是在"常"与"反常"的矛盾统一中去塑造人物性格的。姑举《静静的顿河》为例，仅从一个侧面分析主人公的性格。葛利高里和阿克西妮亚的迷人性格，在很大程度上是通过他们之间的那种热烈、缠绵、至死不渝的爱情显现的。然而这种爱情一如他们的整个命运一样充满了曲折坎坷。它一开始就是不合法的，葛利高里热烈爱上的是一个有夫之妇，他不但破坏了对方的婚姻，而且当自己娶妻生子以后又为此破坏了自己的婚姻。其实，葛利高里对阿克西妮亚也并不"忠实"，分别期间多次同别的女人鬼混，甚至在别人家借宿一夜，还同女主人结露水缘。但是，我们绝不因此怀疑他对阿克西妮亚的深沉而始终如一的爱情。当他最后安排前途时，也未忘记冒险回家将阿克西妮亚带走。途中阿克西妮亚中弹身亡，于是他对前途便完全绝望了。他一生的命运都是同阿克西妮亚联系在一起，她是他心中唯一的女人。他对自己老婆以及别的女人的态度都是轻率的，正因为有这些轻率的关系才更显出他对阿克西妮亚的严肃、真诚和执着。阿克西妮亚在爱情中也是有"缺陷"的，且不论对丈夫的背叛，当她同葛利高里已结成事实上的夫妻之后，在葛利高里外出打仗时，也曾和少主人发生关系，先是对方勾引她，后是她勾引对方。她的这种轻率同当时的处境有关。她和葛利高里的关系则是另一回事，她随时准备为他牺牲一切，当葛利高里最后带她逃亡时，也毫不犹豫。这是她一生中唯一的爱情，也是她生命的支柱。葛利高里和阿克西妮亚都富有"人的魅力"，葛利高里的魅力是在战争和爱情两方面的纠葛中显现的，而阿克西妮亚的魅力则几乎完全是靠了爱情的支撑,才得以显示出来。他们之间的爱情,虽不像罗密欧与朱丽叶那样白璧无瑕,却更真实,更令人同情,正如他们的整个命运一样充满悲剧的力量,其所显示的人物性格也更加迷人,引人思索。而敢于在矛盾冲突中展示人物的复杂性格,是需要极大的勇气和胆识的;在这一点上,20世纪的肖洛霍夫是超过了16世纪的莎士比亚的。

性格须有多重性,方可见出性格的饱满。但多重性格不等于多重人格。性格系由生理素质和社会经历所决定的心理特征,而人格即人的品格,属于思想境界和道德范畴。比如一个人性格懦弱,固然是个弱点,但这是性格上的弱点而非人格上的弱点;一个性格懦弱的人可以同时是个人格高尚的人,例如巴尔扎克笔下的邦斯舅舅就是这样一个人。同样的性格特征,在道德上可能有不同的评价,即属于不同的人品。比如车尔尼雪夫斯基《怎么办?》中的拉赫美托夫与巴尔扎克《人间喜剧》中的伏脱冷,都是性格极其坚毅的人物;但彼此的人品可说正好相反,前者是个革命者,后者是个黑社会头目、一个不择手段的凶残而卑鄙的野心家。性格和人格属于不同层次的概念,这不难理解。

但是,实际上,在多数情况下,一个人的性格又往往反映出他的道德面貌,作家在刻画人物性格时也总是暗含着某种道德评价,并且这是读者很容易感受到的。也就是说,性格和人格有时很难分开。但多重性格与多重人格却是容易分开的。所谓多重人格系指人格的分裂,而多重性格则无论多复杂,均须有内在的统一性,才是"合理"的。比如雨果《悲惨世界》中的冉阿让,前后性格颇不一,但绝不是人格的分裂。这个被监禁了十几年的苦役犯,一旦获释,内心充满怨恨,以致以怨报德,偷了米里哀主教的银器，还抢了一个小孩的钱。可是由于受了米里哀宽宏大量的善行感召，后来竟变成一个悲天悯人的救世主式的人物。从外观看，这种一百八十度的大转变似乎不大合情理。因此有人说，这是作家对教会抱有幻想的缘故，说是他对当时社会秩序感到失望，却把希望寄托于宗教的仁慈和善心上。这是不符合事实的。在这部小说中雨果对米里哀确有些"美化"，但这和他的主教身份没有必然联系。就在《悲惨世界》之前写的《巴黎圣母院》中，对那个道貌岸然的副主教佛罗洛，作家不是淋漓尽致地写出了他那丑恶、卑鄙的灵魂和残忍的性格么？虽然两部小说的历史背景不同，但从15世纪到19世纪，天主教会本身并没有发生本质变化，无论《巴黎圣母院》中的佛罗洛还是《悲惨世界》中的米里哀，在作家眼里都不是作为教会的代表，而仅仅是作为人来加以描写的，在他看来主教中既有佛罗洛那样的恶人，也有米里哀那样的好人。作家不是对教会抱幻想，而是对人抱幻想，这正是雨果人道主义思想的鲜明表现。难能可贵的是，作家的希望不是寄予贵族、资产阶级或教会中的人，而是寄予处于社会底层的普通人——《巴黎圣母院》中的撞钟人加西莫多、《悲惨世界》中的苦役犯冉阿让；正是从他们身上作家发现了人的种种善良品质：仁慈、正直、自我牺牲等等。这是十分可贵的。恐怕正是由于这种人道主义思想，作家对冉阿让后期性格的描写未免有点"理想化"色彩，这是真的。但是，总的说来，这个性格虽然前后有那么大的差异，仍旧不失其统一性，因而仍旧是令人信服的。首先，冉阿让最初入狱，仅仅是由于偷了一块面包，而且是为了使姐姐家的孩子免于饥饿的缘故；可见其并非品质恶劣，相反倒是富于同情心的。可是就由于这块面包，他坐了十几年牢，吃尽苦头，并且在获释之后仍旧被社会遗弃，以至连栖身之处也没有。社会待他如此不公平，他的怨恨和报复心理是完全可以理解的。偷主教的银器，抢一个小孩的钱，正是出于这种怨恨和报复心理。也正是这两件事，使他发现人间毕竟还有仁慈和天真在，从而唤醒了他沉睡多年的善良秉性，这正是他改恶从善的起点。再者，还应看到，坎坷不幸的经历可以毁掉一个人，也可以锻炼一个人。冉阿让后来办工厂、当市长，以及在逃避沙威追捕，同珂赛特相依为命的曲折过程中所表现出的精明、强悍、坚韧和顽强，包括强壮的体魄和"绝技"，正是长期牢狱、潜逃生活锻炼的结果。总之，这个充满传奇色彩的人物，性格既是复杂的，又是统一的，前后迥别而又自有其内在的发展逻辑，用黑格尔的话来说他具有"内在的实体坚实性"。相反，如果冉阿让性格不存在这种差异面，如果他当初还是个心怀恶意的苦役犯，而是一贯的"德性的化身"，这个性格反倒会丧失其"内在的实体坚实性"。

不过，雨果毕竟是个浪漫主义者，他所塑造的人物性格，属于作家主观热情和理想的成分总是过分明显。因此，为了论证复杂性格的统一性，我想再举托尔斯泰《战争与和平》中的道洛号夫为例。这个彼得堡青年军官和浪荡公子中的首领，平时是个十足的流氓、恶棍、无赖，可是在战争中却成为无可挑剔的英雄。二者判若两人却又明明是一个人，这是怎么回事呢？原因就在作家既写出了人物性格的复杂性又并未忽略其统一性，或毋宁说是写出了统一性格的多方面，因而更见出性格的饱满。我们第一次见到道洛号夫，是在阿那托尔营房的大房子里与一个英国军官喝酒打赌，然后（据转述）又把警官绑在熊背上扔进河里。第二件给人留下印象的事是帮助阿那托尔诱拐安德烈的未婚妻娜塔莎。第三件是住在彼埃尔家，用他的钱，和他老婆爱仑关系暧昧，然后又在宴会上侮辱他，逼使他和自己决斗。第四件是向索尼亚求婚遭拒，于是他把怨气发泄在善良的罗斯托夫身上，赢了他大笔钱，差点把他逼死。这些事件所显示的完全是个恶棍无赖的性格，然而，托尔斯泰的杰出处，就在他笔下的这个恶棍无赖亦自有其引人同情甚至喜爱的地方。人物登场他就做了介绍：这个由纨绔子弟组成的集团的首领本人并不是纨绔子弟，他既没有钱，又没有任何"关系"，但是他比一年要花几万卢布、父亲是大臣的阿那托尔更受尊敬；不是凭财产和家庭权势，而是全凭自身的"能力"和性格——他是赌博和决斗的能手，无论喝多少酒也不会失去清醒的头脑，等等。他那发光的蓝眼睛始终是傲慢而镇定的，即使在作恶的时候，也使人对他产生某种说不清的好感。再如，决斗受伤时，罗斯托夫送他回家，沿途一声不吭，可是车一进莫斯科，他突然兴奋起来，拉起罗斯托夫的手，脸上露出从未有过的温柔表情。罗斯托夫问他："怎么啦？"他说："不好受！"因为他想到自己的死，"我没有关系，但是我害死了她——她受不了！"罗斯托夫问"她"是谁，他动情地叫起来："我的母亲，我的天使，我所崇拜的天使，母亲！"他拉着罗斯托夫的手，并且流出眼泪。他托罗斯托夫给母亲送个信，让她思想上有个准备。罗斯托夫执行了，使他吃惊的是，"这个暴徒和莽汉，在莫斯科是同自己的老母和驼背的姐姐住在一起，并且是最温情的儿子和兄弟"。每次读到这里我总是大受感动。可是，紧接着读到他引诱罗斯托夫赌博，像猫抓耗子一样把对方牢牢掌握在自己手里，他又显得多么自私和残忍啊！"只有傻瓜赌钱才靠运气！"十足的流氓无赖口吻。但从他这方面来说，对罗斯托夫泄恨又是"合理"的，因为对方是有钱的伯爵，而自己一无所有，正因为如此，他向索尼娅求婚才遭到拒绝。实际上，他比罗斯托夫是强得多的,他要向他证明这一点。总之这是一个强有力的性格,但在彼得堡和莫斯科的贵族青年的圈子里只能得到恶性发展。一旦环境改变,到了保卫祖国的战争中,才得到良性发展。面貌很不相同,内在性格却又是一致的。他在彼得堡穿波斯服,在敌后游击队中却穿着整洁的近卫军军装,脸刮得干干净净,显出最拘泥的近卫军军官的神情。外表的变化也说明了性格的变化。战争使他成为一个英勇的战士、一个机智的指挥官,用罗斯托夫的弟弟彼恰的话来说,是成了"大英雄"。但是,在战场上追逐法国兵时的道洛号夫,和在彼得堡坐在窗台上喝酒打赌的道洛号夫,同样是面部苍白、蓝眼睛闪闪发光;在敌后侦察法军营地的道洛号夫,和在莫斯科策划诱拐娜塔莎的道洛号夫,同样是那样沉着冷静和胸有成竹……恶棍的道洛号夫和英雄的道洛号夫判然有别,而又是同一个人。

上面举雨果的冉阿让和托尔斯泰的道洛号夫,均为论证复杂性格的统一性。这种例子是举不胜举的。正因为有了这种统一性,复杂性格才能成为一个有生气的坚实的整体,性格的多重才能区别于人格的多重。当然,附带要说的是,多重人格本身也是一种性格,是一种缺乏内在统一的虚伪性格。文学总要写真实的东西而不能写虚伪的东西,但既然虚伪本身也是一种真实,那就可以把它当作真实来写,这种真实在生活和文学中都并不少见。

无论多么复杂的性格,总得呈现出一个明确的面貌,用黑格尔的话说便是获得某种"定性"(虽然他往往不是用明确的观念所能表达的)。上面强调性格的统一性,就是这个意思。

当代西方(包括苏联)小说中出现一种所谓反性格的倾向,即借口内心世界的真实,故意把一些彼此不相干、无联系的性格特征拼凑在人物身上，使性格失去"定性"。在我看来这是一种病态的倾向，绝对不值得效仿。这种作家，由于不敢面对现实，或是对现实人生失去信心，这才——如黑格尔所说——"像蜘蛛吐丝一样，从自己肚子里织出"一个与世隔绝的内心世界。文学当然要表现人的内心世界，但人的内心世界怎能脱离作为社会存在的人本身呢？我们说没有人（有血有肉的具体的人）便没有社会，不是也同样可以说没有社会便没有人（社会的人）吗？人的内心世界无论多么奥妙神秘，总要受社会的制约，否定这种制约也就否定了人自身，脱离社会来写人的结果必然使人失去"定性"。没有定性的人是根本不存在的，不过是作者的妄想罢了。当然，具有这种妄想的人本身是存在的（也是有定性的），他们自己倒是有资格成为文学作品中的主人公，但这种作品不能由他们自己来写，而要由别人去写。

当代小说中的反性格倾向作为一种思潮来看，是病态的、颓废的。它引导人逃避现实，厌恶人生，因此注定是没有前途的。黑格尔在一百多年前说过的话，对于这些作家仍旧适用：

> 这种人自以为是高人一等的真纯的人物，自以为有些神圣的东西藏在他的心灵最深处，而其实所谓神圣的东西一经揭露出来，只是穿便衣戴便帽，最平凡不过的东西。（《美学》第一卷）

当黑格尔抛开他的"绝对理念"，而从艺术规律阐述人物性格的塑造时，其见解不但十分精辟，而且可以看出他的审美兴趣也是很健康的，至少没有丝毫病态、颓废的味道。但是，应当说明，黑格尔关于人物性格的见解又是存在很大局限性的。这要从他关于艺术发展的观点谈起。

黑格尔认为艺术可分为三种类型亦即三个发展阶段：象征艺术（古埃及、印度、波斯等民族的建筑为代表）——古典艺术（古希腊雕刻为代表）——浪漫艺术（年代绘画、音乐和诗歌为代表）。他认为象征艺术是物质超过精神，浪漫艺术是精神超过物质，只有古典艺术达到了二者的和谐即主客观的统一，因而是最完美的；同时他又认为浪漫艺术的解体也就是艺术的解体，从此艺术将让位给哲学。同上述这种基本观点相联系，他在论述文学中的人物性格时，总是举古希腊史诗、悲剧以及莎士比亚戏剧为例，近代小说则往往被作为反面的例子（包括歌德的《少年维特之烦恼》）。他给性格规定的三个要素——丰富性、明确性、坚定性——便主要是根据古希腊史诗、悲剧和莎士比亚的经验提出。在今天看来，丰富性与明确性固然具有普遍意义，至于坚定性，则只适合于所谓英雄性格或至少是奥赛罗或哈姆雷特那样的"高大"性格。黑格尔所谓坚定系针对软弱而言，如感伤、犹豫、绝望等等均与此要求不合，为此他曾特别为莎士比亚的哈姆雷特辩解，说他所犹豫的不是应该做什么，而是应该怎样去做（复仇）。黑格尔关于坚定性的主张，作为对当时文学中出现的感伤颓废倾向的批判是深刻而有力的，但这种主张本身却带有极大的片面性。比如他说："一个真正的人物性格必具有勇气和力量，去对现实起意志，去掌握现实。"（《美学》第一卷）可以把具有这种勇气和力量的性格视为一种理想的性格，但怎能将其作为对人物性格的普遍要求和规定？黑格尔的这种片面性，很明显是由于历史的局限，他毕竟没有见到19世纪中、后期出现的文学高潮（主要是小说的高潮）；如果他读过巴尔扎克、雨果、福楼拜、左拉、狄更斯、哈代、果戈理、托尔斯泰……他对文学中人物性格的见解恐怕就不会出现上述片面性。同时，也是由于这种历史局限，他对"明确性"的解释也存在片面性，即认为人物性格"应该有个主要方面作为统治的方面"。这个规定，适合于我们所说的具有"共名"特征的性格，古希腊和莎士比亚作品中属于这类性格的人物是比较多的。但后世小说中的人物绝大多数都属于复杂性格，这类性格就很难说有什么占统治地位的方面，它的明确性即统一性，是由性格整体呈现的。

人物性格不必"有个主要方面作为统治的方面"，但这绝不是说作家塑造人物性格时没有个主心骨。即便生活中有原型，比如传记性或纪实性作品，也不可能把一个人的一切方面都写出来，而必须有所选择，突出某方面，削弱或删汰某方面。选择什么，突出什么，并不是根据抽象的意图，而是根据平时积累的审美印象和由此形成的审美理想。一般说来，作家塑造一个人物所需要的审美印象并不是来自现实中的一个人，因此现实中的任何一个人也不可能完全符合作家已形成的理想，历来传记文学的成就都很有限，原因就在这里。罗曼·罗兰在写了《安魂曲》和《贝多芬》之后又写《约翰·克利斯朵夫》，就因为无论莫扎特还是贝多芬都不能完全符合他关于一个音乐家的理想。

作家表达自己的理想，既要根据在现实生活中获得的印象，又必须加以强化。如何强化？每个作家都有自己的方法，但是归纳起来不外以下三种：一是直陈，二是对比，三是陪衬；有趣的是，这正好就是中国作诗方法的赋、比、兴——只是"比"不是比喻，而是对比。赋即直陈，直接对人物外貌、行为、言论和心理活动加以描写（包括夸张），这是基本的方法，比与兴都离不开它。但真正的技巧往往不表现在赋，而表现在比与兴；写小

说和写诗道理是一样的。比与兴,又各分两类:

比:彼此的对比,例如屠格涅夫《父与子》中,巴扎洛夫与帕威尔在争论中显示出的对比。

自身的对比,例如雨果《巴黎圣母院》中,撞钟人加西莫多的面貌与心灵的对比。

兴:彼此相陪衬,例如托尔斯泰《战争与和平》中,在社交场合安德烈的矜持与彼埃尔的心不在焉相陪衬,在侦察敌情时道洛号夫的镇定与彼恰的紧张相陪衬。

自身相陪衬,例如司汤达《红与黑》中,于连的爱情与野心相陪衬,瑞那夫人的宗教狂热与爱情相陪衬。

无论对比或陪衬,都是相得益彰,起到强化性格的作用。只有经过这种强化,人物的个性或个性中的某一特征才能鲜明地呈现。

人物性格的塑造,除了以上所说的赋、比、兴,再从另一个角度观察,则又有两种方法,一是归纳法,一是演绎法。归纳,就是把若干人身上的特征集中起来,加以综合塑造出一个人物;演绎则相反,是把一个人身上的特征分散给若干人物,这个人通常就是作家自己。事实上,任何作家在塑造人物时都必然要同时采取这两种方法,但是多数作家在自白中都主要是强调归纳法,尤其是19世纪的作家("五四"后的中国作家亦如此)。例如,福楼拜便认为:"伟大的天才与常人不同的特征即在于:他有综合和创造的能力;他能综合一系列人物的特征而创造某一典型。"(见季莫菲耶夫《文学原理》)果戈理也说:"我创造人物形象是根据综合……我的综合包括的事物越多,我的创作就越真实。"(《作家自白》)综合也就是归纳。应该注意的是,归纳总得有个中心,如托尔斯泰所说:"我需要做的恰恰是从一个人身上撷取他的主要特点,再加上我所观察过的其他人的特点。"(《同作家莫欣的谈话》)也就是说他需要许多模特儿,其中有个主要模特儿。屠格涅夫在《文学回忆录》《六部长篇小说总序》以及和别人的谈话中,都曾详细谈到他的主人公的原型,他的经验与托尔斯泰的完全一致。就拿《父与子》中的巴扎洛夫来说,其主要模特儿是个外省青年医生,屠格涅夫同他在火车上邂逅,经过两小时的谈话对他产生了异常强烈的印象。但仅凭着对这个青年医生的印象是无法塑造出一个性格饱满的形象的(他和他只有一面之缘,不久后当他打听这个人时,就听说他已经死了),还必须"聚精会神地倾听和观察我周围的一切"(《文学回忆录》)。他提到过别林斯基、巴枯宁、赫尔岑、杜勃罗留波夫……这些革命民主主义者和虚无主义者对他塑造巴扎洛夫都有过启发。比如,巴扎洛夫的外貌基本上是根据那个青年医生写的,却把头发颜色改成了金黄色,因为他发现"金黄色头发的人总是比棕色头发的人值得同情,例如别林斯基、赫尔岑和别的人"(见巴甫洛夫斯基《回忆屠格涅夫》),别林斯基、赫尔岑等人身上使他发生兴趣的东西当然不止于头发。但主要模特儿毕竟是那个外省青年医生,没有他做中心便无法进行归纳,而且压根儿不会产生创作的动机。

至于演绎法,即把作家自己的特点赋予他的人物,虽然谈的人不多,同样是普遍采取的方法。像《红楼梦》《大卫·科波菲尔》那样的带有明显自传性的小说不必说,事实上别的大多数小说也都有作家自己的影子,只是程度不同,有人承认有人回避罢了。冈察洛夫就比较坦率,他说奥勃洛摩夫的懒洋洋的形象,就是他从自己和别人身上看到的(《迟做总比不做好》)。罗曼·罗兰也承认约翰·克利斯朵夫身上有他自己的东西,有他自己的某种痛苦的心情（《内心的历程》）。有的作家自己不讲，可是别人看出来了。例如莱蒙托夫《当代英雄》中的主人公毕巧林，就被公认为有作家自己的影子，有人甚至认为是作者的自画像。屠格涅夫便说过：

> 莱蒙托夫的外貌有一种不祥的、悲剧性的东西。他那晒得黑黑的面孔和呆滞的乌黑的大眼睛，使人感到有一股阴暗而凶恶的力量、一种沉静的傲慢的激情。……他的矮壮的身材、罗圈腿、拱起来的宽肩上的大头——整个形体都令人产生不快之感，但是任何人都会立刻认出他所固有的威力。谁都知道，在某种程度上说，毕巧林是他的自我写照。"他笑的时候，他的眼睛并不笑"之类的话，确实可以应用到他的身上。（《文学回忆录》）

当然，毕巧林并不是莱蒙托夫，至少他的外貌比莱蒙托夫漂亮，勾引女人和决斗的本领也显然高明得多。但的确非常相似。这说明莱蒙托夫塑造这个人物是以自己为原型，同时又融入了属于别人的某些东西。不过，这种以自己为原型塑造人物的情况毕竟是不多的。一个作家通常要写几十几百个人物，绝不可能个个都以自己为原型。以自己为原型的只能有一两个。有的作家根本不写这样的人物。然而，无论你写什么样的人物，总不免以己度人，即总是要运用自己的人生经验、体验、感受和感情，因此里边总是有一些自己的影子。关于这点，莫泊桑有个说法：

> 无论在一个国王、一个凶手、一个小偷或是一个正直的人的身上，在一个娼妓、一个女修士、一个少女或

是一个菜市女商人的身上,我们所表现的,终究是我们自己,因为他们不得不向自己这样提问题:"如果我是国王、凶手、小偷、娼妓、女修士、少女或菜市女商人,我会干些什么,我会想些什么,我会怎样地行动?"……要使得读者在我们用来隐藏"自我"的各种面具下不能把这"自我"辨认出来,这才是巧妙的手法。(《"小说"》)

要知道莫泊桑是个坚定的现实主义者,福楼拜的忠实学生。他不是主张在人物塑造中表现自我,而是认为这种表现不可避免(他主张隐藏)。这无疑是正确的。"纯粹客观"的再现实属欺人之谈。不过,莫泊桑的话说得有些过头,如果把"终究是我们自己"改成"终究有我们自己",换一个字,就确切了。

第十八章　论小说中的人物（下）

前章开始讲典型，本章开始讲特殊。关于特殊在前两章已经讲了不少，本章正是要根据已阐述的观点，进一步提出下面这样一个命题：小说中的人物性格，必须是特殊环境中的特殊性格。

这个命题，一定会使你们想到恩格斯所说"典型环境中的典型人物"（请注意是典型人物而不是典型性格，典型性格是讲不通的），因此，为预防可能遭到的指责，我想先做两点解释：一、恩格斯所说"典型环境"系指大的历史环境、能反映社会本质的环境，我所说的"特殊环境"，系指构成作品情节的具体环境；二、恩格斯说的是"典型人物"，我说的是"特殊性格"，同一种典型人物可以有许多性格。总之恩格斯的定义是从大处着眼，我的命题是从小处着眼，二者并不冲突，后者或可视为对前者的补充。这种补充很有必要，因为在我看来强调特殊对创作是更有直接意义的。

从哲学上说"特殊"是相对"一般"而言，现实的人都是"特殊"的，根本不存在"一般"的人。但这里所说的"特殊"并不是哲学上的概念，而是文学上的概念。文学上的概念，也就是日常生活中人们习惯用的概念。平时我们说某人很特殊，必然是他身上有某种与众不同的地方，如果人人如此，就不成其为特殊了。特殊总是意味着罕见、稀有、出人意外。女人嘴上长了胡子就显得很特殊，胡子长在男人嘴上就很普通。

无论在生活中还是在文学中，人们感兴趣的永远是特殊的人和事，而不是普通的人和事。比如听人讲故事，总是些怪怪奇奇，至少是有点"反常"的人和事，才会发生兴趣；如果都是些生活中耳闻目睹、司空见惯的人和事，听起来就要打瞌睡。同样，你要给人讲故事，必然也是选择特殊的人和事，为了引起兴趣还要竭力加以夸张或是编造。我小时候最爱听鬼的故事，越害怕越想听，恐怕就是鬼比人特殊的缘故。不过，鬼故事虽属虚构，讲故事的人总是说实有其事，发生在某时某处，既要讲得离奇，又要叫你相信它的真实性。在我父辈中就有个很会讲鬼故事的人，每次讲的无不是他亲身经历，其实后来才知道这些故事原是社会上早已流传，有的是从《聊斋》上来的。为什么鬼故事也要说成是真的才能吸引人？这就牵涉到问题的另一面：特殊的东西还必须是"合理"的才会被接受。还是前人说过的那句话：出人意外，还须在人意中。

别小看讲故事。小说就是起源于讲故事，而且是传奇故事。中国的志怪、传奇、话本和拟话本便都是讲故事，外国的《一千零一夜》《十日谈》等等，不也是讲故事吗？这些故事，无论讲神怪、男女、冒险或是奇风异俗，无不以传奇性引人入胜。文艺复兴以后的西方小说，中国明清的拟话本和章回小说，总的说来是传奇性减弱而现实性增强，但这种现实性仍然不是通过普通的人和事，而是通过特殊的人和事表现出来。一般说来，小说中只有具有特殊性格的人才能使人发生兴趣，而这种特殊性格又总是在特殊环境，即通过偶然性情节才鲜明地显现出来。比如莫泊桑的成名作《羊脂球》，那个绰号羊脂球的妓女，不过是个普普通通的妓女，然而在特殊环境里却显出特殊性格，令人钦敬；在她周围那些形形色色的上流社会的男人和女人反显得卑劣可鄙。如果没有那种特殊的环境——普法战争中，不同阶级的人都拥挤在同一辆车里，而普鲁士军人又偏偏看中那个长得并不漂亮的妓女——便写不出羊脂球的特殊性格。就拿文学中的妓女形象来说，凡性格较突出的，从李娃、霍小玉、杜十娘以至茶花女玛格丽特，无不是特殊环境中的特殊性格。如果不是从特殊而是从"典型"出发，写妓女就应写她如何卖淫。这样的作品自然也是有的，例如左拉的《娜娜》便是。但娜娜也是特殊环境中的特殊性格。一般妓女总是被侮辱被损害，娜娜却不断地侮辱和损害那些玩弄她的男子，包括达官贵人和贵族，撕下他们道貌岸然的面具，叫他们匍匐在地学狗爬，把他们搞得夫妻离异、倾家荡产以至丧命。凡是成功的文学形象，无不是特殊环境中的特殊性格。

不过，话说回来，特殊的人和事，又多半是从普通的人和事中发现、发掘和提炼出来的。女人嘴上长胡子、无神论者做祷告，一望而知很特殊，但如果作家在生活中仅对这样的人和事感兴趣，岂不成了猎奇？猎奇固然也是需要的，但更重要的还是要善于从普通的人和事中去发掘。关于这点，福楼拜对莫泊桑的指导很有借鉴价值，他说："全世界上，没有两粒沙、两个苍蝇、两只手或两只鼻子是绝对相同的。"这当然不是什么新鲜见解，重要之处在于他要求莫泊桑无论写一个人或一件事，都必须写得与同类的人或事有所不同，即要写出其特殊性。下面就是他给莫泊桑出的一个作业题：

> 当你走过一位坐在他门口的杂货商的面前，一位吸着烟斗的守门人的面前，一个马车站的面前的时候，请

你给我画出这杂货商和守门人的姿态，用形象化的手法描绘出他们包藏着道德本性的身体外貌，要使得我不会把他们和其他杂货商、其他守门人混同起来，还请你只用一句话就让我知道马车站有一匹马和它前前后后十来匹马是不一样的。（见莫泊桑《"小说"》）

福楼拜的意思是说，每个杂货商、守门人以至每个马车站都自有其特点，作家创作就是要写出这些特点。想一想，就拿那个马车站来说，要是写出场院多大，放着几辆车，拴着多少马，如果都是一般化描写的话，再详细也不会给人留下印象；但如果你能用一句话便写出其中一匹马的特色，则不仅是那匹马，整个马车站也就能给人留下个鲜明印象了！为了强调从普通的事物中发掘出它的特点，福楼拜还对莫泊桑说过这样的话：

> 为了要描写一堆篝火和平原上的一株树，我们就要面对着这堆火和这株树，一直到我们发现了它们和其他的树其他的火不相同的特点的时候。（同上）

福楼拜很重视对客观事物的观察，他所说的观察显然也是包含着主观感受的，且不论。这种方法未必对每个作家都适用，始终面对一堆火或一株树未必就能发现其特点。但福楼拜认为只有具备了与众不同的特点的事物才适合写进文学，并认为事物的特点通常不是显露的，要靠作家去发掘：这个看法可是对任何作家都适用的。

以上福楼拜所说一个杂货商、一个守门人、一匹马、一堆篝火、一株树，还都是只能成为素描对象的"静物"，在小说中则只能成为"点"。要塑造出人物性格，还必须把点连成线，将线连成面，再将面联结成具多角度、多层次的立体，这就需要错综复杂的情节。如果说某些"点"可以从观察和感受中直接获得的话，将点联结起来的情节就主要依赖作家的创造性构思即艺术想象了。比如《安娜·卡列尼娜》，那里边就有一匹非常出色的马，从赛马前夕在马厩中的表现直到在赛马中折颈而死，处处显出与众不同的特点，简直是写活了！但这在小说中只是一个"点"，写马的目的还在写赛马。渥伦斯基的赛马也很特殊：先是一马当先，胜券在握，最后超过一道障碍时竟犯了一个不可饶恕的技术错误，以致人仰马翻，这对他来说是一种反常；先写渥伦斯基如何赛马，然后又写安娜如何看赛马（同一事件从两个角度去写，这种写法也很特殊），当看到渥伦斯基人仰马翻时，她竟在众目睽睽并有丈夫在场的情况下感情爆发，对于一个贵妇人来说也是反常。赛马的精彩场面，固然可以表现主人公的性格以及彼此之间的关系，而由此又引出一系列更为重要的情节：安娜的怀孕、渥伦斯基的精神危机和自杀、安娜和丈夫的公开冲突……即便就是那匹马和那场赛马，也不是仅凭着对生活的观察所能写出的，至于赛马前后展开的错综情节，则更要依赖作家的创造性构思了。以上所说的加在一起，亦不过小说中一个很小的层面。许许多多这样的层面联结起来，才完满地显现出渥伦斯基和安娜的性格；这些层面都不是生活中所固有，而是作家托尔斯泰在构思中编造出来的。当然，作家的构思又是建立在对生活的观察和感受的基础上的。无论观察、感受，还是构思，都是为了提示特殊的事物或事物的特殊性，从而塑造出特殊环境中的特殊性格。

现在，谈一谈所谓正面人物和反面人物的问题。首先要说明的是，这是属于对人物的道德评价，而不是指人物的性格。性格不能分正面反面，但性格与品格又是有联系的。

有人认为，人就是人，无所谓正面反面，人人都有优点和缺点，即便最严重的缺点也是由社会造成，"了解一切便能原谅一切"：这是一种人性论观点。这种观点对不对呢？我认为，人性当然是存在的，但人性是有差异的，在阶级社会中有阶级差异，还有别的差异，阶级消灭之后的社会仍然存在差异，有美德亦有恶德，对人的道德评价是永远需要的。生活中如此，文学中也是如此。作家塑造他的人物时，或明或晦，总要表现某种道德评价。但这种评价通常并不是把人分成好人与坏人两大类，这倒是真的。

过去在我们的理论和实践中常见的偏颇，就是简单化地将阶级划分作为道德评价的依据，并将其绝对化，好就是完美无缺，坏也坏得彻底。先说，仅将阶级划分作为道德评价的依据，是缺乏依据的。这可以从两方面看：一、过去时代文学中的人物大多数属于统治阶级，其中既有反面人物，亦有正面人物；二、我们现在已经消灭了剥削阶级，但在生活中和在文学中都仍然有反面人物，而且在我看来很难将这种人的恶德统统归结于旧社会残余或外来影响，恐怕再过一千年也还会出现道德败坏的反面人物。近年来，由于社会生活的变化，文学中简单划阶级的做法已经比较少见了。但道德评价中的绝对化倾向仍然是比较普遍的。

对人物的道德评价，也就是作家对其所写人物的爱憎，或隐或显，总会流露出来的。但如果爱憎表现过分，势必掩盖、削弱以至取代对人物性格的塑造，就会出现好似天仙或坏如魔鬼的绝对化。真实的人都并非那么绝对，一旦绝对人就成了某种概念的化身。绝对化其实就是概念化，要不是思想僵化，那也是艺术上无能的表现。人不是概念，而是血肉之身，人人都是一个性格饱满的实体。好人行善、坏人行恶，都是根据自身性格的逻辑。好人作恶、坏人行善也是有的，同样是根据自身性格的逻辑。作家写人物，主观爱憎自难免，但作家的主要任务并不是对人物做出评价，而是写出他的性格。

上面说好人作恶、坏人行善也是有的，这里就举个例子。你们看《西游记》，猪八戒是好人还是坏人？当然是好人！只要唐僧取经算革命行动，猪八戒便是革命者，他是坚持到底，最后得了正果的。可是，这个正面人物身上存在多少缺点啊！好吃懒做，又好色，又撒谎，还进行挑拨离间，可以说遍身缺点，尽干坏事。直到取经完毕回到佛祖如来眼前，仍旧本性难改，一听唐僧和悟空都正果成佛，自己却只做个净坛使者，便嚷起来："他们都成佛，如何把我做个净坛使者？"闹个人地位，至少是觉悟不高。如来佛也不从正面加以教育，竟回答他说："因汝口壮身慵，食肠宽大……教汝净坛，乃是个受用的品级。"尽管如此，猪八戒仍不失为正面人物，同沿途遇见的妖精有本质的区别。其实孙悟空也是有不少缺点的，如逞强好胜，性格暴躁，有时很不讲道理。唐僧和沙僧可以说没有缺点（唐僧之认敌为友是水平问题，不是品质问题），唯其如此也就没有性格没有个性了。人们读小说或是看戏，都喜欢孙悟空和猪八戒，对唐僧和沙僧则不感兴趣，是不是这样呢？虽然谁也不愿当猪八戒，但对这个形象却都是很喜爱的；至于唐僧和沙僧，虽然近乎完人，读者反而是觉得隔膜。概念化作品中的正面人物，就属于唐僧、沙僧一类。孙悟空式的人物近年已经有人写了。猪八戒式的人物迄今无人敢写，因为他身上的缺点实在太多。我的意思不是说写正面人物非写缺点不可,不是说要故意写缺点,而是说作家应尊重人物性格自身的逻辑,"人无完人"是事实并非作家有意为之。吴承恩写猪八戒的缺点并非从道德评价出发,而是出于塑造性格的需要,这是很明显的。

我还想进一步说明的是,虽然对人物的道德评价是始终存在的,但作家不可能也不必要把他写的人物都分成正面人物与反面人物,可以分也可以不分,不能一概而论。文学史上的经验证明,在大多数情况下是不能分的。习惯于"二分法"的作家和评论家,应该多想想过去经典作家所塑的著名人物形象,看看其中究竟有多少是可以归类的。

在《红楼梦》中,黛玉固然是正面人物,难道宝钗就是反面人物吗?晴雯、鸳鸯固然是正面人物,难道袭人、平儿就是反面人物吗?老实说,我对红学家们的"两大营垒"之说从来就是怀疑的。不是说曹雪芹在塑造他的人物时不带褒贬,但这种褒贬远未明确到可以把人分成正反两类的程度;我们在阅读时自然也有好恶,但要不是被什么东西冲昏头脑,也绝不能从中分出"两大营垒"来。就拿王熙凤这个天字第一号大坏人来说,曹雪芹对她已有不少尖刻的评语,红学家们加在她头上的恶谥就更严厉,但坦白说我在阅读时对王熙凤的观感却有所不同。不错,她心狠手辣,干过不少坏事,尤其是"毒设相思局""弄权铁槛寺""借剑杀人"等情节,都充分显示出她的"恶德"。但王熙凤并非恶德的化身,她身上还有许多其他的东西。别的且不讲,就说她的逞强好胜和精明能干,尤其是兼理荣宁二府时将上下数百口人运于股掌之上,真是气概非凡,压倒须眉,令人叹服!而且我相信读《红楼梦》有这种观感的人不止我一个,只是大家都不好意思说出来罢了。比如，某女同志很厉害，人们就在背后说她："简直是个王熙凤！"虽非恭维，但也绝非单纯的贬词，实际上是不满之中包含着几分敬畏；这就很能说明大家对王熙凤的真实观感了。贾赦、贾珍、贾琏、贾蓉等人可说是反面人物或正面人物，因为他们一无可取，除了道德败坏再没有别的。王熙凤显然不属这类人，她身上还有引人同情的积极品质，不能简单地视为反面人物。再如鲁迅先生笔下的孔乙己和阿Q，和王熙凤的情况自然很不相同，但同样不能将其视为反面人物。鲁迅的态度是"哀其不幸，怒其不争"，既有同情又有谴责，我们阅读时的感情亦大致如此。另如高里奥（高老头）、于连、爱玛（包法利夫人）、娜娜、欧根·奥涅金、毕巧林、罗亭、渥伦斯基、奥勃洛摩夫……虽然身上都有严重缺点，但并不是反面人物，又很难将其视为正面人物，至少不是值得效法的正面人物。在过去时代的文学形象当中，如果不是大多数，也是有很大部分属于这一类。无论作家还是读者，都主要是对人物性格的审美感兴趣，而不热衷于对他做出道德上的评价。如果情况相反，那将是很乏味的。

再谈谈关于写英雄和写普通人的问题。

首先应当指出一个事实：从世界文学发展的整个趋势来看，是从写英雄过渡到写普通人。这种趋势，从西方文学看得最清楚。古希腊的神话、史诗和悲剧，都是以写英雄为主——神、人或半人半神，著名形象如阿喀琉斯、赫克托耳、俄底修斯、普罗米修斯。到了中古时期，欧洲史诗也仍然都是英雄史诗，名著如法国的《罗兰之歌》、西班牙的《熙德》、法国的《尼伯龙根之歌》和俄国的《伊戈尔王子远征记》。从古希腊到欧洲中世纪，英雄都是部族、民族或封建国家统治阶级中的领袖人物，都具有非凡的品格和能力，建立过丰功伟绩；这些作品多属于民间传说或无名氏作品。文艺复兴以后，随着人文主义思想的抬头，人们不再把自己的命运寄托于奴隶主和封建统治者当中的杰出人物，开始有了做人的自尊，于是普通人才成为文学中的主角，作家文学也才开始大量出现。无论从社会发展还是从文学发展上看，从写英雄到写普通人都是一个伟大的进步，这意味着英雄崇拜的结束和人的个性的觉醒，意味着人对自身的力量和价值有了信心。至于到了20世纪还提倡写那种半神半人的英雄，则属于"无神论者做祷告"之类，其实提倡者自己也并不真相信的。

那么，难道普通人当中就没有出现过英雄么？当然出现过的。但普通人当中的英雄不是半人半神，他们忍辱负重，力量非凡，既是英雄又是普通的血肉之身。既然生活中有这种人，文学中自然也有这种人。比如说，屠格涅夫《前夜》中的英沙诺夫、《父与子》中的巴扎洛夫、车尔尼雪夫斯基《怎么办？》中的拉赫美托夫，便都可以视为普通人当中的英雄，而且都是写得比较成功的。至于苏联文学和中国"五四"以后的新文学中，英雄形象就多了，其中确有塑造得比较成功的，但毋庸讳言，概念化倾向也相当普遍。所谓英雄人物，总是寄予了作家某种社会理想，由于害怕损害理想的纯洁，写作时总要对人物加以美化或拔高，并因而忽略性格自身的真实和饱满，这也许是文学中的这类人物比较容易趋于概念化的原因罢。其实，任何人都是普通人，英雄也不过是普通人当中的一种。这里所说的普通人不是相对特殊而言，而是相对半人半神而言。文学中的普通人，无论属于英雄或非英雄，都必须是特殊的，即都要具有与众不同的、既鲜明而又饱满的个性。如果没有独特的个性，则无论你形象多么高大，读者终究是感到隔膜的。孔夫子对于鬼神既不相信，又不敢公开表示怀疑，因而采取敬而远之的态度。读者对于既不敢表示怀疑却又感到隔膜的英雄，多半也是采取这种态度。

总之我主张写那种使人感到亲切并能催人向上的普通人当中的英雄，反对写那种叫人顶礼膜拜的圣徒或救世主式的英雄。社会发展到了今天还要写圣徒或救世主式的英雄，实在是对人的愚弄和对人性尊严的侮辱。

最后说说写心灵和当代小说中出现的情节弱化的问题。

小说源于讲故事，自然是以情节取胜，这是一个方面。另一方面，小说从讲故事阶段开始，又始终是以人为中心，而人除了显露出来的行为（包括谈话），还有隐藏着的内心活动，随着社会发展和个性的觉醒、人的内在方面在文学中愈益受到重视，这种趋势也是很自然的。这方面西方近代小说表现得最明显。

中国传统小说，人物心理刻画始终是个薄弱环节。作家写人物的活动总是写他做什么和说什么，极少写他想什么，即使写亦不过三言两语，而且往往是同他正在做什么分不开的。较完整的心理描写，只能从《红楼梦》中见到一些。不是说从中国小说中全然看不出人物的心灵。人物的心灵，是可以通过他的行为和言语表现的，而且这种手法比直接的心理刻画更难，读读金圣叹批《水浒》和脂砚斋批《红楼梦》，即可窥见作家的一番匠心。但应该承认，人的心灵除了行为言语所呈露出的，还有隐藏着的部分，将这部分发掘出来对于塑造人物性格往往更为重要，而这恰恰是中国传统小说普遍存在的弱点。有人至今还在强调小说的传统写法，提倡章回体，美其名曰继承民族形式。殊不知这种形式早被鲁迅、茅盾、巴金等人打破了。民族传统中的好东西要继承，弱点则需要克服，传统小说中人物性格的类型化，正是与缺乏心灵描写这一弱点直接关联的。

弱点的产生，并非单纯的文学技巧问题，而是有着深刻的社会历史根源。简单说来，就是由于中国封建社会特别漫长，封建文化特别完善、特别顽固的缘故。以儒家思想为代表的中国封建文化，其基本特点就是重社会轻个人，要求统一而排斥异端，因人而异的心灵世界是从来不受尊重的。儒家思想当然并不能涵盖整个中国封建时代的文化，尤其是文学上的繁荣，往往出现在它的独尊地位发生动摇的时期、领域或个人身上；但同样明显的是，在封建时代要举出一个完全不受儒家思想影响和制约的时期、领域、个人，也几乎是不可能的。儒家思想当然不能视为孔夫子个人的发明，它的形成还有更古老的社会历史原因。最近读到一篇关于中西古代神话比较的论文，说是中国神话中的神都是物质型的神（如女娲、夸父、伏羲、大禹、后羿等）而没有西方那种精神型的神（如爱神、美神、智慧之神、文艺之神、复仇之神、嫉妒之神等），认为这是由于我们的先民生活在自然条件十分严酷的黄河流域，谋生维艰，无暇顾及精神和感情云云。指出的原因未必可信，但从神话即可看出我们民族文化一开始就存在重功利轻审美、重物质轻精神的倾向，则是事实。要改变小说在揭示人物心灵和个性方面的落后局面，就要勇于克服传统文化中由来已久的弱点，更多地借鉴西方的经验——主要是他们在文艺复兴和启蒙运动以后的经验。而且我认为克服上述落后局面的社会历史条件正在成熟。我们正在进行具有深刻意义的经济改革，其中一条基本原则就是要打破"吃大锅饭"的局面，发挥每个劳动者的积极性和主动精神，这就意味着承认人与人之间的个性差异。经济上的变化必然引起政治和包括文学在内的整个上层建筑的变化，虽然还会经过种种曲折甚至是反复，但个性觉醒的总的趋势却是谁也无法阻拦的。

重视人的心灵世界既是社会进步也是文学进步的标志。但是，在我看来，进入20世纪以后的西方现代派在这方面已经走过了头。属于现代派的流派甚多，无不强调主观表现，他们所说的主观表现与传统小说中的写心灵已有根本的不同。简单地说，传统心灵刻画与外部的情节发展是并行不悖的；而现代派主张的主观表现，则是要从"现实羁绊"中解放出来"回到自我"，因此是排斥外部情节的。当然，完全排斥外部情节根本无法做到，但情节弱化的确是现代派小说的一种较普遍的倾向。情节弱化不是完全没有情节，而是情节居从属地位，作品结构的基础不是外部事件而是人物的意识活动；情节是由意识活动引起，它可以不受时空顺序和统一性的制约，时间可以颠倒，地点也可以任意变换。当然，传统小说中的回述和穿插描写等手法也是对时空秩序的突破，但那是必须交代清楚的，如"话分两头说"，或"想当初"如何如何。现代派小说因为写的就是意识活动，所以根本不做这种交代，正如意识活动本身就往往是跳跃式的和不合逻辑的一样，作家为追求意识的真实也要把他的作品写得跳跃和不合逻辑。至于有的作品特别对人的直觉和潜意识感兴趣，那就更难叫人看懂了。

仅将情节弱化作为一种艺术方法来看，有没有它的优越之处呢？这主要应由实践来回答，你要说这种方法好就得举出好作品来证明，至少我举不出这样的作品。在20世纪40年代得过诺贝尔奖的现代派作家福克纳，我读过他的代表作《喧哗与骚动》，这部小说主要写美国南部一个没落的奴隶主家庭中兄妹四人的不同性格和经历，虽然采取了多角度、意识流等现代派手法，但同时情节也很丰富，并且总的线索也是很清楚的。近年有的研究者就认为福克纳不是现代派作家，而是现实主义作家。我还读过几篇当代西方和苏联的短篇小说，那才真叫情节弱化，唯其如此，里边写的意识活动也叫人不知所云，有的大段大段不用标点（福克纳作品中似乎也有这种情形），亦不知奥妙何在。作品好到叫人看不懂的程度，它的好处就值得怀疑了。我并不反对当代中国作家借鉴意识流的方法，将意识活动作为作品结构的线索，打破时空的局限，也许能在构思中获得更多的自由。但我不同意因此而排斥外部情节。理由很简单：人的意识（包括潜意识）主要属于社会意识，怎能将它与人的社会活动分开？如果真如某些西方现当代论家所主张的那样与社会"决裂"，人的意识也就不存在了，最后找到的"自我"不过是人的生物本能罢了。

　　从讲故事到侧重心灵刻画是一大进步，但发展到情节弱化则又走上了另一极端。中国传统小说忽视心灵刻画是一大弱点，但不能因为克服这一弱点而走到另一极端。人不但要想，而且要做，不能只从一方面，而应从两方面去塑造人物性格。

第十九章　语言技巧和文学的形式美

按照马克思的说法，语言乃是"思想的直接现实"，没有语言便没有思想，人只能用语言来思想。文学创作的奥妙和困难之处就在于，它主要并不是一种思想活动，但却和思想活动一样只能通过语言实现。文学作为一门艺术，其本质特征是审美，审美并不是思想活动而是一种感情活动。别的艺术门类，例如绘画、音乐、舞蹈，通过造型、音响或动作即可将审美的感受和感情表达出来；文学则必须通过语言（首先要运用概念）才能表达，别无他途。不是要把感情转化为概念，而是要用概念去表达感情。比如苏轼名句"破帽多情却恋头"，再如"春江水暖鸭先知"，诗人的兴趣绝不在概念陈述的事实本身，而是要通过它表达一种十分复杂、十分微妙的审美感受和感情。无论多么复杂微妙的感受和感情，都是可以用语言表达的。年轻人写情书，说是"我对你的感情，是任何语言都无法表达的！"这不就是一种很好的表达吗？当然只靠这种表达方式写情书是不行的，更不用说当作家了。文学创作就是要把种种蕴于胸中"良难以辞达"的东西表达出来，作家的才能主要就是语言表达的才能，所以人们才称作家为语言大师，把文学叫作语言艺术。

"文学是语言的艺术"，这命题实包含着两重意思：一是相对绘画、音乐、舞蹈等别的艺术门类而言，一是相对科学论文、应用文以及日常谈话等别的语言形式而言；相对前者而言意谓语言是文学表达美的手段，相对后者而言意谓文学语言本身必须是美的。两方面是不可分的，但可以分别加以辨析。下面先从前一角度对语言技巧谈一点看法。

语言作为表达的手段，首先要求准确和清楚。任何语言形式均如此，文学语言则更要在准确、清楚的前提下力求简洁。表达一个意思，不是只有一条而是有多条途径，其中必有一条是最合理的。两点间以直线为最近，而要在语言表达中找出这条直线并不容易，往往需要先走许多弯路。欧阳修写《醉翁亭记》，先写东边什么山，西边什么山，南边什么山，北边什么山，临了改定，但曰"环滁皆山也"，五字而已（见《朱子语类》卷一百三十九）。因为这是一篇游记，作者要为抒发其"醉翁之意不在酒，在乎山水之间"的那种颓放的情怀，为此写出所在山水足矣，至于周围是些什么山实无关紧要，"环滁皆山"，交代一下就行了。但欧阳修当初也是走过一段弯路的，这几乎无法避免。契诃夫甚至主张作家在写完小说之后将首尾砍掉，"在这类地方我们小说家最容易说假话"（《契诃夫论文学》），假话也就是不必要的话；他认为写作技巧就是"删掉不好的地方的技巧"（同上），这是很有道理的。

自然，相反的情况——开始很短，越写越长——也是经常发生的。例如果戈理写《死魂灵》，便是从一小段描写开始，终于写成卷帙浩繁的小说，写完第一卷还要写第二卷。无论压缩还是拉长，都必须找到两点间的直线。直线固然最短，但是长是短还得看两点间距离有多远，远距离的直线也可能比近距离的曲线长。果戈理最初从普希金手上接过《死魂灵》的题材时，只把它视为一个有趣的小题材，可是他越发掘越深，以至确定了"我想在这部小说里至少从一个侧面表现全俄罗斯"这样一个大目标,"距离"就拉长了。就这一目标而言,小说《死魂灵》的庞大结构总的看来乃是一条直线。无论写一首诗、一篇散文、一部小说、一部戏剧,真正优秀的作家都是竭力在千头万绪中找出两点间的直线,而绝不以曲线为满足,更不会故意去绕弯子。无论就作品的整体构思、某一局部或一个具体的审美意念的表达而言,均如此。从语言的角度说,文学构思就是要不断地寻找两点间的直线。

大多数优秀作家都强调反复推敲和修改,并且不谋而合地都用勤奋去解释天才,这说明他们都认识到要找出语言表达中的直线是颇不易的,而又非把它找出不可。托尔斯泰在《致阿·尼·索科洛夫》信中说:"仅仅文章的思想正确是不够的,还应当善于把这些思想表达得大家都明白,主要地,不说一条多余的。而做到这点是需要巨大的劳动的。"他告诫青年作家,一篇作品要改写十遍、二十遍。他自己的《村中三日》存有四十五种草稿。杜甫说"语不惊人死不休",语要惊人就非要找出两点间的直线不可,这是对语言作为表达手段的最起码,也是最基本的要求。

为避免误解,还须说明的是,所谓直线指的是表达途径而非表达方法。表达途径要直,表达方法要曲。袁枚所说"人贵直,诗贵曲",这里的"曲"便指的表达方法。表达方法的"曲"亦非有意为之,而是文学的意蕴本来就无法直接说清楚;关于这点在第十三章"主题之难于表达"中已经阐明了。

上一节讲两点间的直线,要为强调语言是表达审美的手段。现在再说,作为表达手段的语言,其本身亦必须是美的。

孔子说:"辞达而已矣!"(《论语·卫灵公》)言辞只要把意

思说清楚就行了，这是只把语言视为表达的手段。但他在别处又说"情欲信，辞欲巧"(《礼记·表记》)，又说"言之无文，行而不远"(《左传·襄公二十五年》)，又说"质胜文则野，文胜质则史；文质彬彬，然后君子"(《论语·雍也》)。可见他还是重视语言本身的讲究的。在情与辞、质与文的关系上，后世文论家的种种说法，大抵均不超出孔子所说"情欲信，辞欲巧"及"文质彬彬"的范围。然而，如不是就原则而言，而是对批评的实践加以考察，就会发现历史上比较普遍地存在着重质轻文的倾向，而且这种倾向至今还有它的影响。比如说，唐代的诗文复古主张——反对"彩丽竞繁"的六朝诗风，提倡"汉魏风骨"；反对六朝以来的骈俪文风，提倡明道的古文——便鲜明地表现出重质轻文的倾向。现在讲文学史的人，都认为唐代诗人的复古是一种革新，给予很高的评价，这自然是对的。但大家都偏重于唐人对六朝的批判，而忽视唐人对六朝的继承，甚至将六朝诗文在语言形式上的讲究笼统地视为形式主义，则又是一种重质轻文的表现。

就拿中国诗歌语言的发展来说，从先秦两汉到魏晋六朝再到唐，大抵经过浑朴——雕饰——浑朴这样的阶段。论者多尚浑朴而以雕饰为病，陈子昂所说"彩丽竞繁"和李白所说"绮丽"，便都是贬辞。然而，魏晋六朝人的审美观点并不如此。陆机即主张"其会意也尚巧，其遣言也贵妍"，而径以"缘情而绮靡"为诗之特征；刘勰反对"为文造情"却不废"雕缛"，主张"情信而辞巧"。江淹有云"丹彩既已过，敢不自雕饰"(《刘文学桢感怀》)，而刘桢则云："投翰长叹息，绮丽不可忘。"(《公宴诗》)作诗须"雕饰"以求其"绮丽"，在魏晋六朝人看来乃是天经地义的事。刘勰、钟嵘等人在质与文、情与辞的关系上有所驳正，然而对辞采的重视仍是他们论著的显著特点。总的说来，这时期诗人在辞采和声律上的刻意追求出现了受到后世指摘的弊端,但这种追求自有其不可抹煞的历史功绩。为什么?此可用清人袁枚的两句话来回答:

诗宜朴不宜巧,然必须大巧之朴;诗宜淡不宜浓,然必须浓后之淡。(《随园诗话》卷五)

唐诗之朴迥别于《诗经》、汉诗之朴,即在它是大巧之朴;唐诗之淡迥别于《诗经》、汉诗之谈,即在它是浓后之淡。而巧与浓,正是魏晋六朝尤其是六朝诗人的重要贡献,此实为诗歌语言发展中不可或缺的阶段。李白轻雕饰重天然("清水出芙蓉,天然去雕饰"),贱绮丽贵清真("自从建安来,绮丽不足珍。圣代复元古,垂衣贵清真"),固然反映了唐人的观点,但如果没有魏晋六朝的雕饰与绮丽,也就不会有他的天然与清真了。李白的天然与清真并非直接来自《诗经》、汉诗,而是源出魏晋六朝诗,他受魏晋六朝诗的影响比别的任何唐代人都更全面、更深刻,所以我曾说李白对魏晋六朝的批判乃是儿子对老子的批判。同样,韩愈等人对六朝以来骈文的批判也属于儿子对老子的批判;这无须多说,只要读读他那些散中有骈、散骈交错的文章自然明白。

历来在口头上表示重质轻文的作家,实际上都是十分重视文饰的,至少是经过了重视的阶段;当他们对文饰表示轻视时,已是进入一个更高的阶段了。不明白这种情形,一开始就忽视语言技巧的讲究,那是会上当的。

刘勰说得好:"若气无奇类,文乏异彩,碌碌丽辞,则昏睡耳目。"(《文心雕龙·丽辞》)语言上的讲究,总的目标是创新,用刘勰的话来说就是要有"异彩",这是不容易的。语言作为交际工具,发展缓慢,具有很大的稳定性,新词汇的出现和语法的变化,都要经过社会约定俗成。一般说来,作家很难发明新词,更不能创造新的语法。创新必须受现有词汇和语法的限制,所以很难,但并非不可能。拿汉语来说,词性、词义和词序都有很大灵活性,作家运用这种灵活性就可能表现出自己的特色。比如,某词可作名词可作动词,多数人通常用作名词而你用作动词,这就显出特色了。又如某个多义词,习惯多用 A 义而你偏用 B 义,也就显出特色了。至于词序的灵活,现代汉语已不如古代汉语普遍,但现代汉语复音词大增,句子变长了,短语与短语之间、分句与分句之间的次序亦存在很大灵活性,因此在构词和造句上仍然可以力求避免落入陈套。

历史经验证明,作家在语言上的创新都不是发明,而是推陈出新,化腐朽为神奇;中国历代诗人作家都强调炼字炼句,其用意即在此。比如韩愈所说"细大不捐""动辄得咎""落井下石""面目可憎""同工异曲""俯首帖耳""摇尾乞怜"等,词都是陈词,没有一个是韩愈的发明,而用法却是新的,这就叫推陈出新,也就是韩愈所说"唯陈言之务去"了。总而言之,现成的词是有限的,语法也是固定的,但运用现有的词和语法在构词造句上进行创新却有着无限的可能性。

语言风格是因人而异的,而朴素和简洁乃是大多数优秀作家语言风格的共同特征。但是,在个人风格成熟之前,似不宜追求简朴,那样很容易造成韩愈所说"语言无味""面目可憎"的结果。相反,倒是应当尽量"放开",就像一个人充分舒展自己的身躯一样，在现有词汇和语法允许的范围充分利用语言表达的一切可能性。比如说，俏皮和放肆，便都是必要的，都是避免平淡和使语言生色的有效手段。当然，要有分寸感，而不能过头，一过头就成了耍贫嘴，反会使人生厌。

俏皮、放肆，"嬉笑怒骂皆成文章"，必须有丰富的语汇做基础，有了这个基础，在用辞遣句时才能纵横捭阖，左右逢源。其实简洁的风格也必须有个基础，而不能是出于语汇的贫乏。

语汇靠平时积累，不外书本与生活二途。书本主要指文学作品，而且是本民族（语种）的作品，翻译作品则须是出于傅雷这样的优秀翻译家之手的才成。须知文学语言有别于日常用语，亦有别于其他书面语，它在构词和句型结构方面有一些特殊的讲究；如沈德潜所说，须是"言微旨远，语浅情深"，这才算得上文学语言。每个民族都有自己的文学语言宝库，它就存在于本民族优秀作家的作品中。拿汉族文学语言来说，我主张主要向古典作家学习。至今我们常用的文学语言中，凡属表现力强的复合词以及炼语、成语，绝大多数均出自古典作家，现代作家贡献不多。

当然，更重要的途径还是对生活用语加以选择和提炼，书本上的文学语言最初也是从生活中来的。尤其是小说、戏剧，除了叙述语言还有人物内心独白和对话，尤须直接从生活用语中撷取。这首先牵涉不同地域及社会阶层的差异，你如果把广东人讲话写得和北京人一样，或者把农民讲话写得和大学教授一样，便都不行。最后涉及个性化问题，人物的语言除了必须符合其籍贯、出身、经历、文化修养等方面，还得显示出他的性格、欲望和内心活动。事实上每个人都有自己的语言习惯，它在显示一个人的身份、修养和性格上差不多占有一半的分量，因此作家在生活中积累对人物的印象时必须包括其语言习惯在内。不用说，这种积累是经过精心选择和提炼的。许多作家都有随身携带的小笔记本，一般都秘不示人。果戈理便留下了这样的随身笔记，里边记下了许多生动的谚语和口语，其中不少都在写《死魂灵》时派上了用场。

语汇的丰富是作家的真正财富，要想当作家就必须首先积累这种财富。创作构思过程主要是审美想象的过程，而想象是要依赖语汇的，如果语汇贫乏想象的翅膀亦无法展开。普希金说："眼泪随着想象夺眶而出"，要没有丰富的语汇，这样的眼泪也就流不出。语汇愈丰富，想象力愈丰富。

再者，语汇的积累须经反复运用才能真正成为自己的财富，因此对于初学者我主张繁辞重彩。世俗观念总是崇尚简朴而以辞藻堆砌为病，殊不知语汇的贫乏是更为可怕的。翻来覆去都是那几个形容词，甚至在同一复句里也不免重复，看起来真像个面目可憎的瘪三。而繁辞重彩，是合乎文学形式美的要求的，虽然它并不是美的高级特征。正如初学绘画者喜用鲜艳的色彩，初学作曲者喜用热闹的和声，初学文学写作者喜用华丽的辞藻也是正常现象。总之，无论描写景物、叙述事件、刻画人物，都不能只把语言当作表达的手段，还必须注意其本身的美，首先词汇要丰富，再则构词造句要力求新颖并富于变化；也只有这样，语言才能充分发挥其作为表达手段的功能。

文学的形式美除了表现在语言本身，还表现在其他一些方面（当然这些方面也离不开语言）。比如说，对称、和谐以及黄金分割这些形式美原则，窃谓对文学也适用的，下面略加说明。

对称，原指动植物的体外部分，在一分割线两侧或中心轴周围，身体部分的数目、大小、形状与相对位置一致的现象。这种现象在绝大多数动物身上都表现得十分鲜明。人就是具有明确对称形式的动物，你若以鼻尖和肚脐为联结点在自己身上画出一条分割线，就能看出两侧相对位置是多么地一致。人体既是对称的，人所制造出的物体，大至居室、交通工具，小至家具、器皿，大多数也都是对称的。无论人体还是人所制造的物体，对称原则都首先是出于"必要"，即为适应功利的需要。比如天上飞的飞机，从最早的双翼机到最先进的宇航机，无论怎么变化，其结构始终是对称的，不对称就要从天上掉下来。这种功利的需要，其实也是审美的需要，虽然对于后者很难解释清楚。凡属形式美——既不是因为表明了什么，也不是因为暗示了什么，而是形式本身就能使人产生美感——都很难加以解释，但又是确确实实存在的。美国美学家桑塔耶纳在《美感》中曾从生理原理对对称美做出解释，他说："如果对象不是安排得使眼睛的张力彼此平衡，而视觉的重心落在我们不得不注视的焦点上，那么眼睛时而向旁边看，时而必须回转过来向前看，这种趋势就使我们感到压迫和分心。所以，对所有这些对象，我们要求两边对称。"他认为"对称本身是一种消极的价值，但往往是一切最大价值的条件"。这种看法是有道理的。不过，在我看来，对称的价值不仅在求得眼睛张力的平衡，亦为求得心理张力的平衡。唯其如此，对称原则才不仅适于造型艺术（建筑最明显），亦适于其他艺术。拿文学来说，例如诗歌中的用韵、节奏，律诗的对仗，骈文和散文中的骈句，便都贯穿着对称原则。再如文章的分段、戏剧的分幕、小说的分章节，固然是根据内容的需要，但也不能不考虑段与段之间、幕与幕之间、章节与章节之间的大体平衡，这不也是对称原则的运用吗？

然而，如果艺术的形式就像人体一样严格地遵循对称原则，那会是很糟的。就拿人体造型艺术来说，画一个人或塑一个人，如果要求完全对称的话，那就只能是双腿分开、双手下垂的直立姿态，那会是多么呆板！艺术作品中似乎从没有这样的姿态。一般说来，对称的平衡只是一种静态的平衡，而艺术更多的是要求呈现动态中的平衡。例如古希腊的人体雕塑，无论坐、卧、立均呈现出动态，这种动态破坏了人体固有的对称，但造型的布局——如《掷铁饼者》屈膝伸臂的姿态——仍使人感到平衡，这种平衡已不是简单的对称平衡，而是在变化中呈现的平衡，不妨把它称为和谐。和谐的平衡比对称的平衡高一级。一个物体是否对称一望即知，是否和谐则需要较高的审美力才能鉴别。拿建筑来说，一幢楼或一个住宅，如果采取对称形式，会使人感到庄重而安详；但如果一个庞大的建筑群一律采取对称形式，则会显得呆板而单调。中国的园庭式建筑，便是既有对称，又有不对称，在参差错落中呈现出和谐。再拿室内布置来说，也都是根据和谐原则，而不是根据对称原则。要对称就得每样家具和陈设都成双成对，不但做不到，即使做得到那也是不堪入目的。但你也不能把又大又重的家具都集中在一个角落，而必须大小、轻重搭配得当，使整个房间给人以平衡之感，这就叫和谐了。对称的形式只有一种，和谐的形式则有多种，因此它对艺术的形式美也许是更重要的。拿中国的近体诗来说，逢双句末叶韵只是简单的对称，而平仄粘对的错综变化则是体现和谐的原则；声律比起韵律来虽不能说更重要，却无疑是更难掌握的。再拿小说中的情节结构来说，一般都应在参差错落、头绪繁多中求其和谐，而不宜采取简单的对称手法。比如《安娜·卡列尼娜》便是由两条平行发展的线索构成，彼此极少交错，这种对称式结构就使人感到生硬、呆板，虽属名家名著，亦不能不说是缺点；和托尔斯泰同时的一位教授曾写信给他指出这个缺点,托尔斯泰开始不同意,回信反驳,但对方又再次写信重申自己的意见,托尔斯泰在第二封回信中接受了对方的批评,承认这是小说结构的严重缺点。正面的例子,则可举《战争与和平》的结构,那里边写了四个风格迥异的家庭,各有次第本末,而各自成员的命运又相互渗透,彼此交错,从而构成作品整体的起结开阖,令人读之能在错综变化中有和谐之感,这就比《安娜·卡列尼娜》那种对称式的结构更合乎形式美的要求。

对称与和谐,都主要是从横向看。若从纵向看,则可谈谈黄金分割。这原是由古希腊数学家提出的一种长度比例,即将一条直线分割为二,使其全长与其一部分的比值为1∶0.618。人们认为这种比例普遍适用于造型的形式美,所以把这样的分割称为黄金分割。例如,常见房、门、窗以及书本的长与宽,均大体是这个比例。再如,照片和画面上的重点(如半身人像的头部),总是在黄金分割线的位置。文学中也有这样的黄金分割线,相对造型艺术而言它是倒置的。无论一部戏剧、一部小说或一篇散文、一首较长的诗,其情节发展的高潮或精彩处,都既不在发端或收尾,也不在中间,而是在中间与收尾之间的黄金分割线上。

以上所说三点都不是不可打破,但却不可不知。在没有理由打破的情况下就应遵守。

有人说最高的技巧是无技巧,这话是有道理的。用中国的说法,这就叫大巧若拙,归真返璞。修养达到这个地步,必然意味着个人风格的形成。

语言风格,表现在常用词和修辞习惯等方面。一个人究竟具有什么样的语言风格,往往并不是自己选择和刻意追求的结果。

主观上应力求表达的准确、清楚（哪怕是朦胧的意境，也须把这种意境本身表达清楚，而不是要对它做出解释），于语言本身则要避免单调、重复和落套，力求其有文采，如此而已！借用严复论翻译的话说，这就叫信、达、雅。当你的修养已达到相当熟练的程度，即既掌握了丰富的语汇而又运用自如时，你的个人风格也就会呈现出来。

陆游《解嘲》云："我生学语即耽书，万卷纵横眼欲枯。莫道终身作鱼蠹，尔来书外有工夫。"对他儿子也说："汝果欲学诗，工夫在诗外。"（《示子遹》）所谓"书外""诗外"工夫，乃指平时立身处世中的气节和品格修养，亦即道德文章不可分，"先器识而后文艺"之意。语言风格亦然，它终归是作家思想性格及人品的表现，无法隐藏，亦无法伪装。它既是由作家自身的条件决定，而又并非出于作家自己的选择。因为语言风格主要并不取决于语言修养，而是取决于思想境界和性格，而思想境界和性格又主要是由人生阅历决定的；一个人要经历什么样的人生固然很难由自己选择，更不会有谁因为语言风格而做出选择。什么样的人就有什么样的语言风格。平时做人无风格，语言上就不会有风格。

但是，话说回来，作家语言风格乃至整个艺术个性的形成，要不在实践中经过千锤百炼，尝尽甘苦，也将是不可能的。所谓"文如其人""诗如其人"，那是针对已经熟练地掌握了语言技巧的人而言，否则也就不可能从诗文中想见其为人。风格虽然无法选择，但大量地掌握语汇，并在实践中不断地加以淘洗和熔炼，这却是可以刻意追求的。对于一个严肃的作家来说，这种刻意追求不仅是风格形成的前提，而且永远也不会结束。不肯在语言上下功夫的语言大师，未之见也。

批评论 下篇

第二十章　文学批评的性质和任务

先提个问题：文学批评是不是一门科学？又像是，又像不是。说它是，因为它和别的科学门类一样，是研究事物的客观规律。问题在于，文学批评的对象是文学，而文学的本质特征是审美，难道审美是可以说明和解释的么？历史上许多杰出人物都认为审美的规律无法加以说明，但同时他们又做出了许多说明，写有专著，兴趣大得很。人就是这样奇怪，愈是神秘的东西愈想穷其究竟，愈难认识就愈要去认识；这种好奇心和求知欲，正是科学文化和人类社会不断发展的动力。在中国和在西方，文学批评的历史都差不多和文学创作的历史同样古老，而且从古至今从未间断。那么，它到底算不算一门科学？或不妨反问一下，不算科学又算什么？我曾想把它称为一门学问，但"学问"与"科学"如何区别？这近乎玩弄概念了。再说，我们的文学研究所不就设在社会科学院吗？你要对此提出异议，许多人会不高兴的。想来想去，虽然很有点不情愿、还是把它叫作科学吧！但这是一门十分特殊的科学。

文学批评作为一门科学，其特殊性决定于文学的特性。人们说文学是人学，那么文学批评也属于人学。而人，是有差异的，无论文学的创作或批评，都必须以承认并重视人的差异为前提。在座诸位是什么人？是坐在这儿听我讲课的学生；这回答无疑是正确的，然而只是抽象出来的概念，我站在这儿讲课脑子里有这么个概念也就够了。但如果我不是用教员的眼光，而是用文学家的眼光去看你们，那我就会注意到你们之间的男女之分、胖瘦之别，以及在容貌、肤色、打扮、神情等方面的差异；至于各位内心世界的差异，站在这里虽然无法了解，亦不妨加以揣测和想象。当然，还有一个重要前提，那就是你们引起了我的审美兴趣，使我感受到了什么，联想起了什么，或唤醒了我心灵深处隐藏着的什么东西；只有这样我才会决定去描写你们，并且我只能按照自己多年经历所形成的人生理想和审美观点去描写你们，因此我所写的你们必然带有我的色彩。作品写成之后，不同的读者（批评家）又会有不同的感受，做出不同的批评。可见，无论从描写的对象、创作和批评方面看，文学都必须以承认差异为前提。文学不仅是写人，并且是由人来写和写给人看的。

我们说文学是人学，其实许多科学门类，例如社会学、政治学、心理学、医学，不也可以这样说吗？区别在于，作为科学对象的人，是被抽象或是被分割了的人，抽象或是分割的目的都是为了找出共同性，没有共同性就没有科学。作为文学对象的人，是既不能抽象也不能分割的具体、完整的人，彼此有差异的人。没有差异性就没有文学。实际存在的人都是具体、完整、彼此存在差异的，只有文学是按照这种实际存在的样子去对待人，正是从这个角度我们可以说只有文学配称为人学。人为什么彼此存在差异？原因就在有"我"在，每个"我"都是一个独立的世界。

我们生活在同一个世界上，然而彼此对世界的感受和认识却是很不一样的。任何作家都只能写出他所感受和认识到的世界，纯粹客观的世界在文学中是根本不存在的。抒情诗不必说了。就拿标榜写实的小说来说，纯粹的客观也是绝不存在的。屠格涅夫与托尔斯泰、左拉与莫泊桑，写的是同一个国家、同一个时代、同一个阶层的社会生活，可是彼此差异有多大啊！这种差异显然不能从生活客观去找，而只能从作家的主观去找，这就说明文学反映的不单是客观世界，还有作家的主观世界。不但作品中流露的爱憎、热情、幻想等属于作家主观，即便其中所写的生活客观也经过了作家的筛选、提炼和加工，因而也无不带有作家主观的色彩，这难道不是一个很明白的道理吗？文学中的主观性也就是作家的个性，不特不可避免，而且必不可少。当然，作家的主观又是受生活的客观制约的，作家的意识（包括审美意识和社会意识）本身也是由一定的社会存在所决定的。生活的客观、作家的主观和作品，三者似乎是这样一种关系：

作品既反映作家的主观，也反映生活的客观，反映生活的客观也必须通过作家的主观（当然作家主观本身也是客观的存在）；反过来说，生活客观决定作家主观，作家主观决定作品。就创作过程而言，关键环节在作家主观，生活客观只能经过作家主观对作品起作用，这是非常明显的。现代机械反映论将文学直接说为社会生活的反映，抹煞或至少是忽视作家主观对创作的决定作用；反之，西方现代表现主义仅把文学视为作家主观感情的表现，否认或反对社会生活对作家主观的制约。示意如下：

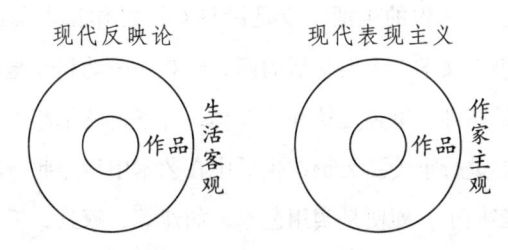

现代反映论　　　　现代表现主义

窃谓二者不仅在理论上都是错误的,并在实践中产生了很有害的结果。两种理论(或可说是思潮)各有其产生的社会原因,且不论。其弊端,简言之,前者抹煞人的个性,后者抹煞人的社会性,都是对人性的违反。人要没有个性就会变成蜜蜂和蚂蚁,人要没有社会性就会变成熊猫和豪猪。无论创作或批评,都应反对这两种倾向,文学才能走上健康发展的道路。创作要表现人性,批评也要鼓吹人性;而人性,在我看来就是人的个性和人的社会性的对立统一。这种对立统一,在各个作家以至各部作品中的表现又是不一样的。研究这种规律正是文学批评的基本任务之一。

再说审美与功利的关系。文学作为一门艺术,其本质特征是审美,而审美乃是一种能使人心灵上获得高尚愉悦的情感活动,属于人类的非功利性经验,用康德的话说就是无利害关系。我是深信这一原则的,在本体论中已反复加以阐述和论证。这里再重复一下庖丁解牛的例子:解牛固然是功利的(为了吃牛肉),可是梁惠王欣赏庖丁解牛却与吃牛肉无关,而是觉得庖丁的动作像舞蹈,发出的声响像音乐,这就是非功利的审美;庖丁最后"提刀而立,为之四顾,为之踌躇满志",也绝非想到要领工资或得赏金,而是从自己的劳动中获得了审美的愉悦。社会生活本身主要是建立在功利关系的基础之上的,然而文学所反映的并非生活本身,而是作家对于生活的审美感受和审美认识。只有符合作家的审美感受和认识的生活,或是说只有经过作家审美改造的生活,才能进入文学。人类生活的两大经验——功利经验和审美经验,功利是基础,审美是功利的升华,升华也就是超越,只有超越功利才能进行审美。无论在生活中在艺术中均如此,本体论中已举过许多例子。即便是实用艺术,如建筑、家具、工艺品、应用文等等，也必须以超越功利（实用）的态度去看它，才可能获得审美的愉悦。而且，老实讲，我始终怀疑实用艺术的审美价值，总的说来对它评价不高，除非它已成为历史陈迹即失去了功利（实用）的价值。比如见到一件新石器时代的彩陶器，就说一只壶吧，那上面的流转的线条，由于几千年岁月影响已变得十分模糊的斑驳色彩，都会使人情不自禁地发出赞叹，这便是一种审美；可是，如果你想到这把壶可以拿回家去当酒壶，这想法本身便会大大降低心中产生的美感，更不用说真的这样做了。再如埃及的金字塔、中国的长城，当初建造都是为了功利（实用），经过数千年岁月的荡涤，当它的功利（实用）价值完全消失以后，才成为人们审美观照的对象。这都证明审美的关键，在于主体对客体采取的态度。历史陈迹——如以上所举仰韶彩陶、金字塔和长城——几乎都能成为审美对象，原因就在现代人对它只能采取审美态度。怀古本身就是一个极重要极普遍的审美范畴。再举一个现实生活中的例子：我们坐船或坐火车旅行时，偶然间在两边深山老林中发现一座茅屋，觉得美极了！可是那住在茅屋里的主人未必有这种感觉，他恐怕认为在大城市的楼房里更好一些。对茅屋评价不同，原因即在主观态度不同；旁观者是审美态度，当事人是功利态度。文学所描写的人的行为、感情、欲望，以及人与人之间的关系等，其本身主要都是功利性的；如上所述，整个社会生活便是建立在功利基础之上的。功利的世界，不但有美也有丑，不但有善也有恶。然而，由于作家对他描写的对象是采取审美的态度，他是用超功利的眼光看待功利世界，即便邪恶、贪欲、痛苦、恐惧、死亡……也是从超功利的审美角度去看待，所以他无论写的什么，作品中呈现的永远是美的世界。

荀子认为人皆有"好利恶害"（《非相》)的天性，西方也有句名言叫作"Appetite for joy"（人都有追求快乐的天性），然而审美观照中的人生，"利"与"快乐"往往淡而无味，"害"与"痛苦"反而显得更有价值。试想，如果奥赛罗和苔丝狄蒙娜的爱情结局不是那样不幸，而是天长地久，幸福万年长——像人们在现实中追求的那样，有谁对它感兴趣？然则非得男的杀死女的，然后又饮恨自杀，难道读者、观众都是铁石心肠和幸灾乐祸的人吗？我想不是，这或者可说是对悲剧的偏嗜吧！这可是古往今来的普遍倾向，不但是因为悲剧能给人带来更高的审美愉悦，同时它也更能显示人的个性和人生的意义。当然，我指的是艺术中的悲剧，而非生活中的悲剧。就拿《奥赛罗》来说，写的什么呢？男的听信谗言杀了老婆（疑其不贞），真相大白之后又自杀了，如此而已。如果在报上见着这么一则新闻报道，我们会说声"愚蠢"或是"可怜"。可是这场悲剧出现在莎士比亚笔下，却使我们感情上受到很大震动并得到美的享受，为什么？且不提剧中人物性格、情节和美妙的对白，只要说说全剧的结局就行了。当奥赛罗发现自己铸成了大错，原来他美丽的妻子像天使般纯洁，他自己也是最幸福的人，而这一切都已经不可挽回地失掉了！他悔恨交集，坠入了痛苦的深渊。可是，自杀之前他面对前来办案的威尼斯使臣们发表了长篇谈话，仿佛一下子从悲惨的处境中超脱出来，变得异常冷静了。虽然谈话仍然是充满激情，但不再是诉说悔恨和痛苦，而是——仿佛是从另一个世界对自己的行为和一生的品性做出评价：

> 他过去在爱情上并不聪明，但爱得太多；
> 他不动辄猜忌，但是，一旦有人煽风点火，
> 他就会糊涂到极点……

……………
他的眼驯服温和，
感激涕零的姿态虽不惯作，
但也容易流泪，像阿拉伯的树柯，
很快滴下胶药……

　　一个面临绝望的人，只要他能站在更高的地方看待自己的处境，就能从痛苦中品尝出一种使人产生崇高愉悦的甘美。

　　所谓站在更高的地方，就是从现实利害考虑中超脱出来，用审美的态度去看待事物。奥赛罗临死前的自白正是如此。他对自己做出评价，并不是为求得宽恕，并没有任何功利目的，而仅是出于情不自禁，因此才显得那样激动而又泰然自若，这时他的激动已超越尘世功利，属于无利害关系的审美激动了。于是，现实中的痛感转变为审美中的快感，并且是属于崇高范畴的快感。在死亡面前的镇定，本身便足以引起令人陶醉的崇高感。可是这样的机会对我们每个人都毕竟只有一次！现实中只有一次，而艺术却向我们提供了许许多多这样的机会。欣赏奥赛罗的悲剧用不着变成奥赛罗，用不着付出他那样的代价就能获得同样的审美愉悦，并能从中受到启迪。我们多半不会面临奥赛罗那样的痛苦，但难道也没有别的灾难和痛苦？我们常说"诸事如意"，不过是个愿望罢了。实际上，即使是最幸运的人，在漫长的一生中总会有"不幸"在其中，一旦你摆脱尘世功利而用审美的眼光看待它时，"不幸"即呈现出美，而且是一种能激发起高尚情操的美，艺术给人的帮助主要也就在这里。

　　以上阐明了文学中主观与客观、审美与功利的辩证关系：主观离不开客观，但关键在主观；审美离不开功利，但又必须超越功利。指出主观、审美对于客观、功利的依赖，系针对西方现代派；指出关键在主观和审美，系针对现代反映论。当然，我主要是强调后一点，目的正是为了说明文学的特征，使它同科学，同其他社会意识形态区别开。没有个性，没有审美，也就没有文学。

文学批评的对象是文学，它的性质决定于文学的性质，这一点上面已经谈过了。然而文学的性质并不等于文学批评的性质。须知文学批评具有两重性：一方面它是文学的一大门类（另一大门类是创作）；另一方面它本身又是一门科学。

我们说文学是一门艺术，主要是就创作而言。文学批评的对象是创作，固然离不开艺术，它自身又是一门科学。作为一门科学，它也不同于一般的科学，而是研究艺术即审美的科学。而审美，如果不是无规律可言，那也是很难言传的。难就难在它是一种感情活动，或者更确切地说：是一种在感情支持下获得的想象性经验。作家的任务仅在将这种想象性经验传达给读者，至于它是什么、为什么和具有什么样的意义等等，对于这类观念性的问题，是用不着做出回答的；虽然也有作家愿意回答，但这不是作家的任务，而且一般说来这种回答对于创作是有害的。对于一个批评家来说，当他阅读作品的时候，必须在感情上和作家产生共鸣并在自己头脑中重建起作家的想象性经验——当然，不可避免地要掺入自己的感情和想象性经验——这是一个十分重要的前提，公式化批评的症结就在于缺少这个前提；然后，就要对这种感情和想象性经验加以阐明，指出它是什么、为什么和具有什么样的意义等等，并对它做出评价。首先要回答是什么。想象性经验，依赖于感受（用哲学认识论的术语来说它属于感觉、知觉的阶段)、印象，以及由此产生的灵感、激情等等，均属于非观念性活动；而批评家却必须对它做出观念性的解释。可以这样说，文学批评的困难和微妙之处，就在于它必须对非观念性的东西做出观念性的解释。我们所说的观念，均指理性观念。

为了避免误解，还必须说明的是：文学本质上不是观念的表达，但文学的表达却离不开观念。说明这点是为了同形象思维之说划清界线。形象是无法用来思维的，除非动物（如果动物也有"思维"的话）。思维只能依靠语言，即依靠概念——判断——推理的程式来进行。文学作为一门语言的艺术，离不开概念、判断和推理，别说小说、戏剧，就是一首短诗也离不开。不过，话又说回来，文学的表达虽然离不开观念，目的还在表达感情活动所产生的想象性经验。为了说明这一点，不妨举出几句诗来加以分析：

既害怕死亡，又厌倦生活；
而老人河啊，你总是不停地流！
（美国黑人民歌《老人河》）

前句是一组复合判断，表明一种观念，但这种观念并非理性思维的结果，而是一种极为深沉的人生感受。后句也是判断句，陈述一个事实，但这事实本身并没有独立的意义，其目的还在表达一种极为复杂的感情。文学中的感受和感情，都属于想象性经验，并非观念——理性思维的结果。这是很明显的。可是，对于批评家来说，就不但要领会，而且要对这种想象性经验做出解释，加以分析。比如说，害怕死亡出于对人生的留恋，而厌倦生活则是由于生活中充满不堪忍受的折磨；既不堪忍受却仍然要活着,人生真是多么痛苦,又是多么奇妙啊!至于下句,逻辑上与上句毫无联系,然而作为诗来看,这种跳跃正是精彩之处。作者为什么由自身的处境突然想起老人河的奔流不息?是因为人世的痛苦正像老人河一样无尽无休,还是因为在痛苦的人世只能从永恒的老人河找到慰藉,并从它那坚韧的生命力获得某种启示?恐怕两种成分都有,还有别的。既然想象性经验并非观念,它总是引起许多遐想、揣测和不同的解释,至于如何对它做出评价,那就更是见仁见智的事了。

总的说来,批评的任务在于揭示创作的规律,但却不可能提供某种普遍适用的模式;既不可能向作家提供创作的模式,也不可能向读者提供鉴赏的模式。这是因为,无论创作或鉴赏,都是一种审美,而审美并非单纯的"反映",乃是主客观相互作用的过程;它离不开人的主观,而人的主观是因人而异的。托尔斯泰的方法固然很好,但对于屠格涅夫就并不适用,我们没有理由要求屠格涅夫接受托尔斯泰的方法。不同作家的创作,是否也存在共同的规律?当然存在的,但也很难归纳出某种模式,即便被归纳出也是迟早要被突破的。因为创作是不断发展变化的。比如西方戏剧创作中的"三一律"(一个事件、一个整天、一个地点),曾为古典主义剧作家普遍遵循,不是早就被突破了吗?又如亚里斯多德的《诗学》对于悲剧和喜剧均做出了不少具体的规定,这些规定在当时都是有根据的,但今天看来其中大多都显得幼稚可笑了。又如中国写律诗有"起承转合"和"前二景、后二情"之说,亦不无道理,但作为一种模式也早就受到了批判。再如"温柔敦厚"的诗教,曾长期被奉为神圣,后来却也威风扫地了。究竟有没有应当普遍遵守并且是带永恒性的规律?我想是有的，但只能是大的原则，不能是具体的方法或限定。比如说，我们前面所讲的个性化和审美的原则，就是任何时代、任何作家都必须遵守的，违反不得。违反个性化的结果就是公式化，违反审美的结果就是概念化。只要公式化、概念化在文学中没有合法地位，个性化和审美的原则就是永远必须遵循的。个性化和审美都不是对文学的限定，相反只有遵循这种原则，文学的创作和批评都才能获得广阔的活动天地。

批评与创作的关系，类似创作与生活的关系。创作受生活制约，但同样生活却能产生不同的创作；类此，批评受创作的制约，但同样的创作却能产生不同的批评。不同的创作和不同的批评，彼此间固然有高低、深浅、优劣之分，一般说来却并没有正误之别。只有说托尔斯泰的成就高于屠格涅夫，却不能说托尔斯泰的创作正确，屠格涅夫的创作错误。差异的合理性，在创作中是明显的，也比较受尊重；在批评中则不那么明显，也很难受尊重。作家们彼此风格不同，但很容易和平共处，李白与杜甫、拜伦与雪莱、歌德与席勒、巴尔扎克与雨果、普希金与果戈理，便都是好朋友；而观点不同的批评家则往往互为水火，总要把对方批得体无完肤，这样的例子实在太多啦。所以说，作家是"百花齐放"，批评家是"百家争鸣"。其原因，就在于批评是观点即观念的表达，差异很容易表现为明显的对立。既然争论，必然是各自都认为自己掌握着真理，口诛笔伐，争论得再激烈也都是正常的。而社会作为一个整体，就应当允许各种观点有充分表达的机会，即承认差异的合理性。比如说，关于"朦胧诗"，有人提倡，有人反对，你就很难说哪家是无产阶级，哪家是资产阶级，其实都应当允许的。平心而论，提倡者的言论虽不无偏颇，但针对过去流行的概念化倾向而提倡朦胧，基本观点是可取的。我就认为古今中外的好诗都有一些朦胧，如果写得一目了然那就不叫诗了。其实，有人提倡朦胧诗，有人反对朦胧诗，还有人提倡或反对别的什么诗，这样才能造成批评的繁荣，也只有这样的批评才能促成创作的繁荣。至于不同观点之间的是非，谁也无法裁决，只有经过实践由历史做出裁决；更何况许多分歧都并不属于是非之分，而是属于高低、深浅、优劣之别，孰优孰劣也只能由历史做出裁决。创作与批评的繁荣都是以繁多为前提，而不是以整齐划一为前提。

文学批评揭示创作的规律，目的一方面是帮助作家创作，另一方面是帮助读者对创作的鉴赏。但是，老实说，批评家在这两方面究竟能发挥多大作用，我一向是怀疑的。比如我研究李白，当然不能对李白产生影响，也很难对当代诗人产生影响，读者恐怕也不会根据我的论文去欣赏李白。我懂得这点，但这并不妨碍我对李白研究的浓厚兴趣，因为在我看来这种研究除了影响作家和读者，还有着别的意义。我研究李白，是为表达我对李白的认识，并且只有当我确信自己的认识和别人有所不同，才会产生由衷表达的激情。因此世人从我的论著中看见的并非纯粹的李白，而是融入了属于我主观的东西：兴趣、偏好、社会观点、人生理想等等。纯粹的李白只能从李白作品中看见，从我的论著中则只能看见我所理解的李白。作家大都主张忠实于生活，批评家则大都主张忠实于作品，但事实上纯粹的客观在文学中是根本不存在的。大家都赌咒发誓自己如何忠实，如何客观，不管你承不承认，在你的创作或批评中都必然有你的主张在。对于创作来说，纯粹的客观仅存在于生活，作品所写的生活已掺入了作家的主观；对于批评来说，纯粹的客观仅存在于作家作品，研究论著中所阐明的作家作品已掺入了批评家的主观。正如创作依赖于生活又必须超越生活一样，批评依赖于作家作品又必须超越作家作品。对于生活只有依赖没有超越便不会有创作；同样，对于作家作品只有依赖没有超越也不会有批评。而要超越客体——生活或作家作品，那就只能依赖主体——作家或批评家的性格和智慧。创作和批评都是主客观相互渗透的辩证运动，关键均在主体；正是在这个意义上说，二者具有同样的性质，只是属于不同的层次。创作的客体是生活，主体是作家的性格和智慧；批评的客体是作家的性格和智慧，主体则是批评家的性格和智慧。那么，我们就可以说，批评的目的不仅是揭示客体即作家的性格和智慧，同时也是表现主体即批评家的性格和智慧，后一点往往被忽略，而这恰好是批评成败的关键。

严格说来，一个批评家如果缺乏自身的性格和智慧，仅依赖作家的性格和智慧，是无法进行工作的。可是许多人不懂得这个简单的道理。更可笑的是，有的人对作品并没有独自的感受和见解，却又要摆出一副"公正"的面孔，说什么"可喜的收获""不能不指出"云云，自以为掌握着放之四海而皆准的真理，其实除了陈词滥调再也说不出别的。没有个性就没有独立的人格，就不会有真正的创作，也不会有真正的批评。批评家研究的对象是作家，但并不因此就成了作家的附庸，他在研究过程中还必须实现自身的价值，即表现出自己的人生追求和审美追求，从而使世人了解自己。批评和创作一样，都是为了人生，都是要按照美和正义的原则从感情上影响人，使人充分认识自身的价值并从而更加热爱人生。区别仅在于，创作依靠想象性经验，批评则需要将想象性经验表达为观念。

第二十一章　鉴赏是批评的基础

鲁迅认为拙劣的作品亦自有其妙用，那就是告诉人们不应当怎样写；拙劣的文学批评也有这么一种用处。我指的是公式化批评。

公式化创作和公式化批评，可说是一对孪生兄弟，其源盖出于种种社会原因所造成的思想僵化，具体讲就是仅把文学视为达到某种功利目的的工具，而无视其本身的审美和个性化规律。外国的情形不大清楚，在中国这种现象则是源远流长，由来久矣！创作如应制诗、八股文、小说、戏曲中的公子落难中状元的公式，以至现代各种革命公式（包括由落后到转变的公式）；批评如汉儒的解《诗》以及后世言志派的以义理绳《诗》，现代则有盛行一时的"贴标签"等。提倡公式化的人自己并不喜欢公式化，而是出于屈从或迎合某种功利需要才那样做的，实质上这是一种不诚实的行为。最可怕的是大家习以为常，形成了风气，虽然谁也不喜欢却又不得不顺从它，言不由衷却又装得慷慨激昂。公式化的流行，必然意味着个性和审美的丧失。没有个性和审美，也就不会有真实的人性和情操，剩下的只是谁也不会为之激动的干巴巴的概念了。其结果，不但产生不了优秀的作品，还会从精神上毒化社会生活，使人变得懵懵懂懂，麻木不仁；如果说公式化文学也有什么社会功能的话，这就是了。

公式化的基本特征,就是从理性观念出发,创作从理性观念出发,就是主题先行,结果必然是对其所反映的生活的歪曲;批评从理性观念出发,就是从作品中直接找思想找主题,结果必然是对其所评论的作品的歪曲——这里指的是真正的文学作品,如果评论的是公式化作品,那就无所谓歪曲与不歪曲。批评固然是观念的表达,但却不能从观念出发,即不能先有一种观念然后去作品中寻找需要的东西。比如,过去古典文学研究中有个流行观念,认为优秀的文学遗产必须具有人民性,于是大家都从作品中寻找符合人民性这一概念的东西,结果研究工作就成了贴标签、打分数,不但不能揭示作家们因人而异的创作个性,研究者的个性亦无从显示,一切都被统一于同一个公式中。

正确的方法应当是从研究对象的实际出发。既然文学作品不是理性思考的产物,而是审美想象的产物,批评家必须首先在自己头脑中重建起作家的审美想象,然后才能对它做出解释。须知审美想象原是很难言说的东西,作家并不需要知道它究竟是什么,批评家则必须将其"翻译"为理性观念;就此而言,批评家的任务是更艰巨一些的。否则,如果不经过重建审美想象的阶段,那就只能是将先验的观念强加于作品的公式化批评。公式化批评只有对公式化创作才适用,彼此都是不需要依靠审美想象的观念活动。

无视审美想象,也就是不把文学当艺术。但公式化批评也不是不谈艺术,而是将艺术与思想分开,认为高度思想性与高度艺术性相统一为上乘,思想性强艺术性差为其次,艺术性强思想性差为再次,至于思想反动的作品,则艺术性愈强愈有害。这种批评的公式,似乎无可非议,其实是把艺术理解为单纯的技巧问题。于是，分析作品自然是首先谈思想，谈主题，然后再从几个方面分析它具有什么样的艺术特点，如"形象生动""结构谨严""风格自然"云云，其实这些评语对于大多数优秀作品都是适用的。

就创作而言，作家并不是先有一种思想，然后再考虑采取什么艺术手法去表达。作家的思想本身就是一种无法用理性观念表达清楚的感情，它从一开始就是一种审美激动——欲泣欲歌而不明其所以；并且只有借助于审美想象力呈现为意象。所谓意象，按康德的定义叫作"想象力所形成的形象显现"（《判断力批判》第四十九节），按刘勰的说法就是"神与物游"的结果（《文心雕龙·神思》），总之不是观念，而是主观之情（意）与客观之物（象）相互渗透的产物。审美想象的过程即艺术构思的过程，这是一回事。思想与艺术在文学中原是一个东西。没有思想的艺术固不可能，难道没有艺术的思想在文学中是存在的吗？如果作家的思想不是审美想象的显现，而是一种理性观念，哪怕它是百分之百的正确，那也一钱不值！用托尔斯泰的话说，那样的作品用不了两小时就能写出来的，只能是文学的赝品。所谓"思想性强，艺术性差"，其实是不懂文学的外行话。对于真正的文学来说，脱离艺术即审美想象的思想，是根本不存在的。

说到这里，似应举个例子加以分析。下面就举一首大家十分熟悉的名篇：

明月几时有？把酒问青天。不知天上宫阙，今夕是何年？我欲乘风归去，又恐琼楼玉宇，高处不胜寒。起舞弄清影，何似在人间！　转朱阁，低绮户，照无眠。不应有恨，何事长向别时圆？人有悲欢离合，月有阴晴

圆缺，此事古难全。但愿人长久，千里共婵娟。（苏轼《水调歌头》）

在公式化批评家的眼里，这样的作品没有什么思想性可言，但因为是千古流传的名篇，不能不肯定，于是将其归入"思想性差，艺术性强"一类，即仅从艺术性的角度加以肯定。可是，请想一想，我们读这首词深受感动，难道仅因它艺术的高妙，而与它的思想无关？这是根本不可能的！事实上，任何艺术所以感动人，都是因其所传达的思想引起了读者的共鸣。反言之——就拿这首词来说——脱离了艺术，思想又在哪里呢？整首词自始至终都是充分自由的审美想象和由此产生的意象，所以它是艺术；而艺术的思想也只能在艺术中去寻找。这首词，始以向天设问起势，其本身便是一种审美激动，因为它没有任何实际意义，一个执着于功利的人是不会对它感兴趣的。继而驰骋想象，隐以"谪仙"自比，所以说要回到天上去。可是立即又觉得天上未免冷淡索寞，还是留在人间的好！这就是作品的思想了。但这种思想不是理性观念，而是由审美想象所呈现的意境（象）所显示的，因此也才能使读者受感染。"琼楼玉宇"（月中宫殿）系虚拟，"高处不胜寒"则又是真切的实感；由虚境而生出实感，读之令人心旷神怡，却又觉得肌寒骨彻，感同身受，这是何等奇妙的想象啊！清人刘熙载评云：

东坡《满庭芳》"老去君恩未报，空回首，弹铗悲歌"，语诚慷慨；然不若《水调歌头》"我欲乘风归去，又恐琼楼玉宇，高处不胜寒"，尤觉空灵蕴藉。（《艺概》卷四）

且不论刘氏对作品意境的理解("空灵蕴藉"),既然将它与"老去君恩未报"云云并提,可见他是认为其中寄寓着政治上怀才不遇的愤懑的;果尔,则"琼楼玉宇"云云就是以月宫比人间宫殿了。按此词作于神宗熙宁九年(1076),当时苏轼因为与王安石政见不合自请外放,离开汴京宫廷已经五年,可见刘熙载的看法是有根据的。那么,作品所包含的思想就更复杂一些了。一方面,由于不满现实而产生超尘拔俗之思,想上天;可是天上的月宫又使他联想起汴京的宫殿,虽然为之神往,真的身临其境恐怕又难以忍受,还不如回到现实中来,"起舞弄清影",像李白那样乘醉歌舞,虽没有琼楼玉宇,倒是自由自在。这自然是暂时的宽解,毕竟人间并不美满啊!因此下阕又再起波澜,由月照人(上阕是人望月)引出人间的悲欢离合,并将其与月的阴晴圆缺相比;"悲欢离合"偏重悲与离,"阴晴圆缺"偏重阴与缺。人生永远是有缺陷的,诚然可悲,但只要认识到自身这种无法避免的局限,不也能从中获得莫大的快慰么?自然这是审美的快慰,而非实利的快慰。所以最后以"千里共婵娟"作结,就因为面对月亮——永恒的天体——可以使人暂时从人生忧患中解脱,而以审美眼光看待人间得失,那么无论什么痛苦和不幸都不是不可忍受的了,相反还能从中获得某种快慰。这就是作品所表达的思想,它不是理性观念,而是借助于天上地下、古往今来的审美想象所显示出的思想。

批评家习惯将思想与艺术分开,是因为他们对文学思想性的理解过于狭隘,即认为必须具有某种政治含义——进步、落后或是反动——才叫思想性,这样也就不可能理解艺术审美本身所包含的丰富的人性内容。事实上,任何作家的审美无不基于现实人生的感受,因此它必然包含人性的即社会性的内容,但不一定具有确定的政治含义。苏轼既是个失意的封建官吏，又是个饶有艺术气质的文学家，在月色如昼的中秋佳夕，仰望天宇，浮想联翩，于是写下了那首《水调歌头》。诗人政治上的失意及其经历的坎坷，都是可以隐约看出的，但却不能把作品的思想归结于对统治阶级的不满和反抗（附带说一句：苏轼当时的政治失意主要是由于反对新政）；反之，如将其归结为"消极避世"云云，同样是说不通的（上下阕结尾均清楚表明了对现实人生的执着）。如果不是从政治"定性"，而是从作品实际出发，那么从作家审美想象本身便能看出深刻的思想——上面已做了一点粗浅的分析——可说是对于人生的哲理性沉思（对人生的哲理性沉思属于超功利的审美经验）；它没有确定的政治倾向，但却极富于人性。人不能像猪狗般懵懵懂懂地活着，不时地总应当站在一个更高的角度，看一看，想一想。苏轼看一看，想一想，他得出什么结论呢？如上所述，他认为人生永远是充满忧患和有缺陷的。这是不是悲观主义？不是！这是对人生的清醒认识，比起那种廉价的乐观主义来要强百倍。正因为人生充满忧患和存在缺陷——人要死就是最大的缺陷，谁能避免？"但愿人长久"，就因为人生并不长久啊！——所以它值得珍惜，令人留恋，我们才应当厌弃琐细功利，而去追求真正美好的东西。这也就是我们从苏轼审美想象中可以获得的思想启迪。它不仅十分有益，而且具有永恒的价值。

我们既不能说某个作品思想性强艺术性弱，也不能说某个作品艺术性强思想性弱。文学创作本质上就是审美想象，它既是艺术，也是思想——或说为艺术蕴含着思想。批评家的任务即在于揭示艺术蕴含的思想，并对它做出评价——既是思想评价，也是艺术评价。凡不能给人以艺术感染的作品，就不能说它思想性强；凡不能给人以有益思想启迪的作品，就不能说它艺术性强。这里要排除两种狭隘的偏见，即既不能把思想性理解为政治"定性"，也不能把艺术性理解为单纯的技巧。当然，创作是需要技巧的，因此批评亦须对它进行分析。

批评从何着手？从鉴赏着手。

批评家不一定要写鉴赏文章，但必须懂得鉴赏，不懂得鉴赏就不懂得文学。公式化批评家就是不懂得鉴赏，因此文学作品在他们眼里就成了历史书或者教科书。

鉴赏也就是审美，不能由观念出发，只能由审美感受出发。作家从生活中感受，批评家则从作品中感受。不同在于，生活中远不是任何东西都能激发人的审美感受的，而一般说来作品提供的却是比较纯净的审美客体，很容易使人产生审美感受；由这一角度说，当批评家又比当作家容易。所谓感受，就是感情上受到感染，欲泣欲歌，手舞足蹈，而不明其所以然；在这个阶段是不需要理解力参与的。一般说来读者阅读文学作品的情形就是如此，他们并不需要如某些批评家所指示的那样，去了解作品反映了什么、揭露了什么或歌颂了什么；这类问题只会败坏鉴赏的胃口，我敢说任何头脑健全的读者都不会对此感兴趣的。这当然不是抹煞文学的认识和教育作用，而是说文学的这些作用只有通过审美引起读者感情上的共鸣才能实现。

从审美感受出发，也就是从实际出发；在这一点上批评家和普通读者并没有区别。区别是从审美想象开始的。所谓审美想象，即由审美感受激发起的联想，这在普通读者也是有的。比如列宁少年时代读了契诃夫的《第六病室》，便感到在屋里再也坐不住，要跑到外面去透透新鲜空气，随后又对他姐姐说，他觉得整个俄国正如契诃夫所描写的"第六病室"——这就是由审美感受所激起的联想了。少年列宁只是个文学爱好者,并非文学批评家。作为一个批评家,那就需要更丰富的审美想象,并要对它加以阐明。

在学术争论中,人们对于凭主观臆测立论的批评家,就说他"想象力太丰富",这固然是贬义。其实,批评家的想象力不但无法避免,而且应是他的观点所赖以建立的基础。当然,对于考证性问题——比如关于作家的生平事迹以及作品的系年、辨伪等问题——就只能根据事实说话,是不能加以想象的。附带说一句:其实作家在创作中也会遇到大量只能根据事实说话的考证性问题。考证需要的是证据,不是想象力。但考证无论对创作还是对批评来说都并非目的,而只是提供一种条件。批评的任务在于提供对作品的审美意识,这就不是依赖证据和理解力所能奏效,而是必须依赖审美者的想象力。创作本身就是一种想象性活动,批评则是对想象的想象。
． ． ． ． ． ． ． ． ． ． ．

想象,固然依赖于感觉经验,但二者总是存在差距,而且这种差距有时是很大的。比如我看见教室里坐满了听讲者,这是由视觉传达的感觉经验;如果实际教室里空空荡荡的,那就说明我这个感觉经验错了,视力出了毛病。可是,要是我说我想象教室里坐满了听讲者,实际却是空荡荡的,你就不能说我的想象错了。再如,有人说他心里充满阳光,一听就是一种文学语言,一种想象;虽然实际上阳光不可能射进人的大脑或心脏,但你也不能说他想象错了。如果说想象也有正误之别的话,那也不能像感觉经验那样直接由客观实际判断,而必须对人的主观加以分析才能做出判断,即如心里充满阳光这句话,是否真实,是否合理,你只能根据主人公这种想象所由产生的感情——显然是一种对未来充满信心的生机蓬勃之感——的来龙去脉加以分析才能做出判断。再反过去想，为什么主人公表达这种感情，要说"我心里充满阳光"，不说"我心里充满电灯光"？这就因为感觉经验告诉他，只有阳光才能使人产生生机蓬勃之感，而电灯光不能使人产生这种感情；可见想象毕竟还是要依赖感觉经验的。但是，话又说回来，二者又有极大的差异，感觉经验必须符合客观实际才是正确的，而想象则可以"违背"客观实际，它的合理性只有联系到人的主观才能做出判断。一句话：想象比感觉高级，高就高在它里边有人的主观。审美不是直接依赖感觉经验，而是依赖掺入了人的主观的想象性经验。

我们说批评是对想象的想象，就是说它包含双重主观——作家的主观和批评家的主观。当然，它同时又要受双重客观——作品的客观和生活的客观——的制约，关于这点在下一章要详细辨析。这里要强调的是审美想象的主观方面之必不可少。有主观才有个性，而没有个性便没有文学——既没有文学的创作，也没有文学的批评。也就是说，文学批评既要揭示作家的个性，又要显示批评家的个性。甚至还可以进一步说：只有显示批评家的个性，才能揭示出作家的个性。这个说法，有些人听来一定很刺耳。可是，首先得承认这是个事实：难道那些公式化批评能揭示作家的个性吗？而凡是揭示出作家个性的批评，我们从中总会看到批评者自己的鲜明个性。其道理要说明也不难：因为只有用审美的态度对待作品，即不是把它当成客观的"反映"，而是将其视为主客观相互作用的产物，才可能揭示作家的个性；而批评家用审美的态度对待作品，也就意味着他是把作品视为审美客体，把自己视为审美主体，这样他的批评也必然要显示自己的个性。

以上要为说明批评的基础是鉴赏——从审美感受到审美想象，同时论证了这是由文学本身的审美和个性化规律所决定的。一切文学批评都必须建立在这样一个基础之上，然后才能进行其他方面的探讨——包括哲学、政治、伦理等方面的探讨；文学批评与别的理论研究的区别即在于此。所说文学批评的基础，也就是文学批评的基本方法。批评家可以采取这样那样的方法，但不能背离这个基本方法；背离这个方法即意味着背离文学本身的特征，其结果只能是自欺欺人的虚假的批评。

近年有人将自然科学的"三论"——系统论、信息论、控制论——作为新方法引入文学研究，属于新思潮，大有不可一世之概。反对的人也不少，本人就是其中的一个。老实说，我对所谓"三论"并不了解，却在两次座谈会上慷慨陈词表示反对，这不是可笑吗？我有我的道理，放到后边去说。需要先说明的是，在提倡者和反对者中间，各人的观点都不尽相同，究竟谁是谁非也有待于历史做结论。我反对，主要是说我自己绝不采取这种方法，但我并不反对别人尝试。在学术上，凡是错误的东西，你不打它自己就会倒，热闹一阵子就烟消云散了，这样的例子多得很。反过来说，如果它是正确的，你再打也打不倒，暂时倒了还会重新立起来，这样的例子就更多了。当然，争论是不可避免的，而且是有益的。但要紧的是争论双方应处于完全平等的地位，不能强加于人，更不能以势压人。我坚决反对用自然科学的方法研究文学，但我更坚决地主张维护在文学研究中提倡和运用这种方法的自由。

当然我也有反对的自由。虽然我对"三论"毫无研究（因为它对我毫无价值），但提倡者的文章——包括阐明方法的文章和运用这种方法写成的研究文章——还是硬着头皮读过几篇的。有这样一个总的感觉：他们是千方百计要把简单的道理讲得尽量复杂，生怕读者把文章读懂。当你从那由术语、图表、公式所构成的拐弯抹角的迷宫中终于走出来时，就发现其中所说的道理，比如说分析作品不能是孤立的，而必须将其与诸多有关条件联系起来，并且要分出层次云云。这固然是对的，但难道这是什么新货色吗？新货色也是有的，比如将审美说为具有数十种元素的网络结构之类，前所未闻，却叫人不知所云。有人说现在的新方法就是新名词大轰炸，这并没有冤枉它。新名词即新术语，学术工作中总要不断增加的，我自己也不时地采用一些新术语，但非到不得已时绝不采用。术语不是多多益善，而是愈少愈好。任何术语，好坏先不管，最起码总得有明确的内涵和外延，你使用它，得明白你说的什么。我曾在一张十分复杂的关于审美的"系统图"（又叫"系统元素对应表"）上，看见一连串并列的新术语："审美情感的紧张度""审美情感的激动度""审美情感的快感度"……这些"度"如何衡量？是体温表上的"度"还是地震仪上的"度"？它们彼此间有何区别？只有天知道！不懂不要紧，这叫"模糊概念"！数学都有模糊的，何况文学？可是，"模糊数学"所指对象是模糊的，这一概念却有着明确的内涵和外延，一点也不模糊；此正如"朦胧诗"所指的对象朦胧，这一概念却有着明确的内涵和外延，一点也不朦胧。而现在的新方法所采用的种种术语，问题在于概念本身没有明确的内涵和外延，结果原来清楚的东西也会变得叫人不知所云。许多术语，诸如上面讲到的"度"，还有各式各样的"性"，以及"机制""范式""网络结构"，等等，在自然科学范围内原是有着明确的内涵和外延的，一旦用于文学就叫人不知所云了，因为文学中并不存在自然科学中那些机制、范式、网络结构等等。而且，老实说，为什么一定要大量采用自然科学上的名词术语，我也始终不明白。不久前从晚报上见到一篇谈此问题的短文，里面举了个例子：把赏花说为"调动自身的感知力、理解力和想象力，使视觉内在的审美能力与植物的生殖器官的外延部分的美紧密地亲和"。这究竟有什么必要呢？你要觉得"赏花"俗气，说为"对花的审美"也就够了！费那么多口舌，说的全都是废话，而且是不通的。什么"视觉内在的审美能力"，如果视觉不把信息传达给大脑，其本身就能审美吗？至于审美在大脑中如何进行，这就涉及脑细胞的排列和运动，这并不是文学批评家需要关心的问题。在我看来，审美是根本无法从科学上加以解释的，而且也毋须做出这种解释。现在有人正是在做这种既不可能也无必要的事情。

我们说自然科学的方法基本上不适合于文学批评，就是针对文学的审美特征而言的。因为审美并非客观规律的反映，而是人的一种感情活动（自然要依赖于客体），人的感情是无法用自然科学的方法加以解释的。"基本上不适合"，意思是某些方面还适合。比如文学作品中词汇的统计、归纳和分类，就可以用计算机。但这属于资料工作，它为文学批评提供依据，严格讲还不是批评本身。再者，自然科学中的名词术语，如果用在文学批评中概念依然明确并且恰当，也是可以的。某些表述方法，只要不是使简单的问题复杂化，而是使复杂的问题简单化，亦不妨借用。但是，无论如何，就揭示文学的审美——人的感情活动——而言，自然科学的方法是永远无能为力的。

于是，又回到前面一章已讨论过的问题：文学批评算不算一门科学呢？有人说，只有最后能用数学公式表达的东西才算科学。果真如此，则文学批评是无法跻身于科学殿堂的。如果有人能用数学公式说明人的感情的话，那也只能是伪科学。与其以伪科学充数，不如从科学殿堂退出。即使不算科学，亦无损于文学批评的荣誉。

第二十二章　作家的个性和批评家的个性

习惯既是人们赖以生存的平衡力，又是一种可怕的惰力，有些凭常识即能辨明其谬误的东西，一旦习以为常，就觉得仿佛是天经地义、理所当然的了。比如我们常说某部作品反映了什么样的生活，不这么说还能怎么说呢？可是细想一下，这样的说法至少是不全面的。任何文学作品，都不是仅由生活客观所能解释的，关于这点我们在前面已多次加以论证了。

反之，西方现代派论家仅把文学说为作家感情的表现，同样是违反常识的和片面的。强调感情表现并不错，问题是他们反对或否认社会生活对感情的制约。例如现代表现派的代表人物克罗齐（B. Croce，1866—1952），提出"直觉即表现"的命题（见《美学原理》），认为一种感情只要"被直觉到"，就能"成为意象"、"被对象化"和"被表现"，不但毋须依赖客观物，反能创造出客观物；这种本末倒置的观点在我们看来显然是违反常识的。

克罗齐的门徒科林伍德（R. G. Collingwood，1889—1943），同样认为艺术是不受社会制约的感情的表现（认为再现艺术不外巫术艺术和娱乐艺术两类，都不是真正的艺术），但他并不把感情的表现说为直觉活动，而是把它说为有意识的审美想象活动，同时也承认想象对于感情的依赖。他下面这段话扼要地说明了自己的观点：

> 审美经验是一种想象性经验，它完全是想象性的，它不包括任何不属于想象性的成分，并且唯一能产生审美经验的力量就是经验者的意识的力量。但是，这种审美经验并非无中生有，作为一种想象性经验，它是以相应的感觉经验为先决条件的。（《艺术原理》第十四章）

首先肯定审美经验是一种想象性经验，然后指出它对意识的依赖（书中屡次谈到意识对想象的监督，思想着的自我控制着想象着的自我）和对感觉经验的依赖（书中屡次谈到感觉转化为想象）；这个命题和对命题的两点解释，均有别于克罗齐的直觉说。坦率地说，我在前面将审美归结于想象性经验，是参照了科林伍德的观点的。但在我和他之间仍存在很大区别，主要是：他虽然承认想象对感觉的依赖，但又反对受社会实践的制约；我却认为人的一切经验，包括审美想象，主要都来源于社会实践，关于这点在本体论"人类经验的两大门类"中早谈清楚了。脱离了社会实践和社会生活的所谓纯感情表现，要不是自欺欺人的妄想，那也只能是"原始情欲冲动"之类——虽然科林伍德还并没有鼓吹这类东西。

无论把文学说为感情的表现或生活的再现，都有道理又都是片面的。作家传达给读者的既非单纯的感情，亦非单纯的生活，而是将二者整合一体的想象性经验。认识这点对于批评家来说尤为重要。过去许多人就是因为不认识这点，于是越过作家的想象性经验，直接从作品中找现实或找思想，结果必然是对优秀作品的曲解。正如作家力图忠实于生活（虽然事实上完全做到不可能），一个诚实的批评家则应力图忠实于作品。所谓忠实于作品，就是要准确传达作家的想象性经验，这里边既有生活的客观，又有作家的主观；完全做到同样不可能，因为当你对作品进行审美即重建作家的想象性经验时，又必然掺入自己的主观。是这样一种情况：

$$\left\{\begin{array}{l}\text{生活客观}\\ \text{作家主观}\\ \text{批评家主观}\end{array}\right\}\text{想象性经验}\left.\right\}\text{想象性经验}$$

关于完全重建之不可能，科林伍德说得好："我们绝不能绝对知道，我们从一件艺术品所得到的想象性经验与艺术家的想象性经验相同。一个艺术家越是伟大，我们就越是能够确信我们只是部分和不完全地理解他的意思。"（同上）就拿李白《蜀道难》来说，谁读了都会深受感染，可是谁能完全了解诗人的意思？诗篇始以惊叹蜀道之难横空起势，继之以混茫浩渺的远古传说，以下描写险山恶水、悲鸟古木，错综变幻，惝恍莫测，无不是情景交融的想象产物。诗人产生这种情调悲壮的想象，显然不是由于自然山水本身的缘故（山水只是触发的媒介），而是受着某种强烈的社会激情的驱使，这是我们在阅读中能够感受到的。我们根据自己的感受建立起想象性经验，并加以说明。都自以为自己的想象性经验就是作家的想象性经验，自己的说明就是李白的原意。但二者是否相符或相符到什么程度，那真是只有天知道！尤其《蜀道难》这首诗，因为涉及本事而写作时间又不明，在历史上便出现过四种迥然不同的解释，近年又有新解释；聚讼纷纭的情况本身即说明了解原意之难。

仅就想象性经验而言,要绝对了解作家原意亦几乎是不可能的事;正如科林伍德所说,作家越是伟大,情况越是如此。大至《红楼梦》《战争与和平》这样的巨制,小至一首抒情诗,要绝对了解作家原意都是做不到的。其原因,就在于作品呈现的既不是生活本身,也不是赤裸裸的感情,而是主客体浑融在一起的想象性经验。批评家只有将作家的想象性经验转变为自己的想象性经验,然后才能对它加以说明;而在这个转变过程中又必然要掺入自己主观的东西。

指出完全理解作家原意之不可能,并不会贬低批评的价值,恰恰是为了肯定批评发展的无限可能性。如果认为完全理解是可能的,对于一部作品的认识终有完成之日,从此再不需要对它进行研究了。然而,事实上,凡属优秀的作品,人们对它的认识乃是一个永远不会结束的历史过程,我们对李白、杜甫诗的理解与前人不同,后世的理解又将与我们不同,这个认识过程永远不会结束。批评发展的无限可能性,正是以批评家对作家原意的不同理解为前提的。彼此理解相同,没有差异,也就不会有发展,这道理是很明白的。但为了把问题说透,下一节还准备对批评中差异的合理性进行具体的论证和辨析。

作家的想象性经验,必然包含某种意义,但它并非理性的观念,而是一种"难以言喻",即无法用观念表达的复杂而微妙的感情,它既没有确切的内涵,也没有确切的外延。因此当批评家重建作家的审美想象并从中抽出某种意义时,就只能是如王夫之所说"各以其情自得",无论你自以为说得多么正确,那也未必是作家意识到的。比如现代批评家认为《红楼梦》有"资本主义萌芽",这话要给曹雪芹听见他会吓一跳的。但也不能说这种说法没道理，小说所写宝黛爱情悲剧，用今天眼光看却有点反封建性质。关于《红楼梦》除了"资本主义萌芽"说，还有"色空"说、"封建社会缩影"说等等，将来一定还会出现许多别的说法。只要不是凭空捏造而是根据作品说话，便都有某种合理性。然而，在曹雪芹自己，不过是"满纸荒唐言，一把辛酸泪"而已！至于它具有什么样的意义，多半他并不清楚，也不需要清楚。局部的观念，比如对女性、爱情、科举等等的看法，可能是清楚的，但整部作品的总体含义并不清楚。即使作家自以为清楚，他的看法也只能是我们理解作品的一种参考，而不能视作标准答案。

事实上，近代西方和俄国作家，差不多都曾对自己的创作发表过意见。他们所谈的创作经验都是很宝贵的，可是当他们对自己作品的含义做出解释时，则往往是平庸的。比如，你若根据巴尔扎克的解释去了解《人间喜剧》，根据左拉的解释去了解《卢贡家族的家运》，根据托尔斯泰的解释去了解《安娜·卡列尼娜》，结果都将是很糟的。在这方面，批评家完全有可能超越作家。别林斯基对《死魂灵》的理解就比果戈理自己高明得多。其原因，就在于作家的想象性经验本身并没有明确的含义，说明其含义并非作家的擅长，而应该是批评家的擅长。既然批评家对作品的理解可以不同于作家，批评家之间的差异就更是合理的了。

批评家之间的差异，表现在许多方面，并且是由各种因素所决定的。这里只想指出一点，那就是各人都有自己的审美偏好。比如说，有人喜欢严肃深沉的悲剧，有人喜欢轻松愉快的喜剧；有人喜欢富于情节变化的小说，有人喜欢着重内心刻画的小说；有人喜欢慷慨激昂的豪放派，有人喜欢缠绵悱恻的婉约派……当然，有人兴趣广泛，既爱此又爱彼，但总会有所偏，不可能是半斤八两。而且，有所好必有所恶，这种好恶必然影响到对具体作品的认识和评价，这是无法避免的。如果有人说我对一切文学都同样喜欢，不偏不倚，要不是虚伪的话，那就说明你根本不懂文学，实际上你什么也不喜欢。这种貌似公正的批评家我是领教过的，和他们争论真是瞎耽误工夫。

审美中的偏好不是别的，正是批评家个性的表现，因此它不但无法避免，而且应该说是必要的前提。

在文学批评中，作家的个性与批评家的个性，是一种相互依存的关系。作家个性无论多么鲜明，要遇上公式化批评家也会变得面貌模糊。比如杜甫是揭露统治阶级和同情人民，白居易也是揭露统治阶级和同情人民，对于优秀的古代诗人都这么说，结果不就千人一面了吗？反过来说，个性鲜明的批评家要是遇上公式化作家，那同样是要倒霉的。作家个性越鲜明，批评家越有显示自身个性的广阔天地。

凡是大作家的个性，都不是几个干巴巴的概念所能说明白的，往往心里觉得很清楚，但要说出来就感到十分困难。即使勉为其难地说出，亦不可能说得周全。比如李白的个性，或曰"清丽"或曰"沉着痛快"或曰"超尘拔俗"……都有根据，但同时又都使人感到不全面，即使把这些说法合在一起亦不足以说明李白个性。作家成就越大，个性越鲜明，影响越广，人们对他认识的分歧也就越多。据说英国有莎士比亚图书馆，苏联有普希金图书馆。中国作家研究极少专著，往往是三言两语解决问题，但要把散见于各书的研究资料按人集中起来，那数量也是相当可观的。中华书局正组织人力做这工作，已出了几家，均有大量遗漏，求全责备几乎是不可能的事。

作家个性越鲜明，即越独特，越具体，为何对他的理解反会越多样？原因就在于作家个性是由想象性经验呈现的，想象性经验越丰富，个性也就越饱满，越鲜明。而作家的想象性经验并非封闭体，批评家在重建时必然掺入自己的想象，因此在揭示作家个性的同时也会显示出自己的个性。比如在李白研究中，我和林庚先生始终存在分歧，简单来说，林庚先生认为李白诗歌充满了"少年的解放精神""青春的浪漫情调""积极乐观的情绪"，歌唱了"上升发展的现实"；我则认为李白诗歌充满忧郁而愤怒的情绪，"豪荡感激的词句，其所表达的则是极为深沉的悲感"，他是在唐代社会盛极而衰的历史转折时期成就为伟大诗人的，是一位具有深刻悲剧性的诗人。这一基本分歧，涉及对唐代历史、李白生平思想及其作品的分期和分类等问题的不同认识（在这些问题上是有分辨是非的客观标准的），但最重要的恐怕还是由对李白个性的不同理解引起，而这种不同理解又是和我们自身的性格有关的。林庚先生心地纯洁而善良，平时颇喜少年精神和青春情调，年逾古稀仍不失赤子之心；学生我则自幼多忧患，阅世亦颇有坎坷，因此性格和兴趣有所不同。林先生自己就是诗人，他研究李白自然是从审美感受出发；学生我亦力图从审美感受出发。但当我们通过感受重建李白的想象性经验时，都必不可免地要掺入自己的想象，因而在揭示李白的个性时亦不免要流露自己的性格。不知林先生是否承认，学生我是承认这点的。

承认批评中批评家自身个性的合理性，当然不是说批评家可以把自己的个性强加给作家。一个诚实的批评家，总是从研究对象的实际情况出发，竭力使自己的主观符合作家作品的客观，而绝不是让作家作品迁就自己的主观。尤其是涉及考证性问题,更应严格尊重事实,比如有人在学术争论中为论证自己的观点,竟将小说稗史上的记载当史实引用,便是很不严肃的事。即使是涉及审美感受和想象,虽然批评家的主观性无法避免,但毕竟还是要受研究对象的制约,而绝不是可以信口开河。批评家之间的分歧,虽不必为是非之分,但总会有深浅之别,是非、深浅也须由研究对象加以鉴别,唯其如此彼此间的交流和争论也才有可能。比如李白研究中的争论,我就并不认为对方的观点毫无根据。所谓"少年精神""青春情调""积极奋发"云云,要皆突出一个"豪"字,此与前人对李白的普遍看法一致,不是没有根据。但这究竟还是比较表面的东西。再深入一层,就能透过"豪"的表面看出其"悲"的实质。即如"盛唐气象"论者最喜引用的名句"天生我材必有用,千金散尽还复来"(《将进酒》)、"长风破浪会有时,直挂云帆济沧海"(《行路难》其一)、"我且为君捶碎黄鹤楼,君亦为我倒却鹦鹉洲"(《江夏赠韦南陵冰》),以及林庚先生所激赏的"狂风吹我心,西挂咸阳树"(《金乡送韦八之西京》)等等,豪则豪矣,但只要读读这些诗的全篇,就不难觉察在豪语的背后隐藏着极为深沉的悲感。豪中见悲,这才是典型的李白个性。豪,出于骄傲、自信和永不妥协的积极人生态度;悲,则由于他在君昏臣佞的时代始终找不到自己的出路,出于他对国之将衰的敏感和深刻洞察。正是这种无法克服的矛盾造成他豪中见悲的独特个性,同时李白与历史的深刻联系亦在于此。我和"盛唐气象"论者的分歧,关键在于对李白个性的理解不同,由此做出的解释也就不同。他们认为李白对现实很乐观,我却认为李白对现实很悲观;如此对立,恐怕就有个是非问题。究竟谁是谁非,还得由李白的个性检验,而不能由我们各自的个性检验,这是很明白的事。

总之,我承认批评中差异的合理性,认为批评家自身的个性不仅无法避免而且必不可少,没有个性的批评只能是公式化的批评;但批评的任务毕竟是揭示作家的个性,一个诚实的批评家总是竭力使自己的理解合乎作家个性的实际,自我个性的显示是不期其然而然的事。当代西方不少美学流派,例如现象学美学和接受美学,都很强调艺术鉴赏和批评中差异的合理性,其中一个基本观点,就是认为艺术审美不是由作家,而是由读者(批评家)完成的。他们这种观点不无道理,但未免走得太远。比如有种"空筐理论",说是作家作品只是给读者提供了一个空筐,你放进苹果那就是一筐苹果,放进橘子那就是一筐橘子。那么,比如说《红楼梦》,有人认为是爱情小说,有人认为是历史小说,为什么没人说它是武侠小说呢?可见人们对文学作品的理解无论存在多大差异,毕竟还是要受作品本身制约的。

文学作品一经产生,即成为永恒的审美客体,它比它赖以产生的社会生活更有生命力。产生《红楼梦》的时代早已消失,即使我们从检阅历史资料能对它有所了解,那也远非它原来的样子。而《红楼梦》则永远是它当初产生时的样子,既不会因为时代变迁发生变化,也不会因为人们的不同理解发生变化。任何时代、任何人欣赏和批评《红楼梦》,都是受着同一客体的制约。作品对批评家的制约,比起生活对作家的制约来是更严格的。

无论创作还是批评,都是一种传达,因此都是尽量把想说的东西说清楚。即便仅为自我欣赏,比如写日记,也是要把想说的东西说清楚。表达就是为了传达,如果不是传达给别人,至少也要传达给自己,要自己能懂。一般说来,作家和批评家心中都是有自己的读者的。

区别在于,作家力图准确传达给读者的,主要是自己的审美经验,他既深信这种经验是独有的,同时又渴望把它表达清楚以引起普遍共鸣,至于它具有何种理性含义是不必特别关心的;而批评家的工作可以说正好相反,虽然他在对作品的审美中需要重建作家的想象性经验,其所传达给读者的却不是这种经验本身而是对它的理解,也就是说必须对审美即想象性经验做出观念的解释。

不过,文学批评的对象毕竟是文学,即便是观念性的解释,与一般理论研究亦有所不同。至少是,应当"笔锋常带感情",有点文采,而不能写得冷冰冰、干巴巴,或成为术语、公式和图表的堆砌。在这方面,中国古代文论的经验是最值得借鉴的。陆机《文赋》本身就是一篇颇富文采的文学作品;刘勰《文心雕龙》亦用骈文,体制鸿巨,翰墨淋漓,时露才情;由杜甫《戏为六绝句》肇始的历代论诗诗,既为品评诗人,本身也是诗;至于历代的诗话,虽然用散体文写成,大多也是情文并茂,并非干巴巴的说理。总的说来,中国文论重直观,因而它的表述生动、具体、直接,并且是十分精练的。这从它习惯采用的术语即可看出,比如以形写神的"神似",神与物游的"神思",再有"妙悟""神韵""性灵""情景交融"之说,以及对具体意境或风格的称谓如"雄浑""悲壮""沉郁""豪放""劲健""冲淡""简远""高古""典雅""清奇""飘逸""绮丽""婉约"等,均直接从审美经验中来,既真切又往往不容易解释清楚。对于作家的整体评价,亦多采取比兴手法,如以美人比作家,曰:"严妆佳,淡妆亦佳,粗服乱头,不掩国色;飞卿严妆也,端己淡妆也，后主则粗服乱头矣！"(《介存斋论词杂著》)又如将柳永与苏轼比较，曰："柳郎中词，只合十七八女郎执红牙板，歌'杨柳岸，晓风残月'；学士词，须关西大汉，铜琵琶、铁绰板，唱'大江东去'。"（见《历代诗余》卷一百一十五）均准确而生动，具体而可感。甚至对一些规律的阐明，亦往往依赖直观，如刘勰以"登山则情满于山，观海则意溢于海"来说明神思即审美想象，又进一步加以辨析云："视布于麻，虽云未费，杼轴献功，焕然乃珍。"极为浅显的比喻，却准确地说清楚了意象与物象之间的联系与区别，比"形象思维"的胡诌高明多了。

　　重直观既是中国传统文论的一大优点，同时它又伴随着一个很大的缺点，那就是缺乏系统性。就某个具体观点而言可能表述得很精辟，犹如精金粹玉，然而却缺乏将观点贯穿起来的线，因而很难形成完整的体系。自成体系的文论专著，如刘勰《文心雕龙》、皎然《诗式》、司空图《二十四诗品》、严羽《沧浪诗话》、叶燮《原诗》等，数量不多；作家专论著作几乎没有，明清出现的关于杜诗和《水浒》《红楼梦》的专著，都不过是逐首或逐回的讲解及评点；文学史专著根本没有；历代数量最多的各家诗话要皆札记性质。文学批评要成为一门科学——虽然它永远也成不了纯科学——是需要系统性和形成体系的；在这方面恐怕更多地需要借鉴近代西方的经验。西方文论，尤其是近代美学，多由哲学和心理学出发解释审美，因此侧重思辨和分析，系统性强，几乎每部著作都自成体系，这是它的优点。不过，也应当看到，正因为它较多地从哲学和心理学出发，较少地从文学和艺术的实践经验出发，因此虽然说得详尽，有时反而不准确。就拿常用术语来说，我就觉得许多中国货比西洋货更货真价实。中国传统术语常常是可意会不可言传，但只要联系所指对象去理解，就会发现它是十分准确的,换个说法就不行。

既然中西方经验各有优缺点,正确的态度只能是择善而从,既不能搞复古,也不能搞全盘西化。作为中国人,当然首先要重视中国自己的经验,但同时也要借鉴外国的经验以克服自身的弱点。一个优秀的批评家,既要有敏锐的审美直感——感受和想象的能力,又要有严密的分析和逻辑推理的能力。对批评家来说,只凭感受、想象和情感的丰富,是成不了大气候的。相对作家而言,批评家个性的实现主要依靠逻辑的力量。

第二十三章 以意逆志与知人论世

　　批评家的任务在于揭示作家的审美想象，指出它是什么、为什么和具有什么样的意义等等；关于这点前面已经谈过了。揭示的过程，应是从审美感受开始，重建作家的审美想象，然后对它做出解释；关于这点前面也已经谈过了。可是，还剩下一个重要问题有待解决：文学作家的审美想象，并不像绘画、音乐那样直接呈现，而是要经过语言即观念的表达；批评家如何由观念的语言去把握非观念的审美想象？这个问题，别的艺术门类是不存在的，唯独文学存在。可以说，这是揭开文学审美奥秘的关键所在。

　　这个问题，从西方文论和美学理论中是找不到答案的；无论从属于模仿说范畴的文论著作，还是从属于表现说范畴的美学著作，都是找不到的；无论从柏拉图、亚里斯多德，从康德、黑格尔，还是从弗洛伊德、桑塔耶纳、克罗齐、柏格森、科林伍德等人的著作中都是找不到的。其原因，恐怕就在于西方理论较多地是从哲学或心理学出发，较少从文学艺术实践经验出发，尤其忽视文学实践的经验。当然，比如说，柏拉图和亚里斯多德对古希腊史诗和戏剧是有广泛的研究的，但除了哲学上的说明外，主要是从技巧的角度加以研究，即把创作理解为单纯的技艺，这自然是同他们的模仿说分不开的。甚至古罗马诗人贺拉斯的《诗艺》也有这种倾向。近代西方美学——尤其是由 19 世纪肇端的现代美学，对美的本质和审美进行了大量的系统的研究，形成许许多多流派，但却谁也没有揭示语言与审美想象之间存在矛盾这样一个简单而重要的事实。比如克罗齐将艺术说为感情的直觉，不无根据，艺术中确实存在直觉这么一种东西，而且很重要；可是在文学中，直觉也是要用语言来表达的呀！而语言就是概念和推理，你如何解决这个矛盾呢？他没有回答。他的门徒科林伍德将感情的表现说为想象性经验，并认为它依赖于感觉经验，这自然是对的；但无论想象性经验还是感觉经验，都是非观念性的，而在文学中却必须依靠观念的语言才能表达，如何解决这个矛盾他也没有回答。西方美学家以分析和抽象思辨见长，可是对这样一个简单（但却重要）的问题似乎谁也未曾加以思辨；他们过分热心于由哲学或心理学出发建立自己的体系，因而对文学实践中经常遇到的问题反而忽略了。

在西方现代美学中，就我涉猎的范围而言，唯有符号学美学涉及语言与审美之间的矛盾，但并未做出回答。这一流派在当代西方尤其是美国有很大影响，代表人物为德国哲学家卡西勒（E. Cassirer）和美国哲学家苏珊·朗格（Susanne K. Langer）。卡西勒所说符号主要指语言，他认为艺术也可以"定义为一种符号的语言"（《论人——对人类文化哲学的一个介绍》），但它不是通过概念而是通过直觉，不是通过思想而是通过情感起作用；具体说来，这种直觉的符号就是颜色、形状、声音、旋律等等，而并非我们通常所说的以概念（词）为基础的语言。他的学生苏珊·朗格更明确将语言的符号说为"推理的符号"，而将非语言的符号说为"表象的符号"（《哲学新解》）。很显然，他们所说的非语言的符号，或可用于别的艺术，用来说明文学则是无能为力的。在文学中除了以词（概念）为基础的语言，再没有别的符号。他们论证中的举例均限于绘画、雕塑或音乐，极少涉及文学。原因很简单，只要联系文学，他们提出的命题便无法成立。对文学审美来说，最多只能说他们发现了问题，至于如何解决，在他们的著作中仍然是找不到答案的。

反之，中国文论一般说来缺乏系统性，但由于论家主要都是从文学实践的经验出发，因而总是要面对"言"与"意"之间存在矛盾的问题，并且做出自己的回答。他们的回答并不圆满，并未"解决"问题，但确实触及了问题的关键。这个回答，简单说来就是"得意忘言"，魏晋六朝以后直至晚清，所有对文学审美具有真知灼见的论家，虽然各人表述不同，却都离不开这样一个基本命题，它已成为中国文论中的共同语言，我还举不出一个对它表示异议的论家。这个命题，最早是由庄子提出的。也就是说它除了有大量文学实践做基础，亦有其哲学上的来源。

中国的庄子，要不算美学家的话，也是个懂得审美的人，至少我们可以从美学角度去理解他的言论。比如我在本体论中举庖丁解牛中所说的"道"来解释超功利的审美，就比康德所说"审美无利害关系"更正确一些。康德的定义仅说明审美的非功利性，庄子的故事则既说明了审美的非功利又说明了它与功利的联系，有辩证法。关于言与意，在庄子看来同样是辩证的关系。首先，他认为意贵于言，在这方面有许多言论，如：

可以言论者，物之粗也；可以意致者，物之精也。（《庄子·秋水》）

语之所贵者，意也。意有所随。意之所随者，不可言传也。（《庄子·天道》）

意贵于言，言之所贵即在达意。可是，"意之所随"，所随，即所由，从何而来，究竟是什么？却又是不可言传的。也就是说，言以达意，却又存在一种语言本身所无法传达的意。这种看法，在儒家经典中亦有表述，可见中国古人早就在思考这个问题，不限于庄子。如：

> 子曰：书不尽言，言不尽意。然则圣人之意，其不可见乎？（《周易·系辞上》）

言不尽意，就因为有种不可言传之意；然则这种不可言传之意又靠什么传达呢？《系辞》作者的回答是"圣人立象以尽意"云云，且不管它。庄子的看法，是这种不可言传之意终究仍然要靠语言传达，这有点不大好理解了。他是这样讲的：

> 筌者所以在鱼，得鱼而忘筌；蹄者所以在兔，得兔而忘蹄；言者所以在意，得意而忘言。（《庄子·外物》）

言如筌，蹄是工具；意如鱼，兔才是目的。他主张"得意而忘言"，但要没有"言"也是无法得"意"的啊！关于这点，魏玄学家王弼以《庄》解《易》，在"言"与"意"之间又加入了"象"的层次，逻辑上更清楚一些：

> 言生于象，故可寻言以观象；象生于意，故可寻象以观意。意以象尽，象以言著。故言者所以明象，得象而忘言；象者所以存意，得意而忘象。（《周易略例·明象章》）

庄子的荃蹄之说将言与意的关系释为工具与目的关系，王弼则将言、象与意的关系释为载体与本体的关系。最后还是归结于忘言忘象，而贵在得意，这是关键。

无论庄子的"得意而忘言"还是王弼对它的发挥，都是为提供一种认识宇宙本体的哲学方法。汤用彤先生对此评价甚高，认为汉代经学转为魏晋玄学即由此奠定的基础。汤先生的观点见《汤用彤学术论文集·魏晋玄学论稿》，另有一篇单篇论文发表在前几年的《哲学史研究》上，题目记不清了。我的观点多受汤先生启发。作为哲学方法，庄子以及魏晋玄学的言意之辨，要为论证天地万物"以无为本"（宇宙本体是"无"，无名无形，超言绝象），属于唯心论，是我们无法接受的。但把这种方法用于文学批评，却提供了一把揭开审美奥秘的钥匙，事实上已被后世文学批评家普遍接受。自然，他们又都是从文学实践的经验出发去接受的。

文学离不开语言，可是六朝以后的论家都认为存在一种"不可言传"之意，或云"言不尽意"，"意在言外"，用严羽的说法就是"言有尽而意无穷"；刘勰强调"文外曲致"，皎然强调"文外之旨"，也是同样的意思，均显然受到庄子及魏晋玄学家言意之辨的启发。甚至皎然所谓"但见情性，不睹文字"，司空图所谓"不著一字，尽得风流"，在逻辑上似乎讲不通，实则也不过是对"得意忘言"的发挥罢了。总之是重意轻言，主张求意而反对执着于言。为什么？原因就在语言本身是观念的表达，而文学追求的乃是非观念的意即审美想象。中国论家的种种表述，说明他们不但很懂得文学的本质特征是审美，并且很懂得语言（概念和推理）本身对于审美是无能为力的，此其一；再者，他们也认识到文学的审美毕竟是离不开语言的，但文学的语言必须提供超出其本身含义以外的东西,即想象性的经验。各家说法不同——除以上所举之外,再如刘勰提倡"意象",严羽提倡"妙悟",王士禛提倡"神韵"——自有优势、深浅之分,其主旨则一。

中国文论重直观,道理都讲得很浅显,但比起重分析的西方文论来,是更符合实际一些的。观念的语言与非观念的审美之间存在矛盾,西方论家恐怕也是感觉到的,如上所举符号学美学所说"推理符号"与"表象符号"之分,再如别林斯基等人所说"逻辑思维"(或曰"科学思维")与"形象思维"之分,均可视为对上述矛盾所做出的回答。这两种回答有个共同点,那就是违背了文学是语言的艺术这个基本的事实。他们的看法或许可以用于别的艺术吧?不清楚;对于文学是肯定不适用的。因为人类既不能用形象来思维,文学中也并没有什么表象符号。人类的思维和思维的传达都只能靠语言运用概念进行推理;在这点上作家与普通人并没有区别。然则,如何克服上述矛盾呢?中国论家的回答很实在,叫你"得意忘言",要有"言外之意",即不要执着于观念(言)本身,而要通过观念获得和表达非观念的审美想象(意)。如果这还嫌不清楚的话,下面再引苏轼发挥司空图韵味所说的一段话:

> 梅止于酸,盐止于咸,饮食不可无盐梅,而其美常在咸酸之外。(《读黄子思诗集后》)

仍旧是直观式的表达,但只要将其所用比喻还原,意思就清楚极了。语言永远是观念的表达("止于酸,止于咸"),文学离不开语言("不可无盐梅"),但文学的美往往存在于语言所表达的观念之外（"常在咸酸之外"），这就是我们现在所说的审美想象了。

如果还不清楚，就只有联系实际来谈了。仅举两句杜诗：

此身饮罢无归处，独立苍茫自吟诗。（《乐游园歌》）

此诗作于天宝十载（751），老杜时年四十，在他应试和两次献赋均告失败之后，当时他过着"卖药都市，寄食朋友"和"朝扣富儿门，暮随肥马尘"的生活，穷愁潦倒之极。这首诗（七古），正是在一个当官的"富儿"举行的盛筵上喝醉了酒之后写的。乐游园是长安著名风景区，向为王公大臣及骚人墨客出没之处，老杜跻身于此，自别是一种心情。所引为此诗的最后两句，感情至为浓郁，呈现出十分动人的意境；但这种感情和意境并非直接呈现，而须言外求之。否则，如果执着于语言自身的含义，就会问：怎么喝过酒就没有归处？你是卖了家来喝酒的吗？或者说，酒席都散了还一个人站在那儿吟诗，多半是喝得太多了。当然，实际上恐怕谁也不会这样去理解诗，但我敢说一个缺乏审美力的人从这两句诗中是得不到什么东西的。因为语言本身是并没有传达更多的意义的。审美力也就是想象力，不但作诗需要，读诗亦需要；要了解杜甫的想象，自己也需要驰骋想象，因为杜甫是意在言外，所以你也必须言外求之。比如，可以想象老杜夹在那帮寻欢作乐的富儿们中间强作笑颜的情状（"残杯与冷炙，到处潜悲辛"）；席散之后，别人都兴尽而归，车水马龙，奴随仆从，而他却只有形影相吊，联想起功名上的连遭挫折，自然很有一番感慨了，所以才有"无归处"之叹，当然不是无家可归，而是觉得在社会上没有出路；意境冷落悲凉，我们从中觉察到的是一个落魄士子的悲哀。下句一个"独"一个"自"，言外仍旧是冷落悲凉的意境，却又有很大变化。关键是要由"苍茫"引起想象，可想象为夜色，可想象为荒寂的环境，亦可想象为诗人的心境（《杜臆》："苍茫咏诗，乃勃然得意处。"）；三者不悖，诗人的心境正是由月色和周围环境触发，它显示一种力量、一种自信、一种超脱的愉悦。如果说我们从上句觉察出一个落魄士子的悲哀的话，从下句觉察出的则是一个大诗人的开阔的心胸和气魄了；上下句浑融为悲凉苍劲的意境。然而以上所说的一切，悲凉也好，愉悦也好，悲凉苍劲的意境也好，字面上都是没有的，这就叫"意在言外"了，这就叫"但见情性，不睹文字""不著一字，尽得风流"了。既然作家是意在言外，批评家要了解作家之意亦须言外求之；都需要依靠审美的感受和想象力。

戏剧小说中的"意"（审美想象）同样需要从"言"外求之，而不能执着于"言"，原则上同抒情诗并没有区别。比如，托尔斯泰到剧院看了契诃夫的《万尼亚舅舅》，对别人说："蟋蟀在叫，一个人爱上了别人的老婆，还对别人开枪，这是什么意思？"直摇头，说他看不懂（见高尔基《托尔斯泰回忆录》）。实际上，剧本所写，主要是一位教授和他亡妻的弟弟——万尼亚舅舅之间的冲突。万尼亚舅舅崇拜这位教授——他的姐夫，带着外甥女在乡下辛勤劳作，把收入全都给教授寄去。当这位教授带着第二个妻子从莫斯科回到庄园长住时，万尼亚舅舅才发现他原来是个庸才，"二十五年来他讲这个，写那个，可是尽都是些什么呢？不外是聪明人早已知道、愚蠢的人不要知道的那些胡言乱语罢了"。于是他开始反抗，公开和教授争辩，并且追求他的妻子叶莲娜——当然也是由于对她产生了感情。后来，当教授决定迁居国外并要把庄园卖掉时，万尼亚舅舅向他开枪了。最后，教授带着叶莲娜出国了，万尼亚舅舅仍然和外甥女苏尼娅留在农庄；

庄园虽然没有卖掉，但他们仍旧得按时把收入寄给教授。经过一场风波，生活又恢复为原来的样子。当教授和叶莲娜出发的马车铃响的时候，万尼亚舅舅又回到桌前开始整理账目，他难过得流下了眼泪，唯有苏尼娅在一旁安慰他。托尔斯泰说他"不懂"，并不是不懂"言"，而是不懂"言"外之"意"。要懂这个"意"就必须理解人物的性格和命运，没有审美的感受和想象力同样是不行的。比如，就我的感受而言，万尼亚舅舅是个淳朴、善良、对人类未来怀有美好信念的人——比如他爱种树，为了给几十年后的人们带来福利；在他身上最感人的品质是勤劳和献身的精神（人到中年仍没结婚）；然而他毕生奉献的对象却是一个寄生虫——那个既自私而又才智平庸的教授，他的命运的悲剧性就在这里。关于这些，契诃夫并没有直接写出来，而需要读者（观众）和批评家于"言"外求之，而且各人理解是不尽相同的。托尔斯泰不理解，当然不是说这位大师不懂审美，恰恰证明他很懂审美，这牵涉审美中的偏好，"没有偏好便不懂文学"嘛！这在上章刚讲过。附带说明一下：托尔斯泰并非不喜欢契诃夫，他对契诃夫的《草原上》及其他小说都有极高评价，但他认为契诃夫的作品缺乏贯穿的"线"和"焦点"，就像印象派的画；这自然是同他自己的风格迥然有别的，因此他时而说看不懂，时而又表示激赏。他特别赞赏契诃夫语言的纯净，认为普希金之后别的俄国作家都无法超过他。我正在讲"得意忘言"，这当然不是说语言本身不重要。

大率而言，戏剧、小说中"言"与"意"的关系，就是场面、故事情节、人物内心活动等与人物性格之间的关系。如果说诗中之"意"主要是意象，戏剧、小说中的"意"主要就是人物性格及其命运。可能你们要问：人物的性格和命运不正是通过他们的行为、遭遇和内心活动显现出来的吗？作品中描写的不正是这些吗？怎能说"意在言外"呢？其实，问题的提出，正好可以用来论证我所提出的命题。作家只能通过对人物行为、遭遇和内心活动的描写来刻画人物性格，此不正说明这种性格在他并不是明确的吗？否则，他完全可以用一种比较简单的方式把这种性格写出来，何苦费那么大劲，像曹雪芹那样，为了刻画贾宝玉的性格竟编造出那么复杂的故事情节来？事实上，任何真正的作家都不是先把人物性格想好然后再去编造故事，二者在构思中是无法分开的。就人物性格而言，往往是先有个轮廓（或其中的一部分特征），在构思和写作过程中逐渐清晰，愈见饱满，甚至发生变化——如托尔斯泰写安娜·卡列尼娜。直到最后完成，你要问他所写的性格究竟如何，恐怕他也说不清楚的；即使能说清楚，也肯定与读者的感受不同，他的意见也不见得能成为标准。比如请曹雪芹讲解贾宝玉的性格，一定与现代红学家的讲法相去甚远，但你不能因此就说现代红学家都错了。人物性格乃是作家审美想象的产物，它并不是一个封闭的实体，因此人们对它的理解必然是存在差异的。人物性格固然是靠故事情节传达，但故事情节究竟不是人物性格本身；只有由故事情节引起审美的感受和想象，才能把握人物的性格。一个缺乏审美力的人，即使把作品故事读得烂熟，亦未必理解作品人物的性格（或理解得很肤浅），这就叫作只知其"言"不知其"意"：这种人是相当多的。所以说，戏剧小说中"言"与"意"的关系，原则上同抒情诗并没有区别。

原则上没有区别，区别还是有的。简单说来，戏剧小说中"言"与"意"的辩证关系表现在多层次。例如，托尔斯泰笔下的关于战争、打猎、赛马的精彩场景，莎士比亚剧中大量的富于人生哲理的对白，巴尔扎克对于人物外貌和生活习惯的详尽描写……这些场景、对白和描写，固然都与人物性格的传达有关，其本身又是引人入胜的审美客体，要对它进行审美就不能执着于"言"而须言外求之，即调动主观的感受和想象力。就拿场景描写来说，凡是优秀的作品总有一些能给人留下深刻印象的精彩片断。在这方面俄国文学的成就最突出，托尔斯泰更是这方面的圣手。以场景（场面）取胜，故事情节和人物心理活动都主要是在场景中展开；从《战争与和平》中就能毫不费力地举出几十个这样的场景。小说一开始就是彼得堡宫廷女官请客的场景，引出几个主人公，交代人物之间的关系，并为故事情节的展开埋下伏线；紧接着就是喝酒打赌的场景，莫斯科罗斯托夫一家日常生活的场景，别素号夫伯爵弥留时争夺财产的场景，然后是童山老安德烈庄园的场景：此一卷一部。二部开始写战争，也是一连串场景构成……《安娜·卡列尼娜》和《复活》亦以场景描写取胜。其他俄国作家，例如屠格涅夫所写的赛歌（《猎人笔记》），契诃夫所写的草原（《草原上》），莱蒙托夫所写的决斗（《当代英雄》）以及肖洛霍夫所写战争场景和爱情场景（他在这方面是继承了俄国文学传统的最杰出代表），都给人留下难忘印象。法国文学的场景描写主要为社交和男女幽会，读起来还是受吸引，留下印象却不深。这些场景，都是构成情节链条中的环节，其本身又具有独立的审美价值。例如，列宁就曾经多次翻开《战争与和平》中的打猎场景来读，可见这种场景本身就能使他获得审美的享受。而审美只有客体不行，还得主体有审美——感受和想象——的能力；而这种能力又是以感觉经验做基础的。我想列宁那样爱读打猎的场景，多半是因为他有过打猎经验的缘故。不过，说来奇怪，我自己从未打过猎，读了托尔斯泰所写的打猎场

景也产生强烈的共鸣,仿佛内心深处有什么东西被唤醒了……于是,我想起狄更斯在小说中说过的话:

> 这或许是幻想,不过我相信,我们大多数人的记忆力,可以比我们许多人所假定的回溯到更远的时代。(《大卫·科波菲尔》)

须知生活在大自然怀抱中的人类祖先始终是以打猎为生的,有上百万年历史。那么,文明人类普遍酷嗜打猎,从未有过亲身经验的人也对它颇感亲切,是不是祖先记忆的一种遗留?即使这个解释不能成立,没有打猎经验的人能从文学描写中引起关于打猎的想象,也是不难理解的。想象对于感觉的依赖,并不总是直接的。人从未见过神仙和魔鬼,这不妨碍欣赏文学作品中的神仙和魔鬼。因为神仙和魔鬼都是作家根据人的经验写成,读者自然也能根据自己的经验去想象了。我虽然没有打过狼、狐狸和兔,但小时候也曾打过鸟,逮过鱼,捉过蟋蟀,并且有不少同森林、大自然接触的经验,这些都为我欣赏托尔斯泰描写的打猎场面提供了基础。但关键还在得有想象力,要是你不喜欢托翁所写的打猎场面,那就是因为你缺乏这方面的审美想象力。比如,这场面开始交代天气和打猎的准备,有这样的描写:

> (暮秋寒冷的清晨)好像天在融化,并且没有风吹,便向地面沉落。空气中唯一的运动,是从上向下飘落的微水点或露点的轻微运动。……尼考拉出去走到潮湿的泥泞的台阶上,闻到枯叶和猎犬的气味……(《战争与和平》二卷四部第三节)

这无疑是情景交融的意境。天在融化,并往下沉落;再有空气中水点和露珠的轻微运动(水点露珠的动,反衬出空气的凝结不动);还有枯叶和猎犬混合的气味……若非在自己头脑中重建作家的审美想象,便无法欣赏,甚至无法理解。以下描写猎犬、狼犬、猎人、马、森林、追逐的场面……亦无不是情景交融的意境。而整个说来,打猎又传达出许多人的性格(罗斯托夫父子、娜塔莎、索尼亚、大尼洛……)以至罗斯托夫一家的家风。那么,用王弼所说言——象——意的关系来说明语言——场面——人物性格的关系,就是很确切的了。

最后,再回到"得意忘言"的命题上来。我们先从《庄子》、《易》、魏晋玄学介绍其哲学上的来源,接着介绍了后世文论家对这一命题的发挥,说明它是中国文学(主要是诗)的基本经验;然后,我们结合诗、戏剧和小说的实践对这一命题加以论证,说明诗中的"意"主要是意境(象);戏剧小说中的"意"则主要是人物性格——中间多了若干层次,每个层次又都需要了解其言外之意;也就是说,中国的传统经验虽然主要是由诗歌实践中来,对于其他文学体裁同样是适用的,具有普遍的意义。

再要强调的是,所谓"忘言",并非废言,也不是不重视言,而是说不要执着于言。文学的本质是审美想象(意),语言不过是审美想象的载体,用苏珊·朗格的话说,它不过是苍白的推理符号而已!必须由这种符号引起审美的想象,才能了解作家的审美想象,这就叫"得意忘言"。这并不是任何人都能做到的。我们常听说某人不懂文学或看不懂某部文学作品,实际上他并非不懂作品的语言,而是不懂言外之意即审美想象——用苏轼的话说就是只知梅、盐的酸、咸,而不知酸、咸之外的真美。我们也常听人说某部作品好极了,我感动得流了泪;但究竟如何好他却说不出来。这说明他懂得言外之意即懂得审美，他已经在感情上同作家产生共鸣——当然彼此的审美想象未见得相符。这就够了，说不出所以然不要紧。对一个爱好文学的读者来说，懂得审美想象就够了，用不着对它加以解释。

然而，对于一个批评家来说，就不但要懂得审美想象，而且要对它做出解释——是什么，为什么，具有什么样的意义，等等。这就是下一节要讲的"以意逆志"——从审美想象出发阐明作品的思想含义。

"以意逆志"，是从《孟子》中借来的。原话如下：

> 故说诗者，不以文害辞，不以辞害志。以意逆志，是为得之。(《孟子·万章上》)

这个话，是对他学生咸丘蒙讲的。咸丘蒙给孟子出了个难题，他引《诗经·小雅·北山》"普天之下，莫非王土；率土之滨，莫非王臣"问道：当舜做了天子以后，他父亲（瞽瞍）却不是他的臣民，这怎么解释呢？孟子没有直接回答他的问题，而是说你根本没把诗读懂！那是诗人因为劳逸不均，在发牢骚。按此诗后两句为"大夫不均，我从事独贤"。独贤，独多。既然天下都是王的天下，大家都是王的臣民，可是执政者不公平，让我干的活比谁都多。接着孟子又举了《诗经·大雅·云汉》上"周余黎民，靡有孑遗"两句，说你要相信这话，则周王朝一个百姓也没剩下了。按此诗写旱灾，此二句表明诗人的忧虑。据此孟子反对解诗拘泥于文辞，而主张"以意逆志"。从他告诫学生的话看，他是对的。不过，从《孟子》上大量引《诗经》看，他自己对作品的理解也常常是歪曲的。原因何在？所谓以意逆志，乃是以己之意逆作者之志，而他的"意"又总是同儒家政教伦理分不开，由此去忖度作者之志，就不可避免要发生误解。此亦不可不知。

庄子所说"得意而忘言"启迪了后世缘情派论家；孟子所说"以意逆志"对后世言志派解《诗经》亦有很大影响。现在我们把这两个命题连缀起来说明文学批评的整个过程，必须指出两家所用概念的含义是不尽相同的。"言"或曰"文""辞"均指作品的语言，两家均主张不可执着于语言本身，这是相同的。区别在对"意"的理解：如上所述，缘情派所说"意"，用今天的话说就是审美想象，是一种感情活动；而言志派所说"意"，也就是"志"，是一种思想，要求解诗者根据自己的思想去揣测作者的思想，归根结底都是圣人的思想。我们自然是从缘情派立场去解释"意"的。将两家的命题连缀起来，是为说明这样一个过程：

观念的语言——非观念的审美想象——作品的思想含义

关键在于必须由审美想象去说明作品的思想含义，而不能直接由观念的语言去说明作品的思想含义。公式化、概念化的批评与真正的文学批评，其区别即在于此。

我们古典文学研究中长期存在直接从作品中找"思想"找"现实"的倾向，从方法上说，就是跳过了审美想象的阶段。其结果，不但许多优秀作家被忽略或被贬低——因为从他们作品的文字表面找不出批评家所需要的"人民性"和"现实性"；就是他们大力肯定的作家也被大大"缩小"了——因为从文字表面就能找出"人民性""现实性"的作品在这些作家（例如杜甫）

也并不多。这种倾向，在外国文学研究中也是同样存在的。被忽略的作家实在太多了。别的且不说，我想起自己少年时代熟悉的三位女作家的作品：英国作家夏洛蒂·勃朗特的《简·爱》、艾米莉·勃朗特的《呼啸山庄》和美国现代作家玛格丽特·米切尔的《飘》。这三部小说在20世纪40年代中国大学生（尤其是女学生）中风靡一时，近三十多年来却被打入冷宫。特别是《飘》，几乎无人提起，直到近年才由一家地方出版社将傅东华旧译重版。"出版说明"中还一再申明出版此书仅为艺术上的借鉴。其原因，就在于用狭隘的观点看此书不但无思想性可言，而且有问题：小说以南北战争为背景，主人公是站在南方盟军立场反对"北佬"的。可是，这只是一个背景，小说从头到尾都写的谈情说爱啊！前不久一个美国人对我说，他认为20世纪最优秀的美国小说就是这部《飘》；我相信这个美国人是不会反对林肯的，但他并不因为主人公的政治立场而对小说怀有偏见。我们的偏见使我们戴上有色眼镜，不仅对许多优秀作品视而不见，即使是加以肯定的作品，也不可能充分认识其价值。整个来说，我们在译介外国文学作品方面取得了很大成绩，但研究工作却停留在十分幼稚的阶段，几乎可以说是一片空白。为什么许多人喜爱却没人去认真研究呢？原因就在阅读是一种审美，而批评却不得不戴上一副有色眼镜，这很不好受，除非为混饭吃或为沽名钓誉，谁也不愿做，做也做不好。

摘掉有色眼镜，不是说不要思想。有人认为，过去的文学批评是重思想轻艺术，现在则应多谈艺术，少谈或不谈思想。你们千万别去赶这种时髦。前面说过，思想与艺术在文学中原是一个东西。文学本身就是一种艺术，而优秀的艺术总是能给人以某种启迪和鼓舞，能使人更深刻地认识生活和自身，从而更加热爱人生。一部作品如不能在思想上给人以有益的影响，在艺术上也就一文不值。批评家的任务正是提示艺术所包含的思想。就因为文学是一种艺术，所以不能以"言"逆志，而必须以"意"逆志，即不是由文字表面出发，而是要由审美想象出发。大体而言有三方面：一是说明是什么（审美想象的思想含义），二是说明为什么（从作家主观和生活客观解释审美想象产生的根源），三是说明具有什么意义（作品对读者的价值）。此外，当然还可以有别的方面，如阐明作品在文学史上的地位等等。要之，一切研究均须由审美想象出发，而不能由文字表面出发。

以言逆志与以意逆志，区别是很大的。比如在杜诗研究中，如果以言逆志就只能肯定以"三吏""三别"为代表的少数作品；以意逆志，则不但全部杜诗几乎均可做出充分肯定的评价，而且无疑能发现入蜀以后的杜诗是更宝贵的。再如在《红楼梦》研究中，如果不是以言逆志而是以意逆志，则显然不能将其中主要人物分为两大营垒。就拿王熙凤来说，虽然干过许多坏事，但其泼辣精明亦自有其可爱处，你就不能简单地将其视为反面人物。只要不从概念出发而从审美出发，即能看出即使王熙凤身上亦有合乎人性的东西，而整部《红楼梦》的思想意义和价值更比现代红学家们所断言的要丰富很多。

所谓"以意逆志"的"意"，到底是作家的"意"还是批评家的"意"？按孟子的说法，是以说诗者之"意"逆作诗者之"志"，在他，"意"与"志"是同样的概念。而按我们的解释，"意"乃是一种审美想象。批评家主观上总是力图重建作家的审美想象，完全做到则不可能，重建过程中必然渗入自己主观的东西，经过重建的审美想象与作家的审美想象只能是部分的重合。至于

"志"（作品的思想含义），作家并没有写出来，那更得由批评家依靠自己的性格和智慧去判断了。如果说批评家的审美想象力可以不同于作家但不可能超越作家的话，对审美想象的思想含义的理解力则不但可能而且应该超越作家。否则，如果批评家在各方面都低于作家的水平，他还能发挥什么作用呢？须知批评家对作品的评价，除了肯定其成就，还要指出其缺点，因此批评家至少在理解力方面必须比作家高明——一般说来作家都比较缺乏这方面的能力。狄德罗曾充满感情地说过："（一个戏剧作家）假使他能遇到一个名副其实的比他更有天才的批评者，他是何等幸福啊！"（《论戏剧艺术》）他是有权利说这种话的，因为他自己就是个戏剧作家。这里所说的"天才"，当然不是指创作而是指对创作的理解力而言，在这方面批评家别说低于作家，站在同一水平也不行，而必须超过作家。唯其如此，批评才会对作家和读者有益，批评家才能尽到自己的职责；也只有这样，批评才不致成为创作的附庸，批评家在揭示作家个性的同时才能显出自己的个性。

莫泊桑尝云："一个真正名实相符的批评家，就应该是一个无倾向、无偏爱、无私见的分析者。"（《"小说"》）持有这种看法的人也不少，但这是根本不可能做到的，而这种提倡则可能导致公式化的批评。任何读者对作品的欣赏，都是审美想象的重建。批评家也是读者，但又要比一般读者高明，其高明处主要即在能对难以言传的审美做出解释和评价。在重建审美想象并对它做出解释和评价的时候，要没有倾向、偏好和独自的见解，怎么可能呢？相反，我倒认为批评正是需要依靠倾向、偏好和独立的见解，才能产生价值，否则就一文不值。同一个作家同一部作品不是只需要一种批评，而是需要多种彼此不同的批评，"真理只有一个"的公式在文学批评中是根本不适用的。但是，话又说回来，我并不赞成现代西方的"空筐理论"。批评家可以超越作家，但毕竟不能脱离作品。重建审美想象，并非另建审美想象。《红楼梦》并非一个空筐，而是一筐实实在在的东西。究竟是一筐什么东西？各个批评家看法不同，但毕竟都应当根据这筐东西本身来讲话。而且，批评家在对作品做出解释和评价时，除了作品本身，还需要了解作家的其他方面和有关社会情况；这些方面都并不涉及审美想象，而是涉及事实和对事实做出判断，就更需要依靠求实精神和逻辑的力量了。

中国传统文学批评，还主张知人论世。这最早也是由孟子提出，他的原话如下：

> 颂其诗，读其书，不知其人可乎？是以论其世也。（《孟子·万章下》）

这话是孟子对他学生万章讲的，主要是教他如何同古人交朋友，重点在"知人"。"颂其诗，读其书"和"论其世"均为"知人"。后世则将"知人论世"连缀，或将其视为诵诗读书的条件，或将其视为诵诗读书的目的，都是有道理的。要之，作品、作家、时代（世），三者互为条件，重点无论放在何方都是可以的。既可以由作家、时代了解作品，亦可由作家、作品了解时代，还可由作品、时代了解作家；凡此均属文学批评的范围。

重点放在作品（这是文学批评的基础），固然应以揭示审美想象为主，但为充分了解其思想含义——特别是说明"为什么"和"具有什么意义"，知人论世亦不可或缺。知人论世，重点在知人，即了解作家的思想性格及其社会经历；了解了他的社会经历也就大体了解了他活动的时代环境。在批评家自己，固然需要具有尽量广泛的历史知识，但不能以此要求作家和衡量他的作品。关于这点，黑格尔有个说法：

  靠单纯的模仿，艺术总不能和自然竞争，它和自然竞争，那就像一只小虫爬着去追大象。(《美学》第一卷)

  这对于机械反映论者应是一服清醒剂，可是有人竟引用来论证机械反映论的观点，这真是不可理喻。如果艺术真是这样的"小虫"，那还要它干什么？问题就在艺术并非模仿或"反映"，而是一种创造，它用不着像小虫追赶大象那样去追赶自然（生活）。作家的创造固然要依赖生活，但这种依赖必然局限于自身的经历，任何作家都只有当他在生活中有所感受时才会去写，并且也只能写自己感受过的东西。因此我们就不能根据自己对生活的理解去要求作家，而只能从作家经历过的生活去理解他的作品。同一个时代，既有李白和杜甫，也有王维和孟浩然，还有高适和岑参等等，彼此差异极大，又都是合理的存在。或者不妨说，正因为有差异，彼此的存在才都是合理的。而差异，正是由各自的思想性格和社会经历所决定的；这才是深入理解作品思想含义所需要加以研究的。当然，在做出评价（即说明具有什么样的意义）时，批评家需要有更开阔的视野。

  知人论世，主要就是了解作家的生平思想。比如我说李白个性的基本特征为豪中见悲，这固然是从作品鉴赏中获得的审美认识。但为什么李白会有这种独特的个性？根据我的解释，这是因为李白的人生理想始终是积极的，而他对现实的看法又是十分悲观的，是由理想与现实之间不可克服的矛盾所决定的；这个结论，就不仅是依靠阅读中的审美感受，而主要是依靠对李白思想性格及其社会经历的研究得出。再者，李白个性具有什么样的思想和认识意义？在我看来，一方面他最深刻地反映了唐代社会盛极而衰的历史转折，同时又最生动地体现了中华民族最可宝贵的民族性格——既不愿同流合污又不愿独善其身。自然还有许多别的。而所有这些，都必须联系李白的社会经历和所处时代环境，并将其放在更广阔的历史背景下去理解，才能正确认识。

为说明知人论世对了解作家之必要，我想再联系自己的研究工作举个例子。清代康乾盛世的诗人沈德潜，一生编过许多书，发表过许多见解，也写过许多诗。可是长期以来却被目为"台阁体诗人"，评价很低。其原因之一，就在于评论者对沈德潜的思想性格和社会经历并不了解。只知道他是乾隆皇帝的御用文人，殊不知这是从他七十岁那年才开始，对他七十岁以前的情况却不了解；七十岁以后当御用文人，也了解得不具体。其实德潜出身贫寒，列祖列宗均无功名，祖、父和他自己均教家馆维生。他十一岁便代父课徒，二十三岁独立开馆，教家馆教十年从无间断。二十岁开始应试，屡试屡败，屡败屡试，年过花甲仍旧是名生员（秀才），直到六十六岁才中第为举人（比《儒林外史》中范进中举还晚十年），六十七岁进京考中进士（二甲第八名），因为年老而有诗名被监考的大司寇尹继善看重，这才挑入一等，并得与馆选。中进士后又回乡教了一年书，才又进京入庶常馆肄业。直到散馆留官，才与乾隆交往，时年七十。在宫七八年间，虽然官至二品，并诰封三代，其实始终不过是个词臣，用乾隆的话说"朕与之以诗始，亦以诗终"，他的工作主要是进诗，恭和御诗，给皇帝讲诗，最后则替皇帝改诗（"校阅"），再有就是教诸皇子；帝每出行必令侍班，老年学"跨马"，荣华富贵中亦潜藏着悲哀。七十七岁致仕回乡，即掌教紫阳书院，直到九十七岁临死当年还在为书院编选教材。这二十年间，仍不断"恭阅"御诗。乾隆每次下江南必召见，恩遇至厚，致仕不但不减俸，后来反而由礼部侍郎擢为礼部尚书，由二品禄改食一品禄。可是，在他死后，却因为牵涉文字狱被抄家、掘棺、戮尸；其根本原因，根据我的考证，实为他曾为乾隆"捉刀"，后来由于疏忽又将这些作品收入自己的集子，在他死后被乾隆发现。综观德潜一生（包括晚年的飞黄腾达），实在是个悲剧，老实讲我对他是很同情的。我同情他，主要原因就在他始终是个很勤恳的教书先生：七十岁以前以教家馆为生，入官后教诸皇子并教皇帝写诗，致仕后仍旧教书。"恭阅御诗"，无异批改作业。若从十一岁代父课徒算起，他教书生涯长达八十六年，几乎从未间断，这真是人类历史上的奇迹！仅凭这点就是值得同情和尊敬的。而且他也确曾培养出一些有用的人才，如著名学者王鸣盛、钱大昕、毕沅便出自其门下。如果我们对此有所了解，则我们对这位著名选家、论家和诗人的认识和评价就会是另一个样子。实际上，无论是他的理论和作品（尤其是七十岁以前所作）均绝非"温柔敦厚"所能概括；只不过是我们的论家以偏概全，自己戴着有色眼镜罢了。

　　知人论世。自然应从大量占有材料入手，切忌主观片面，而要力求客观全面。问题是，人总是人，任何人都是有局限的，都要受到一定时代、阶级和自身个性的制约，因而看问题总是有一定倾向的。孟子以为他的知人论世既客观又全面，在我们看来他的许多见解都存在主观片面性；我们认为自己的知人论世既客观又全面，后世的人对我们的见解肯定又会另有评价。聪明的人自应不断突破自身的局限，但无论如何局限总是存在的。突破这样的局限,又会出现那样的局限,没有局限便没有存在。局限的存在并不可悲,可悲的是不认识局限的存在。认识到局限的存在,知人论世就既要有现实感,又要有历史感。研究古人要有现实感,研究今人则要有历史感。

研究古人要有历史感,即不能将我们的观点强加于古人,这是不言而喻的。比如郭沫若责备李白在安史之乱爆发后不"联结有志之士和人民大众一道抗敌",却向南逃跑,说这是"万万不能使人谅解"的。这就是把他自己的观点强加给古人,就是缺乏历史感。反过来,我们也不能无原则地接受古人的观点,否则就是缺乏现实感。比如我将元、白对待女性的态度加以比较,认为白的人品更差劲。一位老先生反驳说,白居易晚年玩弄的年轻女子都是他花钱买的,这在当时社会是天经地义的事;我就问他:这在古人看来固然是天经地义的,难道在我们看来也是天经地义的吗?这位老先生就是用古人的观点看问题,就是缺乏现实感。现在研究古人缺乏历史感的现象已经比较少了,更多的是缺乏现实感,这是更应注意的。毕竟研究古人是为了今人,这个简单的道理要明白过来似乎并不容易,要做到就更难了。尤其是中国古典文学研究,要沟通古今很难很难,希望年轻一辈能打破这种局面。

相反,研究今人贵在有历史感。托尔斯泰说,作家"永远以回忆为生",这是很对的。作家的财富除了回忆,再没有别的。回忆即感觉经验的积累,作家的审美想象是离不开感觉经验的。那么,可以说,批评家应以历史为生。作家的回忆也是历史,是他个人经历的历史。批评家的工作则需要依赖整个民族乃至整个人类的历史,只有这样他的工作才可能对作家和读者有益。话说得太大,还是联系实际来谈谈吧。比如近年新诗的"崛起",内容上趋于朦胧,形式上则趋于自由化。一个有历史感的批评家,是不会对"朦胧"本身提出非议的,因为历史经验告诉他这正是诗歌的普遍特点,他会认识到这一倾向的出现乃是对长期流行的概念化的反叛和挑战。反之,对于形式上的自由化倒是应该提醒诗人们注意,因为历史已经证明此路不通。没有格律便没有诗,所谓自由诗不过是一种妄想罢了。中国目前的情况是,传统的格律早已不适于现代语言和生活,而新的格律尚未建立,这个痛苦过程也许还要延续上百年。应提醒当代诗人注意这点,这就叫批评家的历史感。

所谓历史感,不是为了复古,而是面向未来,从以往历史中吸取经验教训正是为了今后的发展。比如文学与政治的关系,至今仍旧是个值得思索的问题。我认为文学具有为政治服务的社会功能,但作家创作却不能从具体的政治目的出发,关于这点在本体论"文学的功利性与创作鉴赏中的非功利原则"一节已详细谈过了。至今许多人并不认识这点。过去有"土改文学""抗美援朝文学""三反文学""反右文学""大跃进文学"……现在则有"改革文学""开放文学""法制文学",还有"一家只生一个孩子"的文学,等等。我当然不是反对改革、开放、法制和一家只生一个孩子,也不是反对文学涉及这些内容;问题是如果你不从审美感受和想象出发,而只是从政策需要出发,便注定是主题先行,别人不看就知道你要说什么,因而这样的作品实际上也起不了为政治服务的作用,不过是令人生厌而已。近年已经出现了不少优秀作品,突破了"主题先行"的框框,即不是为了宣传某种先验的思想,而是着重刻画人,关心人的命运。但我获得的总的印象仍然缺乏深度。更还有人因为接触了点西方现代派的东西,刚吃了几口牛肉便在那里学牛叫,鼓吹什么"保持自我""实现自我",而他的这个"自我",说穿了,不过是无病呻吟和对个人利益的追求罢了。这类作品在电视和报刊上已司空见惯，轻飘得很，甚至叫人恶心。自我意识的觉醒很重要，我们长期以来所缺少的正是这个。但任何自我都只有当他同社会历史发生深刻联系时才能获得价值，否则就只能是个人的无病呻吟。无病呻吟亦自有其读者，但历史经验证明这样的作品最多只能属于二三流。第一流作家永远是同社会历史保持密切联系的，他们的作品必有益于天下。上述两种倾向——主题先行和"觉醒"名义下的无病呻吟——在当代文学中都是存在的。批评家必须高瞻远瞩，给作家和读者以引导，这就叫历史感。

最后再简单谈一下艺术技巧和批评中的程式化问题。文学是一种艺术，但这种艺术主要并不是一种技巧。音乐家、画家、雕塑家、演员、舞蹈家等等均可由学校培养，唯独文学作家无法由学校培养，原因即在于此。然而，文学也还是要讲技巧的。文学的技巧主要表现在语言的掌握和运用上。一个语言贫乏的人是当不了作家的。作家必须积累丰富的语汇，加以提炼，并且在运用上形成自己的风格：这是一种基本技巧。再如诗歌的格律，戏剧、小说的结构布局等方面，都存在需要不断实践才能熟练掌握的技艺。在这些方面，如果批评家确有独到的见解，也是可以说一说的。但一般而言，在技巧性问题上批评家并没有多大发言权。然而流行的批评文章（包括鉴赏文章和教科书），往往在这方面谈得很详细，而且已经形成一种约定俗成的程式。这种程式，首先是把思想与艺术分开，先谈思想性如何，再谈艺术性如何。思想性主要是分析主题思想：通过什么，提出了什么，歌颂了什么，揭露了什么，从而又反映和说明了什么；然后是分析人物：代表什么或体现什么，属于什么样的典型。艺术性方面，则分若干方面，如人物刻画、情节结构、语言风格等等；又分各种手法，如夸张、白描、烘托、对比、拟人化手法等等；再有就是结构严谨、形象逼真、风格自然、语言生动、"具有强烈的艺术效果"之类。说了一大堆，却不能给人以明确的印象。这种思想加艺术的程式，无论对作家对读者，都不会有什么帮助的。

总之，文学的思想和艺术是不能分开的。批评如果是从审美想象出发，则所做分析和评价就既包含思想，也包含艺术。至于单独的艺术技巧的分析，自然也是可以的。比如鲁迅的语言技巧、巴尔扎克刻画人物外貌特征的技巧、托尔斯泰通过场面展开故事情节的技巧，诸如此类，都可以大谈特谈。但必须作家在这方面确有鲜明特色，批评家对此亦确有独特见解才成。并且要明白，这种分析不能代替对整个作品的审美想象的揭示（单独成文或写成专著是另一回事），否则就会落入思想加艺术的程式。

本章要点归纳如下：

批评的基本任务在于对审美想象做出解释（是什么）、分析（为什么）和评价（具有什么样的意义），这就叫"以意逆志"。但文学中的"意"并非直接呈现，而是通过"言"，因此批评的方法首先是"得意忘言"（从观念到审美），然后才是"以意逆志"（再从审美到观念）。再者，以意逆志除了"意"的本身外，还需要"知人论世"（了解作家和研究社会）：它既是手段，也是目的。这就是文学批评的全过程。

至于现实感和历史感，则为强调批评家必要的素质，实际上并没有讲透，第二十六章还要发挥。关于艺术技巧一节，要为说明文学艺术不是一种技艺，反对批评中思想加艺术的程式。

第二十四章　真善美是文学批评的普遍标准

　　文学批评需要有标准吗？对此也是可以怀疑一下的。既然创作是个体性劳动，其产品的价值亦决定于个性，难道能用某种标准去衡量它？可是，反过来想想：你认为某部作品好或是坏，要没个衡量的标准，又从何得出好或是坏的结论呢？再翻过去想想：为什么对同一部作品会有很不相同甚至是相反的评价，比如《西厢记》，在封建时代的正人君子看来有碍"教化"，而今人却给予颇高的评价？可见标准总是有的，但各有各的标准。所谓标准，不过是由各自时代、阶级和个性所决定的倾向和偏好而已。历来的批评家都认为自己的标准既客观又公正，甚至是神圣不可侵犯；事实上任何标准都不过是表明批评者主观的局限罢了。局限总是有的，要没有局限也就没有自身的存在。

　　然而，不同时代、阶级和个人之间，总还存在可以彼此沟通的东西。对于李白、杜甫、莎士比亚、歌德、巴尔扎克、托尔斯泰……尽管具体评价千差万别，却都认为是伟大的作家，可见某种共同的批评标准还是存在的。它不可能是明确而具体，只能是笼统而普泛的。根据前人的归纳，那就是"真、善、美"——古今中外，无数作家和批评家都曾用不同方式表达过这个共同的审美理想亦即批评的标准；虽然各自的解释又存在或大或小的差异。除此之外还有别的共同标准么？恐怕没有了。当然，我们接受这个共同标准不仅是继承历史的经验，还须对它有自己的理解。

文学作为一门艺术其本质特征是审美，而美究竟是什么，又是难以言传的。我们说它是一种非功利愉快，一种纯精神的快感，不过是根据审美经验得出的结论；仅说明了不是什么，即不是功利愉悦和生理快感，而并未说明它是什么。美究竟是什么，历史上许多聪明人都认为无法说明，甚至有人认为无须说明（歌德和桑塔耶纳便都有这种看法）。虽无法说明，却可以根据实际情况对它加以描述。"真、善、美"正是这样一种描述；将真、善与美视为统一体，虽然并没有说明美本身是什么，但至少说明了美的条件。

关于真、善、美的统一，表述得最清楚的大概要算狄德罗，他在《论画》中说："真、善、美是些十分相近的品质。在前面的两种品质之上加以一些难得而出色的情状，真就显得美，善也显得美。"他讲得最精彩的还是下面这段话：

> 真是父，它产生了善，便是子。从此出现了美。那就是圣灵，这三位一体的统治渐渐地建立起来了。（《拉摩的侄儿》）

按基督教教义，上帝本体为一，而又是圣父、圣子（耶稣基督）和圣灵三位，叫作三位一体。狄德罗将其比喻艺术中真、善、美的关系，不但浅显易懂，亦最贴切不过。三位当中，圣父、圣子含义都是清楚的，唯独圣灵（Holy Spirit）不大好理解；真、善、美中也是美不大好理解。基督教对三位一体的解释，经过几个世纪各教派的争论才逐渐固定下来，现一致认为圣灵是圣父、圣子之间的联系、契合，圣父、圣子在圣灵中绝对地合而为一；圣灵发自圣父、圣子，但并不是从属于圣父、圣子，在三位一体中它是平等的一位。那么，我们把美视作艺术的灵魂（Spirit），它发自真、善而又与真、善同体，岂不是很确切吗？

首先，真是前提。正如基督教的上帝要没有圣父便没有圣子和圣灵一样（《新约》中有时又把圣父单独称为上帝），艺术的上帝要没有真便没有善和美。

古今中外的文论，都强调真，但对真的理解又不尽相同。大体而言，模仿和再现论者强调自然（生活）之真，表现论者则强调作家感情之真；狄德罗基本上属于前者，他所谓真主要指艺术必须模仿自然，符合自然真实。我们则认为艺术既非模仿，也不是单纯的感情表现，而是主客观相互渗透的审美想象，因此我们所谓的真是包括主客观两方面的，即既指自然之真，亦指作家感情之真。而且，坦率地讲，后一点恐怕是更重要的。自然之真，有时是可以违反的，甚至还可以写自然中不存在和不可能发生的事；然而，作家的感情，有一点虚假都不行。关于这点下面要详细谈。

真是善和美的前提，但真不一定就是善和美。善并非真的独生子（如圣子是圣父的独生子一样），倒是可以说善与恶是孪生子。如果说自然万物的存在无所谓善恶的话，人类行为则必须有善恶之分，而且善与恶始终是并存的。诈骗、偷盗、强奸、以强凌弱、假公济私、背信弃义……这些人类的恶行难道不都是真实的存在吗？恶行也就是丑行。所以说，真不一定美，真善方为美。然而，这并不是说上述恶行不能进入文学。相反，在文学中一如在生活中，恶几乎永远是与善相伴随，问题是作家对它采取什么态度即做出什么判断。所谓善恶，无非人们根据一定的伦理道德观念对事物做出的判断。只要读者感觉到作家的判断和自己是一致的，那么这个作品——无论它写的是什么——在他看来就是善的。所以说，文学中的善恶并不取决于描写对象，而是取决于作家的道德伦理观念。

提起道德伦理，立刻就会想到历史和阶级的局限，这自然是对的。但是，比如说，阶级压迫和剥削，无论在封建时代还是在资本主义社会都被认为是天经地义的事，然而这种事出现在文学中，作家们不都是对受压迫与受剥削者表同情吗？公开赞美压迫和剥削的作品，至少我还未读过。再如金钱万能和尔虞我诈，在资本主义社会固然也是天经地义的事，许多作品都曾经大量描写这种现实，却也都是采取鄙夷和谴责的态度。须知人性的一致自有其坚实而广大的基础，因而道德伦理观念也是有连续性的，不同时代和不同阶级之间固然存在差异甚至是对立，但真正有生命力的道德伦理理念总是承前启后、彼此相通的。历来优秀文学所以具有永恒生命力，一个很重要的原因就在其作家的道德伦理观念具有永恒生命力。

车尔尼雪夫斯基尝云"善就是利"，这话不对。他企图对人类道德做出唯物主义的解释，并将其小说中的优秀人物说为"合理的利己主义者"，给人以玩弄概念的印象。事实上，历来人类社会所崇尚的道德，如大公无私、自我牺牲、同情弱者以及诚实、公正、博爱等等，恰恰都是同"利"不相干，甚至是以牺牲"利"为前提的。反之，假公济私、唯利是图、趋炎附势、尔虞我诈、弱肉强食等等，均无非见利忘义，都不是善，而是恶。正因为善、德行、高尚的情操与"利"是这样的格格不入，所以它和"美"才是"十分相近的品质",才是"美"的必要前提,才能与"美"同体。

你们可以回忆一下自己喜爱的文学作品,当会发现审美的激动几乎总是同道德伦理感情分不开,你要觉得一个人物很美,必然是从他身上发现了某种令你感动的德行,使你产生了某种道德情绪。例如狄更斯喜欢写孤儿(《雾都孤儿》《大卫·科波菲尔》《远大前程》),他的主人公总是历经坎坷却始终保存着善良的品质,所以感人。最使我感动的是他在《远大前程》中写的那个苦役犯,除了引人入胜的传奇色彩,主要原因恐怕就在从他身上可以看出"滴水之恩,涌泉相报"的德行。由此想到雨果笔下的囚犯冉阿让(《悲惨世界》),他对孤儿珂赛特的爱更充分体现了人性中最可宝贵的德行,所以显得美。那个像猎狗一样紧紧追踪他的警官沙威也显得有点美,至少在他最后投水自尽时如此。他的残酷并非出于私心,而是出于对"法律"的忠实(愚忠);作者最后让他自杀正说明对这个人物的同情,这也是雨果人道主义的一种表现。这样的例子多不胜举,均说明文学中的"美"与"善"有着不解之缘。至于有的作品——例如巴尔扎克和果戈理的若干作品——倾注全力描绘丑恶、腐败或畸形的人物,并未提供令人喜爱的形象,而整个作品仍使人感到美,则是因为作者的描写背后潜藏着谴责、嘲笑、憎恶或是同情,仿佛在说:"你们看呀,人性竟然堕落到如此地步!"只要我们能产生共鸣,自然就会向往人性的健全和完美,这就是"善"。

仔细想想,桑塔耶纳下述说法是很有道理的:"只有人生之善可能进入美的结构。滑稽之使人入迷,崇高之惊心动魄,悲怆之荡气回肠,都是某些善行之一瞥。"如果一个作品只能引人一笑,而不能在道德情操方面给人以任何启迪,那也就是没有审美价值,只能视为娱乐品。至于那些公开宣扬暴力、凶杀、愚昧和色情的作品,则是对人性尊严的侮辱和践踏,这样的东西是永远同美绝缘的。

但是,善有真伪之别,生活中如此,在文学中亦如此。我们上面所说善与美同体,指的是真善,而绝非伪善。

文学中的伪善,主要见于公式化作品。因为作家是从概念出发,作品中的正面人物要不是"时代精神"的传声筒,便是某种理想道德的化身,善则善矣,奈何不是血肉之身,这种善便不是真善而是伪善。生活中确有伪善者,许多优秀作家——例如巴尔扎克、托尔斯泰、莫里哀、契诃夫、鲁迅——都曾塑造出这类形象。生活中的伪善者固然丑,一旦进入文学,从作家对他的谴责和嘲笑中我们却能感受到美。如果公式化作家写的是这样人物,自然无可厚非(就看怎样写)。但并非如此,他们写的乃是正面人物,十全十美的英雄,某种概念的化身,这种人在生活中是根本不存在的。这不是生活中的伪善,而是作家的伪善,他们所宣扬的东西往往自己并不相信。比如,那些疯狂鼓吹个人迷信的人,多半并非傻瓜,而是些骗子。这些骗子固然是生活中的真实存在,他们要成为文学中的人物倒是很精彩,当然这要由诚实的作家来写。伪是最大的恶,文学中的伪比生活中的伪更加可怕。关于这点,我想引一段托尔斯泰的话:

> 在生活里,谎言是可恶的,但还不会毁灭生活,它只是涂污了生活,在它下面却仍然有生活的真实,因为总是有谁在希望着什么,因为什么而痛苦或欢乐;但是在艺术里,谎言毁灭着一切现象之间的一切联系,一切

有如粉末般的撒散了。(《致尼·尼·斯特拉霍夫等的信》)

同样的意思，契诃夫则是这样说的：

> 首先，我的朋友，不可以说谎。……艺术之所以特别好，就因为在艺术里不能说谎。在恋爱里，在政治里，在医疗里，都能说谎，能够骗人，甚至可以欺骗上帝——这样的事情是有的。然而在艺术里却没法欺骗。(《外国名作家谈写作》)

这些都是老实话，也是很深刻的话。不过，他们对于谎言的危害，恐怕没有我们感受的深刻。回想"文革"时，不但时时处处耳闻目睹都是谎言，而且大家都必须跟着说谎，向自己并不相信的荒谬透顶的东西顶礼膜拜，谁敢讲出真话就有灭顶之灾。20世纪在中国发生的那场悲剧，不仅"涂污"了生活，而且确实毁灭了许多东西，包括无法弥补的历史陈迹。当然它不能毁灭整个生活。就在当时，正如托尔斯泰所说，谎言下面仍然有真实的生活在！包括谎言的制造者和被愚弄的群众，都自有其真实的希望、痛苦和欢乐在！从这个意义上讲，生活的真实是谎言所无法毁灭的，说谎者本身就是一种真实的存在。可是，在艺术中情况就不同了！作家可以描写说谎者，但自己绝不能说谎。如契诃夫所说，在恋爱、政治、医疗里都有欺骗，甚至可以骗上帝；这种欺骗在生活中只不过造成暂时的、局部的灾难罢了。但如果作家说谎，艺术将不成其为艺术，结果就什么也剩不下了。所以契诃夫说在艺术中是无法进行欺骗的，一旦欺骗艺术也就不复存在。

作家只能写真实，说真话，即既要忠实于外部的现实世界，亦要忠实于内在的感情，只有这样才可能创造出艺术的真实。

虽然说艺术需要忠实于生活，但它所提供的毕竟只是生活的"近似"物；关于这点历来大多数论家（包括模仿和反映论者）都是同意的，分歧在于对它的评价。在我们看来，艺术既然是一种创造，它不可能也不需要做到"逼真"，如黑格尔所说像小虫一样去追赶大象。艺术创造固然依赖于生活，但艺术依赖的并不是我们大家司空见惯的生活，并不是任何生活都可以成为艺术创造的材料。确切地说，艺术依赖的乃是作家在生活中的独特发现，它同作家的独特经历、天才、热情、灵感等等主观因素是绝对分不开的。因此批评家绝不能仅由生活本身去衡量艺术，更不能将自己对生活的理解强加于作家。要之，生活的真实与艺术的真实并不是一回事，二者既有联系又有差别，有时差别是非常之大的。

亚里斯多德的《诗学》中有句名言："诗比历史更真实"，或者换个说法，那就是"形象须优于现实"；在这点上，后世许多模仿和再现论者（例如车尔尼雪夫斯基）反倒不如这位先驱者。从亚里斯多德的模仿说中是可以得出艺术真实高于生活真实的结论的。不过，亚里斯多德所说的诗（艺术）的真实，仍然是仅由生活去衡量，即认为艺术除模仿已发生的事，还可模仿根据或然率或必然率将发生的事，因而它比生活本身更有普遍意义。根据我们的观点，则艺术的价值并不单纯取决于生活本身，艺术真实亦不能仅由生活去衡量。"白发三千丈"，既不是生活中发生的事，根据或然率、必然率也不可能发生，然而在艺术中却是真实的。艺术真实，不应仅由生活客观，而是必须由主客观的对立统一去鉴别，有时重在主观情真，有时重在客观物真，对于不同体裁、题材和手法（流派）的作品应有不同的要求，这全凭批评者的敏感和真知，针对具体作品做出判断，而不可能提出一个统一的标准。比如说，"白发三千丈"在抒情诗中是可以的，谁都懂得这不是物象而是意象，意象之真贵在情真而不在物真。可是这要出现在以写实取胜的戏剧和小说中便不行。一般来说，在戏剧、小说中，作家的感情不是直接呈现为意象，而是要依靠外部情节塑造人物性格，间接地呈现；情节和人物，是必须具有客观可信性的，诸如自然环境和社会环境的描写、故事情节的展开、人物外貌、语言和心理特征的刻画等等，都必须符合历史和生活的真实。比如把王昭君写成为了加强民族团结而高高兴兴出塞和亲，把李自成的老婆写成一贯正确的女政委，再如有的小说把农民的语言写得和知识分子差不多，或者古人说话用些现代新名词，便都不真实，都使人感到虚假。当然，戏剧、小说也是允许有违反生活真实的夸张和虚构的，例如六月降雪（《窦娥冤》）、死而复生（《牡丹亭》）、亡魂出现（《哈姆雷特》）、人魔交游（《浮士德》）以及孙悟空大闹天宫（《西游记》）等等，便都是生活中不可能发生的事，但又都是合理的；再如当代西方荒诞派和拉美魔幻现实主义的作品（例如《变形记》和《百年孤独》），也存在类似情况，无论做何评价，绝不能因违反生活真实而加以责难。所以说，究竟侧重情（主观）之真还是侧重物（客观）之真，不仅因体裁而异，亦因题材和手法（流派）而异。就手法（流派）而言，对生活真实的违反一般出现在浪漫主义作家的作品中，如上所举作品的作家关汉卿、汤显祖、歌德都是具有鲜明浪漫主义倾向的作家，莎士比亚其实也有这种倾向

（司汤达在《莱辛与莎士比亚》论文中就将莎士比亚视为浪漫主义而大加鼓吹）。浪漫主义的基本特征就在着重主观感情的表达，如关汉卿所写六月降雪，是为表达他对窦娥冤屈的强烈同情，人间无法昭雪就让老天爷为她昭雪，题目就叫《感天动地窦娥冤》嘛！汤显祖写杜丽娘死而复生，则为歌颂爱情的伟大力量，这在题词中也是说得很清楚的了。至于《西游记》（神话小说）和卡夫卡的《变形记》（写人的异化）这类特殊题材的作品，则重在寓意，其艺术真实性也是要通过作家主观感情的分析才能了解的。

或重情真，或重物真，总之要一个"真"字。还必须懂得，虽然不同作品各有侧重，但就总体而言，凡是优秀作品这两个方面又总是统一的。例如李白的诗和关汉卿、汤显祖的戏剧，虽然在某些细节和情节上有违生活真实，但他们的热情洋溢的作品不是比同时代许多作品都更深刻，更符合当时社会生活的真实吗？再如曹雪芹和托尔斯泰的小说，虽然作家的感情并未直接呈现（托尔斯泰发过一些抽象议论），但是他们通过大规模的社会生活的描写和人物性格的刻画，不正是为了表达自己的真情实感和对于人生的见解吗？反之，如上面所举写王昭君的剧本，既违背客观真实（这种违背是不允许的），在作家主观也是不真实的，他这样写乃迎合政治上的需要。再如"文革"期间那些歌功颂德的诗，明明是天下大乱偏要说是"莺歌燕舞"，主观上固然不真，客观上也不真。实践经验证明，主观之真（情真）与客观之真（物真）往往是——并非永远是——一致的，反之亦然。

总之，文学作品乃是主观之情与客观之物相互渗透即审美想象的产物，因此对于它的真实性就不能单从一方面去衡量，而必须从主客观的对立统一中去衡量，具体作品具体对待，各有侧重，但总的说来两方面的因素都必须考虑。再要补充的是，衡量作品的艺术真实还必须联系作家的生平思想和时代环境——仍然是主客观两个方面——才是充分的，关于这点似不用再做解释。

真未必善，善亦未必真，这两种情况在文学中都是存在的；前者如诲淫诲盗之作，后者如公式化、概念化作品，两类作品都不美。然则既真且善就必然是美的么？亦未必，美还有其自身的品质。但至少可以肯定：美必须兼具真和善的品质。据说在希腊文里"美"本身便包含真与善的含义；中国古代文论主张"传真不传伪"和"尽善尽美"，也是把真、善与美紧紧连在一起。

如果说文学批评可以有一个普遍遵循的标准的话，那就是真、善、美的统一；这既是历代人共同的审美理想，同时文学具有的三种基本功能——认识功能、教育功能和审美功能——也包含在其中了。即使你另立标准，恐怕也超不出这个范围。当然，不同时代、阶级和个人对它的理解有所不同，彼此既有一致性，又有差异性。一致中有差异，差异中有一致，二者均不可忽略。过去我们批评理论的常见弊端，就是把不同阶级之间的差异绝对化，对同一阶级则又一视同仁或强求一律，这样既不利于文学的继承、交流和借鉴，对于文学批评的个性化原则更是有害的。总之，真善美不可分割，同时还要看到人们对它的理解既有一致性，彼此间又存在着差异。一致性和差异性都是永远存在的，正因为这样真善美才能成为普遍遵循的批评标准。

第二十五章 广义的文学批评

前面所说主要是针对作品研究。广义的文学批评，范围大得多，作品研究不过是它的基础罢了。

整个文学事业，不外创作与批评两大门类。大体而言，凡从事文学工作的人，除了作家，其余的都是批评家。此外还有编辑和资料工作者，是为创作和批评服务的。

批评又可分为两个门类，便是史与论，有史家，有论家，都算批评家。史是论的基础。论要是没有史的研究做基础，就成了空中楼阁；反过来说，史的研究如果始终停留在史本身而不能上升为论，便不可能产生创造性的价值。

史的研究，又须以作家作品研究做基础。因此文学批评的过程，应该是作家作品—史—论。文学批评既是集体性的事业，又是个体性的劳动。因此，虽然每个批评家都只能在这个集体事业中占一个很小的位置，但又必须通观全面，了解批评的整个过程，才能在个体劳动中对集体事业做出贡献。

作家作品研究，又分为各别作家作品研究、比较研究、综合研究三类。

各别研究是基础的基础，没有这个基础，别的一切都是谈不上的。一个批评家专业修养如何，主要就看他这个基础的广泛和深厚的程度。当然,这里所谓研究,不是指专业研究,即并不是非写出专著和论文来不可。作为专业研究,只能限于少数几个作家,甚至专攻一家。但是,拿我来说,多年来专攻李白,这可并不说明我只研究李白。无论你专攻哪一家,都必须对他周围的作家有所研究,并且不断扩大涉猎的范围,从古到今,从中到外;这个基础愈广泛愈好,并力求深厚。广泛,就是兴趣广泛,要多读作品,并且要有系统,最好是一个作家一个作家地读,读得着迷,这样你自然就会想方设法去搜求资料,以了解这个作家的生平思想。深厚,就是要读得熟,并在此基础上形成自己的见解。无论从事作家评论还是从事史、论研究的批评家,都需要这样的基础。红学家如果只懂得《红楼梦》,那你对《红楼梦》也是研究不好的。同样,如果文学理论家只对理论著作感兴趣,而对作家作品所知甚少甚浅,那就很容易成为教条主义者。不过,话说回来,一个人生命有限,才智亦有限,即便你要把作家作品研究作为专业,那也只能选择一个,最多几个作家。比如李白、杜甫、莎士比亚、巴尔扎克、托尔斯泰……对于这样的作家,是值得为之付出毕生精力的,一个人一辈子要能把其中一位研究得比较透,提出一些独创性见解,贡献就不小了。我们很需要这样的专家。对于当代作家,如果你发现某位大有前途,也可以成为研究他的专家,这是更有价值的。但选择要慎重,附骥尾方能涉千里,一厢情愿不行。当然,不是说只有一流作家才值得研究。二流、三流以至不入流的作家都值得研究,甚至坏作家也值得研究,但用不着成为研究他的专家。据载现在西德文学界设有"最坏作家奖",奖金还很高,条件是得奖人得保证从此再不发表作品。我想谁也不愿成为研究这种作家的专家。

比较研究固然以各别作家研究作基础,但事实上它又是各别作家研究的基础，二者是互为条件的。比如研究李白，要不把他同杜甫以及其他唐代诗人加以比较，就无法了解其独特个性及成就；反之，你要将李杜加以比较，首先得对李杜进行各别的研究。从顺序上说，还是各别研究在前，读作品总得一家一家地读。可是，当研究比较深入的时候，就得有比较的观念，否则一家也研究不好。当前比较文学是时髦，已成为一门单独的学科，但仅限于中外文学比较。在我看来中外文学思想及文学发展历史是很值得加以比较的。至于作家作品之间的比较恐怕只能是现当代作家。中外古代作家很难加以比较，而且我看不出这种比较有何意义。倒是中国作家之间需要加以比较（外国文学研究亦如此）。从历史上看，中国文学批评从来就是在比较中进行的，我国第一部以研究作家为主的文学批评著作《诗品》（钟嵘）即如此，后世各家诗话亦无不如此。可是现在的批评家都普遍缺乏比较的观念，一比较就有厚此薄彼之嫌，谁都愿意摆出一副"公正"的面孔，这同长期受"左"倾教条主义束缚是分不开的。前两年我写了几篇元白比较的文章，就很引起一些白居易专家的不满，说我重新挑起元白优劣之争。其实，比较的目的不仅是分优劣，见高低，论长短，更重要的还在了解各家的特色，明异同。我们现在很缺乏这种比较研究，因此在批评论著和文学史著作中许多作家的面目都不清楚。批评家要揭示作家的个性，就必须有显示自己个性的勇气，即要在对有关作家的比较中鲜明地表明自己的见解。作家比较不必单独成为一门学科，但专业从事作家研究的批评家都需要进行比较研究，即使不撰写这方面的专题论著，比较的观念也应当贯穿在对各别作家的研究中。这是批评繁荣的一个关键。

作家的综合研究，其对象已不是一个或两三个作家，而是一群作家或一个时期的作家;但并非全面研究,而是只研究他们的侧面。例如王瑶先生早期的著作《中古文人生活》《中古文人风貌》和《中古文学思想》便属于综合研究;再如关于"建安风骨""盛唐气象"的讨论,也属于综合研究;还有文论的研究(批评的批评),如关于古典文论中的"灵感""意境""言志"与"缘情"说的研究,都并非针对某个论家或某部论著,而是属于综合研究。可以说,综合研究是各别研究和比较的深入和提高,同时它又为史的研究提供必要的基础。总的说来,目前我们的文学研究还停留在各别研究的阶段,比较研究和综合研究都十分薄弱,因此要写出一部像样的文学史看来短期内是很难做到的。

文学史分断代史和通史,各国(民族)文学史均如此。此外还有各种专史,如鲁迅写过小说史,王国维写过戏曲史,陆侃如、冯沅君写过诗史,郭绍虞写过批评史;还可以从另外角度写专史,如妇女文学史、民间文学史、战争文学史、爱情文学史等等。专史的优点,在于它能从一个方面总结文学发展的规律,具有鲜明的纵向系统性。然而文学的发展是存在横向联系的,按照历史原来面目描述和解释历史,那就是综合的断代史和通史,在文学史建筑群中它是主体建筑。

断代史和通史,由于是如实地反映一个时期或整个民族文学的发展,它除了需要有坚实的作家作品研究——包括各别研究、比较研究和综合研究——做基础,还必须对文学思潮、流派、方法以及各种文体的兴衰演变进行研究。这还只是就文学本身而言。刘勰说得好:"文变染乎世情,兴废系于时序。"(《文心雕龙·时序》),所谓世情和时序,即整个社会历史,它包括政治、经济、社会生活、自然环境以及哲学、宗教、音乐、舞蹈、绘画等多方面的状况，所有这些方面均与文学发展密切相关，都是文学史必须涉及的范围。当然，作家作品研究也要涉及这方面，但相对而言文学史家对这些方面需要了解得更系统更全面。比如你要写魏晋南北朝文学史，如果对这时期社会政治局面的动荡，儒家经学的衰微，玄学、佛教、道教的兴盛，以及文人习尚等方面没有透彻的了解，要解释三四百年间作家的大量出现和审美意识的觉醒，便是根本不可能的。

文学史不但要全面反映文学研究的成果，而且还要依赖政治史、哲学史、宗教史、风俗史、艺术史等方面的研究成果，绝非一个人的力量所能办。且不说其他方面，仅就文学自身而言，一个人要对每个作家都进行深入研究，别说通史，断代史也无法写出来。但文学史又只能由个人撰写，不能由集体撰写，集体撰写从来没有成功的经验。个人撰写，既要善于汲取他人研究成果，又必须自成体系，具有独立的观点。观点的形成，一方面依靠自己平时专题研究的成果，另一方面依靠对他人成果做出判断（我只能汲取我认为正确的东西）。所以说，归根结底，还是要依赖撰写者自身的性格和智慧。集体编写之不可能，就在于各人的性格和智慧是无法糅合在一起的；勉强糅在一起，就只能是把各自的锋芒都抹掉，统一体例，统一观点，统一风格，"三统"之后，结果就变成四平八稳的官样文章了。我们并不需要一部"标准"的文学史，而是需要若干部各有个性的文学史。大学讲课也不需要一部文学史作为统一教材，而应让每个教员都自己撰写教材，同时指定若干文学史著作作为参考书。

附带再谈一下资料的考证和整理，这也是文学史研究工作必不可少的环节，尤其在文学史源远流长的中国，早已成为专门的学问。比如作品的辨伪、校勘、编年、注解、集注和集评,作家生平事迹的考证,作家年谱和文学年表的编写,各种索引、资料汇编、类书、总集、丛书的编纂等等都属于资料工作。历代都有许多从事这方面工作的专家,他们不但付出了艰巨的劳动,而且都是功底扎实的很有学问的人,要没有他们的劳动,文学史的研究是很难进行的。研究文学史的批评家虽不必都成为这方面的专家,但都需要有这方面的修养,不编纂资料至少也要懂得如何使用资料。比如,你要不懂训诂又不会使用工具书,有时就连字也不认识;要没有文献学方面的知识,就连书也找不到,有了问题也不知从何处找资料,还谈得上什么研究?可以说,熟悉资料,掌握工具书使用法,并懂得一点训诂学和文献学,对于从事古代文学史研究的批评家来说乃是必须具备的基本功。

史的研究(包括作家作品研究),固然是对历史遗产的继承,但继承的目的还在发展。为此,就必须从史的研究中总结出规律,建立起理论,再用这种理论反过去解释历史,并用以影响当代文学的发展。一部文学史要没有理论观点,就只能是对历史的描述,并不能说明历史,更不能对当代文学发生影响,其自身有何价值也就很值得怀疑。在这方面,我们是落后于西方。举例说,19世纪法国人丹纳(H. A. Taine)所写多卷本《英国文学史》,所以产生广泛影响,就在于它具有明确的理论观点。作者认为文学发展决定于种族、环境、时代三大因素(他认为物质文明和精神文明的性质和面貌均取决于这三大因素),因此被视为"社会学派"和用科学方法研究文学的先驱。他的这种观点不仅贯穿于整部著作,那篇很长的序言即被视作重要的理论文献而被反复引用。不过,丹纳主要的并不是文学史家,而是哲学家、美学家和史学家，他还研究过生理学和解剖学。他的上述观点，恐怕更多地是受了他所信奉的实证主义哲学和自然科学方法的影响（他曾把美学称为"实用植物学"），且置之不评。值得重视的是他那种史论结合的研究方法：史中有论，如《英国文学史》；论中有史，如《艺术哲学》。相形之下，我们现在的批评家太缺乏理论。文学史有好多种，你能说出它们在理论上有什么差异吗？没有差异的理论，这叫什么理论呢？难道真有一种对一切领域都适用并且是永远不再发展的理论吗？如果有的话，那又何必由许多人来不断地重复它呢？须知精神生产没有独创性是产生不了任何价值的。现在许多文学史和理论著作所以没有多少价值——当然不是完全没有价值——原因就在它们都是用同一个腔调说话，缺乏在理论上进行独立探索的勇气。近年来情况已经发生了根本性的变化，许多人已开始在理论上进行认真的探索，无论如何，整个形势比以往好得多。但从一些流行的论著中，我似乎又听出另一种统一的腔调，只不过别有祖述罢了。这也许是不可避免的，作为一种过渡现象不必苛求。然而，我想说，只有当批评家们都用自己的腔调说话的时候，我们的理论才会出现真正的繁荣。

谁在理论上都不是一张白纸，无论文学史家还是理论家，在理论上都不可能由零开始，而是必然要接受他人的影响。我不但不反对接受他人影响，反而主张广泛地汲取，马克思主义文论、中国古代文论、西方文论都要全面研读，而且是不带任何成见地去读。汲取别人的理论，目的还在形成自己的理论。古为今用，洋为中用，他人为我用。清人袁枚有云："不学古人，法无一可；尽似古人，何处著我？"（《续诗品·著我》）说的是创作，理论上何尝不如此？批评家在理论上要没有自己的观点，那就用不着也不可能著书立说。尤其是专业从事理论研究的批评家，不但要有自己的观点，而且这些观点需要形成体系。没有自成体系的理论观点是当不了理论家的。不是说所有观点都必须是自己独创，这是根本不可能的。历史上任何大理论家，也总是在广泛汲取前人及同时代人的观点基础上建立自己的理论体系的。但这种汲取不是照搬，而是经过了消化，加以修正或发展，从而使其显示出自己的特色。总之，只有当读者能将你的理论与别人的理论相区别，这个理论才能说是你自己的。批评家不是运用别人的理论就成，而是必须有自己的理论。

理论观点的形成，固然需要汲取他人的成果，更重要的还是依靠对实践经验的总结。文学理论主要应建立在文学实践经验总结的基础上。中国古代文论，从《文心雕龙》到明清各家论著，无不是在总结实践经验基础上建立起理论体系，或提出某种鲜明的理论主张，从而又反过去对实践发生影响的。批评家所依据的实践经验，不必是当代的经验。总结古代经验也可以建立起于当代有用的理论。比如，我们知道，亚里斯多德的《诗学》是在被埋没了一两千年之后，到文艺复兴时期才被发现并受到重视，从而对后世的创作和理论发生巨大影响的；其所依据的是古希腊史诗和悲、喜剧的实践经验，提出的理论原则却为后世作家和论家普遍采取，奉为神圣，直到19世纪后期情况才开始发生变化。再如中国明清的诗论家，无论属于哪一派，他们所依据的正面经验都主要是唐诗及唐以前的经验，距离也有好几百年了。既然古人的作品我们还爱读，那就说明他们的经验对我们还有用，而对这些经验加以总结则是文学史家和文学理论家的责任。西方人写文学理论无视中国的经验，那是由于他们对中国无知；中国人写文学理论要无视中国的经验，那就是愚蠢了。但同时也要看到，中国的经验又存在很大局限性，如果我们的理论仅仅依靠中国的经验，那将是十分片面的。西方文学的经验应受到同样的重视，在有些方面甚至是更重要的。比如，中国文学有个致命弱点，就是个性的觉醒很微弱，如点点星火，始终未成燎原之势；与此联系，爱情主题亦很贫乏。（只要读读"三言""二拍"和《金瓶梅》以及明清许多笔记小说，就会懂得中国在两性关系上的传统伦理存在多大的虚伪性啊！）因此要从理论上阐明个性、爱情在文学中的地位，主要就不能依赖中国文学，而要依赖西方，尤其是18世纪启蒙运动以后的文学经验。再如，在我看来，诗歌的创作理论固然可以根据中国的经验，戏剧和小说的创作理论则需要更多地依赖西方的经验。总之，理论的建立有赖于对创作实践的总结，既要总结中国的经验也要总结外国的经验。别人总结经验所建立的理论只能作为借鉴，若要有所建树还必须亲自做这样的总结。

批评家提出一种理论主张，总是针对当前的文学现实，即为解决当代文学中存在的问题，推动文学向前发展。但是他们的理论所依据的正面经验却往往并非当代的经验而是历史的经验，例如中国唐代的古文运动、宋代严羽的诗歌主张、西方文艺复兴时的文艺理论，便都是用历史的经验来否定当代的经验，从而建立起新的理论的。当然，肯定当代经验的理论也是有的，最明显的例证就是19世纪俄国别林斯基、车尔尼雪夫斯基和杜勃罗留波夫等人的理论。当代文学在多大程度上能成为理论建立的正面根据，这完全取决于它的成就。就像十年前中国当代文学的情况，总的说来是很难成为正面依据的，它主要是告诉人"不应当怎样写"，仅依靠反面的经验是无法建立起理论的。近年情况有了根本变化，但迄今尚未出现可与古代经典作家相媲美的作家作品，因此文学理论的正面依据仍然是历史经验而非当代的经验。当然，无论史家论家都更应关心当代，重视历史经验正是为推动当代文学的发展。照我看，虽然当代文学中尚未出现辉煌之作，但一个由不同流派所汇成的新的文艺思潮正在形成，在这种形势下，批评家如能根据历史经验提出一些倾向鲜明的理论主张，就能对新思潮的形成和发展起到推波助澜的作用，做出自己的贡献。

比较近年的创作而言，批评是落后的，这主要表现在史与论的脱节。多年习惯，治史者对论不感兴趣，那些有"考据癖"的人自不必说，便是讲义理和辞章的人，虽然不可能没有理论，却以为只要遵循某种公认正确的理论就行，并不认为自己也有进行理论探索的必要。结果史的研究也就变得四平八稳，很难有新的突破。一些比较年轻的同志尝试着用西方文论去研究中国古代文学和文论，一时显得比较新鲜，但如果始终停留在由论到史，而不能由史到论，迟早也会变得四平八稳的，只不过立足点不同罢了。西方人从理论出发，是除了美学，还有哲学、心理学、医学以至自然科学方面的理论的，而我们现在许多专业搞文艺理论的人，是既没有扎实的史的知识，也无法从别的学科借鉴，因此他们的理论不但缺乏可信性，本身也显得很干瘪。如果说没有理论观点的文学史家是可怜的，那么没有文学史基础的文学理论家就是可笑的了。无论史家论家，都应当史论结合，由史到论，再由论到史；只不过各有侧重罢了。只有这样才能对文学发展做出贡献。

第二十六章　什么人能当批评家

首先，文学批评家必须懂文学。这似乎是句废话，但我这话是有感而发的。

不懂文学就是不懂审美。其实，审美虽然难以言传，却绝不高深，任何一个生理和精神健全的人，都天然地具有审美的能力。按理说，专业批评家的这种能力应该比一般人更发达，实际情形却远非如此。人们选择文学批评作为职业，一开始可能都是出于对文学本身的爱好，但由于这门职业需要多方面的知识，一旦对有关知识发生浓厚兴趣，养成"考据癖""历史癖"或别的什么癖，变成了学问家，对文学本身的兴趣反而淡薄了。这种学问家在高等学校和研究机关都是非常之多的，学术界主要就是由这些人构成。他们不把文学当成艺术品，而是把它当成一堆资料，从历史、社会学或别的什么角度加以研究，或专注于资料的考订，认为这才算学问。另一些人，虽然比较重视文学本身的特征，但却并不是从对作品的审美感受出发，而是从众所周知的理论原则出发加以论证，结果彼此的观点和结论总是大同小异的。至于一些善于窥测风向的批评家，距离文学审美就更远了。无论沉醉于学问或理论的人，审美力都比较迟钝，反不如非专业的普通读者。我就宁肯和亲友当中爱好《红楼梦》的普通读者谈《红楼梦》，而绝不愿和红学家谈《红楼梦》。而且一般说来，学界的人都不愿在私下交谈中涉及自己的专业，谈起别的爱好却兴味很浓。

在上述学术界的人当中，我比较尊重沉醉于搞学问的人，过去教我的老师当中便有不少这种人，他们虽然不很懂文学，但确有知识，知识总是能给人以教益，而且他们的劳动成果至少为进一步研究提供了必要的基础，批评事业永远需要这样的劳动者。但如果批评界都成了这样的学院派，就无法对读者和作家有直接帮助，无助于文学事业的发展。一个有志对文学发展做贡献的批评家，固然需要广泛而坚实的学问，更重要的还是要懂得文学，即要始终保持并不断提高审美的敏感、鉴别和想象的能力。求知欲不能以牺牲审美兴趣为代价，知识的丰富不应使审美力变得麻木，而应使它日趋精细和强有力。无论你有多大学问，都绝不能摆学者的架子，当你阅读作品的时候，应当永远像普通读者一样单纯和诚恳，去感受，去幻想，去流泪。这样，当你对它做出审美判断时，你的学问知识自然会从旁帮助你的。对文学作品的第一个判断必须是审美判断，然后才谈得上别的。

对批评家来说，审美力的僵化是最可怕的。而审美力的保持和提高，却并非单纯的方法问题，而是同人品修养有关。

提纲里说，批评家要具有与作家大体相当的品格。那么作家需要哪些品格呢？在创作论里讲到对世俗利益的冷漠，讲到真诚，讲到特殊的感觉、记忆和想象的能力，还讲到勤奋好学等等；有的属于品格，有的属于与品格相关的能力和修养，所有这些也大抵是批评家所需要具备的。关键是对世俗利益的冷漠，其他各点均与此有关。这涉及功利与非功利的关系问题，下面想结合历史来谈一谈。

有记载的历史表明,人类社会生活从来不是只有物质追求,而是还有审美的精神追求。人类从什么时候开始懂得审美?马克思在《〈政治经济学批判〉导言》中有句名言:"艺术对象创造出懂得艺术和能够欣赏美的大众",也就是说,"生产不仅为主体生产对象,而且也为对象生产主体",这种辩证关系的确存在。但人们不禁要问:那第一个创造出艺术对象(即艺术品)的人,又是从何懂得艺术即审美的呢?这又近似"先有鸡还是先有蛋"的问题了。恐怕只能这样看:人类从功利活动中产生超功利的审美,创造出艺术品(我们只能从艺术品去了解古人的审美),是一个逐渐演变的过程。迄今考古学所发现的史前艺术品,已经可以追溯到旧石器时代,距今已有万年以上的历史,这些艺术品就总是同功利目的分不开的。例如世界各处大量发现的洞穴壁画,主要都是动物形象,一般都在洞穴深处需要照明才能看见的地方,有的甚至在要冒生命危险才能攀登上去的岩壁缝隙,这就说明绘制主要并不是为鉴赏,而是出于某种与狩猎有关的巫术信仰;有的壁画上形象重叠,而旁边岩壁则是空白,则可能是此处的绘制曾给狩猎带来好运的缘故;还有的动物形象身上有被茅刺或棍棒敲击的痕迹,更证明了这类壁画与巫术的联系。至于音乐、舞蹈,虽然我们已无法了解史前时代的情形,但却可以从尚未接受文明洗礼的近代原始部族了解。据普列汉诺夫《论艺术》载,美洲印第安人在长久捉不到牛,快要饿死的时候,就开始跳野牛舞,一直跳到野牛出现,他们认为舞蹈与野牛的出现有着因果联系。在关于艺术起源的各种理论中,我比较倾向于巫术说。中国最早的文化便属于巫术文化。巫术,在我们看来固然是迷信,在古人看来却是实用之术,他们虚构出某种超自然的力量,目的还在实现现实的愿望。艺术依附于巫术,也就是依附于功利,这仅是就艺术的起源而言。就在这个低级阶段,也包含着审美的,原始人作画或是唱歌跳舞固然是祈求好运,但从绘画和音乐舞蹈本身也一定获得了审美愉悦的。而且发展的趋势,是审美成分愈益增多,艺术的独立即以超功利的审美取得优势为前提。古希腊的人像雕塑和中国先秦的抒情诗歌不必说,即如中国的敦煌壁画、欧洲中世纪和文艺复兴时期的宗教绘画,虽然不同程度地带有功利性(宗教性亦属功利性),但与巫术比,审美价值就高多了。如文艺复兴三大艺术家达·芬奇、米开朗琪罗、拉斐尔的绘画,不但描写了普通人,其所描写的圣母、基督和基督徒亦莫不富有人性,至今被奉为绘画艺术的典范之作。

原始时期的艺术均带有功利性,而当人类脱离原始状态,即维持生存所必需的物质条件基本具备以后,就反过来用超功利的审美目光看待现实生活中的功利追求,于是艺术取得独立的地位,专业的艺术家也就出现了。艺术的独立和专业艺术家(这里所说专业不一定是职业)的出现,在西方至少可追溯到奴隶社会,在中国至少可追溯到封建社会初期(中国封建社会比西方早数百近千年)。自此以后,艺术非但不是功利的附庸,反而引导人们对功利采取审美的态度(这在文学中特别明显),并从而引起社会价值观的根本变化,人们这才感觉到除了物质需要,还有精神需要;除了功利追求,还应有审美的追求。人一旦有了审美的追求,则宇宙万物,大至天体,小至一片树叶,无不可以成为审美的对象;人间万事——尤其是不如意的事——亦无不可以用审美眼光加以观照。功利方面的追求,都是可以用审美眼光去看的。一旦用审美眼光看待,它就会呈现出完全不同的意义,灾难和不幸往往带来令人陶醉的愉悦,而成功和幸运反而显得平淡无味。世间还有许多事物,是根本无法用功利眼光,而只能用审美眼光去看的。比如一队大雁从头上飞过,你要对它们感兴趣,那就只能用审美的眼光;你要对林黛玉感兴趣,也只能用审美的眼光;一切艺术欣赏都只能用审美的眼光。审美并不限于艺术,还涉及人类感情的广泛领域,例如友谊、爱情以及勤劳、坦白、公正、博爱等等道德情操。社会正常发展,应该是懂得审美的人愈来愈多。相反,如果大家都仅仅热衷于功利,对一切非功利的东西都无动于衷,这样的生活就太可怕了。对文明人类来说,审美力的丧失往往伴随着精神空虚甚至是伦理道德的堕落。

苏轼有云:"长恨此身非我有,何时忘却营营。"营营即指功利追求,他说他忘不了,但至少当他说这话时是暂时忘却了。不信请看这首词:

夜饮东坡醒复醉,归来仿佛三更,家童鼻息已雷鸣;敲门都不应,倚杖听江声。　　长恨此身非我有,何时忘却营营。夜阑风静縠纹平;小舟从此逝,江海寄余生。(《临江仙》)

这是他罪贬黄州时的作品,政治上很不得意。最后说"小舟从此逝,江海寄余生",在现代某些批评家看来,当然是很不顺眼的。在他们面前做古人也真难!要积极就说你热衷功名,忠实为封建统治阶级服务;要消极又说你逃避现实。其实不必这样苛求。这不过是说明诗人要求摆脱功利羁绊,获得精神上的自由罢了。当然,事实上他并没有摆脱,以后又任翰林学士,出知杭州、颍州、扬州,官至礼部尚书,晚年又再次遭贬……他一生仕途坎坷,受到过无数打击,其中一个重要的原因,用他自己的话来说,就是"黑白太明,难以处众",因此不断遭到来自新旧两党的构陷，第一次就差点送命，最后还是死于流放的归途。从历史上看，这的确是条普遍规律：真正有成就的作家和艺术家都不善于处世，缺乏社交和社会应变能力，他们在功利追求中总是失败者；正是这种失败使他们获得精神的自由，成了他们审美追求的动力，因此处境愈困难创作上就愈丰收。

以上将审美与功利对立，所说功利主要指世俗功利，说穿了就是个人的实际利害，很难想象一个在这方面精打细算的人同时又能用审美眼光看待事物。很多大艺术家在这方面都是像小孩一样天真幼稚，苏轼在官场中的"黑白太明"正是天真幼稚的表现，所以他虽然才倾天下却屡遭失败；要成功就得黑白颠倒，指鹿为马，苏轼宁肯丢官也不愿这样做，所以他是一位大艺术家。这同样是批评家需要具备的品格，否则，如果热衷于世俗功利，不但意味着审美能力的丧失，还会出于迎合或屈从而颠倒黑白，指鹿为马，违背自己的良知。

就整个社会而言，是既要有功利，又要有审美，审美是建立在功利基础之上的。可是，就个人而言，审美往往是以牺牲功利作代价的。由此想到，王国维《人间词话》曾引柳永"衣带渐宽终不悔，为伊消得人憔悴"，来说明学问事业必经的一种境界；杜甫于李白亦有云："冠盖满京华，斯人独憔悴。"消瘦、憔悴，这就是诗人的面目；如果是心宽体胖、冠冕堂皇，那就不是诗人而是当官的形象了。虽然古今社会已发生过翻天覆地的变化，但毕竟今天仍然有不择手段追求世俗功利的人，这种人不但无法懂得审美，而且我也不相信他们的追求对社会的整体功利有利。反之，不惜牺牲世俗功利而献身于审美追求的人，虽然他们常常被误解甚至为社会所不容，实际上他们的追求是大有益于社会的整体功利的。批评家一如作家，应该有这么一种献身的精神。

批评家与作家的差异，主要不表现在品格，而是表现在能力和修养方面（广义地讲亦属于品格）。总的说来，批评家应当比作家更清醒，更尊重客观。作家们往往是感情浓烈，哀乐无常，批评家则需要冷静的凝神深思；作家们重视直观，往往偏执一隅，批评家则需要通观全局；作家们的专业修养主要依赖生活，批评家更多地依赖各方面的知识。当然，以上三点均就各自侧重相对而言。下面具体谈一谈。

在创作论中，曾强调作家的感受、记忆和想象的能力；这自然也是批评家需要的，否则就无法"得意忘言"，就不懂审美。但是，批评的任务毕竟是"以意逆志"，即根据审美想象对作品做出判断；并且批评的范围不限于各别作品的研究，还包括比较研究、综合研究以及创作规律、文艺思潮和文学史的研究等；因此仅凭审美直观是远不够的，更多地还得依靠判断上的敏感、洞察力和自由的头脑。关于敏感和洞察力是不言而喻的。所谓自由，则包括两方面，即既不受自己头脑中条条框框的约束，也不迎合或屈从于任何权威，尤其是专业从事当代文学研究的批评家，更不要迷信既有的定义和法则，须知文学的发展总要不断地向未知世界开拓。虽然谁也不能绝对地自信，但任何人都只能根据自己的良知、敏感和洞察力做出判断。

一家之言未必"正确"，但许多一家之言却能造成活跃的气氛，如果各家之言存在某种一致倾向的话，就可能出现一种新的思潮；正是这种气氛和思潮对文学发展极为有利。事实上，批评家要在创作上对作家有什么具体的帮助，是很难的，历来大多数作家都并不重视批评家的意见，甚至抱有反感。鲁迅就坦率承认他"一律抹煞各种的批评"（《我怎样做起小说来》）。狄德罗虽然表示希望出现比作家更有天才的批评家，但同时他又说一个作品最好的批判者是作家自己,"只有他自己才认识暗藏的缺点,而批评家几乎绝不可能提出的"(《论戏剧艺术》)。像19世纪俄国作家那样尊重批评家意见的情况,历史上是极少见的。但是,如果批评家的工作有助于形成一种活跃的气氛和新的思潮,对作家的帮助就太大了。创作的繁荣,仅靠作家自身的条件是不够的,还需要有适合的环境,我们近年出现的创作兴旺就是同比较宽松的政治环境直接相关的。批评家的工作不但有助于这种环境的改善,还能就创作中的各种问题及其发展趋向自由地发表意见,提出各种可供作家选择和思索的主张,这样就可以和作家一起共同形成一种适合文学创造的气氛,还可能形成某种新的文学思潮。为此,批评家的视野——包括生活视野和文学视野——就要比作家更开阔。作家可以深入一点,像蝼蛄一样钻进土里也行。批评家则要把头露在外边,综观全局,既要关心生活中的斗争也要关心文学中的斗争,这样才能对发展方向有所预见,对具体作品的评论也才能有时代感。

  作家的力量主要来自从生活中获得的直感经验,批评家的力量则更多地依赖于知识——纵的知识和横的知识。拿文学来说,文学史知识就叫纵的知识,外国文学知识就叫横的知识。比如对当前中国文学的评价,我们将其视为一个新时期的开始,就是相对1949年以来长期存在的公式化倾向而言,你要没有这段文学史的知识就看不出它的新;再者,在我看来,新时期文学出现了一种前所未有的新倾向,那就是个性的觉醒和关心人的命运,要懂得它的重要意义,就得对我国整个文学史有比较透彻的了解;而要对新时期文学做出全面评价并预见其发展,还需要懂得外国文学,了解世界文学的总的形势。另一方面,新时期文学迄今尚未出现震爆性的大作品,还存在某些严重的缺陷和缺点,这些也是需要有全面的文学史知识才能了解的。而且，纵的知识和横的知识，都不限于文学，还必须涉及哲学、历史、政治、艺术、心理学以至精神文化的所有部门。一个合格的批评家，其知识结构必须是多层次的。

然而，知识不过提供一个基础，更重要的还是得有信念和激情，否则就没有方向和动力。信念，既是文学信念，亦是人生信念，二者是不可分的。为艺术而艺术作为一种主张应有其存在的权利，但我自己是坚决反对为艺术而艺术的。文学的对象是人生，并且是为了人生。主张为艺术而艺术的人实际上也脱离不了人生，他们的这种主张不正是一种人生追求（信念）吗？但未免过分狭隘，过分自私了。真正有出息的文学家（包括作家和批评家）应敢于面对现实人生，有所爱，有所恨，懂得什么是真与善，什么是伪与恶，由此形成自己的人生信念，并要有追求的勇气和激情。如贺拉斯所说：

从同情的两眼流着露珠般的眼泪；
他一跃三尺，两足顿地。（《诗艺》）

诚然，相对作家的如痴如醉而言，批评家更需要冷静的沉思，但胸中要没有这种燃烧的激情，同样是不行的。激情，就来自信念。这里所说信念，并非理论上的思考和选择，而是直接来自人生和文学实践，它本身就饱含着感情。比如说，我现在的学术活动——包括开这门课——以至后半生的全部追求，便是出于这样一个坚定的信念：我们民族在经过一场空前浩劫之后，作为一种补偿，必然迎来一个文学的兴盛时期，其基本特征将是个性的觉醒,并且文学的振兴必然带来我们整个民族文化和精神的振兴——既有继承、又有变革。这个信念,就绝非从理论上来,而是从痛苦的切身经验中来,它同自己已经失去的青春紧紧连在一起,同对许多已死去的人的回忆紧紧连在一起,无法忘怀。我希望在有生之年能看见这个信念成为现实,并融入自己的劳动,所以必须加紧工作,为此愿牺牲其余一切,这就是追求的激情。并且我相信怀着和我相同或相似信念和激情的人是非常之多的。

要成为一个大批评家,还必须是个思想家,这当然是更高的要求了。思想家,不是有了系统理论知识就行,而是还要有自己的理论体系;没有全面的体系,也该有某方面的、局部的体系。提起体系有点吓人,难道你想在马克思主义外另立体系吗?在我看来马克思主义是个开放的体系,它开辟了认识真理的道路但并没有结束真理,后继者绝非只能重复已知结论,而是应根据新的情况作出新的结论;当然你可以把它叫作发展,但要是没有创新能有发展吗?而创新的理论,必须自圆其说,自成体系。没有自成体系的理论就成不了思想家,如果认为在马克思主义经典作家之后再不许有新的思想家,这无论如何是讲不通的,这种看法本身就是违反马克思主义的。不但需要新的思想家,而且最好能有大思想家。当然,凡是在马克思主义基础之上建立起来的新的理论,都可以概括进马克思主义这样一个思想体系的大范畴。

不过,话说回来,我所谓的思想家,主要还是就文学领域而言。你要建立一套自成体系的文学理论,那你就是一个思想家——文学思想家。但文学理论不可能是单纯的,必然涉及哲学、政治、社会伦理等方面,既然你的理论自成体系,在这些方面必然也有自己的观点;如果你在这些方面也能有所建树,自成体系,自然更好。我们很需要这种达到思想家水平的文学批评家,他们既有一致的时代倾向,又各自呈现出鲜明的个性特色,就像法国启蒙时期的狄德罗、伏尔泰和卢梭那样(当然我们时代的思想家和他们是迥然不同的)。似乎时代已经在呼唤这样的人。我相信"需要是巨大的力量,它能使钢铁变成弹簧",这句话是高尔基说的,他是个聪明的人。

最后再简单谈一下批评家与作家之间是一种什么关系。历来的批评家,有意无意,很容易以导师自居,此正如狄德罗所说:

> 作家的任务是一种妄自尊大的任务,他自以为有资格教育群众;而批评家呢,就更狂妄了,他自以为有资格教育那些自信能教育群众的人。(《论戏剧艺术》)

其实,读者对于自己喜爱的作家,总是崇拜的。而像果戈理、涅克拉索夫、冈察洛夫等俄国作家那样尊敬同时代批评家的作家,却非常少;更多作家对批评家是不买账的,彼此存在一种对立的关系。在我看来,批评家是可以成为作家的导师的,不然的话,他的工作对于作家来说还有什么意义呢?但是,首先须是一个普通读者,要像普通读者那样崇拜自己所喜爱的作家;然后发挥自己的优势,站在一个更高的角度对他加以引导,成为他的导师。在我心目中,批评家的年龄应比作家大一些,在生活经历和知识两方面都更为丰富,只是缺乏创作的才华,因此注定只能为人作嫁,如贺拉斯所说:

> 愿为磨刀石,虽不能切削,却使刀刃锋利。(《诗艺》)

这当然只能是针对同辈或比自己更年轻的作家而言。对于古代作家,就只能成为他们的崇拜者了。但你研究古代作家如果有助于当代文学的发展,不也可以成为当代作家的导师吗?

后　记

　　过去出书，不曾请名人作序，自己也不讲题外的话。此次破例，书前放上吴组缃先生来信，然后又赘此后记，目的是想让读者对我多一点了解。

　　吴师律己甚严，亦从不轻易许人，而我何幸，过蒙知遇，只言片语，所当珍惜。信中过誉之词固然出于对学生的爱护。对拙见赞同却绝非苟同。吴师仅审阅过拙著提纲而未见全书，书中如有纰缪自不在吴师赞同之列，这是必须说明的。信中表示的期望，则是我写作遵循的原则，实际做到什么程度那又是另一回事了。

　　在理论上我是个很浅薄的人，既缺乏知识，也缺乏思辨力。可是，坦率地说，当我站上讲台开这门理论课时，并没有自惭形秽之感，相反心里倒是很踏实的。因为我深信文学理论毕竟要根据文学本身来说话，而不能是从理论到理论的推演，再则要懂得文学还须懂得人生；一是文学知识，一是人生知识，在这两方面我都并不十分缺乏，并确有一些自信的见解。

　　在学界同人和读者印象中，我始终是个研究中国古典文学的人。其实我和文学结缘是从创作开始，20世纪40年代读中学时就发表过不少作品，还主编过一个公开发行的文学刊物，这段历史现已鲜为人知；吴组缃先生提到的小说，则是事隔多年之后的又一次尝试，浅尝辄止。50年代初期大学毕业后留校任教，开始发表古典文学研究论文，在学校开课却是讲的现代文学史。至于外国文学，虽未经科班训练，读的作品确乎不少。50年代后期被错划为右派，到70年代末改正，二十余年生活经历过许多曲折坎坷，其中绝大部分时间是当建筑工人。这期间，主要是为养活一家老小奔波，读书时间很少，但实际获得的东西要比丧失的东西重要得多，这自然是日后才发现的。自1979年回到教学岗位后，我就不断开设新课和发表论著，在教学和研究中都仿佛有没完没了的话要说，这些话并不都来自书本，似乎更多的还是来自过去那段严酷而艰辛的生活，来自逆境中关于文学和人生的思索。

诚如吴组缃先生所说，文学理论其实并无神秘深奥之处，说穿了都是些常识。比如我尝想，文学作品的产生犹如养活孩子，绝非单方面所能办，除了生活的客观还须有作家的主观，二者结合所产生的结果亦绝不是只反映一方面，而必然是反映两方面——这就是一个常识。再如，文学主要是写人，并且是由人来写，写给人看，而人是因人而异的，因此无论本体论、创作论、批评（鉴赏）论，均须以承认差异，即尊重人的个性为前提——这同样是个常识。然而令人不解的是，一些显然违反常识的理论长期流行，而近年时兴的另一些理论却又高深得叫人不知所云，戳穿来看无非偏执于另一隅，同样违反常识。有感于此，我才决定将平时积累的关于文学和人生的见解连缀起来开一门理论课，然后又在讲稿的基础上写成这本书。我坚信真理本身永远是朴素的，如果不能对它做出浅显的表述，多半是自己还没有认识清楚的缘故。当然，文学的审美规律有时存在很难加以解释的神秘性，那你坦率地说明这一点，不就是一种浅显的表述吗？事物本身存在的神秘性，与对事物作出莫测高深的神秘解释，是两回事。总之，作为指导思想，我是力图从事实出发讲常识，而无意把简单的问题讲得复杂。

从事实出发，也就是从文学的实践经验出发，采取由史到论和史论结合的方法。这当然并不意味着对理论的轻视。要不是大量参照前人的理论——包括马列文论、中国古代文论、西方传统文论及近现代美学——我是无法开出这门课和写出这本书的。但是，无论谁家理论，表示赞同，加以修正，或进行批驳，也仍然是看它是否符合文学实践经验而定。我的判断未必正确，但我只能相信自认为正确的东西，庶无违心之言。凡我涉猎，无论取舍，均曾从中受益。一般说来，中国文论重直观，比起重思辨的西方文论和美学来缺乏系统性，但往往更准确可靠一些，因而书中给予了更多的重视，这方面恰是过去讲普通文论的人比较忽视的。再要申明的是，本人理论修养甚浅，对西方文论和美学所知尤少，征引和发挥中如有误解原意之处，尚望方家指正，以免传讹。

本书原系五年前授课时用的讲稿，修订成书之后交给一家出版社，该社审读后允为出版却又不愿赔钱，因而一拖再拖，一直拖到作者失掉耐性将稿索回为止。

好在本书不是应时之作，重读一遍，除将个别辞句及无关主旨的举例删汰外，余皆仍旧，并未发现有需要修改的观点。"后记"也用不着重写。但说明一下成书时间与出版的距离，则是必要的。

作者　1990 年 6 月重阅后又记

主要参考及引用书目

十三经注疏	阮元校刻	中华书局1980年影印版
诸子集成	国学整理社辑	中华书局1956年版
诗品注	钟嵘著 陈延杰注	人民文学出版社1958年版
文心雕龙注释	刘勰著 周振甫注	人民文学出版社1981年版
苕溪渔隐丛话	胡仔纂集	人民文学出版社1962年版
诗人玉屑	魏庆之编	古典文学出版社1958年版
韵语阳秋	葛立方撰	上海古籍出版社1979年影印版
沧浪诗话校释	严羽著 郭绍虞校释	人民文学出版社1983年版
四溟诗话	谢榛著	人民文学出版社1961年版
诗薮	胡应麟撰	中华书局1962年版
唐音癸签	胡震亨著	古典文学出版社1957年版
姜斋诗话	王夫之著	人民文学出版社1962年版
带经堂诗话	王士禛著	人民文学出版社1963年版
原诗	叶燮著 霍松林校注	人民文学出版社1979年版
说诗晬语	沈德潜著 霍松林校注	人民文学出版社1979年版
随园诗话	袁枚著	人民文学出版社1960年版
瓯北诗话	赵翼著	人民文学出版社1963年版
艺概	刘熙载撰	上海古籍出版社1978年版
介存斋论词杂著	周济著	人民文学出版社1959年版
复堂词话	谭献著	人民文学出版社1959年版

蒿庵词话	冯煦著	人民文学出版社1959年版
白雨斋词话	陈廷焯著	人民文学出版社1959年版
人间词话	王国维著 徐调孚校注	中华书局1954年版
中国历代文论选	郭绍虞主编	上海古籍出版社1979年版
汤用彤学术论文集	汤用彤著	中华书局1983年版
魏晋南北朝文学思想史	张仁青著	台湾文史哲出版社1980年版
隋唐五代文学思想史	罗宗强著	上海古籍出版社1986年版
诗言志辨	朱自清著	北京古籍出版社1956年版
诗缘情辨	裴斐著	四川文艺出版社1986年版
诗论	朱光潜著	生活·读书·新知三联书店1984年版
诗词散论	缪钺著	上海古籍出版社1982年版
柏拉图文艺对话集	柏拉图著 朱光潜译	人民文学出版社1983年版
诗学	亚里斯多德著 罗念生译	人民文学出版社1982年版
诗艺	贺拉斯著 杨周翰译	人民文学出版社1982年版
判断力批判	康德著 宗白华译	商务印书馆1964年版
歌德谈话录	爱克曼辑录 朱光潜译	人民文学出版社1978年版
美学	黑格尔著 朱光潜译	商务印书馆1981年版
美学史	鲍桑葵著 张今译	商务印书馆1985年版
悲剧的诞生	尼采著 周国平译	生活·读书·新知三联书店1986年版
爱情心理学	弗洛伊德著 林克明译	作家出版社1986年版
笑——论滑稽的意义	柏格森著 徐继曾译	中国戏剧出版社1980年版
美学原理	克罗齐著 朱光潜译	外国文学出版社1983年版
艺术原理	科林伍德著 王至元、陈华中译	中国社会科学出版社1985年版
艺术哲学	丹纳著 傅雷译	人民文学出版社1963年版
美感	桑塔耶纳著 缪灵珠译	中国社会科学出版社1982年版
别林斯基论文学	别林斯基著 梁真译	新文艺出版社1958年版

艺术问题	苏珊·朗格著 滕守尧、朱疆源译	中国社会科学出版社1983年版
车尔尼雪夫斯基论文学	车尔尼雪夫斯基著 辛未艾译	人民文学出版社1983年版
艺术论	列夫·托尔斯泰著 丰陈宝译	人民文学出版社1958年版
契诃夫论文学	契诃夫著 汝龙译	人民文学出版社1958年版
文学原理	季莫菲耶夫著 查良铮译	人民文学出版社1955年版
文艺学引论	毕达可夫讲述	北京大学出版社1956年版
西方文论选	伍蠡甫主编	上海译文出版社1979年版
西方古典作家谈文学创作	段宝林编	北京大学中文系1979年印行
西方美学史	朱光潜著	人民文学出版社1964年版
西方文艺理论史纲	缪朗山著	中国人民大学出版社1985年版
当代西方美学	朱狄著	人民出版社1984年版
二十世纪西方文论述评	张隆溪著	生活·读书·新知三联书店1986年版
楚辞集注	朱熹集注	人民文学出版社1953年影印版
文选	萧统辑	中华书局1975年影印版
史记	司马迁著	中华书局1962年版
先秦汉魏晋南北朝诗	逯钦立辑校	中华书局1983年版
乐府诗集	郭茂倩辑	中华书局1979年版
全唐诗	彭定求等编	中华书局1960年版
李太白全集	李白著 王琦注	中华书局1977年版
杜诗详注	杜甫著 仇兆鳌注	中华书局1979年版
玉谿生诗集笺注	李商隐著 冯浩注	上海古籍出版社1982年版
全唐五代词	张璋、黄畬编	上海古籍出版社1986年版
苏东坡集	苏轼著	商务印书馆1958年
全宋词	唐圭璋编	中华书局1965年版
漱玉集注	李清照著 王延梯注	山东人民出版社1963年版

书名	作者	出版信息
宋诗别裁集	张景星等选编	中华书局1975年影印版
元诗别裁集	张景星等选编	中华书局1975年影印版
明诗别裁集	沈德潜、周准编	中华书局1975年影印版
清诗别裁集	沈德潜编	中华书局1975年影印版
世说新语	刘义庆撰	上海古籍出版社1982年影印版
唐人小说	汪辟疆校录	中华书局1963年版
话本选	吴晓铃等选注	人民文学出版社1959年版
水浒传	施耐庵著	人民文学出版社1972年版
三国演义	罗贯中著	人民文学出版社1955年版
西游记	吴承恩著	人民文学出版社1975年版
金瓶梅词话	兰陵笑笑生著	文学古籍刊行社1957年影印版
喻世明言	冯梦龙编著	人民文学出版社1958年版
警世通言	冯梦龙编著	人民文学出版社1956年版
醒世恒言	冯梦龙编著	人民文学出版社1958年版
初刻拍案惊奇	凌濛初编著	古典文学出版社1957年版
二刻拍案惊奇	凌濛初编著	古典文学出版社1957年版
聊斋志异	蒲松龄著	上海古籍出版社1962年版
儒林外史	吴敬梓著	人民文学出版社1977年版
红楼梦	曹雪芹著	人民文学出版社1957年版
元曲选	臧懋循辑	文学古籍刊行社1955年版
西厢记	王实甫著 王季思校注	中华书局1963年版
牡丹亭	汤显祖著 徐朔方、杨笑梅校注	古典文学出版社1958年版
桃花扇	孔尚任著 王季思等校注	人民文学出版社1959年版
长生殿	洪昇著 徐朔方校注	人民文学出版社1958年版
鲁迅全集	鲁迅著	人民文学出版社1981年版
伊利亚特	荷马著 傅东华译	人民文学出版社1958年版
神曲	但丁著 朱维基译	上海译文出版社1984年版
十日谈	薄伽丘著 方平、王科一译	上海译文出版社1980年版

堂吉诃德	塞万提斯著　杨绛译	人民文学出版社1978年版
莎士比亚全集	莎士比亚著　朱生豪等译	人民文学出版社1978年版
鲁滨孙飘流记	笛福著　方原译	人民文学出版社1978年版
唐璜	拜伦著　朱维基译	上海译文出版社1978年版
大卫·科波菲尔	狄更斯著　董秋斯译	人民文学出版社1958年版
雾都孤儿	狄更斯著　陈振时译	商务印书馆1962年版
简·爱	夏洛蒂·勃朗特著　祝庆英译	上海译文出版社1980年版
呼啸山庄	艾米莉·勃朗特著　杨苡译	江苏人民出版社1980年版
德伯家的苔丝	哈代著　张谷若译	人民文学出版社1957年版
浮士德	歌德著　郭沫若译	人民文学出版社1959年版
少年维特之烦恼	歌德著　郭沫若译	人民文学出版社1959年版
红与黑	司汤达著　罗玉君译	上海译文出版社1979年版
嘉尔曼	梅里美著　傅雷译	人民文学出版社1962年版
欧也妮·葛朗台	巴尔扎克著　傅雷译	人民文学出版社1980年版
高老头	巴尔扎克著　傅雷译	人民文学出版社1980年版
邦斯舅舅	巴尔扎克著　傅雷译	人民文学出版社1963年版
悲惨世界	雨果著　李丹译	人民文学出版社1958年版
巴黎圣母院	雨果著　陈敬容译	人民文学出版社1982年版
娜娜	左拉著　焦菊隐译	安徽人民出版社1982年版
基督山伯爵	大仲马著　蒋学模译	人民文学出版社1978年版
包法利夫人	福楼拜著　李健吾译	人民文学出版社1958年版
莫泊桑中短篇小说选集	莫泊桑著　李青崖译	上海译文出版社1978年版
约翰·克利斯朵夫	罗曼·罗兰著　傅雷译	人民文学出版社1957年版
欧根·奥涅金	普希金著　查良铮译	文化生活出版社1956年版
当代英雄	莱蒙托夫著　翟松年译	作家出版社1956年版
死魂灵	果戈理著　鲁迅译	人民文学出版社1958年版
父与子	屠格涅夫著　巴金译	人民文学出版社1979年版
罗亭	屠格涅夫著　陆蠡译	人民文学出版社1957年版

罪与罚	陀思妥耶夫斯基著 韦丛芜译	文光书店 1953 年版
奥勃洛摩夫	冈察洛夫著　齐蜀夫译	上海译文出版社 1979 年版
战争与和平	列夫·托尔斯泰著 高植译	上海译文出版社 1981 年版
安娜·卡列尼娜	列夫·托尔斯泰著 周扬、谢素台译	人民文学出版社 1956 年版
复活	列夫·托尔斯泰著 汝龙译	人民文学出版社 1979 年版
怎么办？	车尔尼雪夫斯基著 蒋路译	人民文学出版社 1982 年版
契诃夫小说选	契诃夫著　汝龙译	人民文学出版社 1979 年版
静静的顿河	肖洛霍夫著　金人译	人民文学出版社 1953 年版
荒野的呼唤	杰克·伦敦著　蒋天佐译	人民文学出版社 1953 年版
马克·吐温短篇小说集	马克·吐温著　张友松译	人民文学出版社 1954 年版
老人与海	海明威著　海观译	上海译文出版社 1979 年版
卡夫卡短篇小说选	卡夫卡著　孙坤荣选编	外国文学出版社 1985 年版
喧哗与骚动	福克纳著　李文俊译	上海译文出版社 1984 年版
百年孤独	马尔克斯著 黄锦炎等译	上海译文出版社 1984 年版
外国现代派作品选	袁可嘉等选编	上海文艺出版社 1980 年版
欧美现代派作品选	骆嘉珊	云南人民出版社 1982 年版
马克思恩格斯列宁 　斯大林论文艺	马克思等著	人民文学出版社 1959 年版